新文学反思录

# 五四小说
## 诗性传统的重建

WUSI XIAOSHUO
SHIXING CHUANTONG
DE CHONGJIAN

廖高会 著

山西出版传媒集团 北岳文艺出版社
·太原·

图书在版编目(CIP)数据

五四小说诗性传统的重建/廖高会著.—太原：北岳文艺出版社,2020.9
ISBN 978-7-5378-6294-3

Ⅰ.①五… Ⅱ.①廖… Ⅲ.①小说研究—中国—现代 Ⅳ.①I207.42

中国版本图书馆CIP数据核字(2020)第181777号

# 五四小说诗性传统的重建

廖高会 著

| | |
|---|---|
| **策　划**<br>王朝军 | 出版发行：山西出版传媒集团·北岳文艺出版社<br>地址：山西省太原市并州南路57号　邮编：030012<br>电话：0351-5628696(发行部)　0351-5628688(总编室)<br>传真：0351-5628680 |
| **责任编辑**<br>王朝军 | 网址：http://www.bywy.com　E-mail：bywycbs@163.com<br>经销商：新华书店<br>印刷装订：山西新华印业有限公司 |
| **书籍设计**<br>张永文 | 开本：787×1092　1/16<br>字数：300千字　印张：22.25<br>版次：2020年9月第1版 |
| **印装监制**<br>郭　勇 | 印次：2020年9月山西第1次印刷<br>书号：ISBN 978-7-5378-6294-3<br>定价：75.00元 |

本书版权为本社独家所有，未经本社同意不得转载、摘编或复制

本书为2017年度山西省高等学校哲学社会科学研究项目成果

# 自 序

　　选择五四小说与民族诗性传统作为研究对象，一方面是缘于研究的兴趣，另一方面则与笔者博士论文选题有关。笔者博士论文研究对象是当代诗化小说，在写作过程中发现有不少研究者对五四小说的抒情性和诗性特点进行了研究，但这些研究或从某（些）流派团体入手，或从个别作家作品入手，研究者较少对整个五四时期小说的诗性状况作综合性考查，特别是对五四时期各种类型的小说与民族诗性传统之间关系的研究显得较为薄弱。因此便萌生了博士论文完成后接着研究五四小说诗性状况的念头。2008年博士毕业后迅速进入安顿工作、结婚成家和生养孩子等人生重大工程之中，因而五四小说诗性研究工作在两三年之内进展缓慢，基本上处于搜集与消化资料阶段。尽管小说诗性不再是学界研究的热点问题，但笔者研究小说诗化的初心始终没变，因而随后的几年中，自己的研究工作主要围绕着小说诗化问题展开，并坚持关注学界与小说诗化有关的研究动向。近年来随着文化复兴的呼声高涨，诗性传统在文学或文化领域逐渐受到重视，诗性精神在文化复兴中的精神引领和动力作用也凸显出来，这更激发了笔者的研究信心与热情，因此决定完成多年的心愿。

但由于诸事缠身，关于五四小说与诗性传统的关系研究仍然断断续续，进展不大。直到2019年上半年到武汉大学访学进修，才有了较为集中的写作时间，而且武大图书馆丰富的藏书也为写作提供了极大的方便。从3月到5月，写作进展最快，加上以前完成的部分，整个研究工作已临近尾声。但5月下旬又回到学校上课，因此本书第六章大部分是回太原后完成的。本书的写作过程拉得太过漫长，这一方面是由于自己疏懒，一方面是由于学识有限。但值得欣慰的是，最终完成了书稿，且得到北岳文艺出版社老师们的认可而予以出版。在此对指导和帮助过我的北京师范大学、武汉大学以及北岳文艺出版社的师友们表示由衷的感谢！

学界一直认为"诗性"是内涵模糊、争议颇大也难以界定的概念，因此笔者花了较多的篇幅对这个概念进行辨析。笔者在参考西方文论对"诗"和"诗性"等概念的相关阐释的同时，主要借助了传统诗学理论总结出"诗性"的八大主要构成要素，即"事""情""理""气""乐""象""体""境"，从不同的方面考查"诗性"的内涵，从而为理解"诗性"概念提供了较为具体的参照要素，也为分析五四小说的诗性状况及其与诗性传统之间的关系提供了具体的参照体系。这种系统化的小说诗性分析方法避免了仅从艺术形式或抒情强弱程度来判断小说诗性状况的单一评判模式，从而形成了综合诗性内容、诗性形式、审美效果、诗性精神等方面的小说诗性分析理论范式。

为了避免现代诗性小说研究视野的泛化或窄化，使五四小说的诗性研究显得较为客观、具体和全面，本课题不再局限于某种诗性特征或某个诗性构成要素进行研究，而是采用有机整体的研究方法，即结合诗性的八大构成要素，对五四小说进行全面的综合性考察，试图更为清晰地勾勒出五四小说的诗性存在图谱、诗性生成的影响因素以及诗性审美特征。也即把五四小说看成一个整体，而作家们被视为一个"大主体"，时代精神（诗性精神的当代呈现形态）则为"大主体"所要抒发的"情志"，所有五四小说皆被视为一个"大文本"，这样五四文学创作便可视为一次大型的兴寄创作活动。笔者认为五四小说整体上继承了诗性传统的发愤抒情精神，但由于不同小说类型所采用的艺术形式不同，与诗性精神契合程度也各不相同，契合度越高，诗化程度便越高，诗性色彩便越浓，相反，契合度低的小说整体上便缺少诗性，尽管在内容上具有诗性质素。

本课题主要探讨五四小说与诗性传统之间的复杂关系，重点探讨五四小说对诗性传统的中断与续接以及五四小说如何在内容和形式方面进行诗性建构。课题借助中国传统诗学理论，对五四小说中的诗性传统因素、五四诗性存在状况以及诗性美学特征进行考查，总结五四小说诗性生成的经验和不足，为当前小说创作提供借鉴。全书共六章，其主要内容概述如下。

民族文学传统中的"诗性"主要构成要素包括"事""情""理"（内容要素）"乐""象""体"（形式要素）"境"（美学效果）和"气"（诗性精神）。诗性内容、诗性形式以及诗性精神是发展变化的。在历史的演进过程中，诗性内容中的"情"（缘情）与"志"（言志）出现了分合现象。而诗性精神尽管有着较为稳定的内涵，但仍会随着时代精神的变化而变化。诗性形式也随着艺术方法的丰富而不断发展。而传统小说（或其他叙事文体）对诗性质素的吸收主要采用了"嵌入式融合"和"化入式融合"两条路径，这使得传统小说具有了鲜明的诗性特点。

清末民初到五四新文化运动期间，由于救亡图存与思想启蒙的需要，当时引进了进化论观点和实用主义哲学思想，同时倡导写实主义创作方法，小说逐渐被工具化，致使其审美性遭受压抑，诗性传统遭到很大程度的削弱甚至一定程度的中断。但诗性传统并没有因此断绝，作为民族文化基因的诗性传统总是以不同的形式影响到五四作家的创作观念和创作实践。五四启蒙运动落潮后，作家们不仅以开放的姿态吸纳国外优秀文学资源，而且开始理性对待本民族的诗性传统，重视小说艺术形式之美，形成了多元化语言观，加上报刊的兴起带来了叙事模式的转变，这些均极大地推动了五四小说艺术形式的提升和诗性传统的续接与重建。

五四小说诗性传统的续接与重建从内容和形式两个方面展开。续接是对传统诗性中各要素的继承，也即五四小说同样重视诗性传统中的"事""情""理""气""乐""象""体""境"等各要素，并在创作实践中有意识地加以应用以促进诗性生成。但是这些要素的内涵、表现形式以及艺术方法发生了变化，其中融入了五四时代元素。就诗性内容而言，五四小说既强调抒写关乎"一国之志"的政教伦理即家国情怀，也重视抒写关乎一己"穷通出处"的个人情感。而个人主义和主观主义便是五四时代精神注入诗性内容中的新质素，这种创作观念的现代性转变也带来了五四小说的题材类型、抒写内容和诗性精神的现代性转型。

五四小说艺术形式的诗性建构主要从叙事视角的转向、叙事语言的转向、叙事时空的演变、小说意象的使用、小说文体的演变等方面来完成的。形式的诗性表现在：五四小说出现了较多的第一人称叙事；有意识地在白话文中融入文言文，形成了语言的"弹性"之美；对传统文学中的耦合句型进行了创造性使用；有意识地使用欧化语言形成小说的外在节奏和内在节律之美；在"现时性叙事空间"中插入"过去的空间"或"未来的空间"以增强主观抒情色彩；在继承传统意象抒情功能的基础上融入现代意象的批判与反思功能；或单独使用日记体、书信体、诗化体、象征体和寓言体等小说体式，或在小说中融入以上文体形式，以增强小说的抒情表意功能；或营造诗意氛围，增加其诗性色彩。通过以上方式，五四小说逐渐完成了诗性形式的建构。

五四时期,乡土抒情小说、乡土写实小说、浪漫抒情小说、现代哲理小说和左翼革命小说等对不同的诗性质素进行了有效的吸收,各自凸显出不同的诗性特质和审美特征,并为现代小说续接和重建诗性传统提供了形态各异的艺术经验。

由于笔者学识积累和学术视界有限,在书中还存在着考查不全面或论述不深入的情况,不当之处敬请各位老师和读者朋友批评指正。

庚子年农历二月于龙山脚下

# 目录

绪论 /001

第一章 民族文学诗性传统概述 /009
  第一节 民族诗性传统的构成要素 /012
  第二节 诗性内容的演变 /020
  第三节 诗性形式的演变 /027
  第四节 诗性精神的内涵及特点 /030
  第五节 诗性传统中的境界之美 /038
  第六节 传统小说对诗性质素的吸纳与融合/ 039

第二章 晚清至五四时期诗性传统的中断 /048
  第一节 时间观念对诗性传统的冲击 /049
  第二节 观物方式对诗性传统的中断 /055
  第三节 白话文运动对诗性传统的中断 /059
  第四节 写实主义对诗性传统的中断 /070

第三章 诗性传统续接重建的动因 /076
  第一节 文人传统与诗性精神 /076

第二节 叙事模式的转换 /082
第三节 文学资源的融通 /084
第四节 语言观的多元化趋向 /089
第五节 诗性审美的理论倡导 /095

## 第四章 五四小说诗性内容的建构 /103
第一节 创作观念的现代转向 /104
第二节 小说内容的现代转型 /125
第三节 小说题材的重新选择 /135
第四节 彰显启蒙意识的诗性精神 /150

## 第五章 五四小说诗性形式的建构 /165
第一节 叙事视角的转变 /167
第二节 小说语言的诗化策略 /179
第三节 小说意象与诗性生成 /200
第四节 叙事空间的诗化策略 /216
第五节 文体变化与诗性建构 /238
第六节 五四小说的诗性意境 /252

## 第六章 五四小说的诗性解读 /258
第一节 乡土社会中的主观情绪 /259
第二节 启蒙视域下的现实抒写 /278
第三节 狂飙突进的自我写真 /290
第四节 理性诉求下的诗性表达 /306
第五节 革命叙写中的发愤抒情 /318
结 语 /330

参考书目 /334

# 绪论

中国是一个诗的国度，是诗歌的大国，袁行霈指出："中国文学的长河，是以诗歌为主流的。中国诗歌的历史源远流长，如果从《诗经》算起，也有三千多年了。……如果说诗歌是中国文学的主流，那么抒情诗便是这主流中的主流，因而，抒情性也就自然而然地成为中国文学的一个重要特点。"①中华民族具有源远流长的诗性传统和诗性精神，诗歌也成为中华民族文化的精华和瑰宝。从远古时代的古歌到《诗经》、楚辞、汉赋、唐诗、宋词、元曲，甚至戏剧和小说，无不体现出诗性特质。即使是传统文言叙事文本，也略于记"事"而详于"事"之外的情与理，有学者指出，"即使在《虬髯客传》等知名的文言小说当中，叙事也有意无意地留下了大量的空白"②，也即叙事给诗性的生成留下了空间。这种诗性特质不仅仅是一种形式表现，更是一种精神诉求，是民族精神的体现。作为文化传统而言，诗性必将对民族文学产生深远影响；作为精神而言，诗性精神必将渗透到民族生活的方方面面，并灌注于文学作品之中。

---

① 袁行霈：《中国文学概论》，高等教育出版社1999年版，第11—14页。
② 张卫东：《论汉语的诗性》，商务印书馆2013年版，第145页。

一

　　20世纪中国出现了两个特别的时期,一个是五四时期,一个是80年代,这两个时期都具有明显的启蒙特点。五四新文化运动倡导的民主与科学,借鉴西方现代文明,批判传统文化以达到思想解放的目的。80年代,在经历各种文化(文艺)批判运动之后,我国知识界重启五四启蒙传统,把眼光重新投向西方,重新关注和吸纳西方的现代文明。这两个时代都以开放包容的心态对待外国文明,借以改造民众思想和革新大众观念,因而都经历了一种自我否定和重获生机的过程,其间贯穿着传统与现代、中国文化与西方文化的选择与处置问题。就文学领域来看,两个时期在处理古与今、中与外的文化时,都面临着如何对待诗性传统的问题,或者说诗性传统面临着如何寻找自己的存在方式和生成路径的问题。这两个时期都经历过诗性传统中断与续接的过程,不过五四时期是先中断后续接,而80年代是先续接而后逐渐中断。

　　晚清的维新改良运动也罢,五四新文化运动也罢,目的都是要传播西方现代文明,达到新民救国的目的。五四知识分子在传播西方文明时对本土的传统文化进行否定和批判,这种批判甚至显得较为极端,以至于造成了某些文化传统比如诗性传统的中断。直到新文化运动和五四文学革命取得成功后,五四知识分子才又逐渐回归传统,重新对诗性传统进行了续接和发展。20世纪70年代,"文革"结束后,新时期的作家们主动对五四启蒙传统进行了续接,重新开启了启蒙的时代阀门,80年代成为一个激情高涨、诗意飞扬的时代,诗性精神也得以回归,诗性传统也得以续接。但是好景不长,随着市场经济逐渐发展并主导了整个社会的发展方向,诗性精神也便逐渐弱化。当消费主义大行其道之时,不少人在对物质名利的追求中丧失了道德底线,由传统社会对"明理"的追求变为现代社会对

"名利"的追逐。人文精神特别是诗性精神遭到削弱,甚至出现了一定的中断或衰落。

  当前,物质文明有了较大的发展,中国已经上升为全球第二大经济体,人们似乎可以引以为傲了。但物质的繁荣如果没有精神作为根基和动力,其可持续发展则会变得艰难。实际上当前物质繁荣发展的背后潜伏着精神危机,对此我们必须有清醒的认识,并保持深切的忧患。特别是国民的整体素质有待大力提升的时候,绝不能放松精神文明的建设。余英时有一种观点,笔者非常认同,他认为马克思的经典理论之一即物质决定精神是需要进行纠正的,他说:"自马克思以来,历史家日益相信经济生活决定人的思想与精神之说。这种决定论的流传使人们在近数十年来几乎完全放弃了提高自己精神境界的努力。但人之所以为人,所以有其尊严,乃在于他除了物质生活之外尚有精神生活。他固然不断地在谋取物质生活改善,但他同时也在无所为而为地求真、求善和求美。这种精神上的自我超拔也同样是决定历史的因素。"余英时在文中逐渐分析了思想运动对技术革命的推动力及其重要性。他最后得出结论:"藏在科学革命后的主要力量乃是自由,而非需要。"[1]自由是什么,自由就是一种意识形态,是人们对世界和自身行为之间关系的认知,也是一种精神信念。民族传统中的诗性精神也属于自由的范畴,而且属于民族精神和自由观念中的核心内容,所以诗性精神在某种程度上而言同样也是决定历史进步的因素,如果一个时代或一个社会缺失了诗性精神是不可想象的,或者说这个时代或社会很可能会陷入颓废萎靡的历史漩涡之中。

---

[1] [美]余英时:《文史传统与文化重建》,生活·读书·新知三联书店2012年版,第30页。

## 二

顾随先生说过，人生在世，事事物物都需要有诗意，生活才显得丰富而有意义，小说也应该有诗意，没有诗意就不能成为一篇小说[①]。当今长篇小说产量每年都在5000部以上，但是质量上乘者却寥寥无几。造成这种品质不高的主要原因有三：一是人性的浮躁功利，二是诗性传统的缺失，三是海量信息的冲击。而浮躁与诗性缺失又是紧密相关的，浮躁是当前社会普遍的病症，它使人们沽名钓誉、急功近利，由于没有足够的时间去深入学习或研究，却又想尽快出名获利，致使文学创作不重精神内涵而侧重于形式的花样翻新，或者依靠内容的重口味刺激读者的感官，诗性品质和艺术精神几乎丧失殆尽，只剩下商业利益刺激下的随波逐流与恶劣的媚俗。当前网络时代的信息泛化对小说质量也有着不良影响。海量的信息涌现在人们眼前时，令人目不暇接，人们没有时间去鉴别信息的真伪好坏，只是挑选能刺激眼球或者能满足猎奇心理的信息进行阅读或观看，这样便形成信息时代较为普遍的浅阅读，浅阅读最根本的心理基础便是娱乐心理。娱乐不需要深度思考，深度思考是一个严肃而艰辛的过程，而娱乐化阅读所具有的游戏性和愉悦性原则恰恰是反严肃和反深度的，祛深度化又恰恰是消费主义时代或后现代社会的主要特征之一。在市场的推动下，受众与作者便借助娱乐风潮，完成了市场的交易活动，作者的媚俗与受众的乐俗便借助市场这个通道走到了一起，而且一拍即合地进行媾和，消解了作品甚至一个时代应有的诗性诉求。作为民族精神和时代精神核心组成部分的诗性精神，在文艺作品中的匮乏便成为我们所处时代的文化症候。

在数字化和物质化时代，很有必要认清和处理好科技发展与诗

---

① 顾随：《顾随全集》（卷三），河北教育出版社2014年版，第365页。

性传统之间的关系问题。在一个物化较为严重的时代,人们特别强调科技而忽略情感与精神价值,这是一种本末倒置的现象,论其实质则是道与术的关系处理不当。古谚曰:"有道无术,术尚可求也。有术无道,止于术。"又曰:"以道驭术,术必成。离道之术,术必衰。"术便是技术,也即现代的科技,道则是思想观念和情感精神。如果强调科技超过了思想观念和情感精神,则很可能使科技走向人道或人性的反面。所以,在日益重视科学技术的今天,更应该强调科技与人文精神和人道情感的统一与相融,使科技为人所用,而不是成为异化人的异己之物。余英时指出:科学的进步使不少人否定了情感的一切价值,这剥夺了人类持以深入精神世界的工具,而使人不复能超越物质世界的限制[①]。人超越物质世界,当然也就要超越科技,这种超越需依赖于人文精神,特别是依赖于诗性精神,诗性精神能引领科技向有利于人类和世界共存共享的正确方向发展。"其实,我们最缺的是一种创新的、昂扬的、奋斗的、向上的、锐进的、改革的、奉献的、健康的、正义的、人文的精神和文化,缺失的是精神家园,最缺的是先进(优秀)文化。先进(优秀)文化建设的最大敌人是人文精神的缺失,是主流精神的缺失。"[②]因而,文学创作必须重振以诗性精神为主体的民族精神或人文精神为目标。这也是当前民族文化复兴需要重点推进的工作。因为即使物质极大丰富,经济实力十分强大,但人的精神萎靡不振,缺乏民族自信心,在世界竞争日益剧烈的当代,同样会遭遇挫败,甚至同样有国破家亡的危险。

---

① [美]余英时:《文史传统与文化重建》,生活·读书·新知三联书店2012年版,第57页。

② 杨吉成:《灵心诗性:诗性的中国文化》,四川人民出版社2008年版,第33页。

## 三

回顾历史便会发现，凡是国力强大、社会繁荣之时，国民精神皆激情四射，斗志昂扬，同时于文学作品中也充斥着强大的诗性精神。而一个时代的诗性精神又必然是这个时代政治、经济和文化繁荣发展的主要动力之一。因而新的历史时代，激活当前文学创作中的诗性精神，不仅是对优秀民族文化传统的弘扬，而更为重要的是为民族复兴大业提供精神动力。因为诗性精神能激活民族文化心理潜存的激情与动力，激活富有智性的创新性想象，从而促进物质文明与精神文明的和谐发展。特别是在一个物质技术发展日新月异的时代，一个重物质而轻精神的时代，强调传承与弘扬民族诗性传统，重塑以诗性精神为核心的民族精神，正是当前人文工作者神圣的历史使命。

改革开放以来，各个领域各行各业都取得了较大的发展，特别是人民物质生活得到了极大的提高，这是全世界有目共睹的事实。但是，在物质财富逐步提高的同时，精神财富的增长却不尽人意。特别是最近二十年来，随着大众文化和消费文化日益盛行，"物化"现象十分严重，文学成为消费品，文学创作普遍地以市场为导向，以功利实用主义为原则，离精神审美与灵魂超越越来越远，文学想象力严重不足，创作动机日渐功利化，语言遭遇规训而愈显简单粗糙，文学被世俗化和生活化而失去了诗性色彩，因而导致了自由精神、独立意志、正义良知和人道情怀的匮乏，诗性传统因消费主义浪潮的冲击再度中断。

鉴于此，很有必要重新重视和研究五四小说与诗性传统之间的关系，力求客观地呈现五四小说在特定历史语境下处理启蒙革新与诗性传统之间关系的方法与策略，探析五四时期不同类型小说利用诗性质素进行诗性建构的技术手段，考查五四小说诗性呈现形态、诗性经验及不足，厘清五四小说诗性生成方式对现代小说艺术形态的影响,从而为当前文学创作提供艺术经验,复兴文学创作的诗性传统,重新激发新时代的诗性精神,激活中华民族潜存的强大精神力量。

## 四

到目前为止,尽管对五四小说的诗性传统作较为全貌考查的研究成果不多,但与五四小说诗性传统相关的研究却不少,代表性的著述有杨联芬的《中国现代小说中的抒情倾向》(1996)、陈惠英(香港)的《感性、自我、心象:中国现代抒情小说研究》(1996)、席建彬的《诗意的探寻:中国现当代抒情小说研究》(2012)及其《文学意蕴中的结构诗学:现代诗性小说的叙事研究》(2012)等。杨联芬和陈惠英主要从抒情角度考查五四小说的诗性特点,席建彬更多从抒情主体的精神层面(含人性论、存在论与宗教论等方面)以及叙事角度来探讨现代小说的诗性,但对诗性传统的考核仍然不够全面。而且以上研究范围是整个现代文学,由于研究范围过宽,难免有分析不够深入之处。对现代小说抒情传统研究最有代表性的论著有陈世骧(美)等人的《中国文学的抒情传统》、王德威(美)的《现代抒情传统四论》、徐承的《中国抒情传统学派研究》等,另外普实克(捷克)在《中国现代文学论文集》中有一些论文也专门探讨中国现代文学的抒情性问题。以上专著多属于研究中国抒情传统的经典之作,但抒情传统只是诗性传统中一种较为核心的要素,并不是诗性传统的全部。

不少学者从诗性传统中某种特殊的艺术技巧入手探讨五四小说审美特性,比如施军的《叙事的诗意——中国现代小说与象征》(2007)探讨的是现代小说的象征手法。另外,陈平原的《中国小说叙事模式的转变》(1988)则从叙事模式的转变入手分析这种转变对五四小说诗性生成的影响。方锡德的《中国现代小说与文学传统》(1992)则探析了现代小说中所存在的文学传统,其中涉及了部分诗性传统问题。还有学者是对某些具有诗性气质的作家做个案研究，比如张箭飞的《鲁迅诗化小说研究》（2004），便是专门对鲁迅小说诗化情况进行探讨的专著。以上这些著作都从不同的角度对诗性传统进行了深入的考查，具有较高的学术价值，拓展了学术研究的空间。但这些研究成果或限定在某个角度或圈定于某个范围，未能对五四小说的诗性传统做整体而全面的探析。尽管如此，以上著作对五四小说的诗性传统的研究都具有较大的参考价值。本课题综合各家研究之长，通过对诗性的形成与发展演变的历时性考证，总结出传统诗性的基本构成要素，并用这些基本诗性要素对五四小说中的诗性传统进行较为全面的考查，试图探析和厘清五四小说与民族诗性传统之间的复杂关系，并且较为明晰地呈现五四小说的诗性存在状态、呈现形态以及基本的美学特征。

本课题坚持回到五四新文学所处时代的现场考查现代小说诗性生成与诗性传统的重构问题，在研究的过程中既重视五四小说的线性历时发展，同时也重视在同一时代中诗性的空间分布与流变，把作品的诗性呈现与相应的时空坐标相对应，从而厘清五四小说作品中的诗性发展路径。本课题考查对象为五四小说。五四小说时间的起止一般认为与现代文学第一个十年重合，即从1917年文学革命开始至1927年"大革命"爆发。本书考查的对象也基本参照这个时间段，但由于作家创作风格的连续性，因而在考查五四小说诗性传统的同时，必然涉及对清末民初小说的相关内容，除此以外，个别作家的作品也超出"五四时期"这个时间范围，但一般不超出20世纪20年代。

# 第一章　民族文学诗性传统概述

诗性传统作为中国文学最为显著的特征之一，延绵不绝，贯穿了整个中国文学发展史。而探析民族诗性的内涵及演变逻辑，对于促进当前文学的健康发展，增强民族文学的自信力，以及完成民族文化复兴的历史使命，都具有一定的现实意义。王瑶曾说："中国是一个有悠久的诗歌传统的国家，诗的因素渗透于一切文学艺术形式中，形成了'抒情诗'的传统。"① "'抒情诗'的传统"正是诗性传统的集中表现。诗性传统的内涵十分丰富，较难对其进行准确而令人满意的界定。美国社会学家爱德华·希尔斯指出："传统是一个社会的文化遗产，是人类过去所创造的种种制度、信仰、价值观念和行为方式等构成的表意象征；它使代与代之间、一个历史阶段与另一个历史阶段之间保持了某种连续性和同一性，构成了一个社会创造与再创造自己的文化密码，并且给人类生存带来了秩序和意

---

① 王瑶：《王瑶全集·第五卷·中国现代文学史论集》，河北教育出版社2000年版，第76页。

义。"① 既然传统是文化遗产和文化密码,是代代相传的行事方式,那么诗性传统便是与诗性有关的代代相传的观念、精神、行为或秩序。而理解诗性传统的关键又在于弄清诗性这个概念的内涵。学界一般把诗性分为广义和狭义两种,狭义者为诗歌的本质属性,广义者为存在于各种文艺形式中的审美特性。笔者将综合这两种界定以探讨民族诗性传统的根本特性,在此基础上再分析五四小说处理民族诗性传统的方式、诗性生成的策略以及诗性的具体表现形态。

中外学者讨论诗性多从形式与内容两方面入手。有学者指出,学界对诗性的认识集中于三方面,即文体学层面、美学层面和本体论层面②。前两者属于艺术形式层面,后者强调主体的生命意识和精神意志,属于内容层面。在黑格尔看来,作为诗歌中的诗性是来自实践的精神活动与审美活动,人在表达自己的冲动时就产生了诗,而要表达这种冲动就需要找到一种和诗同调的成形形式③。因而诗(诗性)的形成首先是主体必须具有某种情思表达的冲动,然后才是表达情思或内容的形式,二者缺一不可。波德莱尔也从诗的形式和内容方面论诗,他认为诗性形式如"韵脚"与"节奏"等能满足人们恒常的需要,而这种需要又与单调、惊奇、匀称等相关联④,而诗性内容是人类对高贵的美的"向往"和"迷醉",是一种超自然的"纯粹的愿望",也是一种与"动人的忧郁"和"高贵的绝望"密切相关的诗意⑤。19世纪法国诗人瓦莱里认为诗的第一层含义是用来表

---

① [美]爱德华·希尔斯:《论传统》,傅铿、吕乐译,上海人民出版社2009年版,第2页。
② 中国社会科学院文学研究所博士后流动站编:《全球化语境中的中国文学研究:全国第一届中国文学研究博士后论坛文集》,知识产权出版社2009年版,第397页。
③ [德]弗里德里希·黑格尔:《美学(对广泛的美的领域的尖端叙述)》,寇鹏程编译,江苏人民出版社2011年版,第321页。
④⑤ 郭宏安:《波德莱尔诗论及其他》,同济大学出版社2006年版,第33页。

示某种类型的情感和某种特色的感情境界,即"普天之下共有的感觉";第二层含义则是针对其形式技巧而言的,他认为诗仍然是一种奇异的艺术和技巧,目的在于恢复和重现前面所说的特殊的情感和感情境界[①]。瓦莱里强调了诗的本质(诗性)是某种特殊的情感和境界,而诗的艺术形式是为恢复、再现和保存那些稍纵即逝的弥足珍贵的情感内容服务的。而什克洛夫斯基认为:人类的悲欢离合不仅取决于元音和辅音,不仅取决于我们所读到的词是形容词还是名词;这只是意义建构的一部分[②]。而艺术作品除了形式美之外,借助形式传达的内容同样是建构意义的重要部分。

由此可见,诗性必然由形式和内容表现出来。而诗性形式和诗性内容又必然与创作主体的心理动机、情感冲动或价值取向等密切相关,也即与某种诗性精神相关。朱寿桐把诗人的创作冲动称为"诗性"和"诗兴",而诗歌的魅力在于借助恰当的形式与特定的节奏韵律生动地传达这种"诗性"和"诗兴",并使诗富有感染力[③]。作为诗性主体创作动力的"诗性"及"诗兴"与诗性精神相当。可以这样说,正是创作主体有着相应的诗性精神,才创作出具有诗性美学特征的诗性文本,诗性精神对诗性内容和诗性形式存在着决定性影响。除此以外,诗性美学效果也成为研究诗性传统的重要内容。因而要探讨诗性传统,需从诗性内容、诗性形式、诗性精神和诗性效果等方面入手,同时也需结合创作主体、文本自身和接受效果等进行较为全面的探究。为了体现诗性传统的民族特色,本文尽可能地借助民族文学诗学理论对其进行阐释。

---

① 郭宏安:《波德莱尔诗论及其他》,同济大学出版社2006年版,第91—92页。
② [俄]什克洛夫斯基:《散文理论》,刘宗次译,百花洲文艺出版社1994年版,第124—125页。
③ 朱寿桐:《论郭沫若的诗性与诗兴》,《湖南社会科学》2005年第3期。

## 第一节　民族诗性传统的构成要素

无论是在诗歌还是其他文学形式中，作为民族传统的诗性，其本质及构成要素是一致的。而要深入了解诗性的本质及构成要素，还需从先秦时期"诗""歌"谈起。

较早讨论"诗"与"歌"的是《尚书·尧典》，"帝曰：'夔！命女典乐，教胄子：直而温，宽而栗，刚而无虐，简而无傲。诗言志，歌永言，声依永，律和声，八音克谐，无相夺伦，神人以和"。历代学者皆对其中的"诗言志，歌永言"进行了不同的阐释，其中较为权威的是闻一多和朱自清。闻一多从本源上考证了"诗"与"歌"的关系，他认为最初的"歌"本质上是抒情的，而最初的"诗"本质上是记事的[①]。闻一多指出，"志"与"诗"原本是一个字，"诗言志"的"志"与"诗"同义，"志"有三个意义，"一记忆，二记录，三怀抱，这三个意义正代表诗的发展途径上三个主要阶段"[②]。第一个阶段是文字产生前靠口口传颂以记忆事物，为了便于记诵，其言辞是押韵的。第二个阶段在文字产生后，"志"发展成用文字记录了。当代学者李建中等人也把"志"理解成记录记载，"《尚书·尧典》对'诗言志'的记载，有人物（舜与夔），有事件（舜命夔典乐），有场景（祭祀乐舞），有对话（舜昭示而夔应诺），叙事所须具备的元素一应俱全"[③]。第三个阶段是诗与歌合流，诗吸取了歌的抒情内容，歌也采纳了诗的韵语形式，此阶段"诗言志"中"志"便解作"怀抱"[④]。朱自清《诗言志辨》一书中

---

①② 闻一多：《闻一多神话与诗》，吉林人民出版社2013年版，第173页，171页。

③ 李建中主编：《中国文学批评史》，北京大学出版社2009年版，第23页。

④ 陈伯海：《释"诗言志"》，《文学遗产》2005年第3期。

对"诗"与"志"的考证与闻一多大致相当,也认为古"诗""志"同文①。朱自清对闻一多"志"的内涵演变有三个阶段的观点也表示认可②。闻一多认为《诗三百》正是"诗""歌"合流后的成果,此阶段的"怀抱"不仅是"事",更多指情意。而其中"事"可以是事物,也可以是事理,闻一多说:"《管子·山权数篇》'诗所以记物也',正谓记载事物,《贾子·道德说篇》'诗者志德之理而明其指,令人缘之以自戒也',志德之理亦即记德之理。前者说记物,后者说记理……"③因而"事"的内容一方面包括"史",即历史事件、社会现象等,一方面包括"理",即教化人的德行道理等。因此,"诗""歌"合流后"诗言志"中的"志"(怀抱)的实际内涵既包括了事物(简称"事")和事理(简称"理"),也包括了情意(简称"情")。

需要指出的是,诗与歌的合流实际上是文体之间的借鉴、吸收与融合,在先秦时期诗的第一个发展阶段,即作为"记忆"的口口相传的艺术形式经历较为漫长的阶段,这个阶段的先民,采用诗乐舞相结合的艺术形式来进行原始的宗教祭祀活动。这种诗乐舞统一于一体的状态甚至到了诗的第三个阶段仍然存在较大的影响,也就是说到了"诗三百"诗歌合流时期,诗乐舞仍然是混沌不分的。陈世骧认为,"诗"作为一个独立的诗学概念,最早应用于公元前9世纪至公元前8世纪,具体出现在"诗三百"中的大小《雅》中的《崧高》《卷阿》和《巷伯》三篇诗内④,现摘录原文中相关内容如下:

申伯之德,柔惠且直。揉此万邦,闻于四国。吉甫作

---

①② 朱自清:《诗言志辨》,岳麓书社2011年版,第6页,第7页。
③ 闻一多:《闻一多神话与诗》,吉林人民出版社2013年版,第173页。
④ [美]陈世骧:《中国文学的抒情传统》,生活·读书·新知三联书店2015年版,第86页。

诵，其诗孔硕。其风肆好，以赠申伯。

（《崧高》）

君子之车，既庶且多。君子之马，既闲且驰。矢诗不多，维以遂歌。

（《卷阿》）

杨园之道，猗于亩丘。寺人孟子，作为此诗。凡百君子，敬而听之。

（《巷伯》）

这三篇诗有意识地把"诗"与"歌"进行了辨析，诗乃语言的艺术，和格调之为音乐的艺术相区分，于是诗便开始成为独立的诗学概念，以前"诗""乐""舞"统一于一体的状况开始出现了裂痕。不过"诗三百"中仅仅就此三首表现出这样的文体独立意识，说明当时仍然处于"诗""乐""舞"由统一到各自独立的过渡阶段①。这种观点似乎和闻一多、朱自清的观点相悖，实则不然，闻一多、朱自清所言的"诗"与陈世骧所言的"诗"属于不同的概念，闻与朱所言的"诗"正是已经独立存在的艺术形式，而陈世骧所言的"诗"属于先秦时期"诗"之存在的真实状况，是未曾独立出来的原始诗歌状态。因而二者实际上并不矛盾，闻与朱的研究出发点是先把"诗""乐""舞"均当成独立的艺术形式，是以现代人的视角去探讨诗和乐、舞之间的相互关系，因而着重于作为独立艺术形式的"诗"与"乐""舞"之间的相互借鉴吸收融合关系的探讨；而陈世骧研究"诗"的出发点是站在诗的原生状态进行探讨的，是回到先秦时期诗乐舞混沌不分的历史现状来探析"诗"与"乐""舞"之间的关系，因而侧重于诗是如何从混沌的综合艺术走向独立的。或者说，陈是

---

① [美]陈世骧：《中国文学的抒情传统》，生活·读书·新知三联书店2015年版，第86页。

从文体形式和诗学概念的角度研究，而闻和朱则是从叙事与抒情等表达形式及其相应的内容来探讨的。因而他们研究的关于"诗""乐""舞"相融或独立的结论并不矛盾。从闻一多研究视角看到的是诗与歌不同文体之间的融合，从陈世骧的视角看到的是诗与歌在融合中的分离或独立。也就是说先秦时期诗歌的融合或分离都是存在的历史事实，研究者从不同的角度进行了观照。这里特别需要指出的是，正如陈世骧所指出的在公元前9世纪到公元前8世纪诗作为独立的诗学观念开始出现，直到公元前5、6世纪诗成为独立的诗学范畴而得到普遍的应用①，这样诗便成为独立的艺术形式，成为纯粹的语言艺术，诗作为文体形式独立出来，摆脱了乐曲形式的束缚，为诗自身的发展以及后来的赋、词、曲等文体形式的出现创造了必要的条件。因为作为独立的文体，诗更方便与别的文体相互渗透融合而形成新的文体样式。本文中闻一多所说的诗与歌合流后的"诗"仍然是独立的文体类型，不再是"诗""乐""舞"混沌不分的艺术形式了。所以，理解诗与歌的合流必须有一个诗作为独立诗学概念的前提。本课题所言的"诗"都是独立的文体，这是本课题展开讨论的前提。实际上分离是在融合的基础上的分离，融合是分离后的融合。

在诗与歌合流后形成的《三百篇》时代的诗是"情""事"（含"理"，下同）并重的②，即"事"与"情"基本平行发展。但其中的"事"是被"情"浸泡过的"事"，因而《三百篇》中的"事"便不同于史传或史志了③，"事"具有了浓郁的抒情色彩。清代文论家叶燮在《原诗》中指出："自开辟以来，天地之大，古今之变，万汇之赜，日星河岳，赋物象形，兵刑礼乐，饮食男女，于以发为文章，形为诗赋，其道万千。余得以三语蔽之：曰理，曰事，曰情，不出

---

① ［美］陈世骧：《中国文学的抒情传统》，生活·读书·新知三联书店2015年版，第89页。

②③ 闻一多：《闻一多神话与诗》，吉林人民出版社2013年版，第177页，第176页。

乎此而已。"①叶燮此处的"理""事""情"分别指事物的规律、发展过程和表现情状,和闻一多所说的"事"与"情"相当,叶燮进一步指出,诗歌中的"事""理"不同于生活中的事理,前者融入了创作主体的深刻体验和独特感受②,也即为"情"所浸泡过的"事""理"。诗性文本中,即使是记事,"事"也为"情"所包裹,抒情性仍占了主体,因而"事""理"乃融"情"之"事""理",具有鲜明的主观色彩。当代台湾学者郑毓瑜认为,抒情之物不应该局限在感时伤怀的窠臼里,而还隐含在感官、地理和思想的编码体系之中,情与诗与物的关系在中国语境中显得非常复杂,"情"不仅是七情六欲,也是情实和情理的情③。这里的"情""情理"和"情实",实际上讲的就是"事""理""情"之间的关系。

学者董乃斌指出,中国古代诗文中的"事"内容十分丰富,其本质涵括了"人类生活"④,而周剑之提出了"泛事观"理论,认为古诗文中的"事"并不像现代人所理解的那么清晰明确,古人对"事"的理解是宽泛而模糊的,它常常和"情""物"等概念混用,当然"事"也包括了"理"⑤。又如古人论王之涣的《登鹳雀楼》时说"从首自尾,唯论一事",这里的"事"实际上就是我们现在所说的"理",传统诗体中的"事"实际上是与"情""理"不分的。

"诗"与"歌"合流时"诗"吸取了"歌"的抒情内容,"歌"也采纳了"诗"的韵语形式,因为"诗"的语言是天然的韵语,"韵

---

① [清]叶燮、沈德潜:《原诗 说诗晬语》,凤凰出版社2010年版,第24页。
② 李壮鹰、李春青:《中国古代文论教程》,高等教育出版社2013年版,第49页。
③ 转引自[美]王德威:《现代抒情传统四论》,台湾大学出版中心2011年版,第220页。
④ 董乃斌:《中国古典小说的文体独立》,中国社会科学出版社1994年版,第13—14页。
⑤ 周剑之:《泛事观与中国古典诗歌的叙事传统》,《国学学刊》2013年第1期。

文产生又必早于散文，那么最初的志（记载）就没有不是诗（韵语）的了。"①王小盾也对古代"诗"与"歌"的关系及内涵进行了考证。他指出："诗言志，歌永言"中的"诗""是'乐语'，是一种朗诵的言辞。"而"歌永言"中的"歌"是古代仪式中"乐歌"，是乐工艺人在仪式上的歌唱形式②。《汉志·艺文志》曰："《书》曰：'诗言志，歌咏言。'故哀乐之心感，而歌咏之声发。诵其言谓之诗，咏其声谓之歌。"因而"诗"也罢，"歌"也好，都是有"感"而"发"的，只是在古代祭祀仪式上的表现形式有所不同："诗"重在"诵其言"，"歌"重在"咏其声"。当然与"诵"或"咏"相关的语言必然是具有一定节奏的"乐语"或"韵语"。姜剑云认为《尚书·尧典》"诗言志，歌永言"以及《诗大序》中"在心为志，发言为诗"中的"言"不是普通的语言，是先民在娱神祈祝中用以配合乐、舞的语言（口语），为了协调行动，所以它们三者都是富有节奏的，同时，为了口耳相传，因而也要求是押韵的③。从以上学者的考证来看，"诗言志，歌咏言"中的"诗"与"歌"皆是有韵的，而诗歌合流后，诗的"韵"味更浓。

"韵"是中国古代诗学理论的核心概念之一，在长期的诗学理论发展中，被赋予了丰富的内涵，但总体上可以分为诗性形式之"韵"和诗性效果之"韵"。前者包括诗性作品具有的押韵、节奏和韵律等外音乐性，以及内在情感波动形成的旋律即内音乐性（本书统称为"乐"），也包括语言的色彩形象和由实而虚想象出来的各种形象（本书统称为"象"）以及句式节奏和文体结构（本书统称为"体"）等，它们都属于艺术形式之美。后者指诗性作品的"情""志"及表现"情""志"的艺术形式共同生成的一种美学效果，即

---

① 闻一多：《闻一多神话与诗》，吉林人民出版社2013年版，第173页。
② 王小盾：《论汉文化的"诗言志，歌永言"传统》，《文学评论》2009年第2期。
③ 姜剑云：《太康文学研究》，中华书局2003年版，第210—212页。

意象意境之美（本书称之为"境"），这是更高层次的形神情理统一升华而成的艺术之美。

由此可见，"诗""歌"合流后的"诗"既是抒情的也是含"韵"的，"情""事"的张弛对应着形式上韵的节奏，"韵"同时也是"情""事"的余韵余味。因而"诗""歌"合流后的"事""情""韵"等成为诗性传统的重要质素。作为诗性内容的"事"（含"理"）"情"与瓦莱里的"特殊的情感和感情境界"相当，也和波德莱尔的"向往""迷醉""愿望""绝望"等情感内容相当。而作为诗性形式的"韵"（含"乐""象""体"）与波德莱尔所说的"节奏和韵脚"等艺术形式，或者瓦莱里所说的为了恢复和重现特殊的情感和情感境界的形式技巧相当。除以上各要素外，作为诗性主体创作动因的诗性精神也是传统诗性的重要构成要素。诗性精神和中国古代诗学理论范畴中的"气"相当。"气"在先秦时既是构成生命的基本物质要素，同时也指人的精神状态与道德境界，如孟子的"养气"说。而曹丕《典论·论文》则提出"文以气为主"的观点，"气"成为影响作品风格形成的作者之个性与气质。而刘勰在《文心雕龙·体性》中提出"才、气、学、习"则进一步完善了曹丕的"文气"说①。《文心雕龙》中提及"气"共79处，综合来看其意义可大致有以下方面：

"从声气、血气、体气到意气、正气、气度，从天气、气象到才气、气势、气性，从精气、元气到气韵、辞气、风气，《文心雕龙》中'气'的运用涵盖了从生理到心理，从自然物候到人的气质才性，从创作主体身上所体现的生命本根到灌注于创作客体中呈现出来的生气、气势、气韵及风格特色等等。"②

---

① 高玉昆：《中国古典诗歌艺术研究》，人民出版社2014年版，第142页。
② 杨星映：《中国古代文论元范畴论析气、象、味的生成与泛化》，上海古籍出版社2015年版，第66页。

《文心雕龙》中的"气"显示出众多的含义，充分体现了"气"之内涵外延的包容性、延展性、浑融性、模糊性。但总体不外乎两大方面，一方面是主体的生理心理状况和气质修养，另一方面是艺术形式与内容互相交融形成的"气韵"。前者与主体的诗性精神相关，后者与作品蕴含的诗性精神相关。

宋代苏门六君子之一李廌在《济南集》卷八《答赵士舞德茂宣义论宏词书》中指出："凡文章之不可无者有四：一曰体，二曰志，三曰气，四曰韵。""文章之无气，虽知视听臭味，而血气不充于内，手足不卫于外，若奄奄病人，支离憔悴，生意消削。"①这里的"气"乃诗文流露出来的气势或精神状态。

清代叶燮认为，诗歌的客体包括"理""事""情"，"然具是三者，又有总而持之，条而贯之者曰气。事、理、情之所为用，气为之用也"②。这里的"气"既可以理解为自然之道，也可以理解为主体的"才""识""胆""力"灌注于客体后，由客体所体现出来的主体的精神状态。

以上不同时期所论及的"气"皆与诗性精神相当，因而传统诗性中的诗性精神要素可以用"气"这个古代诗学概念来对应理解。

总之，民族诗性的构成要素为"事""情""气""韵"，具体又可细分为"事""情""理""乐""象""体""境""气"等诗学范畴。本文中的"事""情""理"隶属于诗性内容，"乐""象""体"隶属于诗性形式，"境"特指诗性效果，"气"特指诗性精神。"事""情""理""乐""象""体"更多属于诗性传统的基本组成要素，"境""气"则是由各基本诗性要素综合作用形成的艺术效果，"气"属于作品的精神气质，"境"属于作品的审美韵味，诗性精神是创作的驱动力，因此在很大程度上也影响着作品的美感生成，即"气"

---

① 转引自陈传席:《六朝画论研究》，中国青年出版社2015年版，第169页。
② [清]叶燮、沈德潜:《原诗 说诗晬语》，凤凰出版社2010年版，第26页。

对"境"有直接的影响。

有人会问,难道语言不是诗性的构成要素吗?其实诗性始终离不开语言来表现,诗性内容要通过语言符号的节奏、形象和结构即"乐""象""体"来表现,或者说"乐""象""体"等诗性形式要素体现出语言具有何种程度的诗性特点。而语言作为影响诗性生成的决定性的先在条件,其对诗性生成的影响则通过其他具体的诗性要素体表现出来。我们说语言有诗意或诗性,是因为它全部或部分地具有了"事""情""理""乐""象""体""境""气"等要素。语言的各种风格多为这些要素综合作用而形成,比如语言的形象性,主要由"事""情""理"等内容要素与形式要素"象"等综合作用而形成,而语言的凝练则主要由"事""情""理"等内容要素与"乐"与"象"等形式要素共同作用而形成。又比如陌生化手法,它既是一种诗性生成的方法,同时也是诗性语言呈现出来的修辞效果,作为语言效果的陌生化,则主要与作为形式要素的"象"和作为效果要素的"境"有关,因而陌生化赋予语言新的形象或意境,从而摆脱了语言的陈词滥调和烂熟的情景。总体而言,文学作品中的诗性要素越齐备则诗性越充沛,而语言则是探讨各种诗性要素和文本诗性特质的先在的必要条件。

通过以上梳理并总结出"事""情""理""乐""象""体""境""气"等八大诗性要素,便能从主题内容、艺术形式、艺术审美、艺术精神和艺术本体等各方面来考查文学文本的诗性状况,从而比较有效地避免研究的主观或泛化。

## 第二节 诗性内容的演变

实际上,在民族文学发展过程中,作为诗性内容的"事""情""理"三要素,各自的内涵与外延并非一成不变。

闻一多指出,"诗""歌"合流以后,记事的成分逐渐淡化,而抒情的成分加强,《诗经》中"由《击鼓》,《绿衣》以至《蒹葭》,《月出》,是'事'的色彩由显而隐,'情'的韵味由短而长,那'正象征着歌的成分在比例上的递增。再进一步,'情'的成分愈加膨胀,而'事'则暗淡到不可再称为'事',只可称为'境',那便到达《十九首》以后的阶段,而不足以代表《三百篇》了"①。实际上,"诗""歌"合流后,随着抒情性不断增强,原先"事"中"史"的部分逐渐弱化,甚至把"事"完全排除在诗外,如《庄子·天下篇》中说"《诗》以道志,《书》以道事",《荀子·儒效篇》中说"《诗》言是其志也,《书》言是其事也",这里的"志"是与"事"脱节了的"志"②。而"理"的部分却因与"歌"的抒情性接近而得以留存和发展,因而在后来的诗歌中除了抒情外,还有对"理"的表现。

正因为"诗""歌"合流后"志"的内容发生了变化,"志"与"情"也出现了意义的统一。闻一多认为到古诗《十九首》后,"诗训志"中的"志"又可训为"意",如《广雅·释言》曰:"诗,意也。""意"又可以等同于"言情",与陆机《文赋》中提出的"诗缘情而绮靡"中的"情"一致③。于是,诗言志中"志"几乎等同于"意"或"情"了。"情""志"的统一在先秦的许多文献中也有所记载,如《左传·昭公二十五年》中子产有言:"民有好、恶、喜、怒、哀、乐,生于六气。是故审则宜类,以制六志。"对此,唐代孔颖达在《正义》中指出:"此六志《礼记》谓之六情,在己为情,情动为志,情志一也。"除此以外,《楚辞》中有"情""志"合一的表达,如"惜诵以致愍兮,发愤以抒情","固烦言不可结而诒兮,愿陈志而无路"(《九章·惜诵》),"申旦以舒中情兮,志

---

① ② ③ 闻一多:《闻一多神话与诗》,吉林人民出版社2013年版,第176页,第177页,第177页。

沈菀而莫达"(《思美人》),由此可见,《楚辞》中"情""志"是并列统一的。

有学者指出,西汉时人们论诗,多谈"言志",少谈"缘情",原因在于"志"偏于理性且经过社会规范,"情"却偏于感性且多属未经规范的自然本性,西汉时期为了实现封建教化,自然重视"志"而疏于"情"①。因而,汉代以来,历代对代表政教的"志"的宣扬远远多于抒发个体情感的"情"。但实际上,先秦时期对"志"的重视也是远大于"情"的。到了明代的汤显祖则说"志也者,情也"②,再次把"情""志"统一起来。

胡适说:"诗歌与音乐、舞蹈是同源的,而且在最初是一种三位一体的混合艺术。"③这三位一体的艺术在最初的目的是什么呢?先秦时期,作为"乐语"的"诗"或"歌"是与"乐""舞"相配合,在原始祭祀仪式中是融为一体的,其功能也与"乐""舞"相一致,即如《周礼·春官·大司乐》中所表述的那样:"以致鬼神,以和邦国,以谐万民,以安宾客,以说远人,以作动物。"因而,"诗""歌"与"舞"一样,都具有沟通鬼神、治国安民、协调人与人、人与自然之间关系的功能,即与人伦教化、自然秩序的维护密切相关,正如朱自清所言:"'言志'其实就是'载道',与'缘情'大不相同。"④那么"乐语"或"载道"的具体内容是什么呢?根据《周礼》的记载来看,"乐语"涉及"兴,道,讽,诵,言,语",而《周礼·春官·大司乐》中郑玄对此有注:"兴者,以善物喻善事。道读曰导;导者,言古以剀今也。倍文曰讽,以声节之曰

---

① 夏传才:《毛诗大序论析》,《山西大学学报》1983年第4期。
② 伏涤修、伏蒙蒙辑校:《西厢记资料汇编》(上册),黄山书社2012年版,第84页。
③ 朱光潜:《诗论》,生活·读书·新知三联书店2014年版,第10—11页。
④ 朱自清、桑楚主编:《朱自清经典》,北京联合出版公司2013年版,第199页。

诵，发端曰言，答述曰语。"因而"乐语"在内容上应该包括记事、明理、讽喻等，这和闻一多所考证的"志"的内容即事物或事理是一致的。朱自清对闻一多"诗言志""志"的内涵演变分三个阶段的观点表示认可，不过他对第三个阶段的"志"即"怀抱"有自己的理解，他指出："这种志，这种怀抱是与'礼'分不开的，也就是与政治、教化分不开的。"①朱自清还具体列举了《诗经》中十二处与"作诗"相关的句子，其中"作"意不外乎讽与诵②，也即与政教相关。孔子说："《诗》可以兴，可以观，可以群，可以怨。"（《论语·阳货》）实际上也从政教德行方面强调了诗的教化功能。

有学者认为，《尚书·尧典》"诗言志"中的"诗"是上古祭祀之辞或庆功之辞，"志"始初应当与祭祀天地鬼神、祖宗社稷活动的内容有关③。后来的《左传·襄公二十七年》中有"诗以言志"说，其义就是赋诗以言志，即在春秋时期各诸侯国的正式外交场合，人们通过诵唱《诗三百》中的篇章（采取"歌诗必类"和"断章取义"的方法）以明其"志"，或称颂赞美，或怨刺嘲讽，或婉转解惑。对此，朱自清做过详细的考证后指出，先秦时代"诗以言志""诗言志"更多是用于诸侯之交中的公共空间，是借诗言志，所赋之诗并非自己所作，目的在于"观志"，多以"颂"为主；也有的赋诗用于私人空间，"以现成的诗合自己的意，而以成礼"④。由此可见先秦赋诗言志的"志"要么是表一国（诸侯）之"志"，要么是教人以成"礼"，仍然与政教或礼教内容密切相关。后来孟子在《万章》篇提出了著名的"以意逆志"说，其中的"志"是诗人之"志"，是作者蕴含于诗中的情志，它仍和当时以倡导政教伦

---

①②④ 朱自清：《民国学术文化名著诗言志辨》，岳麓书社2011年版，第7页，第9页，第17—19页。

③ 蒋原伦：《观念的艺术与技术的艺术》，新星出版社2014年版，第301页。

理为主的价值观念相一致。荀子在《儒效》篇中提出了"诗言是,其志也"的诗歌观,明确指出《诗》之所言皆是圣人之志,是"百王之道",首次对"志"的内涵做出了明确的界定和规范,"志"即是儒家之道,是儒家政治伦理道德思想,这和朱自清把"志"解释为政教或礼教内容相类似。

到了唐代,元稹在《乐府古题序》中便又提出:"凡所歌者行,率皆即事名篇,无复依傍。"当代学者徐承指出:这里"即事名篇"的"事"是"时事"之意,实际上是对发端于《诗经》的中国古代诗歌的"道统"的正宗继承①。由此可见,"志"也罢,"事"也好,它们都与古代文人墨客们"载道"诉求紧密相关,因此,"事"于是又在此回归并统一于"志"了。

到了清代,叶燮在《原诗》中指出诗歌创作不外乎内外即主客体两个方面,主体即诗人能力修养包括"才""胆""识""力"等方面,客体即诗歌抒写对象或内容,包括"理""事""情","譬之一木一草,其能发生者,理也。其既发生,则事也。既发生之后,夭矫滋植,情状万千,咸有自得之趣,则情也"②。叶燮认为"理""事""情"是事物的属性,三者始终不可分离,"情"因"理""事"而生,是依附于"理""事"的外在情貌或情态。诗人需要涵养自己的"才""胆""识""力"以观察、体验和捕获客观的"理""事""情",在这个过程中,由于主体的参与,客观的"理""事""情"便带上了鲜明的主观色彩,即被人的主干情思所包裹和浸润,形成了艺术世界中的饱含情思的"别样"的"理""事""情"。叶燮关于"理""事""情"的阐释显然比元稹的"即事名篇"对"事"的阐释要全面且更具有普遍意义,在内涵上当然也包含了"传

---

① 徐承:《中国抒情传统学派研究·序》,中国社会科学出版社2015年版,第5页。
② [清]叶燮、沈德潜:《原诗 说诗晬语》,凤凰出版社2010年版,第26页。

道"之"志"了。

虽然历代都更重视作为伦理政教的"志",但在"志"的发展演变过程中,其内容逐渐从讽诵、政教转向抒情,于是"志""情""意"又逐渐与"缘情"发生了关联。朱自清与闻一多都认为,"诗""歌"合流后,《诗三百》"志"都表达诗人的"怀抱"或"情意",或者说都有着"言志"与"缘情"的内容。但朱自清指出:"《诗三百》里一半是'缘情'之作,乐工保存它们却只为了它们的声调,为了它们可以供歌唱。那时代是还没有'诗缘情'的自觉的。"①朱自清认为,只有到了楚辞才开始了以诗抒情的自觉,他指出:"屈原的《离骚》《九章》,以及传为他所作的《卜居》《渔父》,虽也歌咏一己之志,却以一己的穷通出处为主,因而'抒中情'的地方占了重要的地位。"②如《楚辞》《九章·惜诵》中写道:"惜诵以致愍兮,发愤以抒情。""固烦言不可结而诒兮,愿陈志而无路"。汉代的《毛诗序》也明确指出了"情"与"志"之间的密切联系:"诗者,志之所之也。在心为志,发言为诗,情动于中而形于言,言之不足故嗟叹之,嗟叹之不足故永歌之,永歌之不足,不知手之舞之足之蹈之也。""志"为诗人一切可能的情志,而"诗"恰恰是充满情感色彩的富于创造性的诗性语言。学者周朔因此认为,在《毛诗序》中,"情""志"真正达到了合一③。虽然《毛诗序》认识到了"情"与"志"都与人思想意识和情感密切相关,但由于对儒家政教功能的强调,诗所表现的主体内容仍然以政教为主。只是随着自我抒情意识的发展,逐渐出现了与政教无关的诗歌,如魏晋时期的五言诗。于是有了陆机《文赋》中"诗缘情而绮靡"的

---

①② 朱自清:《诗言志辨》,岳麓书社2011年版,第15页,第30页。
③ 周朔:《诗言志在先秦两汉的演变》,《求索》2008年第1期。

说法①。但抒情并没有完全取代言志，朱自清认为，自建安以来，关乎"一国之志"政教的"言志"与关乎一己"穷通出处"的"缘情"是并存的，只是各有起落涨消而已②。而唐代孔颖达在《正义》中明确提出了"情志合一"的理论，这在前文已有所论。孔颖达实际上是对《毛诗序》中关于"情""志"关系的进一步探讨。清代叶燮《原诗》中则把"言志"与"缘情"统一于"理""事""情"三者之中。叶燮在本质上也是主张"情志合一"，尽管他并没明确提出。

对于民族文学中"情""志"在统一中又存在对立的现象，郭绍虞对此进行较为合理的解释，他指出："志"在我国文学发展过程中长期为礼教所规范，"情"则被视为私情而与政教对立，因而"言志"和"缘情"的对立实质是人们要求诗歌发挥不同教育功能，是政治思想的差异在文学理论中的反映③。

对于"诗言志"中的"志"和"诗缘情"中的"情"之间的统一关系，现代学者也进行了较为深入的探讨。曹胜高认为应把它们纳入先秦时期儒家的思想体系中讨论，他通过考查认为"志"是一个人相对持久稳定的理想并为之长期努力的相对恒定的追求。而先秦诗学重视"诗言志"，原因在于试图通过"诗"对个体情志的整饬达到辅弼政教的目的。而"情"与"志"有着密切的联系，作为人性组成部分的个体情感，必然受到属于外在社会规范的"义"的约束，而受"义"约束的"情"就不再是一种纯粹的感性体验了，而是融合着理性约束的感性。有了理性的浸润，"情"便成为合乎社会规范的，体现个人道德理想和人格修

---

①② 朱自清：《诗言志辨》，岳麓书社2011年版，第33页，第40页。
③ 郭绍虞：《中国历代文论选》（第1册），上海古籍出版社1979年版，第3页。

养的"志"了①。曹胜高实际上是以儒家政教伦理为视角观照"情""志"而使二者达成统一的。王秀臣则从创作主体出发,对"情""志"进行了差异性比较,他认为:"从'言志'到'缘情'的变化并不是情感取舍的转变,而是情感主体由群体向个体的转变,是情感类型选择和功能效应的不同。"②王秀臣的观点实际是与朱自清的观点类似。朱自清认为,诗歌发展到清代,袁枚将"诗言志"的意义进行了拓展,使诗既具有了"言志"的功能也具有了"缘情"的功能③,即关乎"一国之志"政教的"言志"与关乎一己"穷通出处"的"缘情"达到了统一。朱自清进一步指出,到了现代,"言志"的诗又和现代译语"抒情诗"同义④,此时"言志"与"缘情"也是统一的。

由此可见,诗性传统中的内容要素"理""事""情"等从汉代已降,逐渐从先秦的祭祀庆典之辞演变成与美刺相关的内容,再演变成为儒道诸家的政治伦理道德思想,同时,情与志也逐渐产生了区别,情偏重感性,志偏重理性。"情"与"志"在文学发展史中有着各自的消长起落,也经历了合流、分离、再合流的演变历程,但二者在诗性传统中,始终是相互伴随的。

## 第三节 诗性形式的演变

结构主义认为,艺术形式本身就是内容,自然界和现实生活中有着丰富的诸如事物、时间、形象、词等各种可以作为艺术品的材

---

① 曹胜高:《由先秦情志说论"诗言志"之本义》,《文艺理论研究》2009年第3期。
② 王秀臣:《"诗言志"与中国古典诗歌情感理论》,《文学评论》2014年第2期。
③④ 朱自清:《诗言志辨》,岳麓书社2011年版,第39页,第40页。

料,作者获得这些材料后,对其进行特殊艺术程序的处置,然后使选取的这些材料上升为某种艺术审美对象。而这艺术程序恰恰是艺术品之所以成为艺术品的根本原因。而艺术形式是艺术性的成分,它属于艺术程序的直接结果①。因而,诗性作品之所以具有诗性,除了诗性内容和诗性精神外,诗性形式也是绝对不可缺少的,正如结构主义所言,处理材料的程序不同,艺术效果便可能大相径庭。德国学者贝恩在《抒情诗的问题》中说:"形式就是诗。一首诗的内容和意蕴,比如忧伤,惶惶惑惑,末日来临之感的喷发,乃是人所共有,人之常情,不过是程度不同,体验各异罢了。而只有当它们有了形式,才产生了抒情诗。"②民族诗性传统中的"情志"或"事理"等内容要素,作为材料如果没有相应的诗性形式,他们也只是一种普通的情感或意识而已,正是通过某种艺术形式,赋予这些内容以"韵"味,诗性作品才得以诞生,而作为诗性形式的"韵"恰恰是诗性文本生成诗性的关键性要素。

作为诗性形式的"韵",包括"乐""象""体"三要素,既指押韵、节奏和韵律等音乐性特征,也指语言的形象色彩以及具体的诗体结构和诗体形式等。作为诗性形式的"韵",同其他要素一样,随着社会发展而形成了丰富的诗学内涵。

远古时代诗歌作品的语言富有节奏感,而且也是押韵的,这是众多学者都认同的观点。后来人们论及诗性文本时,用了与"韵"类似或相关的概念。先秦时期荀子在《乐论》中论及音乐的功能时说:"使其曲直、繁省、廉肉、节奏足以感动人之善心,使夫邪污之气无由得接焉。"由于先秦早期诗乐舞一体,因此论乐即论诗,即诗

---

① 胡经之、王岳川:《文艺美学方法论》,北京大学出版社1994年版,第182页。
② [德]贝恩:《抒情诗的问题》,见伍蠡甫,胡经之主编:《西方文艺理论名著选编》下卷,北京大学出版社1987年版,第50页。

也需讲究"曲直、繁省、廉肉、节奏"等音乐特性，荀子实际上指明了作为诗之"韵"的具体表现方式，也是对"乐"这种元素的强调。

在魏晋南北朝时期，随着文体意识觉醒与增强，作为诗性形式的"韵"也得到了强调。曹丕在《典论·论文》中说"诗赋欲丽"中的"丽"，指明了诗性文本重视辞藻华丽、音乐流畅和谐的美学特点。陆机《文赋》中要求语言"其会意也尚巧，其遣言也贵妍。暨音声之迭代，若五色之相宣"，要求语言要有文采，而且要有神韵之美。他在同一篇文章中还说"诗缘情而绮靡，赋体物而浏亮"，其中"绮靡"是对诗的形式华美的要求，"浏亮"是对赋的语言流畅清朗的要求，二者同样是对诗歌形式美的阐释，也是对"韵"内涵的发展。

曹丕与陆机的相关论述既有对"乐"的追求，也有对"象"的强调，只是表达还比较笼统，但在刘勰《文心雕龙》中却有《声律》《丽辞》《练字》等篇，专门讨论诗性作品的语言辞彩声律之美，后来沈约倡导的声律理论，便更进一步推进了语言的韵律化。

随着文学的发展演变，作为有"韵"的诗便衍生出新的韵文文体即楚辞、赋以及后来的词与戏曲，到了现代文学阶段，还产生了散文诗、诗化散文和诗化小说等新的艺术形式。就诗歌自身而言，也出现了"体"的区别，即体式的不同。《周礼·春官·大师》有言："大师教六师诗：曰风、曰赋、曰比、曰兴、曰雅、曰颂。以六德为之本，以六律为之音。"其中的"风、雅、颂"便是不同诗体的区别。这都是作为诗性形式的"韵"在内涵上的演变。

当然，"韵"还包括了作为诗性文本的外在形式呈现的文本结构。陆机在《文赋》论及的"其会意也尚巧"，便是对了诗性文本构思的强调，不同的构思将给诗性文本不同的结构呈现。闻一多对现代新诗提出了"音乐美""绘画美""建筑美"等"三美"主张，其中的"建筑美"便是对现代白话新诗结构形式之美提出的要求。

值得注意的是，诗性形式更强调其作为一种"有意味的形式"（克莱夫·贝尔）而存在，因为这种形式背后有着回归自然神性和探寻终极存在的诗性冲动，有着追寻诗意生成方式的崇高而超然的人文情怀，正是在此意义层面，诗性形式才具有了诗性本体价值。

## 第四节　诗性精神的内涵及特点

就诗性文本而言，其诗性内容和诗性形式蕴涵着相应的诗性精神，就创作主体而言，其诗性精神又决定着诗性内容和诗性形式。诗性精神在诗性传统中居于主导性地位。诗性精神也是诗性本体论中的核心内容。诗性精神便是主体在艺术文本之中的某种寄托，清代薛雪的《一瓢诗话》有这样的论述："诗重蕴藉，然要有气魄。无气魄，绝非真蕴藉。诗重清真，尤要有寄托。无寄托，便是假清真。有寄托者，必有气魄。无气魄者，漫言托之。犹之有性情不可。"[1]其中"气魄"正是创作主体的"寄托"所带来的艺术效果。

如前文所言，我国古代诗学理论中与诗性精神相当的概念为"气"，"气"除了薛雪在《一瓢诗话》中所论及的"气魄"一词与审美效果相关外，还与作者性情、气质和才能等相关联，属于某种至关重要的创作动因。但无论是孟子的"养浩然之气"，曹丕的"文以气为主"，还是刘勰的"养气"论，抑或是李鷟论诗文之"气"，还是叶燮的"理事情说"中的"气"论，皆未能明确其诗性生成的根本性问题。诸如气势、气脉、气力、气魄、风气、辞气、气骨、骨气、气韵、风骨等一系列以气为中心的美学范畴[2]，无论是作品之"气"还是作者之"气"，多数仅仅停留于主体的"气"之表现或文

---

[1] 邬国平编著：《中国历代文论选新编·明清卷》，上海教育出版社2007年版，第333页。

[2] 刘毅青：《中国美学现代意义的探寻》，山东大学出版社2013年版，第57页。

本美学层面展开讨论，而未能准确把握住"气"之生成根源。现借助中外现代诗学相关理论对诗性精神有关问题进行探析。

"'诗性精神'一词，最早见于意大利哲学家维柯的《新科学》一书中。"①维科在《新科学》中首先提出了"诗性智慧"一词，他认为原始先民常常由于无知而以己度物，以自己为衡量万物的标准，人便与世界相融，诗性思维也因此而产生，他说："原始的诸异教民族，由于一种……本性上的必然，都是些用诗性文字（poetic characters）来说话的诗人。"②汪文学因此认为："所谓的'诗性精神'，是指人类原初的一种思维方式，恩斯特·卡西尔称之为'神话思维'，列维·斯特劳斯称之为'原始思维'。根据维柯《新科学》所揭示的观点：没有任何经验的儿童的活动，必然是诗的活动。"③刘士林也把这种诗性智慧称为诗性精神，不过，汪文学是从思维角度理解"诗性智慧"和"诗的本性"的，而刘士林则是从思维的初始内容来理解的，他说："母系时代的诗性智慧在本质上即生命智慧即原始思维中的永生信仰。"④无论是原始直觉思维形式还是原始先民对自然神性的永生信仰，都是诗性精神的初始体现。

海德格尔则从对存在的追问出发，在思考诗与存在的关系时，对诗性本质进行深入的阐述，任昕认为，诗性是海德格尔诗学的灵魂，他对诗歌的阐释，目的在于发现和揭示诗的本性，即诗性，并以此揭示和追问存在之本质，"这一本性乃是与天地万物相通、与存在相伴、与世界的本源和人的存在息息相关的东西"⑤。海德格尔在《诗人何为？》中指出，在诸神时代结束后，诗性缺乏的时代便到来，而"时代的贫乏须得为他而将他的整个存在与使命变成一个诗性问

---

① 汪文学:《中国人的精神传统》，武汉大学出版社2012年版，第70页。
② [意]维科:《新科学》，朱光潜译，人民文学出版社1985年版，第28页。
③ 汪文学:《中国人的精神传统》，武汉大学出版社2012年版，第70页。
④ 刘士林:《中国诗性文化》，海南出版社2006年版，第54页。
⑤ 任昕:《诗性：海德格尔诗学的内在精神》，《国外文学》2015年第3期。

题,这是诗人天性的一个必要的成分"。作为诗人使命的"诗性问题",便"意味着去注意、去歌吟、去跟踪那远去的诸神"①,让存在敞开,并且照亮存在,让存在闪耀而领悟到存在之真谛,"这种被嵌入作品之中的闪耀就是美。美乃是作为无蔽的真理的一种现身方式"②。在海德格尔看来,艺术之美就在于使神性回归,在于对生命和世界本质的揭示。诗人波德莱尔也认为"诗表现的是更为真实的东西,即只在另一个世界是真实的东西"③,另一个世界即神性和本真存在的世界,这和海德格尔所理解的诗性世界是一致的。海德格尔对"诗性"精神和波德莱尔对"诗"的理解实际上和我国远古时期有关诗歌的论述相似,《尚书·尧典》指出,"诗""歌"的最终目的在于"神人以和","诗""歌(乐)""舞"都是仪式的组成部分,是用来沟通神灵与自然的工具,其目的是达成和谐,正如席勒所说,诗歌的使命在于通过美的途径获得自由并恢复和谐之人性④。因而,诗、舞、乐最初目的并非为了审美,而是一种出于原始冲动的、自发的、本能的抒情生成机理与现象,这便是诗性精神⑤。这种原始的自发的本能的抒情,其目的乃是人与自然神性的沟通,最终达成人性之和谐。当代作家残雪认为:"诗性精神诞生于人的生命的躁动,诞生于欲望和意识的交战之中,它是人对生命的最高认识,有了它,人性的表演才成为了可能,欲望才有了正确的出路。"⑥残雪深刻地理解到了诗性精神来自生命回归自然神性的本源性冲动,而且认识

---

①②[德]海德格尔:《海德格尔诗学文集》,成穷等译,华中师范大学出版社1992年版,第82页,第40页。

③[德]海德格尔:《林中路》,孙周兴译,上海译文出版社1997年版,第33页。

④[德]席勒:《美育书简》,《古典文艺理论译丛》(第五辑),人民文学出版社1964年版,第73页。

⑤姜剑云:《太康文学研究》,中华书局2003年版,第213页。

⑥残雪:《地狱中的独行者》,华东师范大学出版社2008年版,第200页。

到了这种回归之路是对生命的最高认识和人性的正确出路。

由此可见，诗性或诗性精神在本质上是关乎人的存在即本源的思维活动，是对现实俗世的超越和对彼岸世界的想象，是人性回归永恒的自然神性的生命冲动。而诗人的使命便是使转瞬即逝的神圣之物能永恒留存①。鉴于此，笔者对诗性精神做如下界定：诗性精神是独立人格与自由心灵的体现，是主体和客体在更高意义上的交融，是人性与神性的沟通，是一种物我两忘、天人合一的境界，是从另一个更高的、理想的、超验的世界来重新设定现实世界的诗意冲动②。随着民族历史文化内容的演变，民族诗性精神在不同的历史时期也呈现出不同的精神诉求。

原始社会母系氏族时期，人们还无死亡意识，他们认为人的生命与自然浑然一体，同自然界一样是永生的，人同自然界、个体与群体都是彼此不分而融为一体的，这个时期无论是"诗言志"，还是"歌永言"，都是怀着"神人以和"的目的，以表达对生命永恒的信仰，这正是原初的诗性精神的体现。到了轴心期（与我国夏商周时期相当），人类的死亡意识开始觉醒，死亡意识强化了个体的自我意识，个体与群体、个体与自然产生了分离，从而产生了客观对象，主客的分离使原始时期浑然一体的生命观瓦解，西方许多民族的原始诗性精神也因此受到了破坏甚至断裂。但中国轴心时期的诗性精神并没有像西方那样遭遇断裂，这是因为此时期"作为真正个体生产机制的父权制功能很不完善，所以中国文明从其发端时期，就未能生产出文明历史所呼唤的充分主体化的个体生命"③。原始文明时期，中华民族的先民们始终存在着一种回归母系时代物我浑然的诗

---

① [德]海德格尔：《海德格尔诗学文集》，成穷等译，华中师范大学出版社1992年版，第217页。
② 廖高会：《诗意的招魂：中国当代诗化小说研究》，学苑出版社2011年版，第15页。
③ 刘士林：《中国诗性文化》，海南出版社2006年版，第62页。

性状态的情感冲动,当时的人们采用对个体化形式的否定以回归无知无识的"至德之世"(母系时代),从而克服死亡意识在个体与群体之间制造的断裂与对立①。轴心时期华夏民族在母系氏族血缘关系的强大传统影响下,逐渐形成了宗法制,宗法制的核心思想便是家国一体,这样的文化制度和文化观念贯穿了整个民族历史,而家国一体的宗法制,实际上仍然是深受原始诗性精神的影响,因为在民族潜意识中存在对个体脱离群体的拒绝,存在着个体回归群体和完整圆融的自然神性的生命冲动。所以,华夏民族原始的诗性精神并没因死亡意识的出现而发生断裂,而是作为一种民族精神延绵不绝传承至今。

到了周秦时期,母系时期的诗性精神也即人们对自然神性和生命永恒的信仰与冲动隐藏于对现世的关注之中。这在诸子百家的思想理论中均有表现,本文重点讨论对后世诗性精神影响较大的儒家和道家。周秦时期"诗""歌"合流后,"诗言志"中的"志"无论被阐释为表达政教伦理的"言志",还是理解为歌咏"穷通出处"为主的一己之志的"缘情",其"诗兴"冲动与激情要么与儒家政教伦理相关,要么与道家自由逍遥天人合一的精神诉求相关。"言志"与"缘情"正是原始诗性精神的时代变体。儒家思想体系以"仁"和"礼"为核心,反对个人主义以维护群体利益,力图通过"仁""礼"把个体融入族群、鬼神、自然与天地之中,以达到个体生命与自然神性的融通。道家思想体系以"自然无为"和"天人合一"为核心,力图通过"坐忘""虚静"或"齐物"等方式消除主客体的分裂和生与死的界限,以使个体生命与自然神性相融合,回归自然以找到灵魂的栖居之所。因而,无论是儒家还是道家,在"言志"与"缘情"时,都将或隐或显地闪耀着浓郁的原始诗性精神。后来佛教传入中国,采用因果轮回说解决了中国儒道墨等各派都忽略或者避而不谈

---

① 刘士林:《中国诗性文化》,海南出版社2006年版,第46页。

的死亡问题，并由此衍生出色空论，其延伸到文学领域便产生了空灵等审美观，而佛教生死轮回说和相由心生等理论，同样是个体回归自然神性和走向生命永恒的一种精神诉求，因而佛教同样为民族文学注入了一种诗性精神。

民族诗性精神延绵不绝贯穿于整个中国文学发展史，其主要表现在诗骚传统下形成的"家国意识""悲悯情怀""抗争精神"和"通脱超然"等方面。

实际上"诗骚传统"和"家国意识"在精神本质上是统一的。无论是《诗经》的写实传统还是《楚辞》的浪漫传统，都符合儒家的主体思想。孔子编《诗经》的目的是为了"兴观群怨"，屈原写《楚辞》是为了发愤抒情，孔子理想的寄托乃是群体之兴寄，屈原的个体愤慨仍然是家国之愤慨，二者共同之处都是由个体出发到忘却个体最后指向群体，因而无论是现实主义抒写，还是理想主义的表达，都有着家国意识、民本思想与爱国精神，这种精神恰恰是原始诗性精神的一种变体。当代学者陈国球认为：中国的抒情传统中，"抒情"与"政治"常为一体两面，且最终仍为一个归属点，即中国文人墨客的"生命情怀"。[①]在儒家文人墨客心中，"生命情怀"重心便是"家国情怀"，因为以儒家思想为核心的诗性精神虽然也关注个体，但这个体是集体中的个体，在本质上仍然是对群体的关注，因而仍然属于民族诗性传统"小"回归"大"，"小""大"统一的生命观的具体表现。

和民族国家情感联系在一起的是"悲悯情怀"，也即人所具有的对人类自身、对一切生命皆怀有护爱、同情与慈悲的善良情感，其精神本质便是对生命存在最基本的尊重与关爱。悲悯情怀在中国古代文学作品中更多体现在对民生的关怀并为民众的尊严、生存与幸福而呐喊和斗争的精神。历代文人有很多相关的情感倾诉，比如

---

① 陈国球：《情迷家园》，上海书店出版社2007年版，第335页。

"长太息以掩涕兮，哀民生之多艰"（屈原《离骚》），"白骨露于野，千里无鸡鸣"（曹操《蒿里行》），"穷年忧黎元，叹息肠内热"（杜甫《自京赴奉先县咏怀五百字》），"但愿苍生俱饱暖，不辞辛苦出山林"（于谦《咏煤炭》）等诗句，无不表达了心怀苍生的悲悯情怀。悲悯情怀不仅仅是对身边亲近的人、本民族的人或某个社会共同体表示关爱、尊重与同情，而且还是对整个人类甚至整个自然界生发的慈悲情感，这是一种超越自我，指向他人、群体、社会和自然的精神指向，这种悲悯情怀通过外部中介（他人、群体、社会和自然），使自身的情志与人类共同具有的普世价值（普遍情感）得以沟通，从而实现了自我与群体的相融，以超越小我，最终找到通往永恒神性的有效路径。

就"抗争精神"而言，道家思想中捍卫自然人性和崇尚自由的反抗精神，儒家思想中反抗专制暴政和不公不义的怨刺精神，在本质上也具有相通之处，它们都体现出对永恒神性和本真生命的崇尚和回归的精神冲动。因为专制或暴政极大地膨胀了"自我"，而且这个膨胀的"自我"借助权利或者使族群的生存受到威胁，或者使人的自然本性受到压抑扭曲，致使人性通往神性之路被阻断，因而怨刺与反抗便成为重返神性的生命冲动。只是儒家的诗性精神侧重于对现实人格神性和理想族群社会的礼赞与构建，道家的诗性精神则是对彼岸自然神性的推崇，二者在诗性本质上是相通的。道家诗性精神在魏晋名士身上有较为集中的体现。名士们极具个性的狷狂之态，是极具个性色彩的表现，很容易与私人化主体性混为一谈。实际上魏晋时期的"名士风流"恰恰是受到道家回归自然的思想的深刻影响，反对为封建礼教和政治专制对个体的同质性异化，因而以独立特行的狂傲姿态予以反抗，他们要争取一种回归自然的自由。比如竹林七贤常常放荡不羁，任性而为，无不展示了与天地自然为一体的不羁心态。阮籍说自己以地为席，以天为裤，这完全是一种与自然浑然一体的原始生命观。魏晋士人真正变现了一种诗性的回归。

在道家与儒家这种"抗争精神"的影响下,在诗学史上始终贯穿着一条发愤抒情的精神,历代文论家皆有总结,如司马迁的"发愤著书"说,韩愈的"不平则鸣"说,陆游的"悲愤积于中而无言,始发为诗",李贽的"古文圣贤,不愤则不作"等。

而"通脱超然"的精神诉求与"抗争精神"相联系。在对俗世的抗争与超越中,诗人们以超然俗世的姿态,用诗性艺术达到人与自然、人性与神性最直接的沟通与链接,用自由翱翔的想象力抵抗世俗之魔阵,在诗意的抒情与驰骋的想象中,完成了永恒神性对世俗人性的超越,从而达到"通脱"的境界。

儒家侧重于对人格神性的礼赞,道家侧重于对自然神性的推崇,二者在民族文学的发展演变中,很多时候都同时发挥着作用,并赋予特定时期的诗性文本以相应的诗性精神。比如五四现代文学中的个性解放精神、自由民主精神、浪漫主义精神和爱国主义精神等,都在不同程度上受到了儒家和道家诗性精神的影响,成为原始诗性精神的现代变体。同时,五四时期这些具有鲜明时代特色的诗性精神在自叙传小说、乡土抒情小说和某些乡土写实小说中得到了相应的体现,只是各自回归自然和神性的方式不同。乡土抒情小说从外在自然层面将个体融入、自叙传小说从内在情感层面将自然纳入,乡土写实小说更多是从人的社会性层面把个体融入社会群体之中。但无论何种方式,最终目的都是要让个体生命融入群体之中,从而回归自然神性,其潜在的生命冲动皆是超越短暂个体生命而回归永恒神性的诗性精神。

就诗性精神的特点而言,他始终是和政治密切相关联的。因为中国文化在发展中形成了宗法制,即形成了家国一体的文化观念。在这种观念的影响下,其他文化表现形式都以此为中心,被烙上了深刻的政治色彩。政治与道德伦理又始终是不分开的①。因而诗性精神始终和政治意识形态紧密相关。这个特点是适用于任何时代的。

## 第五节　诗性传统中的境界之美

在诗性传统的众多要素之中,"韵"与"事""理""情""乐""象""体"并非同一层次的概念,而是后面六大要素综合作用而形成的美学效果。与"韵"密切相关的诗学概念有意象、境界、滋味、神韵等,这些诗学概念不单与诗性形式相关,而且还与诗性内容、诗性精神相关,但是它又超越了单纯的诗性内容、诗性精神和诗性形式,它属于诗性文本的形、神、情、理、虚、实、有、无等各要素综合协调,最终升华而形成的艺术审美效果。

意象与境界属于两个关系密切的诗学概念。意象理论起源于《周易·系辞》中"观物取象""立象以尽意"之说,但"意象"这个概念首先是刘勰在《文心雕龙》中提出的,它既体现了诗性思维的直觉性特点,也体现了诗性文本的形象性特点。境界为王国维在《人间词话》中的阐释最有代表性,而王国维的境界说也是在刘勰诗"境"论、王昌龄的"意境"论、皎然的"取景"论、王夫之的"情景"论的基础上发展起来的,王国维论的是词,但其"境界说"同样适应于别的诗性文体。无论王国维的"有我之境"还是"无我之境"实际上都是主体与客体的相融,"有我之境"入世的情怀更盛,"无我之境"超然的情怀更浓,作为艺术境界它们都趋向于存在之真理与自然神性。

---

① [美]余英时:《文史传统与文化重建》,生活·读书·新知三联书店2012年版,第147页。

如果说"境界"说是从审美感性与理性两方面综合阐释诗性文本的美学效果的,而"韵味""滋味""神韵"等诗学概念则更多是从审美的感性体验角度来阐释诗性审美效果的。以"味"论诗的理念可追溯到先秦晏婴论乐(见《左传·昭公二十年》),其"味"与近代诗学概念"美感"相似,西晋陆机《文赋》再次论及"味"时,已成为文艺审美的重要概念[①]。后来钟嵘在《诗品》中提出了滋味说,而司空图在《诗品》中提出了著名的"韵外之致""味外之旨""象外之象""景外之景""思与境偕"等为主的"韵味"说,到了清代的王士禛提出了"神韵"说,这些从"韵"或"味"延伸发展而成的诗学概念,有的偏向于论风格,如司空图的"韵味"说,有的偏向于论境界,如王士禛的"神韵"说,王士禛把"神韵"作为最高境界。但总体而言,无论是境界还是滋味、神韵,都是诗性内容与诗性形式融通升华形成的一种高层次的艺术美。

正因为诗性内容、诗性精神与诗性形式都会随社会发展而发生相应的变化,因而一个时代的文学应该与其对应的时代精神充分结合,以重建民族诗性传统,重塑文学的人文精神,创作出振奋民族心灵的优秀诗性作品。

## 第六节 传统小说对诗性质素的吸纳与融合

中国古代,诗是用于叙事的,歌是用来抒情的,两者具有本质的区别,正如黑格尔所言:"在史诗里诗人把自己淹没在客观世界里、让独立的现实世界的动态自生自发下去;在抒情诗里却不然,诗人把目前的世界吸收到他的内心世界里,使它成为内心世界之后,

---

[①] 高玉昆:《中国古典诗歌艺术研究》,人民出版社2014年版,第157页。

它才能由抒情诗用语言掌握住和表现出来。"①但是，叙事与抒情并无泾渭分明的界限，在中国文体的发展演变过程中，叙事文体和抒情文体相互影响彼此吸收对方的长处，从而形成了诗与歌的合流，也就是说诗歌合流后既可以记叙人事和事理，也可以用来抒发人的怀抱即情义。特别是在中国这个具有抒情传统的国度，"文人久受抒情文学的熏陶，他们的艺术个性已经被强大的抒情传统浸透了，因此文人手中的中国小说不可能不表现出很强的诗性特征"②。叙事与抒情文体的融合经历了漫长的过程，在中国文学史上，主要表现在诗与歌的融合。诗与歌的合流在"诗三百"时期便已经完成，或者说"诗三百"时期，诗已吸收融合了歌的质素。徐承认为，中国抒情诗实际也具有叙事性，先秦时候《诗经》中作为"民间吟唱"的《国风》和作为"庙堂之音"的《雅》《颂》构成了中国叙事诗的两大源头③。由此可见，"诗三百"实际上具有了叙事和抒情两大特点，其中绝大部分仍然是"诗"与"歌"不分的。后来随着文体意识的逐渐加强，诗与赋开始出现了分化，赋作为铺张扬厉的一种韵文文体独立出来，后来又从诗中演化出词、词又发展出曲子，曲子又逐渐发展成以叙事为主的戏剧，到明清时候出现了成熟的小说。从远古时代的诗歌到明清时代长篇小说的出现，可以看出整个文学发展演变的逻辑：即从简短、押韵的诗性形式逐渐向散文化长篇化发展。但无论出现何种新文体类型，始终有诗歌伴其成长，因而诗歌对其他文体的影响也是始终存在的，诗的质素一直以不同的形式存在于各种不同的文体形式之中。"尽管又有一些新演化的文学类型出现在文学史的舞台，如宋元的话本小说、明清的传奇戏曲，但抒情诗仍

---

① [德]黑格尔：《美学》（第三卷下册），朱光潜译，商务印书馆2011年版，第212页。

② 张卫中：《母语的魔障》，安徽大学出版社1998年版，第172页。

③ 徐承：《中国抒情传统学派研究》，中国社会科学出版社2015年版，第2页。

旧声势逼人，支配着传统士大夫的创作观，而抒情的美典依然是传统士大夫共通的意识形态。因此，原本属于叙事传统的小说与戏剧几乎仍是名家抒情诗品的组合、堆砌，它们的叙事性在抒情外貌的掩覆下暗而不彰，这种现象充分说明了中国文学发展的特色。"①作为叙事类文体的戏剧如此，小说也如此，因此可以说，诗的质素具有极强的渗透力，诗对其他文体的渗透在任何时代都始终存在并对其他文体的艺术形态产生了较大的影响。笔者将重点分析诗的质素是如何与小说这种文体相互融合的，当然现代小说对诗性质素的吸收更是讨论的重点。

中国小说与外国小说不同之处在于，中国小说与诗词具有亲密的关系，中国小说借助诗词来增强其表现力，这于西方小说是无法比拟的。中国古代，诗、赋、词、散文、曲、戏剧等文体各自独立后，并非完全隔绝，各种文体之间存在相互影响。就小说而言，也在不断地吸收诗词曲赋等质素来发展自己，增强自己的表现力。可以毫不夸张地说，没有诗词的哺育，中国古代小说也很难发展成熟起来。小说从对诗词曲赋的简单借用到最后逐渐发展到有机的融合，经历了一个漫长的过程，直到小说最终摆脱对诗词的依赖，而完全把诗词的质素有机地融入自身之后，小说才真正地成熟起来。

关于小说吸纳诗性质素，牛贵琥有着较为深入的研究，他指出："《尚书》中所表现的小说与诗歌的关系，可以分两种情况。一种是小说中的诗歌作为作品中人物表情达意的手段。这可以《皋陶谟》为代表。一种是小说本身的故事对小说中的诗歌起着解释作用，也可以说是在传诗。这可以《金縢》为代表。"②牛贵琥所说的小说实际上是相当于叙事文体。也就是说在《尚书》中就存在着诗歌（抒情文体）与小说（叙事文体）之间的密切联系。无论诗歌作为小说

---

① 蔡英俊主编：《中国文学的情感世界》，黄山书社2012年版，第72页。
② 牛贵琥：《古代小说与诗词》，山西人民出版社2005年版，第9—10页。

中的表情达意手段，还是对诗歌进行解释，都表明二者之间从其开始就存在着必然的血亲关系。而《尚书》中体现出来的叙事文体与抒情文体两者间的亲密关系对后世小说与诗歌的融合发展产生了深远的影响，因而可以说具有了开创性意义，也即最后形成了抒情文体（比如诗、词）与叙事文体（比如小说）相互融合的两条路径：一条是诗词作为小说的表情达意的方式而融入到小说之中，这种方式是诗词以其原有的形式嵌入到小说文本之中，形成嵌入式融合；一条是诗词的内容借助小说的形式来表达，小说成为对诗词较为详细完备的注解或阐释，从而使诗词的内涵化入小说形式之中，或者形成相互补充的关系，这种方法可称之为化入式融合。化入式融合到后来往往是小说借助了诗歌的意境或美学效果来达到表情达意的目的，从而使小说也具有诗歌的某些质素和特质，化入式融合是吸收了诗性文体的质素而非文体形式的嵌入。当然，小说对诗性文体的吸纳，还可能是对嵌入式和化入式两种方式的综合应用。

小说对诗性质素的借鉴和吸收主要表现在四个方面，即对诗性形式、抒情功能、诗性精神和审美风格等方面的借鉴和吸收。但小说对诗词的需要首先是对其抒情功能的看重，而诗性形式、诗性精神和审美风格等质素则是在小说后来的发展中才逐渐被重视起来的。小说长于叙事，正如梁启超在《小说小话》中所言："小说之描写人物，当如镜中取影。妍媸好丑令观者自知，最忌搀入作者论断。……夫镜。无我者也。"[1]小说是客观的陈述，言志抒情并非其所长。但诗或词天然地擅长于抒情，正如朱彝尊在《陈纬云红盐词序》中所言："善言词者，假闺房儿女之言，通之于《离骚》变雅之义，此尤不得志于时者所宜寄情焉耳。"[2]诗词是可以借助想象与虚构寄托

---

[1] 张建业：《〈文学概论新编〉参考资料》，中国书籍出版社1990年版，第30页。

[2] 翁长松：《清代版本叙录》，上海远东出版社2015年版，第25页。

或抒发情感的。诗词与小说等文体之间的差异正如《庄子·天下》所言:"诗以道志,书以道事。"因此小说要增强其表现力度,便需要在客观叙事的过程中借助诗词等来弥补抒情表意之不足,正如刘熙载在《诗概》中所言:"文所不能言之意,诗能言之,大抵文善醒,诗善醉。醉中语亦有醒时道不到者。"[①]作为叙事类文体有其自身的局限,有其不能抵达的意义之域,因而需要借助诗词类文体来弥补。

更值得注意的历史事实是,我国古代小说产生于史传文学,比如先秦历史散文和《史记》等都对我国古代小说的产生和发展便产生过直接而深远的影响。但"小说在其发展的道路上步履维艰,就在于它被纳入了严格的史的范畴,并且在这个本不该是属于自己的领域里长时期地摸爬滚打。史的教化性、客观性、真实性,不能不限制着活泼泼的属于文学范畴的小说的发展"[②]。于是已经很成熟的诗词便必然为小说所采用,用以抒情言志、描写人物或环境,或者刻画人物心理等,以弥补自身的不足。由此可见,小说实际上从史传文学和诗歌中吸收有益的成分,形成并发展了自己的叙事与抒情特色。

但是必须明确的是,诗歌进入叙事文体并不是小说这种文体出现时才开始的,诗歌与小说文体的融合中间还经历了散文发展阶段。即诗进入小说首先是通过进入散文开始的。

前文已经提及,古代"诗以言志",诗是用来记事的,如《尚书·洪范》中有这样的文字:"无偏无党,王道荡荡。无偏无颇,遵王之义。无或作好,遵王之道。无或作恶,遵王之路。无偏无党,王道荡荡;无党无偏,王道平平;无反无侧,王道正直。"又如《周

---

[①] 于民主编:《中国美学史资料选编》,复旦大学出版社2008年版,第549页。

[②] 牛贵琥:《古代小说与诗词》,山西人民出版社2005年版,第35—36页。

易·系辞传》："鼓之以雷霆，润之以风雨；日月运行，一寒一暑，乾道成男，坤道成女。"到了春秋战国时期，出现了诗文结合或韵散结合的文体形式来记事或明理。如老子的《道德经》有言："道，可道也，非恒道也。名，可名也，非恒名也。'无'，名天地之始；'有'，名万物之母。"先秦诸子散文和历史散文皆沿袭了诗文结合、韵散相融的传统，把诗或韵文插入到散文之中，从而形成了文体之间的相互吸收融合。而先秦时期人们对诗歌的推崇并于生活中大量使用诗歌，也是诗歌或韵文向散文融入的一个重要原因。比如孔子曾说"不学诗，无以言"，正因为人们对诗歌的应用非常广泛，诗歌或韵文侵入其他文体便成为当时的历史趋势，这也是文体发展的内在要求。于是，在内外因素的综合影响下，诗歌或韵文与散文的融合便成为历史的必然。

而小说则是从散文中孕育发展起来的。"在散文和小说还没有明显区别的时期，诗词便自然地进入了小说中来。"[1]到汉代和魏晋南北朝时期，小说开始发展，这时候小说中便出现了韵散结合的叙事文体，同时小说中也出现了有抒情功能的诗歌。此时期诗性文体进入散文（小说）文体，已经出现了嵌入式和化入式两种融合方式。在唐传奇时期，诗性文体进入小说时多以嵌入式为主，以此描写人物肖像、结构小说、传情达意等。到后来诗词等韵文便逐渐在后世的小说中加以应用。

无论是古代文言小说还是古代白话小说，都对诗词质素进行了借鉴与融入，由此便形成了小说中融入诗词的两大传统，一个是文言传统，一个是民间文学传统。无论是文言传统还是民间文学传统，小说对诗词的融入都存在着嵌入式和化入式两种融合方式。牛贵琥在《古代小说与诗词》中认为，文言小说与白话小说与诗歌文体融合的情况存在着差异，即文言小说插入的一般是小说中人物的诗歌

---

[1] 林辰、钟离叔：《古代小说与诗词》，辽宁教育出版社1992年版，第141页。

作品，而白话小说则在入话、结尾、叙事中插入诗歌或借以描绘事物、发表议论、表情达意，而且插入的数量之多远超过文言小说①。牛贵琥在某种程度上说得没错，特别是白话小说中插入的诗歌多于文言小说确为事实，但他对文言小说中的诗歌功能分析不够具体，其实文言小说中的诗歌与白话小说中插入的诗歌功能有相似之处。崔际银在《诗与唐人小说》中认为，文言小说唐传奇中插入的诗歌具有谋篇布局、表意抒情和成事为媒等功能②。崔际银认为小说吸纳诗歌文体主要原因之一是古人对诗笔的重视，唐人小说中，既有小说作者创作的诗歌，也有小说中人物创作的诗歌，同时还有对前人的引用，而且这些诗歌能与小说相融而成为小说有机组成部分，或表达情思，或塑造人物，或叙述事实，或描摹景物，或推动情节③。即使唐以前的叙事文本（属于广义的小说），也存在着渗入诗歌文体的现象。比如《穆天子传》中有四处用诗的片段，其诗歌多为人物之诗，且诗歌与叙事文本融合较好。而《山海经》中的诗歌与叙事文本融合度较小，显得较为疏远。汉代叙事文本中用诗之处多于先秦，其中《西京杂记》最突出，共引入七首诗歌，其中引用《诗经》一首，文中人物创作两首，用于叙述的四首。而到了魏晋南北朝，诗入小说则明显增加，但多数诗歌与小说不能很好融合，远较唐人小说粗疏④。唐以后文言小说与诗歌融合水平逐渐提高，诗歌与小说文体的融合也逐渐趋于成熟。

一般而言，文言叙事作品中的人物诗歌是用以表达人物情感意志的，属于小说的内容部分，并没有脱离叙事，因此以化入式的融入为主。而白话小说中的诗词则要看具体情况，如果是用于人物的表情达意或氛围环境的营造，具体包括写景、状物、状事、写人、

---

① 牛贵琥：《古代小说与诗词》，山西人民出版社2005年版，第36页。
②③④ 崔际银：《诗与唐人小说》，天津古籍出版社2004年版，第90—101页，第248页，第206—210页。

表人心曲等方面,则可以列入化入式融合,而那些在开头用以入话,结尾以表达作者的观念,或作为章节过渡的诗词,更多是嵌入式的。其实,白话小说更加重视插入诗词等艺术性形式,主要作用除了写景、状物、状事、写人、表人心曲外,其含蓄蕴藉的审美特性能引发读者探索的兴趣,同时提升小说的艺术品位,使小说得以适当的雅化,而作者也可以借助诗词来表现其才情并抬高自己的身价,而一些不便直接表达的内容采用诗词的含蓄隐晦方式避免了粗鄙与尴尬;在形式上,诗词还具有承接上下文或起到情节缓冲等作用。

古代小说除了直接引入诗歌以增强小说的诗性色彩外,还叙写饱含情感的故事或人物,或者营造出诗的意境,或者采用辞赋化的语言,前两者属于内容的诗化;后者属于形式的诗化。抒情与营造意境这两种诗化小说的方式,无论是文言小说还是白话小说中都有着较多的应用,而采用辞赋化的语言则更多存在于古代文言小说之中。

诗歌等韵文文体融入小说文体,也即抒情向叙事的渗透,使得中国传统小说具有了鲜明的诗性特点。这种既有抒情又有叙事的小说文体被苏联学者波斯彼洛夫称之为"抒情—叙事文学",是抒情因素与叙事因素的结合,这些因素包括质和量的体现,其中叙事具有高度的概括性,以突出强的抒情性与思想性[①]。波斯彼洛夫认为这种文学"之所以是叙事的,表现在:这些作品的人物虽然在不明确的时空环境中活动,但它们的形象却具有直接的意义(而不是象征的意义),通过人物的外部和内心'活动'的简短而未充分展开的连贯性,作品所认识的和典型化的仍然是人物'存在'的社会历史特征。这些作品之所以是抒情的则是因为,虽然作品中简短地、不充分地揭示了人物的社会'存在'方面的特征,但揭示诗人本人的社会意

---

① [苏]波斯彼洛夫:《文学原理》,生活·读书·新知三联书店1985年版,第142页。

识的特征却获得了均衡的意义"①。叙事就是对外部世界的描述并具有明确的意义指向，而抒情则是针对人物的社会意识，即思想情感方面。波斯彼洛夫认为无论是质还是量方面，"抒情—叙事文学"中叙事和抒情部分都应该是达成均衡的，简单来说，就是叙事质素和抒情质素所占比重是均衡的，而叙事之量和抒情之量也应该是处于平衡状态。如果抒情小于叙事了，可能会把抒情当成叙事部分的"抒情插笔"②。张卫中认为，这种"抒情—叙事"小说其诗性特质主要表现在两个方面，一是作品具有较强的观念性和主观支配性，二是作品突出地具有写意性。③但实际创作中主观性、写意性与叙事性的质与量的均衡把握并不容易，一般而言，在现代小说创作中，抒情写意性大于叙事性时更容易形成诗化小说，而多数情况是小说中的抒情写意要少于叙事部分，因而"抒情插笔"的情况在现代小说中较普遍。

---

①② [苏]波斯彼洛夫:《文学原理》,生活·读书·新知三联书店1985年版,第142—144页。

③ 张卫中:《母语的魔障》,安徽大学出版社1998年版,第176页。

# 第二章 晚清至五四时期诗性传统的中断

作为中国文学最为显著的特征之一的诗性传统，其存在与否在很大程度上决定着文学作品的精神状态和表现形式。诗性传统不仅仅是一个文学问题，而且是一个文化问题，它已经渗透到中国文化的诸多方面。诗性传统包括诗性内容和诗性形式，二者不可分割融为一体。诗性内容的灵魂是诗性精神，诗性精神在不同的历史时期将与相应的时代精神结合呈现出不同的目标形式，就清末民初至五四时期而言，其诗性精神主要表现为救亡图存的爱国精神、改良群治的启蒙精神、去旧图新的革新精神和匡时济世的博爱情怀等。诗性形式指文学作品呈现出抒情浓郁、语言优美、想象丰富、意象丰满、节奏突显、意境幽深以及意蕴隽永等美学特征。

诗性传统主要体现在诗词曲赋等抒情文学中，而诗歌一直是古代抒情文学的主体，但到了近代，在救亡图存的历史浪潮中，以梁启超、谭嗣同等为代表的晚清维新派，把曾为小道的小说推向了文学的主体地位。虽然梁启超等人也发起过"诗界革命"，但终因其无法更好更快地传递新思想而宣告失败。"改良群治"的启蒙使命最终落到了小说头上，致使吟咏情志的诗歌从以往的主流地位退居边缘。因诗歌地位的下降，千百年来沿着诗歌河床潺缓流动的诗性传统此时突遇阻碍，从而致使这条诗性主流暂时中断。

到了五四新文化运动期间，白话文运动和五四文学革命，白话文取代了文言文，传统文学也为现代文学所取代，诗性传统遭遇巨大的冲击而几至中断。但诗性传统的中断不可能是彻底的，其强大的惯性必然冲击并渗透到当时的主流文学——新小说①之中，也必然顽强地以不同的形式或面目渗透到五四小说之中。因而，清末民初的新小说和五四小说既有对诗性传统的中断也有对诗性传统的续接。可以说，正是清末民初的新小说揭开了现代汉语小说诗化的序幕，并使中国古代文学与现代文学在诗性传统方面得以贯通，而五四小说的诗性重构则为现代小说诗化奠定了基础。

## 第一节 时间观念对诗性传统的冲击

在近现代启蒙运动中，对中国思想界影响较大的除了科学民主以外，还有进化论思想。严复谈到近代中国受进化论影响时说："自其书出，欧美二洲几于无人不读，而泰西之学术政教，为之一斐变焉。论者谓达氏之学，其一彰人耳目，改易思理，甚于奈端氏之天算格致。"②他译述了赫胥黎的《天演论》，把达尔文的进化论系统地介绍到中国，相信"世道必进，后胜于今"，认为"日进无疆，既盛不可复衰，既治不可复乱"，③以直线进化观否定了中国传统的循环变易观。因而，在以严复为代表的晚清进步人士的推介下，进化论很快演化成一种强劲的文化思潮，极大地改变了中国传统思维中的循环变易观，也直接影响并改变了中国人的时间观，唐晓渡认为：

---

① 1902年梁启超于日本横滨创办《新小说》杂志，后来"新小说"成为概括在小说界革命中产生的小说作品的专有名词。

②③ 王栻主编：《严复集》（第1册），中华书局1986年版，第5页，第1页。

"'进化论'在新旧时间观的转换中起了决定性的作用。它不仅是摧毁传统文化时间观的利器,也是新时间观形成的内在依据。"①李欧梵认为,西方进化论等启蒙思想对中国冲击最大的是时间观,即以线性时间观(过去—现在—未来)改变了中国古代的循环时间观。新的时间观引发了新的历史观,"历史不再是往事之鉴,而是前进的历程,具有极度发展(development)和进步(progress)的意义。换言之,变成了一种新的意识形态……"②受进化论影响的晚清与五四知识分子,循环往复的时间观不复存在,取而代之的是线性发展的时间观,他们相信时间是向着未来前进的,向着未来发展的历史是进步的,于是要求"重新估定一切价值"③,对落后过去的批判便成为顺应时代发展潮流的逻辑诉求。唐晓渡认为,五四新文化废弃了传统文化中的"大道周天""无往而不复"的时间观,强调时间的"前方"维度,人们期待"前方",并充满了紧张感,未来被事先注入价值,它意味着光明和希望,并和革命紧密相连。④这种由进化论促成的新的时间意识形态,必然影响到诗性传统在小说中的呈现。

中国两千多年的漫长历史中,人们的时空观念是相对稳定的,传统农业社会中日出而作,日落而息的生活习惯,春夏秋冬四季循环的时间观念,世代血脉相传、生生不息的循环式的乡土时空模式,在现代线性的时间观和进化论的冲击下,都纷纷遭到了瓦解。进化论把时间切割成过去、现在与未来,于是,传统农业社会中田园牧歌般封闭的时空遭到了现代工业文明坚硬而冰冷的机器利刃的切割而显得支离破碎,过去意味着落后与陈腐,于是改良和革命成为晚

---

① 唐晓渡:《时间神话的终结》,《文艺争鸣》1995年第2期。
② [美]李欧梵:《漫谈中国现代文学中的颓废》,王晓明主编:《二十世纪中国文学史论》,东方出版中心1997年版,第63页。
③ 胡适:《胡适文存》(第一集),首都经济贸易大学出版社2013年版,第443页。
④ 唐晓渡:《时间神话的终结》,《文艺争鸣》1995年第2期。

清至五四时期的时代洪流。这是因为内忧外患使得中国国运危在旦夕,知识分子和文人几乎都心怀严重的危机感,他们已经无法作悠闲的审美式的抒情了,文学也不再是吟咏性情、抒发灵性的个体事件,而是与社会改良与革命密切相关的工具与手段,个体的诗意抒写在峻急的变革潮流中显得不合时宜。因而,晚清时期的白话文运动,新小说对传统诗文地位的取代,无不与这种关于时间的意识形态密切相关。以此看来,诗性传统的中断也就不足为奇。

而且时间观念的转变,使得晚清进步知识分子突生紧迫感与紧张感,时间带来了压力,因为救亡图存不能等,等就意味着落后,意味着挨打,这是近代社会以来给予我们的惨痛教训。晚清先进知识分子都有着时不待我的峻急时间观,在与西方交往的过程中,也试图学习西方从而与其平起平坐,这种特定时代追赶西方的民族集体心理必然表现出峻急与紧迫之感。正如黄子平说:"中国文学一旦取得了与当代世界文学的内在的'共同语言',它就无法再关起门来从容地锻打精致的形式。"①晚清进步的知识分子在危机重重的现实面前,再也无法顾及形式的诗性之美,正如梁启超说:"吾辈之为文,岂其欲藏之名山,俟诸百世之后也,应于时势,发其胸中所欲言。"②这种峻急的心态属于维新派普遍的心理,这种心理影响到小说创作,即为了快速传递思想,他们来不及润色加工和从容修改便发表出来,这使得新小说显得较为粗糙。因而,虽然先进的知识分子们有着救亡图存的爱国激情,白话小说也不乏诗性精神,但因其缺少诗意的形式,担当不了续传民族诗性传统的历史使命。

实际上,这种峻急的时间意识,与整个二十世纪文学的心理特征是一致的。"二十世纪文学浸透了危机感和焦灼感,浸透了一种与

---

① 黄子平等:《论"二十世纪中国文学"》,见王晓明主编:《二十世纪中国文学史论》(第1卷),东方出版中心1997年版,第14页。

② 陈书良编:《梁启超文集》(二),北京燕山出版社2009年版,第279页。

十九世纪文学的理性、正义、浪漫激情或雍容华贵迥然相异的美感特征。"而中国文学"古典的'中和'之美被一种骚动不安的强烈的焦灼所冲击,所改变,所遮掩"。①创作主体的峻急或焦灼心理,使得古典诗意所赖以存在的悠闲从容的心态逐渐丧失。无论是世纪末的颓废之美,还是日落时的哀婉凄美,都被峻急的时代铁蹄踏破踏平,诗意的从容悠闲难以为继。同时,古典文言优雅闲适的韵味变得如此的不合时宜,而白话文通俗化大众化快速便捷的特点,便"义不容辞"地担负起传递新思想的历史使命。同时以思想启蒙为己任的晚清先进知识分子,借助小说、诗文等文学形式急切地表达自己的新观念新思想,形成流行一时的"宣讲"之风,晚清至五四的政治小说恰是这种文风的最好说明。这种"宣讲"式的文风与政论文章接近,理胜于情,功利实用价值大于审美价值。这种审美方式的改变,使得小说缺少了艺术形式之美,诗性传统之流也因此而中断。

在这种线性时间观的影响下,晚清至五四小说特别是作为主流的写实小说,更多注重情节的线性逻辑发展,强调小说叙事的连贯性和完整性,这种线性叙事有意排斥主观情志的介入以防止延缓叙事的速度,因而也疏离或中断了清末民初至五四小说中的诗性叙事。

另外,进化论认为过去意味着落后与陈腐,未来意味着希望与进步,因而五四作家们总是把希望寄托于未来,面向未来的革命便成为晚清至五四时期的时代洪流。而启蒙与革命的洪流让五四知识分子产生了严峻的危机感与紧迫感,他们已经无法作悠闲的审美式的抒情了,文学也不再是吟咏性情、抒发灵性的个体事件,而是与社会革命密切相关的工具与手段,因为个体的诗意抒写在峻急变革潮流中显得不合时宜。五四小说便更多重视小说的具有线性逻辑性

---

① 黄子平等:《论"二十世纪中国文学"》,见王晓明主编:《二十世纪中国文学史论》(第1卷),东方出版中心1997年版,第10页。

的情节,有意疏离具有反复吟咏的主观抒写。在文学领域,胡适受进化论影响提出"一代有一代之文学",积极倡导文学革命。胡适文学革命所要建设的新文学和实证主义哲学思想紧密相连,正如前文所言,实证主义的思想观在相当程度上导致五四小说特别是问题小说和多数乡土小说对诗性传统的疏离。1927年至1928年间出现的普罗文学采用"革命+恋爱"模式,强调政治性和革命性,"要超越时代,创造时代,永远站在时代前列"①,线性时间观促使革命者认为文学之"新"在于文学是"唯物的,战斗的,大众的"②,普罗文学不乏个体爱情的抒写,但这种浪漫主义的叙事几乎成为革命的催化剂,革命性政治性高于一切,个体的情感抒写受到限制,同时也削弱了小说的艺术审美想象力,缩小了诗意的审美空间,从而带来小说叙事的非诗性化。

在进化论影响下,晚清到五四时期的先进知识分子都有着时不待我的时间观。周作人在《平民文学》中表示:"我们说及切己的事,那时心急口忙,只想表出我的真意实感,自然不暇顾及那些雕章琢句了。"③"心急口忙"正是五四作家们整体的心理特征。创作主体的峻急或焦灼心理,使得古典诗意赖以存在的悠闲从容的心态逐渐丧失。有学者指出,随着二十世纪的来临,中国文学中"古典的'中和'之美被一种骚动不安的强烈的焦灼所冲击,所改变,所遮掩"④。因而,在救亡图存的时代洪流中,无论是优雅的诗意情怀,还是精致凝练的审美形式,都不再成为五四作家们关注的重点,救亡图存的时代主题压倒了诗性的表达。

---

① 钱杏邨:《英兰的一生》,《太阳月刊》创刊号,1928年1月。
② 吴福辉编:《二十世纪中国小说理论资料》(第三卷),北京大学出版社1997年版,第102页。
③ 中国现代文学馆编著:《雨天的书》,华夏出版社2008年版,第205页。
④ 黄子平等:《论"二十世纪中国文学"》(第1卷),见王晓明主编:《二十世纪中国文学史论》,东方出版中心1997年版,第10页。

进化论摧毁的不仅是传统时间观念，而且也极大影响与冲击了传统空间思维模式。卡西尔曾经指出中国人所具有的某种思维特点：

> 在中国人的思想中，我们也遇到这样的观念：所有质的差别和对立都具有某种空间"对应物"，形式不同但却演化得极为精妙和准确。万事万物又是以某种方式分布在各种基本点之中。每一个点都有特殊的颜色、要素、季节、黄道标志，人类身体的一种特定器官，一种特定的基本情绪，等等，它们与每个点都有特殊的从属关系；借助于这种与空间中某个确定位置的共同关系，一些最具有异质性的要素似乎也彼此发生接触。一切物种在空间某处都有它们的"家"，它们绝对的相互异在性因而被一笔勾销：空间性媒介导致它们之间的精神媒介，结果是把一切差异构造成一个宏大整体，一种根本性的、神话式的世界轮廓图。①

卡西尔这段话实际上描述了中国文学艺术领域中特有的思维模式——空间思维，"物"是空间的标志，中国诗学重视物与物之间的空间联系，因而对时间不太重视。沈天鸿指出，中国古代美学的实际也是多论"空"而少论"时"，中国古代的时空观是时间空间化②，正是重视物与物之间空间特性和联系，意象的跳跃和诗性的想象才成为经常的事件。而进化论和线性时间观在改变了我们的时间观念后，同时也改变了我们的空间思维模式，诗性空间（意象抒情）逐渐为逻辑时间（情节叙述）所取代，诗意抒写为情节的发展所替代，传统诗性自然遭到疏离甚至中断。

---

① ［德］卡西尔：《神话思维》，中国社会科学出版社1992年版，第99页。
② 沈天鸿：《现代诗学：形式与技巧30讲》，昆仑出版社2005年版，第143页。

## 第二节 观物方式对诗性传统的中断

晚清至五四时期,我国近现代启蒙思潮已渐臻高潮,随着西学东渐的逐步深入,民主与科学的启蒙观念逐渐深入人心,人们的观物方式和思维模式也因之发生了变化,这样的变化直接影响了五四小说的诗性生成,造成了五四小说与诗性传统的疏离。

由于中西文化的不同,在处理主客关系时也存在着差异,有学者认为,尽管中西作家都重视客体,但"中国作家不像西方人那样强调摹写外物,而是突出地强调'感物',强调所谓'感物吟志'"①。"感物吟志"正是中国传统的观物方式。就传统观物方式而言,北宋哲学家邵雍的"反观"论较有代表性,他说:"所以谓之反观者,不以我观物也;不以我观物者,以物观物之谓也。既能以物观物,又安有我于其间哉?"(《观物》内篇)②邵雍所言"以物观物"实际上与清末民初王国维所言"无我之境"相似,"我"都隐藏于"物"之后,看似无"我"而处处有"我",形成了物我交融浑然一体的诗性境界。后来钱钟书在《管锥编》中进行了总结:"盖吾人观物,有二结习:一、以无生者作有生看(animism),二、以非人作人看(anthromorphism)。鉴画衡文,道一以贯。"③钱钟书总结的正是汉民族天人合一的传统观物方式。这种观物方式与直觉思维密切相关,张载在《正蒙大心》中讲"体物"时说:"大其心则能体天下之物,物有未体,则心为有外。世人之心,止于闻见之狭。圣人尽性,不以见闻梏其心,其视天下无一物非我……见

---

① 张卫中:《母语的魔障》,安徽大学出版社1998年版,第171页。
② 冯友兰:《中国哲学史》(下册),商务印书馆2011年版,第313页。
③ 钱钟书:《管锥编》(册四),中华书局1979年版,第1357页。

闻之知，乃物交而知，非德性所知；德性所知，不萌于见闻。"①"视天下无一物非我"正是超越个体经验的主观直觉思维。"直觉思维的特点是整体性、直接性、非逻辑性、非时间性和自发性……它不是以概念分析和判断推理为特点的逻辑思维，而是靠灵感，即直觉和顿悟把握事物本质的非逻辑思维。"②与直觉思维具有直接而紧密联系的是意象思维，作为传统思维模式，它是"从具体形象符号中把握抽象意义的思维活动，集中地表现在'书不尽言，言不尽意'，'立象系辞焉以尽其言'。以及'得意在忘象，得象以尽意，在忘言'等命题中"③。直觉思维和意象思维是一种诗性思维，是形象而感性的观物或体物方式，它强调物我互感互动的生命运动中的整体直观把握与和谐相融。

但五四时期倡导的理性逻各斯主义与科学精神使传统观物方式和直觉思维受到了冲击和发生了相应的变化。自晚清特别是甲午战争失败以来，严复、梁启超等进步人士便寻找中华民族救亡图存的路径，他们借鉴西方思想文化，着手改变中国传统思维模式，而"以近代科学实证方法批判和否定传统经学方法和直觉思维，是传统思维方式在近代变革的一个重要方面"④。梁启超、王国维、章太炎、胡适等人都对直觉思维的模糊性进行了批判，对西方的理性主义和科学实证方法却大为赞赏，因而努力推行与发展形式逻辑以纠正直觉思维之弊端。梁启超曾大力宣传培根的经验主义思想，强调具有实证性质的观物方式。特别是1919年5月，美国哲学家、实用主义大师杜威来华讲学后，对我国知识界影响较大，形成了实证主义在中国传播的高潮。杜威把实用主义当成一种工具，主张一切

---

① 徐远和、李甦平、周贵平、孙晶主编：《东方哲学史·近古卷》，人民出版社2010年版，第168页。
②③④ 张岱年等：《中国思维偏向》，中国社会科学出版社1991年版，第24页，第25页，第243页。

思想、学说、观念都必须经过实证来判断其正确性，要求用行动来检验真理，而真理便是能够促进人类进步发展的有效知识。胡适是杜威的学生，也是实证主义的忠实信徒，他在《杜威先生在中国》一文中指出："一切学说与理想都须用实行来试验过；实验是真理的唯一试金石。"①他非常推崇杜威的实验哲学，重视思维能力。他所强调的"思维能力"即科学思维能力，与中国人擅长的直观思维迥然不同，它属于强调形式逻辑的实证思维方式。

这种强调形式逻辑的实证主义思潮对五四文学诗性生成产生了较大的影响。五四小说家们过多强调小说的救亡图存和改造国民的启蒙实用功能，夸大了小说改造社会的工具性作用，因而在一定程度上疏离甚至中断了五四小说的诗性传统。比如胡适受实证主义思想的影响，他强调文学的真实性，"惟实写今日社会之情状，故能成真文学"②，是否反映真实成为文学的评价标准。胡适和五四新文化运动的启蒙者们一样，认为文学应该与现实人生相联系，应该承担起改良社会之职责。胡适等五四新文化启蒙者们便以时新的启蒙话语替换了传统文学的载道诉求，同时也有意悬置文学的诗性之美，诗性传统因而遭遇压抑。在实证主义思潮的影响下，"为人生而艺术"的文学研究会成员也毫不回避工具主义的文学观。沈雁冰对古典文学中追求"闲暇自得，风流自赏"作品不满③，反对文学吟咏个人性情，倡导"为人生"为社会的文学。他着力强调文学社会功能，遮蔽或否定了个体的诗性抒情。文学研究会诸作家还极力

---

① 葛懋春：《中国现代史论选》（上），广西师范大学出版社1990年版，第398页。
② 载《新青年》1917年1月第二卷第5号。
③ 李玉珍等编著：《文学研究会资料上·中国文学史资料全编·现代卷》，知识产权出版社2010年版，第91页。

推崇西方文学的"科学方法,实验精神,自由解放的思想"①。因而五四时期,无论是问题小说、社会剖析小说、普罗小说,抑或是乡土小说,皆采用了近乎实证的方法,把小说工具化实用化,主张把笔触伸向广阔而纷繁复杂的社会现实生活,实证主义色彩也较为明显。实证主义强调知识必须通过观察或感觉经验去获得,这个过程中认识的主体与客体必须是分离的,主体还必须利用已有的知识经验进行相应的逻辑推理而获取新的知识。主客分离的观物方式便改变了以物观物的诗性思维模式,也阻碍和压抑了诗性的生成。

海德格尔认为,语言的诗意言说,才将存在之为存在的多样性表现出来,人也得以与世界沟通,但是"源出于形而上学并且同时支配了形而上学的逻辑,使得'存在'的隐含于早期基本词语中的本质丰富性始终被掩蔽了"②。因而可以说正是晚清至五四时期国人对逻辑实证的追捧破坏了"五四"现代小说的民族诗性思维传统。因为中国文学和文学批评追求的不是"那种严密精实的逻辑精神,而是一种浪漫洒脱的诗性气质,注重的是由'悟'所达到的一种心灵境界,而不是由'理'所获得的一种知性满足"③。诗性气质是诗性思维的外显,诗性思维多采取直觉思维和模糊思维,其体物方式上追求物我的浑然交融,而要上升到这种境界必须把物我之间,物物之间的差异性忽略掉,而采用直觉的方式把握住物我之间的相互通融性,这种沟通是一种美感体验,而不是科学的精细分析和逻辑的实证。因此五四前后对实证主义哲学的介绍与推崇,致使中国传统"以物观物"、物我不分的观物方式遭到了破坏,从而使

---

① 沈雁冰:《近代文明与近代文学》,《时事新报》副刊《文学旬刊》1922年第30期。
② [德]海德格尔:《林中路》,商务印书馆2017年版,第401页。
③ 张胜兵:《"道"与中国传统诗性批评》,《学术探索》1998年第6期。

五四文学中物我交融的诗性境界难以形成，最终导致了五四小说特别是问题小说对诗性传统的疏离或压抑。

## 第三节　白话文运动对诗性传统的中断

鸦片战争以来的中国社会，国势日渐衰颓，民族危机日益严重，进步的知识分子对民族未来忧心忡忡，革新民智、救亡图存的启蒙使命已经落在了他们身上。甲午中日海战的失败，朝野震动，启蒙革新更是迫在眉睫。晚清先进的知识分子发现在传播西方思想和学习西方科技的过程中，文言文带来较大的障碍，于是维新派中的黄遵宪在1895年刊行的《日本国志》中，参照日本国语改良的经验，率先提出言文合一的主张："盖语言与文字离，则通文者少；语言与文字合，则通文者多：其势然也。"①他提倡言文合一和用白话文进行文学创作。梁启超在《论进步》一文中指出："言文合，则言增而文与之俱增，一新名物、新意境出，而即有一新文字以应之。新新相引，而日进焉。……言文合，则但能通今文者，已可得普通之智识……故能操语者即能读书，而人生必需之常识，可以普及。"②言文合一的目的在于普及知识以增民智识。但黄、梁并没有明确提出废除文言的主张，直到1897年裘廷梁在《论白话为维新之本》中指出："独吾中国有文字而不得为智国，民识字而不得为智民，何哉？裘廷梁曰：此文言之为害矣。"③因而提出了"崇白话而废文言"的主张，他说："崇白话而废文言，则吾黄人聪明才力无他途以夺之，

---

① 黄遵宪：《日本国志》（下卷），天津人民出版社2005年版，第810页。
② 舒静庐主编：《一代宗师梁启超作品精选》，中国石油大学出版社2017年版，第26页。
③ 邬国平，黄霖：《中国文论选·近代卷》（下），江苏文艺出版社1996年版，第26页。

必且务为有用之学,何至暗没如斯矣?"①1900年,康有为的弟子陈荣衮在《论报章宜改用浅说》中更加明确地提出改革文言的主张:"大抵今日变法,以开民智为先;开民智莫如改革文言。""盖举国不晓文言之农工商贾,妇人孺子陆沉于无何有之乡,是直弃其国民矣。"②事实证明,维新派以推动"言文合一"为目的的白话文运动具有很强的政治功利目的。

在理论上倡导白话文的同时,为了适应"言文合一""维新"与"新民"的需要,维新派还大量创办白话报刊以推动白话文运动。从1901到1911年,白话报刊多达一百余种,其中著名的有《中国白话报》《苏州白话报》和《安徽俗话报》等,《大公报》等报刊也兼登白话作品。阿英说:"这些'白话报'的主要内容,不外是'觉民'和'革命'。宗旨是将文字交给大众。"③白话报刊在清末民初于开启民智和思想启蒙方面发挥了重要的作用,同时也扩大了白话文的影响,为晚清白话小说提供了发表阵地,推进了白话小说的创作。

为了更好地宣传维新派的政治思想,推动民众的思想启蒙教育,在进行白话文运动的同时,维新派在文学领域里发动了"诗界革命""文界革命"和"小说界革命",而"小说界革命"影响最大。"百日维新"失败后,在域外小说的影响下,梁启超在日本横滨创办了《新小说》杂志,新小说报社在《中国唯一之文学报〈新小说〉》中阐明了创办《新小说》的宗旨为"专在借小说家言,以发起国民政治思想,激励其爱国精神"④,同时提出"小说界革命"的口号。梁

---

①④邬国平、黄霖:《中国文论选·近代卷》(下),江苏文艺出版社1996年版,第27页,第340页。

② 张向东:《语言变革与现代文学的发生》,人民文学出版社2010年版,第142页。

③ 阿英:《阿英全集》(第6卷),安徽教育出版社2003年版,第681页。

启超认为维新失败在于没有"新民",而"欲新一国之民,不可不先新一国之小说",因为小说对社会道德、宗教、政治、风俗、学艺等都有较大影响,其对人心、人格等皆有"不可思议之力",小说为"文学之最上乘"。①新小说"革命"的对象是诲淫诲盗的古代白话小说,因为白话小说是"中国群治腐败之总根源"。②在梁启超"小说界革命"的影响下,晚清还出现了和《新小说》一同被称为"四大小说杂志"的《绣像小说》《月月小说》《小说林》等著名小说杂志。在它们的推动下,掀起了新小说创作的热潮。

在创作实际中,清末民初的新小说既有白话新小说(以下皆称白话小说),也有文言新小说(以下皆称文言小说)。但在晚清白话文倡导者看来,白话小说才是小说之正宗。梦生认为:"小说最好用白话体,以用白话方能描写得尽情尽致,'之乎也哉'一些也用不着。……小说之为好小说,全在结构严密,描写逼真。能如此者,虽白话亦是天造地设之佳文。"③1912年,管达如在《论小说》中,将小说从语言上分为文言体、白话体、韵文体三类,他独推白话体为正宗,他说:"此体可谓小说之正宗。盖小说固以通俗逮下为功,而欲通俗逮下则非白话不能也。且小说之妙,在于描写入微,形容尽致。而欲描写入微,形容尽致,则有韵之文,恒不如无韵之文为便。故虽如传奇之优美,弹词之浅显,亦不能居小说文体正宗之名,而不得不让之白话体矣。"④另外,1914年,成之在《小说丛话》中说:"近世之事物,惟近世之言语,乃能逮之,古代之言语,必不足以用矣(文字之所以历世渐变,今必不能与古者同,理亦同此)。故

---

①② 雷达、李建军主编:《百年经典文学评论1901—2000》,长江文艺出版社2004年版,第1页,第4页。

③ 梦生:《小说丛话》,见黄霖:《金瓶梅资料汇编》,中华书局1987年版,第335页。

④ 黄霖编,罗书华撰:《中国历代小说批评史料汇编校释》,百花洲文艺出版社2009年版,第999页。

以文言、俗语二体比较之，又无宁以俗语为正格。吾国小说之势力，所以弥漫于社会者，皆此种小说之为之也。若去此体，则小说殆无势力可言矣。"①在成之看来，俗语白话适合对"近世事物"的表达，白话小说顺应了时代需求，理所当然为小说之正宗。1915年，恽铁樵在吴日法《小说家言》的编后记中说："小说之正格为白话，此言固颠扑不破，然必如《水浒》《红楼》之白话，乃可为白话。"②虽承认白话小说为正宗，但提出了较高的艺术评价标准。

由此可见，正是晚清的白话文运动促进了白话小说的创作并使之成为小说之正宗。从语言角度来看，文言精练含蓄、雅致有味，更适合诗性表达，白话更适合小说的情节叙事、人物塑造和环境描写。张卫中指出："如果说文言和白话分别是诗歌和小说的庇护神，那么，语言的转型也就为二者位次的转换提供了一个必然的基础。"③正是晚清白话文运动带来了语言观的转型，直接地导致了小说与诗歌的移位。正如陈平原所说："白话小说之所以在理论上占优势，更得力于晚清白话文运动的推波助澜。"④也正因为白话小说的繁荣和中心化，曾经承载诗性传统的以诗歌为主体的抒情文学因承担不了救亡图存的历史使命而遭到排斥。康有为认为"士知诗文而不通中外"⑤为当时社会大弊；梁启超认为："辞章乃娱魂调性之具，

---

① 成之:《小说丛话》，见陈平原、夏晓虹编:《二十世纪中国小说理论资料》(第一卷)，北京大学出版社1997年版，第442页。

② 恽铁樵:《〈小说家言〉编辑后记》，见陈平原、夏晓虹编:《二十世纪中国小说理论资料》(第一卷)，北京大学出版社1997年版，第496页。

③ 张卫中:《"五四"语言转型与文学的变革》，《天津社会科学》2004年第4期。

④ 陈平原:《陈平原小说史论集》(中册)，河北人民出版社1997年版，第758页。

⑤ 康有为:《上清帝第四书(1895年)》，见汤志钧编:《康有为政论集》，中华书局1981年版，第151页。

偶一为之可也；若以为业，则玩物丧志，与声色之累无异。"①谭嗣同则表示要尽弃全部"旧学之诗"，因"天发杀机，龙蛇起陆，犹不自惩，而为此无用之呻吟，抑何靡与?"②在维新派人士的眼中，抒情表意的诗文辞章于救亡图存无补，于是把更具有宣传功能的白话小说推为小说之正宗并成为时代的弄潮儿。

被推为正宗的白话小说所体现出来的救亡图存和启蒙民众的时代精神与民族诗性传统中的诗性精神在本质上是一致的。梁启超在《变法通议》中明确指出小说的功能在于"激发国耻"，"旁及夷情"，揭露"官途丑态，试场恶趣，鸦片顽癖，缠足虐刑"等，③这既是对旧秩序旧制度的反抗，也是对现实的超越，这种对未来的世界重新设定的诗意冲动，正是传统诗性精神的体现。梁启超等维新派的新小说中并不乏这种精神，但因为维新派重小说的政治功利性而轻其艺术形式，在风起云涌改良浪潮的推动下，他们无暇顾及作品的推敲锤炼，艺术上的粗疏不可避免，加之白话在诗性传达方面天生不如文言具有优势，这些因素导致了白话小说缺少诗性形式之美，所以白话小说不但没能承担其续接民族诗性传统的历史使命，反而在很大程度上造成了诗性传统的中断。

当然，晚清白话小说造成诗性传统的中断，其原因不仅与小说取代了诗歌而成为"文学之最上乘"者有关，而且和清末民初救亡图存启蒙思潮影响下推崇写实主义的创作方法有关。

到了五四时期，启蒙运动得以进一步推进，特别是进化论对国人产生广泛而深入的影响，变革或革命便成为五四新文化运动的主潮，其中影响最深广的是五四文学革命。而五四文学革命从一开始

---

① 梁启超:《民国学术文化名著·戊戌政变记》，岳麓书社2011年版，第155页。
② 李敖主编:《谭嗣同全集》，天津古籍出版社2016年版，第144页。
③ 王运熙、顾易生主编:《中国文学批评通史·近代卷》，上海古籍出版社1996年版，第383页。

就注定了其具有较强的国家政治意识形态性质。1917年陈独秀在北京"神州学会"发表演讲中指出:"袁氏病殁,帝制取消,……我们中国多数国民口里虽然不是反对共和,脑子里实在装满了帝制时代的旧思想,欧美社会国家的文明制度,连影儿也没有。"①出于这样的现实考虑,他才办杂志以改造人心,"所以我们要诚信巩固共和国体,非将这班反对共和的伦理文学等等旧思想,完全洗刷得干干净净不可"②。同年,从美国归国的胡适,"到了上海,看了出版界的孤陋,教育界的沉寂,我方才知道张勋的复辟乃是极自然的现象。我方才打定二十年不谈政治的决心,要想在思想文艺上替中国建筑一个革新的基础"③。胡适不谈政治是因为现实条件不成熟,因而要从文艺上努力创造这种条件。陈、胡等人发动文学革命的目的是为思想启蒙和政治革新服务,他们看重的是文学的社会工具性价值。正如胡适在《国语与汉字——复周作人书》中说:"在这个我们的国家疆土被分割侵占的时候,……我们必须充分利用'国语、汉字、国语文这三样东西'来做联络整个民族感情思想的工具。"④无论是作为文字的白话文,还是与文学相关的国语文,在五四文学革命中都是作为救亡图存和思想启蒙的工具而存在的。

五四白话文运动是晚清白话文运动的继续,二者在把白话文当作思想革命的工具方面是相通的。但晚清白话文运动主要是语言工具运动,是语文改良运动,并不触及社会思想的根本变革,

---

①② 张宝明主编:《〈新青年〉百年典藏1·政治文化卷》,河南文艺出版社2019年版,第105页。

③ 胡适:《南游杂忆》,吉林出版集团股份有限公司2018年版,第177页。

④ 胡适:《胡适学术文集·语言文字研究》,中华书局1993年版,第329页。

而五四白话文运动主要是语言思想运动[①]，传播的是现代启蒙思想。出于对启蒙思想传播的需要，五四同人们对文言文进行了较为彻底的批判，原因在于他们认为文言文不仅晦涩难辨，而且承载着陈腐的思想。1919年仲密先生（周作人）在《每周评论》第十一号发表《思想革命》一文，其中指出："我们反对古文，大半原为他晦涩难解，养成国民笼统的心思，使得表现力与理解力都不发达；但别一方面，实又因为他内中的思想荒谬，于人有害的缘故。……这荒谬的思想，与晦涩的古文，几乎融合为一，不能分离。"[②]因而，要摒弃陈腐荒谬的旧思想，传播现代新思想，就必须废除文言文，使用现代白话文。现代白话文如何形成，胡适主张通过文学革命，形成"文学的国语"，他在《建设的文学革命论》一文中指出："我的'建设新文学论'的唯一宗旨只有十个大字：'国语的文学，文学的国语'。我们所提倡的文学革命，只是要替中国创造一种国语的文学。有了国语的文学，方才可有文学的国语。有了文学的国语，我们的国语才可算得真正国语。国语没有文学，便没有生命，便没有价值，便不能成立，便不能发达。"[③]实际上，"文学的国语"才是其最终的目的，而"国语的文学"只是达成这种目的的手段。他认为："真正有功效有势力的国语教科书，便是国语的文学，便是国语的小说、诗文、戏本。国语的小说、诗文、戏本通行之日，便是中国国语成立之

---

[①] 高玉：《现代汉语与中国现代文学》，中国社会科学出版社2003年版，第126页。

[②] 许觉民、张大明主编：《中国现代文论》（上），安徽教育出版社2010年版，第154页。

[③] 胡适：《容忍与自由 胡适作品》，河南文艺出版社2016年版，第29页。

时。"①这完全是文学工具主义的观念表达。胡适还指出创作新文学有三步：工具、方法和创作，新文学的工具是白话②，白话的工具性再次得到了强调。在五四其他同人眼中，语言仍然是完成思想革命与启蒙的工具。正如蔡元培在《〈中国新文学大系〉总序》中所说："为什么改革思想，一定要牵涉到文学上？这因为文学是传导思想的工具。"③文学革命的目的是要造就"文学的国语"，是为了建设现代白话文，以便传播新的思想。这种语言功利观致使胡适认为："文字的功用在于达意，而达意的范围以能达到最大多数人为最成功，在古代社会中，最大多数人是和文字没交涉的。做文章的人，高的只求绝少数的'知音'的欣赏，低的只求'中试官'的口味。"④胡适倡导文学要为大多数平民服务，其目的还是要传播现代思想，为现代社会的革新服务。强调语言的通俗性和工具性，这种功利主义的语言观必然降低语言的诗性审美属性。普实克指出，现代文学主要以传统白话文学即民间文学为根据，由于民间文学中的小说和短篇故事采用分析的方式来表现现实，而不像文言散文或诗歌那样用"表记"或"象征"来营造意境，从而在一定程度上减损了作品的诗性品质⑤。这当然是五四新文学的闯将们所始料不及或者说难以避免的。

至于文字（文学）的形式美，五四文学革命的倡导者们是将其放在较为次要地位的。周作人有段回忆，表明了胡适对白话文创作

---

①② 胡适:《容忍与自由 胡适作品》,河南文艺出版社2016年版,第32页,第36页。

③ 许觉民、张大明主编:《中国现代文论》,安徽教育出版社2010年版,第113页。

④ 蔡元培等:《中国新文学大系·导论集》,上海书店出版社1996年版,第20页。

⑤ [捷克]普实克:《普实克中国现代文学论文集》,李燕乔等译,湖南文艺出版社1987年版,第44页。

形式美的不重视,"因为要言志,所以用白话,……要想将我们的思想感情,尽可能地多写出来,最好的办法是如胡适之先生所说的:'话怎么说,就怎么写',必如此才可以'不拘格套',才可以'独抒性灵'。……要想表达现在的思想感情,古文是不中用的。"①胡适直白地表达思想感情的观点,周作人也非常认同。胡适1915年曾在赠任鸿隽(叔永)的诗中写道:"诗国革命何自始?要须作诗如作文。琢镂粉饰丧元气,貌似未必诗之纯。"②连诗歌的诗性也不做要求了,其他文学作品的诗性遭遇疏离也就成为必然了。1918年7月14日,胡适在写给朱经农的信中说:"有什么材料,作什么诗;有什么话,说什么话;把从前一切束缚诗神的自由的枷锁镣铐,统统推翻:这便是'诗体的解放'。"③他有意抹去诗歌与散文之间存在的文体和审美方面的差异性。因而梁宗岱后来批评胡适的反诗性时说:"所谓'有什么话说什么话'……不仅是反旧诗的,简直是反诗的;不仅是对于旧诗和旧诗体的流弊之洗刷和革除,简直是把一切纯粹永久的诗的真元全盘误解与抹杀了。"④所以,无论是晚清白话文运动,还是五四白话文运动,语言都是被作为工具来对待的,虽然"道"的内涵发生了变化,但其作为"载道"的功能没有变化。在五四文学革命运动初期,胡适在《文学改良刍议》中所列"八事",其中的"言之有物"主张文学要有"情感"与"思想"。陈独秀《答胡适之〈文学革命〉》一文中对胡适的"言之有物"表示不解,认为"若专求'言之有物',其流弊将毋同于'文以载道'之说?"⑤陈的质疑不无道理,因为无论是胡适的语言观还是文学观都具有明显的"载道"

---

① 止庵编:《周作人讲演集》,河北人民出版社2004年版,第161—162页。
② 李遇春编选:《现代中国诗词经典·诗卷》,华中师范大学出版社2014年版,第102页。
③ 胡适:《胡适文存》(1),华文出版社2013年版,第34页。
④ 姚国建:《中国新诗论》,合肥工业大学出版社2017年版,第39—40页。
⑤ 陈独秀:《〈独秀文存〉选》,贵州教育出版社2005年版,第235页。

性，这虽和陈独秀的《文学革命论》中所反对的载道的文学看似矛盾，其本质上仍是一致的，因为陈独秀反对的"道"是落后的陈腐的封建之"道"，而并不反对文学反映现代思想与精神。由此可见，在五四时期，白话文在文学特别是小说中被工具化后，自身所具有的美学属性遭到忽视，诗性传统自然也受到抑制甚至中断。

五四现代汉语的欧化也在一定程度上削弱了现代小说的诗性色彩。在五四白话文运动中，强调语言革命实际上就是思想革命，用白话文取代文言文成为五四启蒙运动的必然要求，但是中国的白话文仍然具有自身的缺点，一方面是它"并未经过许多学术专家的陶冶和历练"，因此难免粗疏而疵陋百出[1]，加上汉语本身"实在太不精密"[2]了，"有许多很好的思想与情绪都为旧文体的成式所拘，不能尽量的精微的达出"[3]，因此五四知识分子如周作人、傅斯年、鲁迅和郑振铎等人都积极倡导白话文的欧化，以西洋文的文法、词法、句法和章法等改变中国文结构上的"简单"和"铺张"，增强思想的"精密"与"深邃"[4]。欧化白话文句式较长，多修饰语与联合成分，形成严谨、精密与繁复的表达特征，有利于说理或描写（包括心理描写），有时也有助于情感的抒发，但却破坏了汉语本身具有的简洁明快的节奏感，加上白话文欧化方法是"文法的扩展""颠倒"或"离合"[5]，因而又对汉语原有的流畅自然性造成了一定程度的破坏，

---

[1] 严既澄:《语体文之提高和普及》，《文学周报》第82期，1923年8月6日。

[2] 鲁迅:《关于翻译的通信》，见《鲁迅全集》（第4卷），人民文学出版社2005年版，第391页。

[3] 郑振铎:《语体文欧化之我观》，《小说月报》第12卷第6号，1921年6月10日。

[4] 傅斯年:《怎样写白话文？》，《新潮》第1卷第2号，1919年2月1日。

[5] 陈望道:《语体文欧化的我观》，见《陈望道文集》（第3卷），上海人民出版1981年版，第47页。

后来郭绍虞建议用"文学的音乐性"[1]来矫正白话文过度欧化带来的拖沓冗长的弊端，实际上是希望诗性传统能回归现代文学创作。另外，欧化白话文也不利于汉语含蓄隽永的诗性生成。梁实秋曾赞赏"中文是如此圆滑含混"，因而反对用西洋文法改造中文。[2]而"圆滑""含混"正是汉语对流畅自如之节奏和含蓄隽永之美感的诗性追求，白话文的欧化对语言表达的精密细致追求，无疑在一定程度上减少了汉语"圆滑""含混"的诗性色彩。实际上，欧化白话文，是五四知识分子过多美化西方语言的结果，认为西方语言是科学而精致的语言，有其语法与文法，远远优越于中国"粗糙"的语言，因而试图用西方重视形式逻辑的语言形式替代中国诗性语言的表达形式，这必然造成小说语言的散文化和符号化，在失去语言的节奏韵律、情感丰富性和表达的灵动性的同时，也损害了艺术形式的诗性。五四知识分子急切地要引进西方的"民主"与"科学"，而西方语言是科学的语言，学习西方语法改进中国语言便成为时代的潮流，因为"白话文运动实际上是我们一系列欧化运动的一部分"[3]，所以在当时是进步的，是现代的。但实际上，语言的欧化使汉语在某种程度上失去了其独特性，因为"汉语本身是讲究抑扬顿挫、合辙押韵的，那才是它本质的魅力"[4]。而白话化和欧化语则使得古代汉语的这种优势丧失了。

从语言角度来看，文言文更适合诗性表达，而白话文更适合小说的情节叙事、人物塑造和环境描写。张卫中指出："如果说文言和

---

[1] 郭绍虞:《新文艺运动应走的新途径》，见《语文通论》，开明书店1941年版，第108—109页。
[2] 梁实秋:《欧化文》,《梁实秋文集》(第1卷)，鹭江出版社2002年版，第490页。
[3][4] 张鸣:《重说中国近代史》，中国致公出版社2012年版，第291页，第292页。

白话分别是诗歌和小说的庇护神，那么，语言的转型也就为二者位次的转换提供了一个必然的基础。"①五四白话文运动对文言文的废除实际上削弱了中国现代文学中的诗性，阻碍诗性生成，疏离了诗性传统。加上晚清白话文运动和五四新文化运动中，为了"开通明智"和达到思想启蒙的目的，白话文以及现代白话小说都被视为"开通明智"和思想启蒙的工具，现代小说救亡启蒙的历史使命以绝对的优势压倒了其审美属性，传统诗性失去了存在之基，其原有的生存土壤被现代思潮冲刷得百孔千疮。因而，从文言到白话语言体系的语言观转向，特别是与思想启蒙密切相关的写实性创作观在相当程度上导致了五四现代汉语小说对诗性传统的疏离。

清末民初至五四时期的白话文运动和白话小说的大量创作，对中国文学源远流长的诗性传统造成了一次短暂的中断，其意义在于它带来了诗歌与小说的移位，并迫使诗性传统重新寻找奔流的河床，为现代汉语小说诗性生成提供了新的契机，或者说它为中国诗性传统与现代汉语小说的亲密融合迈出了至关重要的步伐。

## 第四节　写实主义对诗性传统的中断

无论是清末民初的新小说还是五四小说，都承担着开启明智和救亡图存的政治功能。出于政治功利目的，晚清至五四时期小说的内容都特别重视反映现实，因此兴起了写实主义的创作潮流。

晚清维新派进步人士非常重视新小说的写实功能。梁启超于1902年在《论小说与群治之关系》中把小说分成"理想派"和"写实派"，他认为"写实派"小说应该将众人的生活境界"和盘托出，

---

① 张卫中：《"五四"语言转型与文学的变革》，《天津社会科学》2004年第4期。

彻底而发露之"①。以梁启超的《新中国未来记》和陈天华的《狮子吼》为代表的政治小说,多采取政论演说的语体形式,"吐露其所怀抱之政治思想"②,这种对创作意图"彻底发露"的写实方法,显得说教味过浓而艺术性欠缺。狄葆贤(平等阁主人)评梁启超的《新中国未来记》时指出其"字字根于学理,据于时局"③,这"据于时局"的写实方法,削弱了小说的审美价值。

晚清的谴责小说,仍然走了"吐露其所怀抱之政治思想"的路子,议论穿插较多,总是在小说中急不可耐地把创作意图和盘托出,夸张直露,毫无曲笔,了无意趣。后黄人、夏曾佑和王钟麒等维新派小说理论家针对这种好空发议论的现象进行批评。如黄人在《小说小话》中指出:"小说之描写人物,当如镜中取影,妍媸好丑,令观者自知,最忌掺入作者论断。"④黄人强调写实应克服空发议论之弊端,但晚清维新派更加重视小说的宣传功能,最后落入机械写实主义的窠臼,实际上是对西方传入的写实原则的误读,最终使"写实"成为"实写"。吴趼人曾谈及自己创作小说的经验,即把自己听来的或者报纸上抄来的材料"用一个贯穿之法"串起来,并说写社会小说几乎都是这个套路。⑤按照这种几近纪实的方法创作的社会小说在整体上缺乏锤炼,显得意浅神散,缺乏生动的艺术形象。

实际上,由于报章的出现和逐步发展,致使新小说中如社会小说、历史小说和黑幕小说几乎都带上了时政新闻的特点,具有了实

---

① 梁启超:《论小说与群治之关系》,见陈平原、夏晓虹编:《二十世纪中国小说理论资料》(第一卷),北京大学出版社1997年版,第34页。
② 新小说报社:《中国唯一之文学报〈新小说〉》,《新民丛报》1902年第14号。
③ 平等阁主人:《〈新中国未来记〉第三回总批》,《新小说》1902年第2号。
④ 邬国平、黄霖:《中国文论选·近代卷》(下),江苏文艺出版社1996年版,第179页。
⑤ 包天笑:《钏影楼笔记》,《小说月报》第19期,1942年4月。

录的性质。就连当时的写情小说也要求:"唯必须写儿女之情而寓爱国之意者乃为有益时局。"①这种具有浓厚的理性意识和功利目的的写实主义方法,导致了小说概念化、类型化,粗疏草率且缺少个性,鲁迅批判这类小说"辞气浮露,笔无藏锋"②,缺乏审美性与艺术性,与诗性传统相去较远。

晚清时期轰轰烈烈的"白话文运动"和"小说界革命",皆以新知识、新思想的传播和救亡图存为目的,要求晚清新小说采用写实主义的原则进行创作,这导致了新小说(更多为白话小说)对"真"的偏重和对"美"的忽略、对知识传播的偏重和对主体情感表达的忽略,使得新小说在很大程度上中断了以抒写性情为中心的诗性传统。

到了五四时期,就作家创作观而言,多数还沿袭了清末民初梁启超等人倡导的写实主义的功利创作观。胡适是实用主义的忠实信徒,强调文学的实用性和政教性。他在《文学改良刍议》中提出"八事"主张,要求文学创作要"言之有物"且"不讲对仗",他说:"今日而言文学改良,当'先立乎其大者',不当枉废有用之精力于微细纤巧之末。"③这里"大者"仍然是前面所说现代社会中各种先进的社会观念,"末"者为文学之技巧。他视骈文律诗为小道,视对偶格律等艺术技巧为末技,很明显轻文学的艺术性而重其工具性。胡适在解释陈丹崖质疑"言之有物"的回信中说道:"实写社会,即近代文学家之大理想大本领。实写以外,别无所谓理想,别无所谓有物也。"④由此可见,胡适实用工具主义的文学观非常明显。

陈独秀在《敬告青年》一文中指出:"最近德意志科学大兴,物

---

① 《新小说社会征文启》,《新民丛报》1902年第19号。
② 鲁迅:《中国小说史略》(插图本),上海古籍出版社2004年版,第258页。
③ 胡适:《容忍与自由 胡适作品》,河南文艺出版社2016年版,第21页。
④ 陈独秀:《〈独秀文存〉选》,贵州教育出版社2005年版,第247页。

质文明,造乎其极,制度人心,为之再变。举凡政治之所营,教育之所期,文学技术之所风尚,万马奔驰,无不齐集于厚生利用之一途。一切虚文空想之无裨于现实生活者,吐弃殆尽。"①因救亡图存的现实需求,陈独秀反对华丽雕琢的文风,提倡"厚生利用"的实用主义。他在《文学革命论》中强调"推倒陈腐的铺张的古典文学,建设新鲜的立诚的写实文学"②,指出贵族文学、古典文学和山林文学"其形体则陈陈相因,有肉无骨,有形无神,乃装饰品而非实用品;其内容则目光不越帝王权贵,神仙鬼怪,及其个人之穷通利达。所谓宇宙,所谓人生,所谓社会,举非其构思所及,此三种文学共同之缺点也。……今欲革新政治,势不得不革新盘踞于运用此政治者精神界之文学"③。陈独秀把"写实"上升到社会政治革新的高度,他说:"吾国文艺,犹在古典主义、理想主义时代,今后当趋向写实主义,文章以纪事为重,绘画以写生为重,庶足挽今日浮华颓败之恶风。"④陈独秀强调"写实",目的是为"革新政治"服务。1918年周作人在《平民文学》中强调应以白话文写作普通而真挚的文章,记普遍而真挚的思想与事实,"既是文学作品,自然应有艺术的美,只须以真为主,美即在其中"⑤。周作人强调的是写实的"真",认为"真"即是"美",这实际上是对文学形式之美的一种遮蔽。作为社会革命家的李大钊在《什么是新文学》一文中虽然主张"以博爱心为基础的文学""为文学而创作的文学",但同时也强调新文学必须是"为社会写实的文学"⑥,写实仍然是时代赋予文学的历史使命。

---

①②③ 陈独秀:《〈独秀文存〉选》,贵州教育出版社2005年版,第43页,第80页,第82页。

④ 陈独秀:《答张永言的信》,见刘东主编:《近代名人文库精萃·陈独秀》,太白文艺出版社2013年版,第211页。

⑤ 中国现代文学馆编著:《雨天的书》,华夏出版社2008年版,第205页。

⑥ 李大钊:《什么是新文学》,载《星期日》社会问题号,1920年1月4日。

这种"写实"的方法后来与文学研究会"为人生"的主张相结合，承担起了传播新思想新文化的历史使命，写实文学也便成为文学的主流。文学研究会强调小说对社会生活的"再现"，沈雁冰提倡写实主义或自然主义，指出："我们都知道自然主义者最大的目标是'真'；在他们看来，不真的就不会美，不算善。"①他所理解的"真"便是实地考察而使创作有所凭据，这和实证主义的哲学思想紧密相关。杨义指出："他要求通过选择紧要的情节加以精细的描写，用具体的、感性的、精妙的细节描写来透露人物活生生的心理和灵魂，使叙事写情的手腕具有近代科学的精确性，连'世上没有绝对相同的两匹蝇'这种微妙差别也能表达出来。"②文学研究会倡导的写实主义，由于过分强调对社会现实客观精细的描写，在一定程度上束缚或削弱了小说的艺术想象。到20世纪20年代后期，出现了以蒋光慈等人为代表的革命文学派，他们仍然采用写实主义的方法，不过其政治诉求和革命色彩更为浓厚，对传统诗性的疏离比较明显。因而，无论是问题小说还是革命小说，甚至乡土小说，在写实中都背负着沉重的启蒙负担而缺少超越与洒脱，虽然其中也不乏历史的责任与使命情怀，不乏抗争、革新现实的诗性冲动，但其写实主义的方法却束缚了诗性形式的展开，使问题小说和革命小说甚至某些乡土小说在整体上缺少了诗意的灵动，因而诗性传统并没有得到很好的体现。而且，就语言而言，写实主义使小说成为救亡图存的工具，并沉溺于日常生活的再现之中，使语言越来越远离事物的本质，"在一种对象或工具式的应用中，语言到处迅速地被荒疏，语言越来越无力承担起它的本质——语言作为存在之家，或者是把人带上'返

---

① 沈雁冰:《自然主义与中国现代小说》,《小说月报》第13卷第7号,1922年7月。

② 杨义:《中国现代小说史》(第一卷),人民文学出版社1998年版,第116页。

乡'的大道"①。远离本质也就阻断了人们返回"存在之家"的诗意路途。最后,写实小说"终于从一种文学类型转变为一种进步文化、正确世界观和先进阶级的标记。……这种理论运作逐一放逐了话语主体背后的一套概念,诸如个性、风格、文气、性情、格调、感伤、感觉、激情等等"②。于是,五四写实主义小说,其创作主体(情感之真)逐渐淡出,加上有的小说作者不加节制地扩大对客观现实的自然主义式的展现,致使小说的美学特质遭到压抑甚至衰退,诗性的想象几近丧失,诗性传统因为小说的主体性的缺失而遭到疏离或不同程度的中断。

除以上原因外,五四小说作为一种新的小说文体形式,在一个思想革新峻急的时代中,容不得创作者用过多的时间去考虑、斟酌和打磨,也没有充分的时间去与传统诗性进行对话,因而还来不及吸收优秀的诗性传统。但无论是五四启蒙等外在客观环境还是现代小说自身的内在因素所造成的诗性传统的疏离或中断都是暂时的,对于民族诗性传统而言,五四小说在对其疏离或中断的同时也进行了续接与重建,而续接与重建将是另一个讨论话题。

---

① 张苗:《语言的困境与突围——文学的言意关系研究》,中国社会科学出版社2010年版,第38页。
② 王晓明主编:《二十世纪中国文学史论》,东方出版中心1997年版,第95页。

# 第三章　诗性传统续接重建的动因

晚清小说界革命的理论倡导以及后来新小说的创作实践，都体现出对民族诗性传统的某种中断，但是，诗性传统作为民族文化，特别是中国文学传统的一种文化基因，仍然显示出强大的遗传与再生能力。就清末民初的新小说和五四小说的创作而言，其对诗性传统的中断与续接几乎是同步的。晚清新小说和五四小说对诗性传统续接的动力，一方面源于诗性传统所具有的强大惯性，一方面源于现代社会变革与发展所伴随的历史必然。

## 第一节　文人传统与诗性精神

首先从诗性内容和诗性精神来看，晚清新小说和五四小说在叙写内容上仍然在很大程度上继承了民族诗性传统。比如晚清时期的四大谴责小说，即李宝嘉（李伯元）的《官场现形记》、吴沃尧（吴趼人）的《二十年目睹之怪现状》、刘鹗的《老残游记》以及曾朴的《孽海花》，无不具有强烈的批判特点，这在很大程度上是对诗性传统中的发愤抒情精神的继承。而五四时期的鲁迅、鲁彦、许钦文、台静农和蹇先艾等乡土写实作家，都在各自的小说创作中表现出批判现实的入世精神和救亡图存的家国意识。即使是倡导"为艺术而艺术"的创造社成员的浪漫抒情小说，也有着鲜明的关注现实人生的人文情怀。无论是对现实社会的批判，还是对现实人生的关怀，五四小说都表现出鲜明的文人传统，其中流露出的家国意识和民生关怀为主体的人文精神，无疑都是对诗性传统的继承。

吴趼人《二十年目睹之怪现状》中，主人公"九死一生"说自己来世二十多年，无外乎看到的是"蛇虫鼠蚁""豺狼虎豹"和"魑魅魍魉"这三种东西，在充满象征的叙事中表现出了愤恨、痛心、无奈、失望和嘲讽的复杂情感，它们无疑和作者心目中乌托邦似的家国想象密切相关。以吴沃尧、刘鹗、李宝嘉、曾朴为代表的晚清知识分子在新旧时代的交替冲突激荡之中，仍然没有忘却应尽的社会职责，没有失去传统文人的诗性质素，仍然以发愤抒情的方式来表达自己的家国情怀。同时，在小说创作中，晚清知识分子并不忘在家国叙事的间歇中穿插一些风物景致的描写，把自己对自然神性的向往与家事国事的担忧有机地融合起来，体现出中国传统文人所具有的从容与优雅，这份从容与优雅，恰恰赋予了自我与国人面对外国列强时的自信与勇气。

清末民初的苏曼殊在对文人传统的继承方面具有代表性。其作品《断鸿零雁记》和《碎簪记》等都属于文言小说，具有非常强烈的抒情色彩。特别是《碎簪记》学习借鉴了西方浪漫主义手法，主观想象色彩鲜明，对传统文人的抒情和诗性传统进行了续接。苏曼殊的浪漫抒情小说尽管在当时显得势单力薄，没有成为潮流，却对五四时期创造社的浪漫抒情小说产生了很大影响。民国初年何诹的

《碎琴楼》被认为是可以和苏曼殊《断鸿零雁记》相提并论的小说①，此小说也是采用文言叙写的言情小说，采用了倒叙法，通过女主人公琼花的婢女之口，以追忆的方式幽幽道来，充满了浓厚的感伤抒情色彩，整个小说始终笼罩在诗意的氛围之中。而其中的语言更是对传统诗性语言的继承，达到了较高的艺术水准，被认为文字流利清隽，为言情之上乘②。另外鸳鸯蝴蝶派的徐枕亚，其小说《玉梨魂》采用骈体文形式，具有很强的抒情性和诗意色彩。以上小说都具有浓郁的文人色彩，尽管多属文言小说，但它们对诗性传统的继承无疑为五四白话小说的诗性生成提供了可资参考的范本。

梁启超在《论小说与群治之关系》中强调小说的"新民"功能，强调其为"文学之最上乘"，"欲改良群治，必自小说界革命始；欲新民，必自新小说始"③。而且把小说作为与社会恶势力斗争的武器，这便继承了诗性传统中的反抗精神。除此以外，他还强调小说具有强烈的情感性，它之所以受欢迎的原因主要是"必其可惊可愕可悲可感，读之而生出无量噩梦，抹出无量眼泪者也"，他还认为小说具有"熏、浸、刺、提"四大功能，其中"熏、浸、刺"皆与情感相关，而"提"则是情感之力的结果④。尽管梁启超创作的政治小说大量宣讲政治思想而削弱了小说的艺术性，但其小说中鲜明的政治倾向和抒情精神契合了当时知识分子，特别是作家自身所具有的文人气质，这于新小说和五四小说创作都产生了较大影响。

梁启超晚清时期发起了"小说界革命"，大力鼓吹政治小说创作，并创作长篇政治小说《新中国未来记》。1902年梁启超创办了

---

① 杨义：《中国叙事学》，《杨义文存》（第一卷），人民出版社1997年版，第35页。

② 薛绥之、张俊才编：《中国文学史资料全编·现代卷28·林纾研究资料》，知识产权出版社2010年版，第178页。

③④ 雷达、李建军主编：《百年经典文学评论1901—2000》，长江文艺出版社2004年版，第1—3页。

《新小说》杂志，其中除了"政治小说"外，还刊发了大量的"历史小说""社会小说""侦探小说""哲理小说""冒险小说""科学小说""写情小说"等类型。《新小说》的创办极大地推动了小说的发展，后来陆续出现了《绣像小说》《新新小说》《月月小说》《小说林》等，同时还出现了专门的小说书局，出版了大量的小说单行本，使得"新小说"取得了较大的实绩，并为五四小说积累了有益的经验与教训，也为五四小说发展及其诗性传统的重建奠定了坚实的基础。当然，五四小说的诗性形成同样受到文人传统的影响。

五四时期，以鲁迅、周作人、郁达夫、郭沫若、废名、冰心、庐隐等为代表的五四作家，多具有文人气质，他们的小说中或多或少或浓或淡地表现出文人传统的韵味。而文人气质越明显的作家，其小说的诗性色彩也就越浓郁。鲁迅和周作人从小接受传统私塾教育，深受诗书经传等古典文学的熏陶，后皆留学日本，接受了新式思想，因此回国以后二人皆成为五四新文化运动的闯将。周作人性格中有着深刻的文人气质，他推崇晚明公安派小品文中所具有的性灵与平和冲淡的气质，也欣赏类似废名小说中所具有的田园牧歌般的自然散淡之美。周作人在《晚间的来客》一文中提出了"抒情诗的小说"概念，其有关抒情诗小说的理论倡导极大地推动了现代小说的诗化。

鲁迅小说无论是内容还是形式上都流露出文人色彩，他深受庄子、韩非子、屈原等人的影响，他说自己"就思想上，也何尝不中些庄周韩非的毒，时而很随便，时而很峻急"[①]，他赞美屈原怀内美、重修能、正道直行、不畏谗言与权威的品格，其小说《狂人日记》所体现出来的"深广忧愤"之情，正是对屈原等人"发愤抒情"传统的继承与弘扬。鲁迅身上深沉的文人气质为其小说带来了浓郁的抒情色彩。《社戏》中对传统乡土社会淳朴和谐的抒写，对山水自

---

[①] 鲁迅：《鲁迅全集》（第1卷），光明日报出版社2015年版，第114页。

然的歌颂,《故乡》中对天真活泼、充满朝气的少年闰土的赞美,《伤逝》中涓生对子君的哀悼和对自己青春渐逝、前途迷茫的哀婉,无不具有浓郁的诗性色彩。而在《祝福》《孔乙己》《阿Q正传》等小说中所表现出来的对知识分子、妇女和农民的关注与深切同情,皆是鲁迅广博的人道主义情怀的体现。当然鲁迅小说的文人传统并非一味地怀旧和对传统的眷念,他具有破旧立新的精神和勇气,他推崇嵇康、阮籍等人的魏晋风骨,因此其小说中体现出很强的批判意识,且具有鲜明的抗争精神。而其后期小说集《故事新编》中则具有鲜明的浪漫主义色彩,其"古今杂糅"的艺术手法,正是其在继承传统的基础上的大胆创新。总之,鲁迅小说无论是内容和形式上都深受古代文学传统和文人传统的影响,因而其小说在很大程度上实现了对诗性传统的继承与发展。

废名的小说《竹林的故事》《桥》《桃园》《菱荡》等采用唐人绝句式的手法,具有鲜明的文人色彩。《竹林的故事》中的三姑娘自然纯真、勤劳善良,她身上散发出一种清新质朴的诗意。"废名以田园牧歌般的叙述风格、诗意的笔触,在一种清幽淡远的意境中展现了他的审美理想。三姑娘是他的理想的诗意化身,而三姑娘青春的诗意之美又完全回荡在翠绿的竹林中了。这样作者的理想成了诗,三姑娘成了诗,竹林成了诗,竹林里的故事也是诗,竹林里的一切便闪烁着诗的光芒。"①小说中废名的文人倾向十分鲜明。《桥》中的程小林和史琴子这对少男少女之间的朦胧纯美的爱情发生在世外桃源般的乡土空间中,体现出废名对传统诗性生活空间的乌托邦想象,充满了浪漫情调和隐逸之气。废名的小说同样有着对现实的关注,《浣衣母》中的李妈独自抚养两个孩子,劳苦终身,后与一中年汉子搭伙过日子,却遭到了旧有伦理道德的谴责与批评;《柚子》中

---

① 廖高会:《叙事的节制、节奏与诗意之美——废名小说〈竹林的故事〉中的叙事时间浅析》,《河南工业大学学报(社会科学版)》2014年第2期。

"我"和表妹两小无猜,青梅竹马,彼此心仪,但表妹被祖母等家长包办了婚姻,致使有情人难成眷属。废名在类似的作品中对宗法制封建社会的伦理道德和婚姻制度等进行了批判与反思,这在一定程度上是对文人传统中的诗性精神的继承。

郁达夫作为创造社浪漫抒情小说的代表作家,颇具才气和名士风度,身上流淌着传统文人的血气。郁达夫留学日本,接受过现代文明教育,因此身上还具有浓郁的现代色彩,他是典型的现代文人代表。他的小说缺少鲁迅那样尖锐而深刻的批判,更多流露出传统文人的哀怜与感伤。《沉沦》中主人公在国外因是弱国之子民而备受欺辱,最后跳海自杀。《茑萝行》中作为知识分子的"我"无力养家,害得妻子因贫穷所迫而跳水自杀。《零余者》中"我"作为穷困潦倒、无所事事的多余人,心里有着深切的悲哀与绝望。郁达夫笔下的这些忧愁与伤怀,正是古代穷苦文人的现代写照,是现代知识分子的理想遭遇现实毁灭后的沉吟悲叹。郁达夫小说中同样表现出一种文人的家国意识,如《沉沦》中便具有反帝爱国的思想内容,而郁达夫在抗战期间一直从事抗日救亡工作,直至在印尼遭到日本侵略者杀害,他以实际行动展示了一个现代知识分子应有的爱国情操和民族气节。

五四时期涌现出了一批杰出的女性作家,如冰心、庐隐、石评梅、冯沅君、凌叔华等人,她们的小说尽管风格不同,但却尽显不俗的才气与天分。她们都受过高等教育,接受了新文化运动中的启蒙思想,追求个性解放和独立自主,关注现实人生特别是妇女的命运,关注国家民族的命运走向。她们的小说中均流露出浓郁的传统文人抒情气质。而叶绍钧、台静农、许地山、王统照、倪贻德等作家,骨子里同样存在文人气质,他们的小说创作在内容上始终与现实社会密切相关,在艺术形式上有意识地增加审美质素,使小说趋于雅化和诗化。

总之,五四作家自身所具有的文人气质和人文情怀,在五四启蒙风气的影响下，激发成为强烈的诗性精神，从而成为五四小说诗性传统续接与重建的精神动力。

## 第二节　叙事模式的转换

晚清时期的文言小说之所以能续接诗性传统，更深层的原因是"以文字为中心"的"写—读"模式的形成。而促成其成为现代汉语小说主要叙事模式的关键原因之一，正是晚清到五四时期兴起并繁荣的报章杂志。早在1901年梁启超就断言："自报章兴，吾国之文体，为之一变。"①正是报刊的繁荣推动了小说文体叙事模式的转变。陈平原指出，晚清至五四时期，各报刊为了适应读者的阅读习惯和审美趣味，在刊载小说（主要是长篇小说）时按读者要求，每期杂志上都能读到相对完整的"故事"，这就逼得作家在构思上做出调整，一方面重视每次刊载内容的相对完整，一方面忽略了小说的整体连贯性，使得长篇小说很容易变成近乎短篇的连缀与集锦。这不仅促进了短篇小说的发展，还打破了古代白话小说"说—听"为主的传播方式所带来的连贯叙述，从而逐渐摆脱了古代白话小说中的说书人腔调。特别是五四作家自觉地与传统说书人决裂，重视小说的"意旨"，强调艺术个性与日常生活的抒写，从而使小说具有了"非情节化"倾向；重视人物内心感受、联想、梦境、幻觉与潜意识，追求小说的"情调""诗趣"与"意境"等，使五四小说具有了"非情节化""心理化"与"诗化"的倾向。②由此可见，时代的潮流

---

① 转引自刘增杰、孙先科主编：《中国近现代文学转换点研究》，上海文艺出版社2008年版，第19页。
② 王晓明主编：《二十世纪中国文学史论》（第一卷），东方出版中心1997年版，第238—247页。

推动着小说文体向前发展，以报刊等媒介为代表的文化潮流，带来了清末民初新小说和五四小说诗性传统的回归，这是一种客观的必然。

但是由于维新派改良运动和辛亥革命的失败，文人们逐渐变得精神不振，变革的激情不复存在，此时期的文言小说诗性精神相对欠缺，更多走向了通俗小说的道路，偏重于娱乐或重回说教传统。因而清末民初文言小说对诗性传统的续接更多体现在诗性形式方面。但必须明确的是，并非清末民初的先进知识分子缺少诗性精神，而是诗性精神与诗性形式在新小说中没有来得及很好地融合：白话小说诗性精神显著，但其艺术形式缺少诗性特色；文言小说在形式上呈现出较明显的诗性特征，但诗性精神又显不足。实际上清末民初的新小说对诗性传统的续接与融合并不彻底，呈现出一种承前启后的过渡特色。只有到了五四时期，现代白话小说才真正实现了诗性精神与诗性形式的统一，从而完成对民族文学诗性传统的续接与重建。

五四小说主观抒情性的增强，更重要的影响因素是叙事者主体意识的觉醒与加强。如果没有主体的自觉，无论小说篇幅长短如何变化，也无论是"讲—听"还是"写—读"模式，仍然可以以讲解故事为主，而不必以主观抒情表意为主。实际上，"讲—听"模式转变为"写—读"模式，只是为五四小说的诗性生成提供了一种可资借鉴的新的叙事形式，而与五四启蒙精神相一致的诗性精神才是真正促成五四小说诗性生成的主要动力。正是在叙事模式发生变化的同时，时代精神也发生了变化，形式与精神相互契合，相得益彰，最终使五四小说的主观抒情性得以增强。五四新文化运动提倡个性独立与解放，把个体从群体之中解放出来，唤醒了被压抑的个性精神和个体意识，在小说中表现在对个体价值、尊严和自由的尊重和推崇。因而许多知识分子特别是当时的作家们，非常重视个体生命的体验和独立意志的彰显，于是在五四小说中更多地注入了自我的主观情感或意志,他们不再讲述情节曲折的故事,而是以传达自己的内心感受为主,因而五四小说主观色彩的增强,与时代的主潮密切相关。

　　五四小说主观抒情性的增强,既表现在个体情感方面,也表现在社会情感方面,而个体情感与社会情感又统一于追求自由、民主与科学的五四启蒙精神之中。在五四作家中,郭沫若、郁达夫等创造社成员的浪漫主义抒情小说具有更为浓郁的个体主观情感表现,而这些具有鲜明诗性色彩的主观情感,却又是五四时代精神引发和催生的。而强调"为人生"的文学研究会作家,如茅盾、叶圣陶、王鲁彦等人的作品更多重视对社会现实问题的展现或批判,因而也更多表达了时代情感。普实克说,从五四运动到抗日战争爆发,中国文学最显著的特点是主观主义、个人主义和悲观主义的结合①。正是这样的情感或心理倾向,使五四小说具有了强烈的主观抒情色彩。因此,五四小说不再像传统小说那样以讲述故事或传奇为主,而以传情表意为主。创作动机和叙事模式的改变必然削弱小说的故事性,淡化小说的情节,从而促进了五四小说诗性传统的回归与重建。

## 第三节　文学资源的融通

　　五四小说对民族诗性传统的续接与重建,不仅与民族文学内部的继承与革新相关,而且与五四作家所具有的国际视野和开放的心态相关。近代以来,西方侵略者的隆隆炮声轰开了封闭已久的国门,中华民族开始觉醒,开始睁眼看世界,自此以后中西文明的碰撞与交融便频繁发生。五四知识分子如胡适、鲁迅、周作人、郁达夫等

---

① [捷克]普实克:《普实克中国现代文学论文集》,李燕乔等译,湖南文艺出版社1987年版,第4页。

多数都有出国留学或游历的经历，这开阔了他们的眼界，使他们看到了中西文明之间的落差，也因此产生了忧患意识与追赶意识。因而五四文学革命中，其发起者、倡导者和参与者皆能以开放的心态积极推动中国现代文学与世界文学接轨，其开阔的国际性视野和开放包容的文化心态，能更好地融通中外文学资源，从而为五四小说诗性传统的续接与重建提供切实可行的方法与路径。

五四时期，胡适与陈独秀等人倡导文学革命之目的，不仅仅是要明确什么是新文学，更为重要的是要解决如何创建新文学这个至关重要的问题，而要解决这个问题便涉及文学资源的选择。五四理论家和作家们多主张借鉴外国文学资源以创建新文学。要借鉴必须译介外国文学作品，新文化运动之前便有周树人和周作人兄弟俩翻译《域外小说集》《现代小说译丛》，由苏曼殊与陈独秀合译雨果《悲惨世界》等。除了翻译以外，新文学先驱们还广泛宣传借鉴外国文学资源的理念。到1918年胡适在《建设的文学革命论》中指出，西洋的文学方法比我们要完备得多，特别是19世纪欧洲的散文戏本，体裁多样，有"问题戏""心理戏""讽刺戏""象征戏"和"专以美术的手段"创作的"意在言外"之剧本。而西洋小说的材料、体裁、命意、描写等方面都远胜中国小说，胡适称之为"真是美不胜收"[①]。由此可知，胡适在学习借鉴国外文学方面，不仅重视文学承载的现实内容，而且也看重文学体裁、象征手法、心理描写、诗性效果等艺术手段和审美效果。胡适高屋建瓴的文学视野，对后来引进象征主义、心理描写等艺术技巧，提升现代文学诗性品质奠定了思想基础。鲁迅也提出"别求新声于异邦"，其目的是要为新文学增添新的质素。周作人在《国粹与欧化》一文中表示，我们无法改变

---

① 许觉民、张大明主编：《中国现代文论》（上），安徽教育出版社2010年版，第18页。

自身本性，也不能完全拒绝外来资源，两方面都需要吸收①。无论是外国文学还是本国文学，周作人都反对机械的模仿，而认为吸收它们的影响却是有意义的②，他提出的"抒情诗的小说"概念，明显受到库普林小说《晚间的来客》的影响。沈雁冰认为，旧文学对新文学也有"几分的帮助"，研究旧文学的目的在于"提出他的特质，和西洋文学的特质结合，另创一种自有的新文学来"③。废名也承认自己的小说创作受到了英国作家乔治·艾略特《弗洛斯河上的磨坊》的影响，它唤起了废名儿时的记忆④。而鲁迅、周作人合译的《现代日本小说集》也是废名特别喜欢的阅读对象，他对这部集子中的《乡愁》《金鱼》等篇目尤其喜欢⑤。无论是鲁迅、周作人、废名还是沈雁冰，都非常明确新文学需要融合中西文学的特质，这无疑是具有理论指导意义的。

更为重要的是，五四时期现代作家们在创作实践中对国外文学的某些艺术技巧进行了创造性的运用。诸如心理描写手法、象征主义手法、浪漫主义手法和第一人称的叙事方式等，在郭沫若、鲁迅、郁达夫等作家的小说中都得到了大量的应用。特别是对西方浪漫主义的借鉴与吸收，大大增强了五四小说的诗性色彩。普实克在谈到中国现代文学受到欧洲文学如浪漫主义影响时指出一个我们不得不承认的事实：在19世纪后半叶特别是第一次世界大战后，欧洲文学的主观抒情性和浪漫主义气质，渗透并瓦解了叙事性作品固有的传

---

①② 傅光明选编：《周作人散文》，太白文艺出版社2005年版，第121页，第119—120页。

③ 沈雁冰：《小说新潮栏宣言》，转自《茅盾选集·第5卷·文论》，四川文艺出版社1985年版，第7页。

④⑤ 郭济访：《梦的真实与美——废名》，花山文艺出版社1992年版，第79—80页，第147页。

统形式①。小说的叙事性遭到削弱，主观抒情性加强，成为当时的世界潮流，在此潮流影响下，中国现代作家如鲁迅、废名、沈从文、郭沫若、郁达夫等创作了一批具有浓郁主观抒情色彩的小说。

由此可见，外来资源是影响现代小说诗性形成的极为重要的因素之一。而外来文学资源之所以能融入民族诗性传统，关键在于中国文学中有着适宜它们生长的土壤，这土壤便是本身具有明显主观抒情性特征且显得较为高雅的古代文言作品②。因而对民族诗性的认同与继承和对外来诗性潮流的接受与吸收几乎是同步的，二者皆为五四小说诗性回归与重建的两大不可或缺的资源。

五四知识分子如何处理民族性、世界性与现代性问题，王瑶先生做过非常恰当的评定，他说，现代文学自觉追求外来影响，而民族传统则是在其自然形成的过程中，使外来因素获得民族特点并适应于现代化要求③。方锡德也认为，五四作家对传统的批判是以理智为主，而对文学传统的继承方面则是自然流露的，比如追求实录与写真、重视写意与抒情、崇尚含蓄与隽永、欣赏山水自然等，都属于传统文化心理和美学精神的自觉或不自觉的流露④。这些具有浓郁诗性色彩的文学传统在五四小说中的自然流露，增强了其诗性色彩。

中国古典文学和文言文，虽然是五四文学革命的对象，但它们同时也是文学革命得以进行的基础和资源。因此，即使在新文化运动的激进时期，启蒙者们在批判文学传统和文言文时也有所保留与肯定。比如胡适在《文学改良刍议》中指出自己并不反对现代文学中使用广义之"典"，"古人所设譬喻，其取譬之事物，含有普通意

---

①② [捷克]普实克：《普实克中国现代文学论文集》，李燕乔等译，湖南文艺出版社1987年版，第66页。

③ 王瑶：《王瑶全集·第5卷·中国现代文学史论集》，河北教育出版社2000年版，第67页。

④ 方锡德：《中国现代小说与文学传统》，北京大学出版社1992年版，第10页。

义,不以时代而失其效用者,今人亦可用之"。傅斯年也指出:"古典原非绝对不可用,所恶于古典者文学,为其专用古典而忘本也。"①他反对的只是堆砌典故、卖弄才学的华而不实之文风,并不反对正确恰当地用典。胡适、傅斯年等人对文学传统与文言传统留有余地的批判为现代文学吸纳古典元素留下了空间。当五四新文化运动落潮后,五四文学理论家和作家们开始对过去的激进思想和行为进行纠偏,重新反思和审视文学传统问题。周作人在《国粹与欧化》中表明,骈偶律诗的存在与发达并非全由人为,恰恰是民族文学自身命运的必然,所以国语文学(新文学)完全可以向着自由方向发展,"炼成音乐与色彩的言语,只要不以词害意就好了"②。他还主张把传统"融化"进现代文学中,使诗歌具有"朦胧美",散文具有"涩味",小说具有"意境"与"古典趣味"。③由此可见,周作人非常重视语言的雅化与诗化,重视语言的艺术美感。他还倡导小说创作融入诗歌,这种今古相容和文体交融观,对现代小说特别是京派小说诗性语言的形成有着直接的影响。周作人的文学观实际上是在世界文学的国际视野中探寻民族文学发展的路径,尽管他的这种意识还不十分明晰。

  无论是对中国本土资源还是对异域资源的借鉴与融化,要重建五四文学的诗性传统,都必须从诗性精神与诗性形式两方面入手。

---

① 陈平原选编:《〈新青年〉文选》,贵州教育出版社2003年版,第111页。
② 傅光明选编:《周作人散文》,太白文艺出版社2005年版,第121页。
③ 方锡德:《中国现代小说与文学传统》,北京大学出版社1992年版,第19页。

## 第四节　语言观的多元化趋向

从语言观来看,晚清白话文运动中,虽有裘廷梁等先进知识分子激烈地主张"崇白话而废文言",但在实际的创作中多是白话与文言兼用,而且还存在着较多的文言小说,这无疑为创作者打开了一条通往诗性传统的缝隙或通道。

晚清知识分子在推进白话文运动的时候产生了一种矛盾,针对这种矛盾的文化心理,晚清知识者们采取了"一石二鸟"的策略。正如胡适曾指出的那样,晚清知识者的最大缺点是把社会分作了两部分:"一边是应该用白话的'他们',一边是应该做古文古诗的'我们'。"[①]一方面是为了开启民智需要用白话文,一方面又因为作为文人传统的审美心理需要文言文,这实际上存在着一种语言观的分裂现象。为了弥合这种矛盾的语言观带来的心理裂痕,晚清知识分子在创作新小说时采取了"外俗内雅"的方式处理这种语言的分裂现象。陈平原指出:"表面上新小说家追求的是小说的通俗化,但这种'俗'只是落实在文体上,而不是在审美趣味上。""新小说家追求小说文体的'俗',是为了更便于向大众灌输新思想,是利俗的文学,而不是通俗的文学。'利俗'是手段,'启蒙'才是目的。着意启蒙的文学不可能是真正的通俗文学。作家是站在俗文学的外面,用雅文学的眼光和趣味,来创作貌似通俗的文学。"[②]晚清进步知识分子在文学中体现出来的"雅"的审美趣味正是诗性传统的表现。

---

① 胡适:《五十年来中国之文学》,见《胡适文集》第四卷,人民文学出版社1998年版,第387页。

② 陈平原:《陈平原小说史论集》(中册),河北人民出版社1997年版,第695—696页。

他们主张用白话文创作小说以求通俗，但是其心灵深处始终存在着有关"社稷江山"的豪情壮志和有关"风雅情怀"文人品格，他们潜意识中存在的这种诗骚传统决定了其精神境界的不俗。晚清新小说开启民智、救亡启蒙的崇高立意，正是民族诗性精神的体现。维新派的政治小说不乏浓郁的诗性精神，但由于形式上缺乏诗性之美，没能顺利地续接，反而中断了诗性传统。不过政治小说的"宣讲"式叙事，打破了古代白话小说倚重情节的传统，这种淡化情节的倾向为小说的主观抒情提供了可能，为五四小说的诗化与散文化打开了通道。

五四运动落潮以后，五四作家们又开始重视新文学艺术形式之美。形式之美首先从语言诗性之美的追求中表现出来。五四新文化运动中，对于语言工具性的强调，必然影响到小说语言的诗性生成。无论是穆卡洛夫斯基的"前景化"理论①，抑或是什克洛夫斯基的"陌生化"理论，都强调了文学语言和非文学语言的区别。非文学语言是以传递内容为主的工具性语言，而文学语言除了内容的传递外，还要引人注意语言本身，要凸显语言的非常规性，以引起人们对其自身的关注。五四作家在重视白话文工具性功能的同时，并未全然否定或放弃文学语言的审美特性，特别是当白话文运动落潮后，他们开始对过去激进的反文言而独尊白话的语言观进行反思和纠偏，重新审视和评价文言，重新肯定其美学特性。

五四期间，即使白话文运动的倡导者也并没有对文言全盘否定，他们对文言存在着固有的依赖心理，因而对文言的批判仍有所保留。陈独秀指出，要实现"文言一致"，就需要在白话文中多夹入些较为通行的"文雅字眼"②，也即主张白话文中可以适当插入雅致的文言词语。胡适在强调语言革新时对古代文言和古典文学也有所保留，

---

① 朱刚编著:《二十世纪西方文论》，北京大学出版社2006年版，第24—26页。
② 陈独秀:《〈独秀文存〉选》，贵州教育出版社2005年版，第291页。

他在《文学改良刍议》中表示他并不反对现代文学中使用广义之"典","古人所设譬喻,其取譬之事物,含有普通意义,不以时代而失其效用者,今人亦可用之"①。这实际上为白话文融入文言或现代文学融入古代文学留下了空间。在《论小说及白话韵文——答钱玄同书》中,胡适谈到自己写新诗不避文言的理由有三:

> 吾曾作"白话解",释白话之义,约有三端:
> （一）白话的"白",是戏台上"说白"的白,是俗语"土白"的白。故白话即是俗话。
> （二）白话的"白"是"清白"的白,是"明白"的白。白话但须要"明白如话",不妨夹几个文言的字眼。
> （三）白话的"白",是"黑白"的白。白话便是干干净净没有堆砌涂饰的话,也不妨夹入几个明白易晓的文言字眼。②

文言能为白话带来简洁、干净与明白的审美效果,所以他主张在白话中不妨用用。刘半农也主张在挖掘白话文的优点外,还应吸收文言文之优点③。朱经农指出,"文学的国语"应该"并采兼收"文言与白话,形成"'雅俗共赏'的'活文学'"④。刘半农与朱经农都强调白话文应该吸收文言文的有益质素,强调新文学的语言应该是综合白话与文言的产物。任叔永和梅觐庄等人认为无论是文言文还是白话文,都是可以同时使用的,但白话文的使用需要"美术家"之锻炼⑤,"美术家"之锻炼正是语言的艺术化审美化过程。时

---

① 黄健:《民国文论精选》,西泠印社出版社2014年版,第17页。
② 胡适:《胡适的世界气质》,当代世界出版社2013年版,第214页。
③ 刘半农:《我之文学改良观》,见《中国新闻学大系·建设理论集》,上海良友图书公司1935年版,第67页。
④ 朱经农:《致胡适》,见《胡适文存》(1),华文出版社2013年版,第70页。
⑤ 胡适:《四十自述》,中国画报出版社2016年版,第107页。

任《小说月报》的主编恽铁樵把白话作为小说之正宗，但认为这种白话需以文言为基础并经其浸染，"必能为真正之文言，然后可为白话"，白话应吸收文言"扬抑抗坠，轻重疾徐"和"提挈顿挫，烹炼垫泄"等句法特征①，这实际上是主张用文言的典雅性增强现代小说语言的诗性色彩。郑伯奇1924年在《论国民文学》中也认为："创造新的语言应是必要的，但先人的宝库若有优美瑰奇的遗产，我们又何必不利用呢。"②这正是正确处理现代与传统的有效方式。

鲁迅在五四白话文运动中是十分激进的，在五四运动热潮过去后，对于古代文言文，他明确表示给予接受与继承。他在《我怎样做起小说来》一文中表示，但用白话文进行写作时，力求顺口，一旦"没有相宜的白话，宁可引古语"③。在鲁迅的创作中，实际上一直受文言文和古代文学的影响，并没有中断诗性传统的吸纳，学者姚克曾指出，鲁迅小说集《呐喊》与《彷徨》"描写人物的手腕有许多处还保留着旧小说的风格"，而鲁迅也承认了姚克的说法，他说："以前我看过不少旧小说，所受的影响很深。"④

周作人认为现代国语不应该等同于口语，国语文学不能歧视古文。现代国语应该融合古今中外的各种优秀的语言元素⑤。1925年周作人在《理想的国语》中也表示，古文已经不能适合现代人的思想，因而需要以白话口语为基础，融入古文方言及外来语，形成说理严密而又有"艺术之美"⑥的语言。

---

① 铁樵:《〈小说家言〉编辑后记》,载《小说月报》1915年第六卷第六号。
② 饶鸿兢等:《创造社资料》(上册),福建人民出版社1985年版,第93页。
③ 许觉民、张大明主编:《中国现代文论》(上),安徽教育出版社2010年版,第244页。
④ 姚克:《最初和最后的一面》,转引自房向东编:《活的鲁迅》,上海书店出版社2001年版,第249页。
⑤ 周作人:《夜读的境界 生活·写作·语文》,湖南文艺出版社1998年版,第773页。
⑥ 周作人:《理想的国语》,《京报·国语周刊》第13期,1925年。

对于新文学语言，冰心借小说《遗书》中人物宛因之口，提出"白话文言化""中文西文化"①的主张。冰心在小说创作中也践行了她的语言观，形成了具有诗性特色的"冰心体"语言体式。五四同人们对文言的肯定与应用，在很大程度上是对在白话文运动中中断了的诗性传统的续接。对文言文的吸收与应用，促进了现代白话文的雅化，为五四小说诗性的生成奠定了语言基础。

由于在白话小说创作过程中，过度的民间口语化带来了语言的直白平淡，五四作家和理论家特借助欧化语法之长，以增强现代白话小说语言的音韵节奏等形式美感，从而纠正平淡直白之弊端。而语言的欧化在一定程度上也促进了五四小说诗性语言的形成。有学者认为，五四时期文学语言的欧化，为中国现代文学拓展了诗性空间②。因为五四时期汉语的欧化，其目的除了促使其精密地传达新思想外，更重要的是希望克服白话直白无味的弊端，增强白话文的审美特性。

在白话文开始流行后，傅斯年认为当时人们使用白话文还缺少"美术的培养"，是赤裸裸的表达、无含蓄的韵味，因而需要用修辞这样的"利器"，并借助西洋文的趣味使语言欧化，以培养和改造白话文③。在傅斯年等人看来，白话文在欧化过程中借助相应的技巧，能增强艺术的趣味性和语言的审美属性。这是从语言本体论出发倡导白话文欧化的，其最终目的仍是欲增强白话文的诗性色彩。但是在白话文欧化的过程中，事实上并非完全如傅斯年等人希望的那样，恰恰相反，白话文欧化后出现了拖沓冗长的状况，在一定程度上削弱了汉语所具有的明快流畅的节奏感。正如当代学者申小龙所言：

---

① 冰心：《冰心小说》，浙江文艺出版社2000年版，第147页。
② 邓伟：《试论五四文学语言的欧化白话现象》，《广东社会科学》2011年第2期。
③ 许觉民、张大明主编：《中国现代文论》(上)，安徽教育出版社2010年版，第149页。

"欧化的现代汉语缺少了暗示性、音乐性和诗意。"①这一方面是西方语言本身特点所致,一方面也是五四新文化运动过度强调语言的工具化所致。面对这种状况,五四作家和理论家们采取了相应的补救措施。比如前面说过,郭绍虞主张在欧化的白话文中融入音乐的质素,而在具体的创作中,有的则是化长句为短句,形成相应的节奏;有的是短句组合成长句,形成流畅的语势。如许杰《惨雾》中有:"天河从屋背面横过,小星填满了河街,一颗颗细洁得可爱,直挂到南边的尽处,与那些隐隐约约,用远树和山影组成的如长堤一般的黑影相接。"王本朝认为其"多个短句的拼贴组合成长句,形成语言的链条,如同滚雪球,气韵贯通"②。而有的作者则是把欧化白话文的句子结构进行颠倒或倒置,从而凸显某些成分,以加深受众印象或更为深沉地吟咏性情。鲁迅小说语言的欧化,包括词汇与句法两方面,特别是对外国句法的借用在其小说中较为明显,如《伤逝》写道:"然而现在呢,只有寂静和空虚依旧,子君却决不再来了,而且永远,永远地!""如果我能够,我要写下我的悔恨和悲哀,为子君,为自己。""我还期待着新的东西到来,无名的,意外的。"这些欧化的句式在形式上和中国传统句法的差异性带来了语言的陌生化效果,在情感方面更适合浓郁绵长的感情抒发,在乐感方面增添了语言的节奏感,产生了一唱三叹的效果,所有这些都更好地营造出了诗意的抒情氛围。

郁达夫小说语言的欧化也比较明显,如:

  从南方吹来的微风,同醒酒的琼浆一般,带着一种香气,一阵阵的拂上面来。在黄苍未熟的稻田中间,在弯曲同

---

① 申小龙:《汉语与中国文化》,复旦大学出版社2003年版,第10页。
② 王本朝:《欧化白话文:在质疑与实验中成长》,《文学评论》2014年第6期。

白线似的乡间的官道上面,他一个人手里捧了一本六寸长的Wordsworth的诗集,尽在那里缓缓的独步。……他眼睛离开了书,同做梦似的向有犬吠声的地方看去,但看见了一丛杂树,几处人家,同鱼鳞似的屋瓦上,有一层薄薄的蜃气楼,同轻纱似的,在那里飘荡。

(郁达夫:《沉沦》)

作者通过定语后置或状语前置等欧化句式,凸显某种形象或场景,营造某种意境,形成了一种曲折迂回的诗性效果。因此,虽然白话文欧化对汉语诗性传统带来了损伤,但通过以上方式在一定程度上促进了现代小说语言诗性的生成。

## 第五节 诗性审美的理论倡导

政治小说的潮流过去后,晚清知识者开始了对政治小说审美乏力之弊端的反思,开始重视小说的审美价值。当年黄人在《小说林》的发刊词上指出"小说者,文学之倾于美的方面之一种也"[1]。陆绍明提出"点缀写情,则为美术家之小说"[2]。而鲁迅则指出:"由纯文学上言之,则以一切美术之本质,皆在使观听之人,为之兴感怡悦。"[3]他强调小说的审美价值和"兴感怡悦"的情感价值,反对小说的过分功利化,主张小说通过"不用之用"的非直接功利之手段

---

[1] 邬国平、黄霖:《中国文论选·近代卷》(下),江苏文艺出版社1996年版,第172页。
[2] 陈平原、夏晓虹编:《二十世纪中国小说理论资料》(第一卷),北京大学出版社1997年版,第180页。
[3] 赵瑞蕻:《鲁迅〈摩罗诗力说〉注释·今译·解说》,天津人民出版社1982年版,第57—58页。

达到"涵养人之神思"的目的,这神思为"刚健抗拒破坏挑战"的精神①,即勇猛奋进、昂扬向上的反抗精神,这正是鲁迅欲在小说中灌注的诗性精神,周氏兄弟合译的《域外小说集》正是这种精神的体现。鲁迅对小说的美学价值和诗性精神的重视毫无疑问是对民族诗性传统的续接,这种主张与其五四新文学运动中小说创作的诗化倾向遥相呼应。

在资产阶级维新派中,蒋智由的创作理论在回归与续接诗性传统方面具有代表性。蒋智由提倡创作自由,但同时要求遵循艺术规律,创造"理想美",即强调通过艺术手段创造艺术形式之美,并把"理想美"与时代精神相联系,要成为艺术"大家"必须顺乎时代潮流且超越时代。②文学创作者应站在时代的前列,做思想的引领者,这正是从"更高的、理想的、超验的世界来重新设定现实世界的诗意冲动",是诗性精神的体现,而"理想美"则是对艺术形式的要求。因而,蒋智由的创作理论恰好体现了资产阶级维新派对诗性传统的回应。

在实际创作中,晚清文人自觉不自觉地将其诗性美学追求投射于小说创作之中。刘鹗就是其中最有代表性的一位,他提出了"哭泣"说,"盖哭泣者,灵性之现象也,有一分灵性即有一分哭泣"。"灵性生感情,感情生哭泣。"而感情"有身世之感情,有家国之感情,有社会之感情,有宗教之感情。"③其"哭泣"说是对抒情传统的回归,其对身世之忧、家国之痛、社会之悲、民族之恨的发愤抒情,正是民族诗性精神的体现。在《老残游记》中,除了"哭泣"以发愤抒情外,在景物的抒写方面,也体现出其潜意识的诗性冲动,如对大明湖的秋景、黄河冰冻的景象以及桃花山世界的描写,便是自觉地把风景描写引入到小说中,这种方式无不体现出对古代田园

---

①②③ 王运熙、顾易生主编:《中国文学批评通史七·近代卷》,上海古籍出版社1996年版,第494—495页,第422—423页,第574—575页。

诗性传统的续接。另外，在晚清新小说中有的采用了象征与寓言的艺术形式来对现实社会进行映射式批评。如《二十年目睹之怪现状》第二回用蛇虫鼠蚁、豺狼虎豹、魑魅魍魉来象征黑暗污秽的现实，《黄绣球》第一回用东倒西歪的房屋、污秽的饭和爬上了蚂蚁的花象征中国的贫困羸弱，《老残游记》中老残梦到的那即将沉没的危船是中国处于危急存亡之际的寓言性抒写，《狮子吼》中对"民权村"乌托邦式的抒写正是作者理想社会的影射。这些艺术技巧正是对传统诗性形式的继承。

其次，值得重视的是，晚清"小说界革命"的对象是"海淫海盗"的白话章回体旧小说，并非以文言写出的笔记体小说，因而新小说中的文言小说并无间断，而且在数量上有压倒白话小说的优势。文言小说长期受到文学之主流诗歌的影响，具有浓郁的诗性特质，其语言具有精练雅驯、含蓄隽永之美，文言小说在创作时自觉地追求"诗意""诗趣""情调"和"意境"，这与当时深受文言诗性传统影响的文人情趣相一致。清末民初文人把小说当成"大道"，用文言非常严肃认真地描写，于是清末民初形成了文言小说创作的热潮，从而"揭开了文言小说史上最为辉煌的一页"[①]。清末民初的文言小说与传统文言小说相比发生了一些变化，特别是从传统小说零聚焦叙事转向现代小说心理意识流的呈现，从而具有了现代小说的特质。更为重要的是，清末民初文言小说采用了"主观诗化语体"进行叙事，使小说具有"内面"（即内在心灵）书写倾向[②]，如苏曼殊的《断鸿零雁记》、何诹的《醉琴楼》、徐枕亚的《玉梨魂》和鲁迅的《怀旧》等。这种"主观诗化语体"审美倾向和精神特质一直延伸到

---

① 陈平原：《中国现代小说的起点：清末民初小说研究》，北京大学出版社2010年版，第157页。
② 黄梅：《中国现代汉语小说的起点——清末民初新小说语言与文体研究》，四川师范大学硕士论文，2009年，第77页。

五四新文学，并影响了五四现代汉语小说的诗性生成。因而在清末民初，恰好是文言小说更多地承担起续接传统诗性的历史使命，从而与五四小说的诗性精神相沟通。

　　五四现代文学如何重构诗性传统，诗性精神的回归是第一位的，但是仅有诗性精神而缺失诗性形式的配合，失去文学艺术之美，重构诗性传统也便失去了形式依托。一方面受到晚清文学理论家和作家重视与强调文学审美特性的影响，一方面是五四小说生成与发展的需要，五四文学理论家和作家在文学革命浪潮中极力强调文学救亡图存的启蒙使命之时，并没有忘却文学的艺术形式之美，而对艺术形式美的重视与回归，使五四小说诗性传统的续接与重建成为可能。胡适于1918年在《论小说与白话韵文——答钱玄同书》中极力推崇词、曲长短不拘的韵味，认为词优于诗歌"并不在一可歌而一不可歌，乃在一近言语之自然而一不近言语之自然也"。词和曲的长处都在于能做自然之语，创作起来比较自由。"最自然者，终莫如长短无定之韵文。元人之小词，即是此类。今日作'诗'（广义言之），似宜注重此种长短无定之体。然亦不必排斥固有之诗词曲诸体。要各随所好，各相题而择体，可矣。"①胡适强调要根据创作需要选择相应的文体，特别强调广义的"诗"的创作对传统诗性文体的借鉴，胡适并没有说广义的"诗"包含哪些文体，但至少可以理解为是除了狭义之"诗"以外的散文体式了，当然也应该包括散文体式的小说。胡适之所以给钱玄同讲了那么多诗词曲等韵文的好处，原因在于他很欣赏诗词曲韵文等传统诗性文体所具有的审美韵文与创作的自然与自由。同年，胡适在《建设的文学革命论》中谈到了如何创建新文学。他特别强调方法，其中有结构方法和描写方法，而描写方法又包括了写人、写境、写事、写情等方面，写人、写境须有个

---

① 胡适：《胡适的世界气质》，当代世界出版社2013年版，第15页。

性,写情要"真精""细腻"和"婉转"①。后来胡适在《论短篇小说》一文中对短篇小说做了简要的界定:"短篇小说是用最经济的文学手段,描写事实中最精彩的一段,或一方面,而能使人充分满意的文章。"②但同时又对此做了补充:"凡叙事不能畅尽,写情不能饱满的短篇,也不是真正'短篇小说'。"③这是对小说中充沛情感的肯定。做短篇小说的人"若带点迂气,处处把'本意'点破,便是把书中事实作一种假设的附属品,便没有趣味了"④,这是对含蓄隽永的要求。由此可见,胡适对小说创作除写实之外,实际上是存在着"情""韵"方面的诗性要求的。作为社会革命家的李大钊,他在《什么是新文学》中,虽然也强调了新文学必须是"为社会写实的文学",但同时也强调新文学是"以博爱心为基础的文学""为文学而创作的文学"⑤。李大钊并没有把文学纯功利化,在肯定文学反映社会现实的同时,也强调了文学的审美特性。1918年,胡先骕在《东方杂志》撰文《中国文学改良论》,批判文学革命中把文学工具化,忽视和违背审美特性的现象,指出"文学自文学,文字自文字",⑥文学在达意之外还有各种修辞技巧的追求,有着字句的锤炼,不是信口开河,信笔所写。胡先骕反对文学语言与非文学性语言混为一谈,强调文学语言的艺术性和审美特性。陈独秀在《答胡适之(文学革命)》一文中也表示,文学作品有其自身作为独立存在价值的"美感与伎俩",这是不容轻易抹杀的,写实主义的作品有其存在的价值,理想主义的作品也应有其存在之地位,要允许作品在"实描

---

① 许觉民、张大明主编:《中国现代文论》(上),安徽教育出版社2010年版,第17页。
②③④ 胡适:《容忍与自由》,《胡适作品》,河南文艺出版社2016年版,第97页,第98页,第104—105页。
⑤ 李大钊:《什么是新文学》,载《星期日》社会问题号,1920年1月4日。
⑥ 钱基博:《国学必读》(上),北京联合出版公司2014年版,第219页。

社会"以外"别有寄托"①。陈独秀在强调文学的政治宣传功能的同时，也注重文学的审美个性，其对理想主义和"别有寄托"的重视，恰恰为五四小说诗性的回归开启了一道希望之门。陈独秀在为《我们为甚么要做白话文？》（本文是作者在武昌文华大学讲演的大纲，载1920年2月12日《晨报》）中对文学进行了界定，其中包括三方面："（一）艺术的组织。（二）能充分表现真的意思及情感。（三）在人类心理上有普遍性的美感。"②简言之，就是文学作品必须包括艺术技巧、真情实感和美学效果三大要素。因而陈独秀强调文学的"饰美"性，即文学的艺术形式之美。形式美表现在"意思的充足明了""声韵调协"以及"趣味动人"等方面③。可见，陈独秀对文学审美特性的肯定是十分明了直接的。傅斯年指出，理想的白话文应该是逻辑的、哲学的和美术的，这三者中与文学审美追求相对较一致的是对"美术"性的追求，"美术的白话文。就是运用匠心做成，善于入人情感的白话文"。这就要求文学符合人情与人性，是"人化"的文学。傅斯年以理性和情感为基础建构了自己的文学价值观，提出了文学评价标准，即：能引入感情、启人理性、营造境界，能化别人、能忘自己的是好文学。文学的根本和职业便是"移人情"和"人化"④。所谓"人化"就是要使作品内容合乎人情，形式也要为表现人情人性服务。傅斯年对白话文的"美术"和"人化"的重视，实际上在一定程度上指明了白话文学努力的方向。而五四作家对白话文自身美学特征的追求和人情人性的重视，正是现代白话小说诗化的较为关键的一步。

同时，五四启蒙者们还对实用主义与功利主义的文学观进行了

---

① 陈独秀：《〈独秀文存〉选》，贵州教育出版社2005年版，第235页。
②③ 许觉民、张大明主编：《中国现代文论》（上），安徽教育出版社2010年版，第57页，第59页。
④ 黄健编著：《民国文论精选》，西泠印社出版社2014年版，第57页。

反思与批判。成仿吾在《新文学之使命》中指出，新文学除了承担社会历史使命外，还有文学自身的使命，即排除功利的打算而追求"全（Perfection）"与"美（Beauty）"。他认为，美的文学能"给我们美的快感与慰安"①。成仿吾反对文学的纯功利化，因而主张有美感价值的文学创作，以培养人们优美的感情并提升精神境界。蔡元培则从思维角度反思唯科学唯理性主义所带来的片面性，他说："专治科学，太偏于概念，太偏于分析，太偏于机械的作用了。"②他认为人类的思考方式，不应限于逻辑理性思维，而应该有多种，如逻辑学用概念思维，美学用直观思维，伦理学二者兼用。蔡元培区分了科学与美学之间的思维特征，目的是要纠正当时过分强调理性与逻辑给文学带来的弊端，要求文学遵循自身的思维特征和审美个性，重视直觉与诗性想象。1920年周作人在翻译库普林的小说《晚间的来客》时指出，存在着一种"抒情诗的小说"③形式，同时也认为："美文也是小说，小说也是诗。"④周作人对抒情小说和诗化小说的提倡，对后来京派小说的诗性生成产生了较大的影响。

在重视诗性审美理论建构的同时，五四作家还把各种美学理论与创作实践相结合，创作出了具有不同诗性质素的小说作品。特别是鲁迅、郁达夫、郑振铎、叶圣陶、王统照、许地山、冰心、庐隐、废名等人，他们不同程度地对古典文学传统进行了继承和创新，为五四小说的诗性回归做出了努力。比如冰心对文言文的认可源于其对传统小说的认同，她借助其作品中人物宛因之口指出，不少旧诗

---

① 许觉民、张大明主编:《中国现代文论》(上)，安徽教育出版社2010年版，第512页。
② 蔡元培:《美术与科学的关系》，《蔡元培全集》(第四卷)，中华书局1984年版，第33页。
③ 周作人:《晚间的来客·译后附记》，《新青年》1920年第7卷第5号。
④ 子严(周作人):《美文》，《晨报副刊》1921年6月8日。

词可意之处较多,其中所具有的美,万不可抹杀①。旧诗词言简意丰,词精句丽,这种语言的形式之美与含蓄隽永之美是冰心爱不释手的原因,因而在她的小说或散文语言中皆形成了一种言词简洁、意蕴深远的语言体式——"冰心体"。

总之,五四新文化运动的先行者们在对现代小说形式之美的理论倡导和创作实践中,逐渐推动并完成了五四小说对诗性传统审美特质的续接与重建。在此过程中,语言观的再次转变和新的叙事模式的形成也起到了至关重要的作用,而诗性精神则成为诗性传统续接与重建的最具本源性的精神动力。

---

① 王炳根选编:《冰心文选·小说卷》,福建教育出版社2007年版,第131页。

# 第四章　五四小说诗性内容的建构

诗性已经是中华民族文化重要的特征之一，历经千百年来的诗性文化，也已经成为华夏民族的集体无意识。无论社会发生何种变迁，诗性传统总会以相应的形式展示自己强大的生命力，而诗意和诗性精神在保持本质不变的基础上，也将与时代相应和，凸显出时代特色，从而成为时代精神的主体。民族诗性传统具有强大的惯性，其在晚清与五四时期的各种社会思潮和运动中，虽然遭到了相当程度的破坏和否定，但是那只是暂时的压抑或中断，并没有也不可能彻底断绝。也即是说，诗性传统在晚清和五四时期在遭到否定与中断的同时，也得到了继承与守护。晚清与五四时期，诗性传统总是与晚清的维新思潮和五四新文化运动相伴随，在遭受压抑的同时不断地进行突围。而诗性传统与维新改良运动、新文化运动以及五四文学革命之间的碰撞与冲突本质上是新旧思想或文化冲突在文艺领域的反映。

诗性传统的续接和重建在五四新文学的各种文类中都有所表现。但自晚清梁启超等人发起"小说界革命"以后，小说便成为主导性文体，因此探讨五四小说的诗性续接与重建更具有代表性。五四小说对诗性传统的续接主要表现在对传统诗性（具体而言是诗性各要素)的传承,而重建强调的是在继承基础上的创新性发展。无论是续接和重建都涉及诗性内容和诗性形式两方面。本章将从"事""理""情""气"等诗性要素入手,重点分析在五四现代思潮的冲击下,传统诗性内容和创作观发生了哪些新变,同时探讨现代小说的诗性内容和诗性精神是如何建构起来的。

## 第一节 创作观念的现代转向

从晚清以来的近代社会,中国便遭遇了强烈的现代思潮的冲击,这种冲击对五四新文学的生成,特别是诗性的生成产生了较大的影响。现代性是一种时间观念,即指启蒙时代以来一种持续进步和目的性的不可逆转的发展的时间观念,而具有现代性的时代是新的世界体系生成的时代。汪晖对现代性进行了如下的概括:"现代"概念是在与中世纪、古代的区分中呈现自己的意义的,体现了未来已经开始的信念[①]。这是一个面向未来的时代,人们在未来找到了当下生存的希望、意义和价值,人们把自己的存在与奋斗的意义都纳入"现代—未来"的时间体系之中。现代性将以启蒙的姿态采用新理念新方法新路径重新规划社会制度、法治理念、价值观念和审美认知等社会体系内容。而启蒙与革命(革新)成为通往现代性的基本途径。现代启蒙思想家为现代性设计了不同的方案,其中马克斯·韦伯的构想最具有代表性,他从客观科学、道德与法律以及艺术审美等方面来规划人类生活。总体而言,现代性表现在时间观念的进步性、促进民族国家和世俗社会的形成,在价值层面推崇自由、民主、平等与正义等观念,在历史层面上表现为一种断裂与连续的统一。晚清至五四时期,中国的现代性过程或者说人们对现代化追求的过

---

① 汪晖:《当代中国的思想状况与现代性问题》,《天涯》1997年第5期。

程，也体现出类似特征。就文学中诗性传统的现代化过程而言，同样经历了断裂与续接的过程，这首先体现在五四小说的创作观念上，既有对前代社会的中断与继承，也有对新思想新理念的吸纳与重构。

## 一、清末民初文学作品中的现代意识

中国现代性的生成并非在五四时一蹴而就的，自鸦片战争以后，国人的现代意识便逐渐凸显出来。现代意识的产生，既缘于内忧外患的焦虑，也有着对富民强国的现代化渴望。无论是为了国家民族独立而抗击外来侵略的鸦片战争，还是从科学技术层面提升国力的洋务运动，也无论是后来的维新运动和辛亥革命，都是民族意识和现代意识觉醒后在宏观的社会现象层面的显现。除了这种宏观现象层面的显现外，现代意识在文化活动和文艺创作等意识形态领域也得到了或隐或显的表现。

中国近现代文学现代化的发生是一个渐进的过程。早在清代中晚期，文学作品中逐渐出现具有现代思想或现代观念的作品。捷克学者普实克指出，清代已经出现了具有现代意识的作品，比如《聊斋志异》中"作家令人信服地表达出对文学艺术作品所持助的一种新的、现代化的态度：一部艺术作品不是闲情逸致的产物，不是以取悦亲朋为目的——那不过是以前的作家发表作品的目的——现代作品是内心最深处情感的表达，不仅是爱，而且是痛苦甚至仇恨的表达"[①]。《聊斋志异》所具有的"现代化的态度"恰恰也表明其诗性情感已经发生了变化，其中的情感不再是儿女私情，而是有着深广的忧愤，这和五四时期以鲁迅为代表的现代主义作家的小说情感基调几乎一致。所以像《聊斋志异》这样的晚清文言小说可以说与

---

[①] [捷克]普实克:《普实克中国现代文学论文集》，李燕乔等译，湖南文艺出版社1987年版，第15页。

五四小说在精神上是血脉相通的。当然它也对某些现代作家的文学创作实践形成了相应的影响。特别是《聊斋志异》中所具有的现实主义的批判精神，为后来的五四作家所继承。

普实克还认为，清朝末年出现了一种引人注目的偏重主观主义和个人主义的倾向，这主要表现在诸如沈复的《浮生六记》、刘鹗的《老残游记》、吴沃尧的《二十年目睹之怪现状》等作品之中①。因此，正如普实克所言，晚清时期可以专门看作中国传统文学和现代文学之间的一个关键的过渡时期。因为，尽管现代文学和前代文学（古代文学）看起来完全不同，但实际上是中国文学长期发展成熟的最高表现，特别是对传统文学中的主观主义和个人主义的继承，几乎是一脉相传的②。普实克认为，《红楼梦》《镜花缘》是表达作者自己和他亲友感情的作品。而《官场现形记》《二十年目睹之怪现状》等都有着强烈的个人主义倾向③。而沈复的《浮生六记》是1809年出现于中国的一种新的文学体式——传记文学，但它往往引入旧式笔记的叙写方式，谈花的摆设，谈建筑风格，描写散步与旅游，这符合了悠久且流行的高雅文学传统。但作者以全新的方式表达了个人的主观情绪，抒发了他的爱、冲动、情感、兴趣、厌恶乃至仇恨，其中具有毫无保留的个性表现和个人主义的自白，这种文学形式与精神古老而僵化的封建旧文学不同，它打破了华美形式雕琢的散文或笔记体形式，而更加接近五四时期革命作家。沈复对自己无情的剖析和审视，也是封建文人所缺少的④。而《浮生六记》中具有的悲剧意识也和现代主义作品类似，因而可以说它是晚清时期最具有现代意识的作品之一。也就是说晚清进步小说在继承抒情传统之时，不再仅仅表现自我的闲情逸致，而且还抒写了主观主义和个人主义等方面的情感内容，这便意味着传统抒情中被压抑的个体意识逐渐

---

①②③④ [捷克]普实克：《普实克中国现代文学论文集》，李燕乔等译，湖南文艺出版社1987年版，第12页，第12页，第13—14页，第25—27页。

觉醒,这大大拓展了五四小说的题材和内容。个体意识的逐渐加强,促使作者对生命价值和存在价值进行深入的思考,并在作品中表现出来。

晚清时期文学作品中的个人主义和个性主义便是作者现代意识的外在表现。有学者指出:"从文学创作角度而言,晚清小说已经具有较为明显的'个体'维度,晚清小说家在很多层面上已经超越了'仁''礼''群'的文学话语表达,并且有意识地将小说作为'个体'情感宣泄和'个体'存在与意识的确证。"① 如《二十年目睹之怪现状》是具自传色彩的小说,具有鲜明的个体抒情性;《老残游记》中不时流露出"老残"自我感伤的情调,表现出"棋局将残,吾人将老"的深层的现代幻灭意识。类似表现个性主义和个人主义的作品在晚清时期还比较多,这表明晚清时期的文学已经开始发生了由外部现实生活再现到内在心灵世界揭示的转向,这正是传统文学发生现代性转型至关重要的环节。

民国初年的文言小说,比如苏曼殊的《断鸿零雁记》采用了第一人称的手法,就叙事形式而言,是具有现代性特点的;就内容而言,小说抒情浓郁,具有鲜明的个人主义和个性主义色彩。钱玄同认为:"曼殊上人思想高洁,所为小说,描写人生真处,足为新文学之始基乎。"② 而杨义则认为他是"预示浪漫抒情小说在'五四'时期获得长足发展的一个先驱"③。但是很明显其中的反抗性和批判性不如"晚清四大谴责小说",其中有着较多的个体情感的吟唱和哀伤,少了社会的关注与批判。而在林纾的《金陵秋》、徐枕亚的《玉

---

① 王成:《想象视域中的二律背反:论晚清小说的现代性面向》,《云南社会科学》2018年第6期。
② 周月峰编:《新青年通信集》,福建教育出版社2016年版,第96页。
③ 杨义:《中国现代小说史》(第一卷),人民文学出版社1986年版,第61页。

梨魂》《雪鸿泪史》等小说中则开始大量插入心理描写[①]。小说在客观呈现外部世界的同时,也转向对内在心理世界的揭示,这无疑使小说拥有了一定的现代意识。清末民初"礼拜六派"的新小说,曾遭到五四作家们的激烈批判,比如罗家伦以"志希"为笔名发表了《今日中国之小说界》一文,批判黑幕小说和礼拜六派,甚至对清代的笔记小说也进行了批判,说这些小说无关人生,也无思想[②]。礼拜六派确实存在着无聊的娱乐性缺陷,但正是这些通俗小说中的娱乐性和大众化,推进了当时社会的世俗化进程,从而显示出一定的现代性色彩。因为世俗社会的形成正是现代性的主要表现内容之一,或者说现代化的目标之一便是一个繁荣发展的世俗社会。就这层意义而言,礼拜六派的通俗小说作家恰恰是具有现代意识的一群。

民国时期的武侠小说,也属于通俗文学。在鸳鸯蝴蝶派失败后,不少作家转而写武侠小说。这些武侠小说中,存在着"民俗"被"文学"异化的现象,也就是说:"创作主体以个性化的价值评价、审美评价对民俗素材进行积极主动的'干预',包括艺术上的扩展波澜,增以藻饰。其结果,可以使民俗素材中原来所含的'集体无意识'或'历史意识',转化为作者的'个性意识'即创作个性的一部分。"[③]晚清民国初期武侠小说凸显"个性意识"便是主体具有现代意识的表现。不仅如此,此时的武侠小说还具有反思与批判意识,比如平江不肖生在《近代侠义英雄传》中对中西文化进行对比评价之时,不仅展示了中国文化超越西方实证科学的妙处,而且还揭示出了其自身所存在的危机。平江不肖生的这种自我批判与反思正是

---

[①] 张振国:《游走于传统与现代之间——论民国初年文言小说的艺术特质》,《温州大学学报(社会科学版)》2016年第5期。

[②] 严家炎编:《二十世纪中国小说理论资料·第二卷·1917—1927》,北京大学出版社1997年版,第66—69页。

[③] 徐斯年、刘祥安:《中国武侠小说创作的"现代"走向——民国时期武侠小说概述》,《中国现代文学研究丛刊》1996年第2期。

现代意识的表现,其小说无疑也具有了相应的现代性色彩。

无论是晚清时代还是民国初期,作为知识分子的写作者既有着家国情怀的抒写,也有着个体生命的感伤,在内外两重视界的双重观照下,人生的境遇变得如此矛盾和困难重重,他们既羡慕西方社会的发达与文明,又愤恨其对中华民族的威胁与侵略,他们既有着对未来社会的无限憧憬,也有着对老大帝国传统文化的依依不舍,他们的灵魂还沉迷于唐诗宋词绝美的意境之中,但肉体已经深陷山河破碎、风雨飘摇的残酷现实。无论是对现实社会进行无情的嘲讽与批判,还是抒写言情的欢愉和武侠的快意,都无法掩饰他们在新旧交替时代的焦虑与恐慌,他们忧心忡忡,左冲右突,在文学的世界中试图发现通往希望的路径和寻找到抵制惶恐的勇气。晚清小说创作者复杂而矛盾的心灵遭遇,是前现代社会不可能存在的,王一川指出:"这种变化并非仅仅表现为精英人物的思想变迁,而是意味着包括普通民众、精英人物在内的全体国民的整个生存体验模式的转型,涉及人的欲望、情感、想象、幻想等的全面而又深刻的裂变,既与高雅的精神追求,也与世俗的日常生活状态相关。一旦体验模式发生根本转型,那么文学由古典性向现代性的转变就是必然的了。"[①]而晚清文人所遭遇的这种古今交替和中西冲突的现代性境遇一直延续到了五四新文化以后的很长时间。

当然,清末民初小说的现代性还体现在新的器物名称和新的政治社会语码方面。器物名称如洋楼、洋房、轮船、军舰、铁路、电器、矿场、舞场、城市、电枪、飞舰等,政治社会语码如科学、民主、国民、政治、伦理、宪法、公德、自由等。如果仅仅从语言符号层面理解这些语码,认为这是现代性的一种变现,那么这种理解显然是浅层次的。如果从文化心理角度来解读这些新的语码,则能

---

[①] 王一川:《晚清:中国文学现代性的发生时段》,《江苏社会科学》2003年第2期。

发现其中隐藏着晚清知识分子对现代国家的憧憬与想象，对建构新的社会秩序和世界秩序的谨慎却又大胆的设想。这些新的语码仿佛是新旧时代冲撞激荡中的晚清知识分子，在用新巧的羊角锤修补古老木桶发出的敲击声音，其中隐藏着晚清知识分子家国想象中的焦虑与期盼，充满了现代性的心理裂变。这种心理裂变在五四时期更加明显地表现出来，其于文学的反映便是发生了诗意的裂变。

清末民初作家作品中所具有的现代意识，包括主观主义、个人主义以及自我反思与批判意识，对五四作家创作观念的形成和诗性理论的建构都产生了直接影响。

## 二、五四现代文学诗性理论的建构

五四新文化运动所激发起来的时代情感与精神，特别是民主科学这两大口号，为新文化摆脱传统文化的束缚既指明了方向，也注入了动力。但是五四知识分子求新求变的现代思想、实用主义的价值观、峻急强烈的革命诉求和革新运动，都对传统诗性造成了巨大的冲击，甚至造成了相当程度上的中断。同样也是这些知识分子，他们骨子里却又存在着难以割舍的诗性情怀，血液中始终存在着民族的诗性文化基因，因此他们又自觉不自觉地履行并完成了重续诗性传统的历史使命。这当然是一个复杂缓慢同时也是具有较大艺术价值和历史价值的文化工程。五四小说的建设首先是从理论开始的，然后才是创作实践①。理论的建构与创作观念紧密相关，五四作家的创作观念一方面受到传统文学的影响，一方面又受到五四启蒙思想的影响。五四启蒙运动中倡导的科学民主思想，具有鲜明的现代性特点，五四现代性思想又和清末民初进步作家作品中的现代性思想

---

① 尹雪曼：《五四时代的小说作家和作品》，成文出版社有限公司1980年版，第1页。

是一致的，在一定程度上是对清末民初现代思想的一种继承。因而可以说，五四诗性理论的建构是受到多种因素的影响而形成的，总体而言，五四小说诗性建构既受到诗性传统的影响，也受到了现代意识的影响。

五四时期，较有影响的小说理论建设者有黄仲苏、胡适、陈独秀、周作人和茅盾等人，其中胡适和周作人对重建五四小说的诗性传统做出了重要的理论贡献，奠定了现代文学的诗性理论基础。茅盾是为人生写实派的代表人物，其诗学观念中的诗性特色表现并不明显，因此本文对其诗学理论不做讨论。

陈独秀在《敬告青年》中提出了民主与科学的响亮口号，成为先进知识分子进行人生和社会探索的路标和激昂的进行曲。五四新文化运动以启蒙为使命，而时代选择了文学作为宣传新文化的手段或方式。因此在新文化运动及其后来很长的一段时期内，文学首先是作为传播社会思想的工具出现的。文学的工具化从新文化运动直至"文革"结束这一较长的历史时期表现较为突出。作为现代文学中的主导性文体——小说，本身也无法摆脱工具化的命运。客观而言，小说（包括任何类型的文学）本身具有功利性和审美性两大特性，二者间最佳的状态是达成平衡，但是在文学的发展演进历史中，二者始终围绕着平衡的轴线而呈现出此起彼伏的波浪式运动状态。如果审美性以绝对的优势压倒了功利性，则可能出现形式主义倾向；如果功利主义以绝对的优势压倒了审美属性，则可能出现工具主义的倾向。在五四时期，总体上是功利性重于审美性的，小说更多呈现出功利主义的目的诉求。不过即使在功利主义和实用主义文学观念的影响下，诗性理论仍然会改头换面，以不同的形式和不同的渠道存在于五四小说作品之中。

黄仲苏曾于东方杂志发表《小说的艺术》一文，认为小说"是一种最精美的艺术，可与图画、诗歌、音乐、雕刻、建筑等并立，视为姊妹之花，其永远的历史、可能性的广博与优越性的可嘉，正与其他艺术无异"[1]。黄仲苏强调了小说的艺术审美性，把它和诗歌等艺术形式并列，表明其自身所具有的诗性特色。

胡适、陈独秀和周作人是五四文学革命期间重要的几位理论家，在五四时期诗性传统重建的过程中有着各自的贡献。

胡适的文学观念具有较大的影响力。他在《文学改良刍议》（1917年）中提出了八事主张，其中他对"言之有物"的解释是：

> 一曰须言之有物。吾国近世文学之大病，在于言之无物。……吾所谓"物"，非古人所谓"文以载道"之说也。吾所谓"物"，约有二事：
>
> （一）情感。《诗序》曰："情动于中而形诸言，言之不足，故嗟叹之；嗟叹之不足，故咏歌之；咏歌之不足，不知手之舞之、足之蹈之也。"此吾所谓情感也。情感者，文学之灵魂。……
>
> （二）思想。吾所谓"思想"，盖兼见地、识力、理想三者而言之。思想不必皆赖文学而传，而文学以有思想而益贵，思想亦以有文学的价值而益贵也。……思想之在文学，犹脑筋之在人身。……
>
> 文学无此二物，便如无灵魂、无脑筋之美人，虽有秾丽富厚之外观，抑亦末矣。近世文人沾沾于声调字句之间，既无高远之思想，又无真挚之情感，文学之衰微，此其大因已。此文胜之害，所谓言之无物者是也。欲救此弊，宜以质救之。质者何？情与思二者而已。
>
> （胡适：《文学改良刍议》）

---

[1] 尹雪曼：《五四时代的小说作家和作品》，成文出版社有限公司1980年版，第1—2页。

胡适强调文学要"言之有物",这是对新文学内容的规范,这内容即"物",主要包括"情感"与"思想"两方面。胡适的"物"与作品的内容并不完全对应,他似乎并不在乎"事",更重视"情感"与"思想",二者是与传统诗性的内容要素中"情"("志")相对应的。胡适对"物"的理解可以看成是对诗性传统的回应。当然胡适在此不对"事"做强调,并不意味着他忽略了文学作品中具有物质形象或事理逻辑的"事"而成为主情主义者,他对情感做出了"不作无病之呻吟"的限制并提出了相应要求:

> 四曰不作无病之呻吟。此殊未易言也。今之少年往往作悲观,其取别号则曰"寒灰""无生""死灰"。其作为诗文,则对落日而思暮年,对秋风而思零落,春来则惟恐其速去,花发又惟惧早谢,此亡国之哀音也。老年人为之犹不可,况少年乎?其流弊所至,遂养成一种暮气,不思奋发有为、服劳报国,但知发牢骚之音、感喟之文。作者将以促其寿年,读者将亦短其志气,此吾所谓无病之呻吟也。国之多患,吾岂不知之。然病国危时,岂痛哭流涕所能收效乎?吾惟愿今之文学家作费舒特(Fichte),作玛志尼(Mazzini),而不愿其为贾生、王粲、屈原、谢皋羽也。其不能为贾生、王粲、屈原、谢皋羽而徒为妇人醇酒丧气失意之诗文者,尤卑卑不足道矣。①

(胡适:《文学改良刍议》)

由此可见,胡适反对古代文人那种吟花弄月、牢骚满腹、志短失意的情感抒发,认为这类情感不能"奋发有为、服劳报国",所以其所指的"情感"应该是积极健康的,奋发有为的,催人奋进的。

---

① 陈平原:《〈新青年〉文选》,贵州教育出版社2014年版,第63—64页。

胡适对那种自我伤感似的"自私"的"小格局"的传统抒情进行了猛烈批评,从而为诗性传统中最为核心的要素"情"注入了新的思想和时代气息。实际上,胡适主张的是发自肺腑的真情抒写,而不是无病之呻吟;即使是真情也不能是儿女私情,而应该是昂扬刚健的顺应时代、抒写时代的壮志豪情。换句话说,他主张文学作品抒写家国情怀,做到发愤抒情。

除了"情感"以外,其"思想"也和传统抒情文学所传达的思想不同。传统文学在功能上强调"载道",其内容是"道",当然其中的"道"包含了极为丰富的内容,有天道,也有人道。而胡适在回顾性(写于20世纪30年代)的《中国新文学运动小史》中指出:"现在我们可以叙述中国新文学运动的理论了。简单来说,我们的中心理论只有两个:一个是我们要建立一种'活的文学',一个是我们要建立一种'人的文学'。前一个理论是文字工具的革新,后一种是文学内容的革新。"[1]由此可知,胡适主张新文学传播的思想必须是"人的文学"而非"道统"文学。"人的文学"即后来周作人等主张的"立人的文学",与五四新文化运动中提出的解放人的启蒙思想相一致,显然这种文学观念具有很强的现代性色彩。

除了内容革新以外,胡适也提出了对文学形式的革新,主张"活的文学",即采用具有鲜活生命力的来自民间的白话文作为文学创作的工具,而且要以白话文为新文学的正宗,要求废除文言,废除文言中的押韵对仗和用典等形式要求,反对模仿学习古人。这在一定程度上是对传统诗性中抒情的拒绝,在某种程度上削弱了新文学的诗性。但"活的文学"所采用的白话口语更加鲜活而富有生活气息和时代情感,更能赋予作品特定的时代精神、生活情趣及氛围,从而形成与时代相呼应的诗意精神。

---

[1] 胡适:《中国新文学运动小史》,见《胡适文集》(第1卷),北京大学出版社1998年版,第124页。

总之，胡适在新文学建构中特别突出了情感和思想的表达，这实际上是对诗性传统中的"缘情"（当然也包含了"言志"）在一定程度上的继承，虽然在情感与思想以及表达形式方面发生了变化。但正是情感和思想内涵以及艺术形式上与古代文学传统不同，才为新文学的诗性建构带来了历史的机遇。

陈独秀在《文学革命论》（1917年）中提出文学革命的三大主义："曰，推倒雕琢的阿谀的贵族文学，建设平易的抒情的国民文学；曰，推倒陈腐的铺张的古典文学，建设新鲜的立诚的写实文学；曰，推倒迂晦的艰涩的山林文学，建设明了的通俗的社会文学。"① 建设"抒情的国民文学"是文学革命的总纲领，其具体要求是"新鲜""立诚""写实""通俗""社会"等。"新鲜"自然是要传达新思想，反映新事物；"立诚"即抒写内在的真实感受，不矫揉造作。如果说"立诚"强调创作主体的内在真实，那么"写实"则是强调创作客体的外在真实，反对阿谀奉承、歌功颂德。当然"写实"也是一种写作方法。"通俗"是与"国民文学"相适应，因为国民的文学必然是属于多数人的文学，包括普通民众，通俗易懂自然成为国民文学的基本要求；"社会"则指文学不再是文人小团体的消闲文学或贵族文学，而成为反映社会现实、促进社会进步的平民化的艺术形式。陈独秀也反对"文以载道"，因为"文学本非为载道而设，而自昌黎以讫曾国藩所谓载道之文，不过抄袭孔、孟以来极肤浅极空泛之门面语而已。余尝谓唐、宋八家文之所谓'文以载道'，直与八股家之所谓'代圣贤立言'，同一鼻孔出气"②。但如果不"载道"、而只重视形式美自然也不行，因此陈独秀反对内容空洞、形式雕琢的形式主义文风，强调"写实的文学"，要求内容充实。就陈文而言，充实的内容不外乎反映真实的现实生活，表现真诚的内在心灵，用

---

①② 黄健编：《民国文论精选》，西泠印社出版社2014年版，第25页，第26页。

通俗的语言抒写人生和社会的理想，传达新文化运动所倡导的以"民主"和"科学"为内核的启蒙精神。因此陈独秀心目中的新文学并非不"载道"，而是要承载新的符合时代精神的启蒙之道。陈独秀在《文学革命论》这篇作为文学革命纲领性的文章中强调了新文学必须是"抒情"的文学，从而为五四现代文学的诗性传统回归奠定了深厚的思想基础。

如果说胡适是以"白话文学史"着手探寻新文学建构的合法性，而周作人则从"中国新文学的源流"入手探寻新文学的合法性。周作人的《中国新文学的源流》写于1932年，是对新文学运动的回溯与总结。在这部著作中，周作人指出中国传统文学存在着"言志派"和"载道派"，二者之间是对立并斗争的关系，二者之间的矛盾运动成为中国文学史的运动规律。"载道"文学属于"遵命文学"，而五四新文学是"言志"文学，属于"革命的文学"，和明末公安派的"独抒性灵，不拘格套"的性灵文学相同[①]。这样，周作人便在传统抒情文学中找到了新文学的源头，从而赋予新文学"言志"的合法性。这进一步促进了新文学诗性传统中的抒情传统的回归。这虽然是五四文学革命十多年后的一次总结与回顾，但可以从中看出周作人等新文化先行者在五四文学革命运动中文学理论观念的主体倾向。

这样，胡适从"情"入手，周作人从"志"出发，皆从理论上完成了传统小说"缘情"与"言志"抒情传统的重释与传承，尽管"情""志"的内涵和承载二者的物象（事件）发生了新变。比如实际上在1918年周作人便在《新青年》上发表了《人的文学》一文，旗帜鲜明地亮出了其人道主义立场："我们现在应该提倡的新文学，简单的说一句，是'人的文学'。应该排斥的，便是反对的非人的文

---

① 周作人:《中国新文学的源流》，华东师范大学出版社1995年版，第17—18页。

学。"①用这种以人道主义为本,对人生诸问题加以记录研究的文字,便谓之人的文学。②周作人进一步指出,这种人道主义不是"悲天悯人",不是"博施济众"的慈善主义,是一种"个人主义的人间本位主义"③。那么新文学传达的人道主义思想和传统思想便产生了区别,或者和"载道"文学的"道"有区别。这种区别主要表现在情感上。新文学表现的是个人的情感而非团体的阶级的情感,而这种个人的情感又是和普遍的人类情感相沟通的,形成了"感情与理性的调和的出产物",即"大人类主义",也就是说它既是个体的,也是人性的和人类的。表达这种情感的文学便称之为人道主义文学,也称之为"为人生的文学"④。为人生的文学与宣传封建思想的和对封建伦理道德进行劝解说教的"传道"文学便有了较大的区别,其把人的个性解放与获得独立自由当成新文学的首要任务,从而与五四新文化的启蒙思潮相应和。有学者认为,周作人的这种人文主义的文学观念更加接近于18、19世纪的西方浪漫主义人文理想,而非文艺复兴时期的人文主义⑤。周作人贬低传统的"载道"文学而倡导"言志"文学,恰恰是因为"言志"即抒情性文学能传达浪漫主义所主张的人道主义思想,从而达到"立人"的目的。很显然,就新文学的内容而言,周作人主张为人生的文学,并以宣传人道主义思想为主,这和传播封建道统的传统"载道"文学相比发生了变化,而且正如上文所论,周作人主张的人道主义文学在情感上既具有个体特性也具有人类的普遍性,这同样突破了传统抒情中的"私人"情感和"小格局"的局限性,从而扩大了新文学抒写的范围和内容。

①②⑤ 雷达、李建军主编:《百年经典文学评论1901—2000》,长江文艺出版社2004年版,第47页,第50页,第40—41页。

③ 张宝明主编:《〈新青年〉百年典藏3·语言文学卷》,河南文艺出版社2019年版,第337页。

④ 李玉珍等编著:《文学研究会资料上·中国文学史资料全编·现代卷》,知识产权出版社2010年版,第56页。

周作人重视人性的正常欲望，主张尊重人性，但是作为深受诗性传统熏陶的周作人，懂得节制与中庸之道，懂得各种情感要素或者文艺要素的综合与平衡。他反对情感无理性无节制的放纵。他说："在生物，他的生活现象，与别的动物并无不同。所以我们相信人的一切生活本能，都是美的善的，应得完全满足。凡是违反人性，不自然的习惯制度，都应排斥改正。"①周作人认为人的灵肉是统一的，主张满足人的正常欲望，但是并不就因此放弃对道德的坚守，"人的文学"必须与"非人的文学"分清，游戏人生、践踏生命、色情迷信、妖魔鬼怪等凡是阻碍人性生长和破坏人的平和的文学就是"非人的文学"，而"人的文学""当以人的道德为本"②。因此，在新文学的建构上，"人道主义"思想主导下的文学是有节制的，并不主张情感的放纵与泛滥，这和创造社成员在情感处理方面是有一定差异性的。当然，这符合了传统诗学理论中的"乐而不淫，哀而不伤"的诗教传统。

周作人认为诗是可以言志和说理的，但本质上是抒情的。他说："小说不仅是叙事写景，还可以抒情。"③他还说，情感可以是较强烈的爱情和生死离合之情，但也可以是日常生活情感，日常生活也"充满没有这样迫切而也一样的真实的感情；他们忽然而起，忽然而灭，不能长久持续，结成一块文艺的精华，然而足以代表我们这刹那生活的变迁，在或一意义上这倒是我们真实的生活"④。这样，周作人便将诗性传统中激越而宏大的情感对象进行了间接性的拒绝，而把日常生活中的诗意作为其表现的重心。这对后来现代诗化小说的形成提供了理论指导。

---

①② 张宝明主编：《〈新青年〉百年典藏3·语言文学卷》，河南文艺出版社2019年版，第337页。

③ 周作人：《晚间的来客·译后附记》，《新青年》1920年第7卷第5号。

④ 钟叔河编：《周作人文选（1898—1929）》，广州出版社1995年版，第175页。

为了和人道主义主张的内容相适应，周作人还为新文学找到了相应的艺术表现形式。1926年周作人在《〈扬鞭集〉序》中在论新诗的改革时说：

> 新诗的手法我不很佩服白描，也不喜欢唠叨的叙事，不必说唠叨的说理，我只认抒情是诗的本分，而写法则觉得所谓"兴"最有意思，用新名词来讲或可以说是象征。让我说一句陈腐话，象征是诗的最新的写法，但也是最旧，在中国也"古已有之"，我们上观《国风》，下察民谣，便可以知道中国的诗多用兴体，较赋与比要更普通而成就亦更好。
>
> ……
>
> 正当的道路恐怕还是浪漫主义——凡诗差不多无不是浪漫主义的，而象征实在是其精意。这是外国的新潮流，同时也是中国的旧手法。[①]
>
> （周作人：《〈扬鞭集〉序》）

从上文可以看出，周作人在中国古代文学的诗性传统中和西方的浪漫主义方法中找到了共同点，那就是旧名词称为"比""兴"而新名词称为"象征"的艺术手法。于是五四新文学的诗性传统无论在内容还是艺术形式方面的基本轮廓都被周作人勾勒了出来。而后来的新文学中的诗性表达，基本上采用了周作人所强调的诗性表达方法。

周作人谈到新旧小说时说："新小说与旧小说的区别，思想果然重要，形式也甚重要。旧小说的不自由的形式，一定装不下新思想；

---

[①] 北京鲁迅博物馆编：《苦雨斋文丛·周作人卷》，辽宁人民出版社2009年版，第173页。

正如旧诗旧词旧曲的形式，装不下诗的新思想一样。"①他认为小说出现二十多年了，之所以不发达，正在于中国作者不像日本人那么善于模仿和创造。这实际上是主张学习外国文学的长处。他和鲁迅共同翻译《域外小说集》过程中对外国小说的优劣有了较深入的了解，特别是国外一些现代主义的艺术手法，他和鲁迅都主张大胆吸收，为我所用。

尽管胡适、陈独秀与周作人都主张文学对"情志"的抒写，主张"人"的文学，都反对"载道"文学，但胡适和陈独秀的"人的文学"和"宇宙社会人生"的文学更多偏向于"志"的叙写，而周作人的"立人文学"更多偏向"情"的抒发。新文学运动中的几个主要的理论家便在诗性传统的续接和重建过程中开辟出了两条主要路径：一条通往传达五四新思想的写实主义，一条通往传统个体情感的抒情主义。后来"为人生派"小说、革命小说和社会分析小说更多采用现实主义的写作方法，而创造社、乡土抒情作家等则更接近周作人倡导的抒情写作路子。

### 三、浪漫派文学在中国的兴起

除了胡适、陈独秀和周作人等人的理论建构以外，早在晚清时期，梁启超、王国维和鲁迅等人也都对新文学的诗性建构做了理论准备。其中对五四小说诗性建构影响较大的是浪漫主义文学的译介。最早介绍浪漫主义的是1902年梁启超在《新小说》第二号刊出拜伦与雨果的照片，并介绍拜伦是"英国第一诗家，其所长专在写情"②。后来鲁迅在《文化偏至论》（1907年）中极力推崇尼采、易

---

① 严家炎编：《二十世纪中国小说理论资料·第二卷·1917—1927》，北京大学出版社1997年版，第55页。

② 转引自葛桂录：《中外文学交流史》，山东教育出版社2015年版，第328页。

卜生等外国作家能抗拒世俗，独抒性灵，即能"如尼佉伊勃生诸人，皆据其所信，力抗时俗，示主观倾向之极致"，主张突破物质的限制，进行内心的自由抒写，依靠"神思一派"和"神思宗之至新者"到达反动与破坏，从而获得"新生"与"希望"，最终得以"骛外者渐转而趣内，渊思冥想之风作，自省抒情之意苏，去现实物质与自然之樊，以就其本有心灵之域"。而且认为"张大个人之人格，又人生之第一义也"①。这显然是主张文学要促进人的独立，与后来周作人所倡导的"立人"文学是一致的。而"立人"仍然是脱离不了主观抒情的，甚至那些抽象的道理和客观的事物都需要情感来化解，以便获取形象生动且感人的艺术效果。所以他要求"聪明睿智，能移客观之大世界于主观之中"。鲁迅推崇拜伦、卢梭、叔本华和尼采等人，其文学创作观明显受到了浪漫主义的影响。他极力推崇主观主义，这为诗性传统的重建奠定了相应的心理基础。

而王国维在《文学小言》中指出："上之所论，皆就抒情的文学言之（《离骚》、诗词皆是）。至叙事的文学（谓叙事诗、史诗、戏曲等，非谓散文也），则我国尚在幼稚时代。"②王国维最早把抒情与叙事两种文体进行了划分，为五四文学革命重建诗性传统奠定了基础。王国维在1907年写《英国大诗人白衣龙（拜伦）小传》中，推崇其为"纯粹之抒情诗人"③。而且他在《人间词话》开篇便说："有境界自成高格，自有名句"，显然他更倾向于抒情的诗性意境，更多追求超然与空灵的人生境界。他说："生百政治家，不如生一大文学家。何则？政治家与国民以物质上之利益，而文学家与以精神上之利益。夫精神之于物质，二者孰重？且物质上之利益，一时的

---

① 鲁迅：《鲁迅自编文集·坟》，北京联合出版公司2014年版，第38—39页。
② 王国维：《人间词话》，广西人民出版社2017年版，第121页。
③ 王国维：《王国维文集》（第三卷），中国文史出版社1997年版，第400页。

也;精神上之利益,永久的也。"①王国维强调的同样是抒情性,但他对抒情不是无所要求的,他认为文学抒情必须与人的精神贯通,这种精神不是低级趣味或者儿女私情,需要有高尚之境界。王国维以"境界"对文学作品的创作提出了一种理想的标杆,显然这是一般作品难以企及的,但后来京派作家等创作的诗性较浓的小说重视对意境的营造,应该是或多或少受到过王国维境界论的影响。

鲁迅与王国维都推崇浪漫主义,但是二人对其诠释不同,"鲁迅勠力发掘'真的恶声',王国维则由此看出绝圣弃智,进入'境界'的必要"②。王德威用了"诗力"和"境界"来概括二人的特点与差异,他说鲁迅的文论从《摩罗诗力说》中对屈原"放言不惮"的抒写到《文学史纲要》对司马相如和司马迁桀骜不驯的表彰,再到《魏晋风度及文章与药及酒之关系》对嵇康放荡不羁的肯定,还有其小说集《彷徨》中引用屈原《离骚》中"路漫漫其修远兮,吾将上下而求索"为题词,均可以见其作品中有着"感时愤世"的寄托③。王德威对鲁迅抒情的力度大为赞赏,这种力度实际上是其社会批判的力度和深度,由此可见鲁迅仍然是对屈原发愤抒情传统的继承,只不过其目的是为了张扬"独立之人格",这显然与前现代社会中发愤抒情的创作观产生了较大的差异,因为鲁迅主张的抒情已超越了一己之私愤。

而王国维重视文学的境界,他的文学理论似乎更多继承了中国文论的优秀成果,并吸收了佛教的境界说,但是其本质上却有着现代性的情感冲动。正如叶嘉莹所言,其内里已经引进了主观、客观、有我、无我、理想、写实等泰西词汇,其抒情主体便与中国古代文论家的思想产生了区别④。正是有着这样的特点,所以王德威进一步

---

① 贺根民:《读懂王国维》,广西人民出版社2014年版,第4页。
②③ [美]王德威:《现代抒情传统四论》,台湾大学出版中心2011年版,第37页,第42页,第37页。
④ 叶嘉莹:《王国维及其文学评论》,河北教育出版社1997年版,第251页。

指出:"王国维毕竟不能摆脱他的忧患——形上的忧患,历史的忧患——之思,他的'境界'因此每以寻求解脱为前提。他所不断思考的是,时间陷落、物我分离以后,抒情主体何去何从的问题。"①王国维的境界说始终贯穿着对人的终极价值的思考,而这思考正是具有现代性特点的追问与反思行为。

虽然鲁迅与王国维在浪漫抒情的接受过程中各有取舍和偏重,但二人仍然具有共同之处,那就是他们所倡导的抒情都具有现代性色彩。这也预示着整个五四现代文学的诗性抒情必将发生现代性的转变。

除了鲁迅、王国维外,梁启超这位晚清到五四期间对现代新文学都具有巨大影响力的人物,也从清末民初时的功利主义文学观回归到文学自身审美。这种变化是如何发生的呢?具体又发生了哪些变化呢?这需要从王国维和梁启超的文学观念说起。梁启超1902年提出"小说界革命",主张以新小说来达到"新民"的目的,小说几乎成为承载和传播政治思想改良社会的工具。但是到了1919年旅游考察后,其对欧洲社会的现代性问题有了较为清晰的认识,认为西方文明弊端较多,需要发挥中华文明去弥补西洋文明,从而担负起重建世界文明的责任("对于世界文明之大责任")②。在谈及传统文化特别是文学时,他指出文学形式的重要性:"用文字表现出来的艺术——如诗词歌剧小说等类,多少总含有几分国民的性质。因为现在人类语言未能统一,无论何国的作家,总须用本国语言文字做工具;这副工具操练得不纯熟,纵然有很丰富很高妙的思想,也不能成为艺术的表现。"③梁启超强调文学应该重视形式之美,特别是要吸收具有中国国民性质的传统艺术优点。如果没有好的艺术形式

---

① [美]王德威:《现代抒情传统四论》,台湾大学出版中心2011年版,第37页。
②③梁启超:《欧游心影录》,《饮冰室文集点校》(第6集),云南教育出版社2001年版,第3495—3497页,第3419页。

来表现，再高深的思想内容也无法得到展示。但梁启超对待中国传统文学的眼光依然是西方式的[1]。他在其作品中表述了自己反对自然写实主义而推崇西方浪漫主义的观点："浪漫忒派承古典派极敝之后，崛然而起。斥摹仿，贵创造，破形式，纵感情，恰与当时唯心派的哲学和政治上生计上的自由主义同一趋向。万事皆尚新奇，总要凭主观的想象力描出些新境界新人物，要令读者跳出现实界的圈子外，生一种精神交替的作用。当时思想初解放，人人觉得个性发展可以绝无限制，梦想一种别开生面、完全美满的生活。"[2]由此可见，五四新文化运动以后，梁启超的文学观念和晚清时期相较已经发生了较大转变，不仅放弃了文学作为工具实用主义的观念，反对写实主义文学的科学化，而且还大力推崇西方浪漫主义的创作方法，对其"纵感情""尚新奇"以及"主观想象力"等格外重视。梁启超在1922年发表的《中国韵文里头所表现的情感》一文中有更加明确的表达：

> 天下最神圣的莫过于情感。……所以情感这样东西，可以说是一种催眠术，是人类一切动作的原动力。
>
> 情感教育最大的利器，就是艺术：音乐、美术、文学这三件法宝，把"情感秘密"的钥匙都掌住了。艺术权威，是把那霎时间便过去的情感捉住它，令它随时可以再现，是把艺术家自己个性的情感打进别人的情阈里头，在若干期间内占领了他心的位置。[3]

---

[1] 徐承：《中国抒情传统学派研安·序》，中国社会科学出版社2015年版，第17页。

[2] 梁启超：《中国现代美学名家文丛·梁启超卷》，浙江大学出版社2009年版，第415—416页。

[3] 于民主编：《中国美学史资料选编》，复旦大学出版社2008年版，第563页。

在梁启超看来，情感对于培育良好的国民性有很大的帮助，当然这和他前期的"新民"思想有一定的联系，但和前期不同的是，他不再强调采用小说艺术形式直接宣讲政治观念，而是从情感入手促进国民素养的提升。而国民教育重要的是情感教育，即通过音乐、美术和文学这三种艺术形式来传递情感，用艺术家具有个性的情感影响他人的情感，也即"打进别人们的情阈里头，在若干期间内占领了他心的位置"。梁启超这里所讲到的情感已经不是传统文学中的情感，也即和徐承所说的抒情传统中的那种"自私"的情感不同了，这是一种能超越自我本能和超越现实功利的，能深入到生命奥秘，能使言行合一、物我合一以及自我与众生合一的情感。文学作品中表现的这种情感便与中国传统抒情中的情感有了较大差异性，也即具有更为开阔的视界和更为丰富的内涵。梁启超"其基本的美学立场，还有以外在的社会功利为导向的文学致用主义，转向对作为情感教育手段的文学审美特征的首肯，或者说，转向了一种指向个体内在的审美功利主义。这些变化，都是抒情传统得以重建的前奏"①。

## 第二节 小说内容的现代转型

"抒情"在中国最早出现在楚辞《九章·惜诵》中："惜诵以致愍兮，发愤以抒情。"中国传统文学中的"抒情"内涵实际上和英语中的"抒情诗"（lyric）在内涵上存在着区别。虽然二者都是指主体内心情感的外显，但英语世界中的"抒情"在意义上相对夸大些。中国"抒情"与"缘情"相近，更多表达的是主体在个人经历中产生的生命情怀，表现的是个体对宇宙人生的看法。朱自清指出，"西方文化的输入改变了我们'史'的意念，也改变了我们的'文学'

---

① 徐承：《梁启超与中国抒情传统论》，《美育学刊》2013年第4期。

的意念","抒情这个词是我们固有的,但现在的含义却是外来的"①。传统"抒情"概念在外来文化的影响下发生变化:"我们后来说的'抒情'范围较大,是受外国影响的,把对宇宙人生的观感都包括在内。"②很明显,清末民初在与西方文化较多的接触中,英语世界中的"抒情诗"(lyric)概念也被引进中国,从而对现代诗性小说中的"抒情"内涵产生了较大的影响,也即改变了中国传统"抒情"概念。朱自清认为的这种影响是客观存在的,正因存在着这样的影响,五四小说才有了抒情内容和抒情体式的变化。

中国诗性传统内容要素中至关重要的便是"情"。前人在对抒情传统的"情"的研究中,大致形成了三种观点。一种以夏志清和徐承为代表,认为抒情传统中的"情"偏重于"自利";另一种以普实克和王德威为代表,认为抒情传统中的"情"是反个人化而指向公共伦理的;第三种则是对前两种观点的综合,持此观点的有朱自清等人。朱自清指出,自建安以来,关乎"一国之志"政教的"言志"与关乎一己"穷通出处"的"缘情"是并存的③,也即家国情怀与穷通私情皆是传统诗性抒写的情感内容。

徐承却认为中国抒情传统中具有"一切是以'自我'为中心的'自利'意识"④,尽管"自利"的说法存在着表达的准确性或缺少客观公正性,但却基本上把住了中国传统抒情文学跳动的脉搏。徐承认为:中国抒情传统应该称为"缘情传统",其由"物色"和"咏怀"两个基本环节构成。"物色"是"触景生情",其中主要有少女"伤春"和壮士"悲秋"两大形态,更多是对生命短暂的感叹,其中

---

① 朱自清:《诗言志辨》,岳麓书社2011年版,序言第1页,第40页。
② 朱自清著,刘晶文整理:《朱自清中国文学批评研究讲义》,天津古籍出版社2004年版,第55页。
③ 朱自清:《诗言志辨》,岳麓书社2011年版,第32—33页。
④ 徐承:《中国抒情传统学派研究·序》,中国社会科学出版社2015年版,第13页。

虽然也具有一种时间意识,但并不同于西方人"追究生命价值为目标"的"生命意识",这种生命意识在中国文化中一直处于缺席地位①。就"咏怀"诗而言,也不外乎"怀事与怀人",即羁旅行役者对亲情友情的表达和借"忧国忧民"和"感时伤怀"抒发自己前途不顺的抱怨②。因此,中国抒情传统格局小,即便是儒释道三家综合在一起,仍没有跳出自我的小圈子,始终"围绕着'事功'的成败得失而生发喜与悲、哀与乐"。因此传统抒情文学中尽管有抒发"一国之志"的作品,仍没有跳出"自利"的局限,不如英语世界中的"抒情诗"(lyric)内涵广博。中国抒情传统关键中的关键在于一个"趣"字,这是抒情传统的艺术之根,但却无关乎思想深度和精神高度,它们"受限于自我利益的得失和功名利禄的计较,在伦理方面完全不堪一击"③。徐承这种观点和夏志清是一致的,夏志清认为:"帝国时期的中国文学比文艺复兴以来的欧洲文学要逊色,因为它没有人文主义的理想作支撑,它形成的是一种最终让人疲倦和厌烦的自我抒情模式。"④

王德威和普实克对中国"抒情"传统的理解与徐承、夏志清等人似乎是截然相反的。王德威指出:"传统的'抒情'带有浓厚的浪漫主义色彩,强调主体'最个人、最私密,也最唯我的诗歌形式'。识者可以立刻指出,中国抒情传统里的主体,不论是言志或是缘情,都不能化约为绝对的个人、私密或唯我的形式;从兴、观、群、怨到情境交融,都预设了政教、伦理、审美,甚至形上的复杂对话。"⑤而且"'抒情'不仅标示一种文类风格而已,更指向一组政

---

①②③ 徐承:《中国抒情传统学派研究·序》,中国社会科学出版社2015年版,第17页,第18页,第23页。

④ 夏志清:《今日中国古典文学研究》,见《李欧梵论中国现代文学》,上海三联书店2009年版,第194页。

⑤ [美]王德威:《现代抒情传统四论》,台湾大学出版中心2011年版,第72页。

教论述、知识方法、感官符号、生存情境的编码形式,因此对西方启蒙、浪漫主义以降的情感论述可以提供极大的对话余地。别的不说,现代西方定义下的主体和个人,恰恰是传统'抒情'话语所致力化解,而非建构的主题之一"①。徐承认为抒情传统中具有的"自利"性,恰恰是普实克、王德威眼中的抒情传统所要解构的对象。

就夏志清、徐承等人的"自利"观与普实克等人的"政教人伦"观来看,存在着较大的分歧,那么对于抒情传统中的"情"较为客观的理解应是什么呢?笔者认为两种观点皆道出了抒情传统的主要特点,但均存在着各自的不足或理解偏差。就徐承的观点而言,姑且不论其对抒情传统基本特性的概括是否全面,就其所提及的"物色"和"咏怀"而言,其中并不乏真知灼见,但是认为抒情传统中始终缺失对生命意义和终极价值的探寻,缺少真正的家国关怀而只有抱怨,以及抒情传统核心在于"趣"字等观念,实在是值得商榷的。古代诗歌中也不乏追求人的生命价值和对终极意义进行探寻的诗歌,如陈子昂的《登幽州台歌》、辛弃疾的《永遇乐·京口北固亭怀古》等。除了抒写个体生命感悟的,也有抒写忧国忧民情怀的具有深度和厚度的诗作,如屈原的《离骚》、杜甫的"三吏三别",以及新乐府运动的倡导者元稹与白居易的作品等。从风格而言,传统社会既有优美的也有豪放壮美的诗歌,这些都是很明显的不争的事实。而且徐承先生以张若虚的《春江花月夜》为事例,指出其只有"平面化"之美,而缺少超越意识和对生命终极价值的追问,实际上《春江花月夜》除了意境美以外,其能流传千古,恰恰是其中灌注了生命终极价值的追问,当然其中也有对年华流逝的感叹和哀婉。

就普实克与王德威的观点而言,认为传统抒情的目的是要消解

---

① [美]王德威:《现代抒情传统四论》,台湾大学出版中心2011年版,第5页。

"个人主义",也不免有些片面,他们仍然只是看到了传统抒情的表象,而忽略了其实质。在此可以用另一学者张卫东的观点来解释王德威与普实克的困惑。张卫东指出:汉语叙事文本具有一种过滤机制,即对叙事的事件是概述式的,其中还伴随着情感与价值判断。它们总是倾向于干扰叙事的客观性,从而形成一种过滤机制,即"最大限度地保留了非个人化的道德情感和议论,而尽可能多地省掉了事实"①。说的尽管是叙事文体,笔者认为同样也适用于抒情文体。在抒情文体中,抒情主体同样也可能将个体的情感过滤掉而保留"政教、伦理、审美"等与公共伦理相符的部分。正因为徐承先生看明白了那些公共伦理抒写背后的"自利"一面,才对那些抒发私人情感而缺少广阔视野的格局小的诗歌充满了忧患,担心其对民族诗歌甚至民族精神带来一定程度的弱化。但他又在批评之中掩盖了抒情传统中的优势,而且忽略了那些积极的抒情因素。这样看来,朱自清"言志"与"缘情"并存的观点就显得十分客观公允了,但很遗憾,朱自清先生对此并没有深入讨论,因此"言志"与"缘情"说仍然显得较笼统。

即使我们有很多的论据驳倒徐承的观点,也不得不承认,徐承对中国抒情传统格局小的局限分析十分到位,他说:"中国人的'视野'中并没有真正意义上的自我论,只有'天子'为上的人生观。"②这"天子为上"的人生观,正是王德威、普实克所说的"政教、伦理、审美"等与公共伦理相关的部分。正是这样的原因,五四新文化运动才打出了"科学""民主"的旗号,要求人的解放,要让人成为独立自由的个体,从而使中国人摆脱"普天之下,莫非王土,率土之滨,莫非王臣"的文化宿命。除此以外,徐承认为中国

---

① 张卫东:《论汉语的诗性》,商务印书馆2013年版,第152页。
② 徐承:《中国抒情传统学派研究·序》,中国社会科学出版社2015年版,第21页。

抒情传统中的那种只追求文学趣味而放弃思想深度和精神高度的作品让我们民族付出了代价，使中国文化"丧失了名副其实的精神空间"①。实际上这种只追求有趣的抒情文学在我国古代文学发展历程中遭到了多次批判，最有影响、历时最长的莫过于对魏晋南北朝时期辞藻华丽、内容空泛的文风的批判。而唐宋时期的古文运动，均要求诗文抒写中提倡内容的充实，反对形式的浮华艳丽以及对低级趣味的迎合。

五四时期，文学理论家或作家主张对传统抒情内容进行改造。胡适在《建设的文学革命论》中指出："近人的小说材料，只有三种：一种是官场，一种是妓女，一种是不官而官、非妓而妓的中等社会，……除此以外，别无材料。"因此他建议现代文学抒写内容还应该拓展范围，特别是重视"今日的贫民社会"中的"一切痛苦情形"，包括"一切家庭惨变，婚姻苦痛，女子之位置，教育之不适宜，……种种问题，都可供文学的材料"。除此以外，还可通过亲自观察体验获得人生直接的经验性材料，然后在以上材料的基础上进行符合生活逻辑的想象与虚构，从而创作出生动感人的艺术作品②。胡适对现代文学抒情内容的认识突破了传统文学的题材内容，把抒写的范围扩展到了对底层民众生存状态的关注与同情，充满了人道主义色彩，这也是现代文学抒情内容的一种新变。

五四小说作家深受启蒙思想影响，因此他们的作品除了抒发"家国情怀"外，还表达了"个性解放""民主自由"等"立人"思想，而后者正是五四小说抒情内容区别于传统文学抒情内容的最重要的因素之一。但五四小说创作中也存在迎合并媚俗大众的创作倾

---

① 徐承：《中国抒情传统学派研究·序》，中国社会科学出版社2015年版，第23页。

② 沈寂、汪晴编著：《胡适与新文学》，安徽大学出版社2015年版，第128页。

向,比如鸳鸯蝴蝶派,这与五四新文化运动中的闯将人物如鲁迅、周作人所倡导的"人的文学""国民的文学"等是相背离的,因此遭到了严肃而猛烈的批判。周作人始终反对安于现状的生活,也反对安于现状、缺失反叛精神的苟且偷安,他说,由于我们"安于非人的生活,所以对于非人的生活,感到满足,又多带些玩弄与挑拨的形迹"①。"玩弄"和"挑拨"的形式都是为了满足自我欲望或为了满足私利而投机钻营、挑弄事端的苟且行为,因而"中国的生活的苦痛,在文艺上只引起两种影响,一是赏玩,一是怨恨"②。赏玩也罢,怨恨也罢,都是古代文学作品中的一些不良倾向,因而五四文学如何表现健康的情感,如何拓展抒写的视野,便成为五四时代的新课题。这当然也涉及五四时期抒情伦理的重构问题。

鲁迅也反对个人原子式的伤感,他在《中国新文学大系·小说二集》中批评《弥洒》刊物上的作品:"一切作品,诚然大抵很致力于优美,要舞得'翩跹回翔',唱得'宛转抑扬',然而所感觉的范围都颇为狭窄,不免咀嚼着身边的小小的悲欢,而且就看这小悲欢为全世界。"③社会的救治是鲁迅所强调的,同时也是一个时代的要求,沉迷于个体的悲欢离合,似乎又回到了传统诗性中的私人抒情状态。1924年成立的浅草社同样也是为艺术而艺术的,重视内在灵魂的挖掘,因此同创造社和弥洒社一样重视主观情绪的抒写。不管是创造社、弥洒社还是浅草社成员,他们的主观情绪或"灵感"的内涵已经发生了变化,其中已融入了时代精神,具有鲜明的个性追求。他们的作品尽管多为私人情感的抒写,但这种个体式的私人情感的抒写存在着一个前提,即摆脱陈旧的精神枷锁的束缚,获得个

---

① 陈平原选编:《新青年文选》,贵州教育出版社2014年版,第123页。
② 周作人:《周作人散文》(第3集),中国广播电视出版社1992年版,第41页。
③ 刘运峰编:《1917—1927中国新文学大系·导言集》,天津人民出版社2009年版,第82—83页。

体的自由解放，而传统抒情中的私人情感更多是因功名利禄与自我得失而生发的自我倾诉，因而五四个体情感与传统私人情感之间存在性质的不同。五四小说的私人情感除了追求个体解放外，还表现现代人的现代情绪。比如受西方浪漫主义影响的创造社，主张自我情绪的暴露与表现，这些情绪不仅追求个性解放的狂放不拘、反叛抗争的激情，而且还包括狂躁迷乱甚至是变态心理的流露。其中性苦闷以及颓废等情感是现代社会的产物，它们在某种程度上又与自我解放和独立的时代精神相呼应。

五四作家们的情感虽然热烈，但更多是悲凉，甚至是无涯黑暗中的绝望。鲁迅认为这原因来自世纪末的悲凉现实，也来自王尔德、尼采、波德莱尔、安德莱夫的浪漫主义或感伤主义的影响。① 但正是这种感伤和浪漫气息赋予了作品更浓郁的诗性色彩，同时也因为时代的悲凉感受与浪漫的感伤，使得五四时代的个体情感抒写仍然具有鲜明的时代精神和现代性特色。

普实克认为，一个作家应该具有公正客观地看待现存事物和看待自己的能力，而作者对自我的意识、对个人的实体和意义的认识往往伴随着对生活悲剧的感受。而对存在的悲剧性的感受，在旧的文学中发展很不充分，甚至完全没有，而悲剧意识只是现代艺术的一个特征②。悲剧意识作为现代文学是区别于传统文学的一种显著标志，也是五四新文学具有现代性的重要标志之一。这种悲剧性不可避免地对五四小说的诗性生成产生了影响。比如鲁迅的诗化小说《伤逝》具有鲜明的悲剧色彩，而《故乡》《社戏》中也都流露出淡淡的悲剧韵味。废名、沈从文等乡土抒情作家，在对乡土田园浅唱

---

① 刘运峰编：《1917—1927 中国新文学大系·导言集》，天津人民出版社 2009 年版，第 83 页。

② [捷克]普实克：《普实克中国现代文学论文集》，李燕乔等译，湖南文艺出版社 1987 年版，第 2—3 页。

低吟的歌唱中仍然存在着生存的隐忧和生命的感伤,其牧歌背后同样寄托着鲜明的悲剧意识。普实克指出:"可以肯定的是,主观主义、个人主义和悲观主义以及对生活悲剧的感受结合在一起,再加上反抗的要求,甚至自我毁灭的倾向,就是从1919年五四运动直至抗日战争爆发的这一时期中国文学最突出的特点。"①所以五四现代文学的诗性内容发生了较多的变化:反抗、悲剧感、自我毁灭等都是富有现代意识的内容,这与传统诗性的内容大大不同。造成这种差异的原因是多方面的。一是随着社会的发展,写作者视野得以开阔,新文化中的启蒙开智使朦胧混沌的思想被新观念新思想所取代,内在的冲突和自我的感悟逐渐增多,于是内心变得越来越敏感。五四创作者在接受新思想新文化的过程中,不可避免地与传统文化或传统思想造成矛盾与冲突,叛逆与反抗自然就发生了,一旦反抗受挫,悲剧意识,甚至绝望意识和自我毁灭的冲动便会随之产生。比如郁达夫《沉沦》中的主人公便敏感而多情,最后不堪现实的重压而自我毁灭。

五四时期文学作品中的悲剧意识,不仅仅来自新旧观念的冲突,也不仅仅来自现实生活的困窘和艰辛,悲剧意识的产生还来自五四新文化中对科学的推崇与张扬。对科学的宣传大大消除了中国民众的愚昧与迷信,逐渐培育了人们的理性精神,但正是科学与理性精神消解了长期存留于中国民族心灵之中的传统神性。神性的消解恰恰断绝了中国世俗人生通往神性的唯一路径,而在神性消解时的五四时期没有建构起共同的新信仰,人们唯一的精神安慰——神灵性一旦消失,便成了迷失方向的羔羊,救赎便成为不可能,没有了自我救赎和神性救赎,人便面临着沦落为毫无价值和意义的走肉存在,自我幻灭感或自我毁灭感便会因此产生。而五四启蒙运动中所

---

① [捷克]普实克:《普实克中国现代文学论文集》,李燕乔等译,湖南文艺出版社1987年版,第4页。

倡导的民主，似乎是一个非常亮眼而时兴的名词，具有极强的精神号召力，在很大程度上唤醒了民众的自我意识和人权意识，但在当时的社会环境中，实现民主的理想存在着巨大障碍，因而对民主的追寻便充满了艰辛和痛苦，甚至存在着流血与牺牲。这无疑是五四时代悲剧意识产生的根源之一。因为作为民主的先觉者如鲁迅，对获取民主而产生的悲剧意识具有更加深刻的体悟，所以其小说、散文和杂文中都存在着很强的悲剧色彩。

五四小说中的诗性内容相对于传统诗性内容的变化，除了悲剧意识以外，另外便是现代诗性情感相对于传统诗性情感而言变得更加复杂。这种复杂性在普实克看来应该是和佛教伦理有关。他说，佛教为了避免人们犯罪便传播善念，这些都和人的欲望或本能产生了巨大的矛盾，于是人心便复杂起来①。普实克认为中国人的内在自审不是从来就有的，而是佛教传入后对自我欲望控制的宣传中，逐渐产生了自审自控意识。传统社会中，无论是儒家伦理的教化，还是佛教节制欲望的宣传，对欲望的抑制是有作用的，因此就整个社会而言，人的欲望或社会欲望并没有强大到和佛教、儒家伦理产生严重冲突的地步。但是当五四新文化运动开始对人的自然欲望进行肯定后，自然欲望便有了反叛意识，从而与儒家道德和佛教伦理之间产生了激烈的冲突。欲望被激活了，因此，人们的内在心理和情感状态变得日益复杂。

除了以上变化以外，抒情性质还由中国传统的平和转向了现代的冲突，由平衡转向了不平衡。这种变化更多来自现代主义思潮的影响，也受到了西方浪漫主义的影响。台湾学者蔡英俊指出："我们可以说西方文学作品所展示的情感世界大致是浪漫的，因此也是超绝的，充满了悲剧的强度与力度；反观中国的文学世界，情感表现

---

① [捷克]普实克：《普实克中国现代文学论文集》，李燕乔等译，湖南文艺出版社1987年版，第3页。

一直安于绝对的人间性,能真正体会并享受人间伦理情爱的平淡与充实。"①现代小说在受到西方浪漫主义思潮的冲击后,在情感方面也大受影响,从平淡充实逐渐演变成了冲突矛盾,从而走向悲剧。而悲剧的情感结构也是一个剧烈变动的时代不可避免的命数。

抒情与"事""理"等诗性内容是密切相关的,因此,我们可通过五四小说的"事""理"考查抒情内容的现代性转变。而诗性要素中的"事""理"又与题材紧密相关。

## 第三节 小说题材的重新选择

五四启蒙运动带来了新旧思想的交融碰撞,极大地激发了五四知识分子的诗性激情。但由于政府的积弊、国力的羸弱、社会的保守落后,五四启蒙运动很快落潮,但社会现状却改善甚微,一切还在原有的轨道中运行,对于当时的知识分子来说"不处于绝望逃避,便得反抗斗争"②。于是在知识青年中便出现了两种思想状态。一种是毫不妥协地为社会之理想继续战斗,这催生了后来的革命文学潮流和为人生的写实主义创作潮流;一种是退回到自我的天地,舔舐自己灵魂的创伤或者沉吟于自己小小情绪的波动,于是出现了如创造社、弥洒社等创作群体为代表的浪漫感伤创作潮流。

从具体创作来看,五四新文学革命后的头十年,公开发表的小说作品并不多,茅盾在《小说一集·导言》中指出,自1918年鲁迅的《狂人日记》在《新青年》上发表以来,直到1921年小说创作者较少,当年在《小说月报》上发表小说的作者也不过十数人,而且

---

① 蔡英俊:《中国文学的情感世界·导言》,黄山书社2012年版,第11页。
② 刘运峰编:《1917—1927中国新文学大系·导言集》,天津人民出版社2009年版,第103页。

有的还比较幼稚,当时常有作品发表的作家亦不过冰心、叶绍钧、落华生、王统照等五六人。但是到了1921—1926年这五年间,小说发展迅速,出现了创作的盛况,文学团体与文学刊物大量涌现,创作数量和质量也有较大的提升。就写作内容而言,也和传统小说的题材内容发生了较大的变化。

与五四时代情绪以及抒情性质的新变相对应,新文学前十年的小说抒写的内容有两大方面,一是再现外部世界,一是抒写内在心灵。这两条线索又有各自的分支。再现外部世界的多为写实主义,包括为人生的写实小说、乡土小说、社会剖析小说等。表现内部世界的多属于浪漫主义,主要以创造社为代表,其中也有浅草—沉钟社。由于诗性传统具有强烈的抒情特点,因而五四时期的抒情主体便会寻找更适合情感抒写的小说类型,以完成心灵情思的外化。显然,写实类小说在情思表达方面不如浪漫抒情类小说,因此,浪漫抒情小说的诗性色彩要比写实小说浓郁。但五四小说在小说题材类型的选择上远比这复杂。正是五四时代精神和五四时期需要传达的思想内容及情感倾向,决定了传统的诗性叙事所要选择的内容以及将要采用的艺术形式。

## 一、五四小说对传统题材的改造

关于文学诗性传统中所涉及的"事",在五四时代也发生了一些变化,也就是说五四时期文学所抒写的对象有了自己的重点内容。陈独秀在《文学革命论》中反对"文以载道",但却主张文学传递五四启蒙新思想,把传统的"道"改换成了应时之"道",他说旧文学:

> 其形体则陈陈相因,有肉无骨,有形无神,乃装饰品而非实用品;其内容则目光不越帝王权贵,神仙鬼怪,及其个人之穷通利达。所谓宇宙,所谓人生,所谓社会,举非其构

思所及，此三种文学共同之缺点也。此种文学，盖与吾阿谀夸张虚伪迂阔之国民性，互为因果。今欲革新政治，势不得不革新盘踞于运用此政治者精神界之文学。使吾人不张目以观世界社会文学之趋势，及时代之精神，日夜埋头故纸堆中，所目注心营者，不越帝王，权贵，鬼怪，神仙，与夫个人之穷通利达，以此而求革新文学，革新政治，是缚手足而敌孟贲也。

（陈独秀：《文学革命论》）

很明显，陈独秀信誓旦旦地反对"文以载道"，因为旧文学总写神仙鬼怪、帝王将相以及"个人之穷通利达"，这些实在是太过陈旧太过迂腐，是自私狭隘的，因而便大张旗鼓地宣传自己的启蒙学说，即要求文学为革新政治服务，要能够反映"宇宙""人生""社会"，顺应"世界社会文学发展之趋势，及时代之精神"。陈独秀明确对新文学的功能和抒写的内容进行了规定，无论是抒情还是叙事，其"事"应当是现实的诚实的为人生和社会的，符合宇宙之规律的和时代之精神的。

从清末民初到五四时期，中国社会掀起了救亡图存和富民强国的各项改革或革命，这段时期的知识分子皆怀抱着热情和理想积极投身到各项文化革新甚至社会革命洪流之中，承担起历史赋予他们的神圣使命。晚清时期的梁启超、黄遵宪等人，揭开了文学革新的序幕，在梁启超的带领下，发起了"诗界革命""文界革命""小说界革命"等诗文革新运动，目的是宣传西方的先进社会思想，以达到"新民"的目的。在这个过程中，小说便被推向了文体的中心地位，承担起"新民"的历史使命。梁启超在其长篇小说《新中国未来记》中进行了小说文体传达政治革新思想的大胆实验。在梁启超的影响下，不少小说家也有意识地在各自的小说中融入政治或革命的内容，试图让小说承担起改良社会的使命，成为政治理念宣传的有效工具。

　　新文化运动期间及其以后的较长时期，小说仍然沿袭了清末民初小说所承担的革命思想宣传使命，小说的工具性功能没有改变，只是在传播的思想内容方面有所变化。1915年五四新文化运动中陈独秀在《敬告青年》一文中提出了"民主""科学"的口号，为中国青年指明了前进的方向，而后来的五四现代文学便承载了宣传这种启蒙思想的使命，因而五四小说一开始便有着明确的社会革命目的，即传播来自西方的先进思想理念，以启蒙国民，改造国民性，提升国民素质，从而实现救亡图存和民富国强的目标。因而五四现代文学中的主体——现代小说也自然承载了启蒙的目的，"民主"与"科学"成为其表达的主要思想内容。现代小说所承载的这种历史使命与诗性传统所涉及的内容有相通之处和不同之处。传统诗性所表达的情感内容大概可以分为三类，一是"穷通利达"的个体情感，二是超越个体情感的家国情怀，三是表达宇宙人生的感叹之情。到了五四现代文学时期，实际上这些内容依然存在，只是表现形式上出现了差异。提倡"民主""科学"的目的是要通过学习西方的民主精神和民主制度，重建新的社会秩序，为国家的独立与发展建构良好的秩序；通过学习西方的科学技术，达到增加物质财富和富国强兵以及实现救亡图存的目的。因此，"科学""民主"的启蒙口号中具有鲜明的家国情怀。而"立人"便是要实现人的自我解放，使人成为独立的个体，尊重人的自然欲求，这在周作人的《人的文学》中有较为翔实的论述。因此，"人的文学"的抒写内容也就包括了个体的各种情感欲望，和传统诗性内容中"穷通利达"的内涵是一致的。而陈独秀在《文学革命论》中提出的新文学要抒写"宇宙社会人生"，当然也包括了对宇宙自然规律和人自身的哲理性思考，这一点古今是一致的。由此可知，无论是晚清还是五四时期，传统诗性抒写的内容基本是一致的，只是各自表现的具体题材和具体事物存在着差异。

　　胡适曾在《〈尝试集〉自序》中说：

我们认定"死文字定不能产生活文学",故我们主张若要造一种活的文学,必须用白话来做文学的工具。我们也知道单有白话未必就能造出新文学,我们也知道新文学必须要有新思想做里子,但是我们认定文学革命须有先后的程序:先要做到文学体裁的大解放,方才可以用来做新思想新精神的运输品。我们认定白话实在有文学的可能,实在是新文学的唯一利器。①

很明显,胡适等人发动的白话文运动不仅仅是形式的改革,而是要用这种语言来传播新思想新精神,这也是梁启超等人一直欲以完成的"新民"任务。胡适自己承认在《文学改良刍议》中所谈及的"高远之思想,真挚之感情",都是悬空谈文学的内容的。胡适后来写了篇"易卜生主义"的文章,其中把"真正纯粹的个人主义"作为新文学建设的内容。②1918年周作人于《新青年》发表《人的文学》,于是"立人"及寻求个人解放也成为新文学建设内容。周作人认为古代文学中有两种传统、两大派别,一是"言志派",一是"载道派",他赞成能表达正面理想的"言志派",而批判"遵命文学",主张建设"革命文学"③。这说明五四小说的叙写内容已经与传统文学有了显著的区别。但周作人又说五四文学革命实际上是对公安派"独抒性灵,不拘格套"和"信口开河,皆成律度"主张的复活,是和明末的文学运动相一致的④。这说明尽管五四运动与传统文学在很多方面都存在着差异,但是在某些隐性层面上依然存在着深层次的

---

① 胡适:《容忍与自由:胡适作品》,河南文艺出版社2016年版,第128页。
② 刘运峰编:《1917—1927中国新文学大系·导言集》,天津人民出版社2009年版,第25页。
③④ 周作人:《中国新文学的源流》,华东师范大学出版社1995年版,第50页,第51页。

联系。

李大钊作为革命先驱和共产党的缔造者,在1918年指出:新文学是"社会写实的文学"①,"社会写实"便要反对"浅薄""没有真爱真美"的文学,主张要用"宏深的思想、学理,坚信的主义,优美的文艺,博爱的精神"培育新文学坚实深厚的土壤②。结合他在1918年发表的《庶民的胜利》和《布尔什维克的胜利》两篇文章,便能明确这里所讲的"宏深的思想、学理,坚信的主义"主要指马克思主义思想和相关理论,这是新文学应该持有的思想基础。他提倡信仰马克思主义,为无产阶级的解放事业努力奋斗。李大钊的"爱""博爱"都是指要爱广大的"庶民",要投身于谋求"庶民"解放和福祉的事业之中。这些都是时代赋予作家神圣的使命,完成这样的使命的不能是浅薄而没有美感的文学,应该是有爱和美的追求的文学。李大钊的"爱"是对文学抒写内容的要求,而"美"则是对文学形式的要求。这在一定程度上也影响到了五四时期小说家的创作内容与方法。也可以说,李大钊从无产阶级革命或民主革命的角度阐释了时代对文学的要求,从而使革命成为现代小说诗性构建中不可回避的题材内容之一。

当然五四小说虽然有着启蒙的总体目标,但是就围绕着"民主""科学""立人"展开的创作在题材内容方面是极为丰富的。就现代文学前十年来看,大概涉及爱情、家庭、女性、儿童、国民性、革命、乡土等方方面面。作为诗性传统似乎可以不拘题材,无论何种题材内容似乎都可以纳入抒情的范围,但实际上题材与诗性的融合度是不同的。比如乡土题材、爱情题材、儿童题材、行旅题材更适合诗性叙事,而政治题材、革命题材、历史写实题材则不太适合诗性抒写。当然这都不是绝对的,比如政治革命题材,在有的作家那

---

①② 李大钊:《什么是新文学》,见中南区七所高等院校合编:《中国现代文学史资料汇编》,河南人民出版社1979年版,第28—29页。

里也被处理得非常有诗意。这自然与创作个性、艺术技巧等密切相关。比如后来孙犁的短篇小说《山地回忆》《荷花淀》等革命题材小说，不正面写革命战争，而是常常避开正面描写，写战争的侧面或后方生活，把战争有效地转化成为乡土抒写。

五四小说反对的题材内容，一定也进入不了五四小说诗性传统的建构范围。五四小说反对什么内容呢？李大钊认为，不管是旧文学还是新文学，只要是"还含着科举的商贾的旧毒新毒"①以及"早出一种广告的文学"都是要反对的，这就从内容和功能上进行了新文学的规范，明确了传统文学为了谋取功名利禄的内容都是不合时宜的，同时从文学功能上来说反对为宣传自己而创作。1918年2月25日钱玄同在《寄陈独秀》一文中坚决反对诲淫诲盗的小说，如《七侠五义》等作品，但《水浒传》《西游记》《红楼梦》《儒林外史》等作品还是有价值的，这些作品要么揭示官僚腐败，要么展示官逼民反，具有"社会党人之思想"，而写妖魔鬼怪和才子佳人的作品则没有什么价值②。钱玄同对新文学抒写内容的要求与李大钊、陈独秀几乎一致，都赞同叙写社会革命性和表现进步思想的题材内容。而对爱情和魔幻题材的反对，恰恰在很大程度上抑制了五四小说创作的诗性想象力和题材内容的广泛开掘。钱玄同于1918年3月14日在《致陈独秀书》中又说："旧文章的内容，不到半页，必有发昏做梦的话，青年子弟，读了这种旧文章，觉其句调铿锵，娓娓可诵，不知不觉，便将为文中之荒谬道理所征服。"③钱玄同仍然反对旧文学旧内容，提倡反封建的新文学内容。茅盾指出："'五四'时代初期

---

①② 中南区七所高等院校合编：《中国现代文学史资料汇编》，河南人民出版社1979年版，第29页，第38—39页。

③ 蔡元培：《中国新文学大系·导言集·总序》，见刘运峰编：《1917—1927中国新文学大系·导言集》，天津人民出版社2009年版，第5页。

的反封建色彩,是明明白白的。"① 这反封建的内容在文学研究会和创造社等文学社团中都有较为鲜明的表现,因为反封建是五四时代共同的文学主题。

## 二、五四小说对题材类型的改造

郎损(茅盾)对1921年《小说月报》三个月内发表的一百二十余篇小说进行研究,认为其题材大致有:最多属于男女恋爱关系的,共七十余篇;写农村生活的只有八篇;写城市劳动者生活的三篇;写家庭生活的九篇;写学校生活的五篇;写一般社会生活(小市民生活)的约计二十篇。这是第一个十年前五年的题材状况,总体来看,以恋爱为题材的小说占了百分之八九十。②因而题材显得比较单一,而且创作的质量也不高。茅盾说新文学头十年的恋爱小说有两大特点,一是看不到"全般的社会现象",只看到个人的一角,第二便是观念化③。到了1922—1927年,小说题材有了新变,增加了写农民或市民等底层人、悲哀的流浪者、匪祸兵灾等题材方面的作品,还有对文化的虚伪、农村丑陋的揭示,以及对自由的渴望与呼唤的作品,题材范围扩大,突破了狭小的私生活,从而"转向了广大的社会的动态"④。当然还有写知识分子的苦闷彷徨、知识分子的灰色人生、探索人生意义的作品。

五四小说的题材意识比传统小说更加鲜明。传统小说作家由于受经济生活、交通工具和信息传递等各方面的局限,他们的视界和生活经验都是有限的,比如魏晋南北朝的志人志怪小说多写逸闻轶事、神仙鬼怪;唐传奇题材以婚姻爱情为最多,其次有社会批判、

---

① 中南区七所高等院校合编:《中国现代文学史资料汇编》,河南人民出版社1979年版,第166页。

②③④ 刘运峰编:《1917—1927中国新文学大系·导言集》,天津人民出版社2009年版,第58—59页,第59页,第61页。

历史传说、义侠刺客和神仙鬼怪等；到了宋元话本题材上主要有历史、灵怪、烟粉（男女情感）、传奇、公案、朴刀、杆棒、神仙、妖术等种类；明清小说的题材主要有历史传说、政教伦理、神仙妖道、社会生活等，题材较为广泛。到了五四时期，小说在题材上更显丰富和广泛，作家们不仅关注再现外部世界，而且把笔触伸向了古代小说较少触及的内部世界。

古代和五四小说在对外部世界的关注方面具有较多的一致性，比如自然界、日常生活、政教人伦、侠义传奇、神仙鬼怪、男女情爱、公案侦破等属于古今通用的题材类型，因此现代小说与古代小说相较，二者在类型上变化不大。尽管如此，五四小说相较古代小说而言，仍然存在着题材类型和创作数量的增减变化。比如侠义、神仙、鬼怪、言情等题材类型遭到五四作家的批判，创作数量因而也大量减少，甚至有的题材暂时中断了创作。而表现社会人生或自我情绪的小说得到了发展。由于时代的需要，五四小说还出现了新的题材类型，比如自我抒情小说、乡土小说、革命文学等。同时，五四小说又有着自己相对应的时代精神和社会思潮，即使是与古代小说相同的题材类型，在具体内容、主导思想和情感倾向等方面也存在着较大的差异。比如就古代与五四小说都大量存在的婚恋题材而言，古代小说的婚恋观主要为父母之命、媒妁之言，而五四小说中的婚恋题材倡导的是自由恋爱观，与古今作者的创作动机和情感倾向存在着明显的不同。

实际上，在外部题材方面，五四小说实现了对传统小说的改造。这种改造是通过一系列的解构和建构行为完成的。早在晚清时期，梁启超在1902年发表的《论小说与群治之关系》中就指出，状元宰相、佳人才子、江湖盗贼、人妖巫狐鬼等类型的传统小说毒害了读者，致使国民迷信愚昧，道德堕落，沉溺声色，背信弃义，奴颜媚骨，因此必须革新旧小说的内容①。辛亥革命后，革命激情下降，新小说呈现商品化娱乐化和世俗化倾向，后来逐渐出现了鸳鸯蝴蝶派小说。1905年梁启超批评鸳鸯蝴蝶派为"海盗与海淫"之作或"尖酸轻薄毫无取义之游戏文"。②五四文学革命时期以鲁迅为代表的革命派对鸳鸯蝴蝶派进行了批判。原因在于国难当头、民不聊生之际，鸳鸯蝴蝶派的小说不能激励精神、鼓足士气，只能让人沉溺于儿女私情、黑幕凶杀、神魔鬼怪的无聊消闲之中，不利于传播新思想和新观念，也不利于促进社会之改革与进步。后来鸳鸯蝴蝶派中进步作家如张恨水都在其小说中加入了一些"社会革命"的因素。以鸳鸯蝴蝶派为代表的现代通俗小说因为其对故事性的追求，最终压抑或者放弃了诗性的流连与体悟，与诗性传统走得较远。

实际上才子佳人题材在现代小说中并没有完全消失，而是在五四革命作家手中演变成了"革命+恋爱"模式，只是对其中的角色进行巧妙的置换，把才子置换成英雄，把传统佳人置换成现代知识女性或者勇于反抗黑暗现实的现代女性。

尽管人们通常认为对革命的抒写必然削弱其诗性，但只要掌握了相应的诗性技巧，革命小说同样能写得诗意盎然。这方面胡兰成可以说深有体会，他在谈及"兴"时说："唯中国的革命是兴"，"中国革命原来是像迎神赛会……有喜气"，"惊险的场面也化成惊艳，千劫如花，开出太平军起义、辛亥革命、五四运动与北伐抗战及解放"③。虽说胡兰成对革命文学进行了夸张的美化，但胡兰成却触及到了革命的诗性叙事问题，在他看来，革命题材同样是可以进行诗性叙事和表达的。革命情感可以像郭沫若或蒋光慈那样以诗歌的形

---

① 雷达、李建军主编：《百年经典文学评论1901—2000》，长江文艺出版社2004年版，第4页。

② 童秉国选编：《梁启超作品精选》，长江文艺出版社2005年版，第248页。

③ 转引自王德威：《抒情传统与中国现代性》，生活·读书·新知三联书店2018年版，第47页。

式直接抒发出来，但也可以用小说的形式借助形象展现。但无论如何，革命题材小说的诗性表达并非易事，其本身具有操作的难度。

后来徐迟在1939年写了篇《放逐抒情》的文章，他说："你总觉得山水虽然如此富于抒情意味，然而这一切是毫没有道理的。所以轰炸已炸死了许多人，又炸死了抒情，那炸不死的诗，她负的责任是要描写我们的炸不死的精神的，你想想这诗该是怎样的诗呢？"徐迟认为在救亡图存的历史紧要关头，更多是愤恨之情而不是感伤[1]。因而徐迟所要放逐的抒情是感伤的抒情，而还要提倡的正是崇高的具有悲壮豪迈的革命情感。太阳社成员蒋光慈创作了"革命+恋爱"的小说，他认为："革命就是艺术，真正的诗人不能不感觉自己与革命具有共同点。诗人——罗曼蒂克更要比其他诗人能领略革命些！"并且进一步指出唯有在革命的狂喜中进入"诗"一样的超越境界，才能脱离世俗，因而"唯真正的罗曼蒂克才能捉得住革命的心灵，才能在革命中寻出美妙的诗意"[2]。除了蒋光慈将革命进行浪漫化诗意化以外，创造社作家们也在大革命失败以后普遍由启蒙浪漫主义转向革命的浪漫主义，他们的作品有着明显的政治意识形态倾向，他们把启蒙的激情转换成了革命的诗意。

王德威指出："当政治化了的浪漫主义革命精神发挥了'摩罗诗力'，引领时代风骚时，对于'生命节奏''灵境''神性'的沉思注定显得无关紧要。"[3]因此如何保持政治革命激情和个体的自我抒情之间的平衡，则是左翼作品能否成为诗性作品的关键。

左翼文学存在着小我与大我的关系处理问题，也即存在"抒情的"和"史诗的"选择问题，左翼作家实际上是先具有了个人主义

---

[1] 徐迟：《徐迟文集第6卷·文论》，作家出版社2014年版，第57页。
[2] 转引自严家炎：《中国现代小说流派史》，长江文艺出版社2009年版，第122页。
[3] [美]王德威：《现代抒情传统四论》，台湾大学出版中心2011年版，第51页。

的我执，然后才导入了革命话语和行动，因此是一个"审美的政治化"过程①。这样，政治情感的抒写不至于太过僵硬和抽象，而会在原有的个人主义情感基础上融入政治情感，从而使个体与集体、小我与大我相融合，做到这点，便有益于小说中的革命或政治题材与诗性叙事融合统一，从而形成优秀的诗性作品。话虽如此，但这种统一与融合具有相当的难度，因此，左翼文学中的诗性呈现更多在于诗性精神，而表达诗性精神的艺术形式存在明显的不足。左翼作家冲动的革命激情急于寻找流泻的语言渠道，因此形式粗疏在所难免。实际上真正做到形式与内容相融合、大我与小我相统一的革命小说并不多见。

另外，五四小说对豪侠仗义等题材类型也进行了解构，取而代之为启蒙性革命内容。因为革命不是个人的情感冲动，革命服从的是组织领导，要服从大众的民族的国家的利益。陈文新在《传统小说与小说传统》中谈到"狂侠"时指出，侠义精神在《聊斋志异》中表现较突出，其实侠义之士，侠义精神也是传统小说的主题之一，但传统小说中的豪侠精神是属于个体侠义行动，凭借着道义行事，具有意气用事的感性特点②。到了五四时期，面对现代思想的冲击和影响，豪侠之气发生了变化，传统侠义精神遭到了解构。鲁迅短篇小说《铸剑》中的宴之敖便是一位传统侠士，最后为眉间尺报了仇，但是国王被杀死后一切还照旧，那些围观的闲人毫无改变，侠士的价值便因此而遭到质疑和解构。五四时候的侠义精神应该是理性的而非感性的，是有明确奋斗目标的而非盲从的，是为大众的有组织的而非个体伸张正义的行动。鲁迅小说《伤逝》中的子君大胆反叛

---

① 张旭春：《政治的审美化与审美的政治化》，转引自王德威：《现代抒情传统四论》，台湾大学出版中心2011年版，第41页。

② 陈文新：《传统小说与小说传统》，武汉大学出版社2005年版，第96—102页。

家庭,勇敢与涓生结合,但最后又重陷传统家庭妇女的老路,并为此而失去生命。小说中的悲剧结局便是对个人主义的原子式的侠义行为的批判与反思。

不过,五四小说中的革命文学可以说是对传统豪侠精神进行了更多的继承,只是这种豪侠之气发生了一些变化,变得有目的有组织,超越了个体而逐渐走向集体性和民族性。随着马克思主义和列宁为代表的布尔什维克革命理论在中国的传播,以共产党为核心的革命组织便逐渐为进步的革命作家所重视,依靠共产党的组织和领导完成新民主主义革命从而取得最终的胜利便逐渐为进步作家所接受且成为一种共识。在这种时代背景中,传统的侠义之情也逐渐被革命作家们转变或改造成革命豪情。侠义精神在本质上隶属于传统诗性精神的范畴,因为豪侠之士重名节,讲信誉,轻生死,光明磊落,行侠仗义,他们在伸张正义之时,超越了自我,把个体的正义行为与天地公心公理相关联,因此也和神性比邻,诗性便由此而生。正如陈文新在《传统小说与小说传统》中所言,侠义者的狂放不羁总是和耿介、方正及浪漫情调相关,当他们遭遇挫折时便会在艺术天地中追求自由旷达的诗意境界,当他们恰逢顺境时便会壮思升腾,鹏飞万里,超凡脱俗[1]。他们还追求自由放达的人生境界。而五四时期革命者的革命豪情更是为了集体、民族、国家的利益,其行为远远超越了自我,革命者相信自己的思想与行为是为了普罗大众,为了民族甚至全人类解放事业而奋斗,正如保尔·柯察金所言:把自己的整个生命都献给了无产阶级最伟大的事业,为人类的解放事业而奋斗。这是何等的高尚和崇高的精神情怀,因此这是具有革命诗性的情感表达。由此可见,诗性精神在五四时期最重要的内容之一便是革命激情,革命情感成为五四时期,甚至是半个多世纪以来的主导性情感。五四时期无论是主张为人生而艺术的文学研究会,还

---

[1] 陈文新:《传统小说与小说传统》,武汉大学出版社2005年版,第100页。

是为艺术而艺术的创造社，都受到了革命激情的影响，革命成为他们或显或隐的文学主题。而革命的情感也同豪侠之情一样具有浓郁的诗性特色，同样成为五四小说的诗性内容。

另外，五四小说还批判与解构了帝王将相以及神魔鬼怪等类题材，转向抒写"人的文学""平民的文学"。类似这样对题材内容的批判都是为了给五四时期的启蒙和救亡开道，让消闲小说变成有现实价值与意义的艺术形式。

### 三、五四小说内容新变

现代小说在题材内容上既有对传统题材的继承与改造，同时也有新题材新内容的出现。现代小说在对外部世界关注与叙写的同时，逐渐把视角转向人物内在心理世界的表现，这极大地拓展了现代小说的题材内容和抒写空间。这种变化实际上是现代小说特别是现代诗性小说故事内容的新变。席建彬指出，现代诗性小说的故事呈现的是现代人片段式的生活经验。他引用了弗格森的话对故事的变迁加以解释："此变迁在文化上被表述为现代性，个人被解放至一种新形式的主体性激动。与其被解释为理性个体，主体宁愿成为一系列互不关联、不成系统的经验之接续，他或她自我的断片；甚或是为我在其内失落的此类断片的网结。现代生活之经验成为转瞬即逝的、仅凭印象的和不完全的。"[①] 由此可知，五四小说存在着两种不同的故事类型，一种是以历时性和因果逻辑为特征的故事，一种是以共时性和心理逻辑为特征的故事。一般而言，诗意更倾向于依附后一类故事，或者说后一种故事的叙事更容易具有诗性。

除了故事内容类型有所变化以外，现代小说的性质也发生了变

---

[①] 转引自席建彬：《文学意蕴中的结构诗学·现代诗性小说叙事研究》，人民出版社2012年版，第5页。

化。传统小说一般以"大团圆"的喜剧形式结束,但现代小说吸收了西方的悲剧因素,突破了"大团圆"的喜剧形式,从而为现代小说增添了悲剧的诗性色彩。陈文新还在分析之后谈到了反诗性传统的悲剧意识和悲剧性。五四时期,名士理想和道德情操以及侠义精神在现实生活中不复存在,世风日下,对纯净心灵的守护日益艰难,社会世俗化日益严重。为了重塑道德价值体系,五四作家对传统诗性进行了解构,因此道德价值体系的重建实际属于五四现代知识分子建构内部心灵世界的部分内容。而且这种重建在五四新文化运动的广泛影响下变得日益迫切。思想的革新、个人和社会以及民族的独立与解放,都是五四知识分子不能回避而必须去面对与解决的问题。而对外部世界的改造的先决条件便是改造国民的精神人格,这是近代以来血一般的经验和教训。而启蒙正是在认识到思想的重要性后发起的思想解放运动。五四小说便义不容辞地承担起启蒙的使命,在关注和叙写外部世界的日益凋敝困窘的同时,把笔触伸向了国民的内部心理世界,以期唤醒麻木的民众,革新他们的思想,以重建国民性格。对内部世界叙写更适合采用诗性的叙事方式。而五四小说在抒写内在心理世界的时候,采用了两种路径,一条是抒写较为自我的情绪,一条是抒写时代的精神。这在抒情特性一节已有过讨论,在此略不再述。

需要补充的是,五四小说在对内部世界进行表现的时候,不仅仅是抒情的,也是言志说理的。这里的"理"和诗性传统中所涉及的"理"是有区别的,传统诗性中的"理"近似于"文以载道"的"道",即儒家的伦理秩序等,五四小说的"理"也包括了中国传统文化中优秀的"道"或"理",但更重要的是还融入了西方现代主义之"理念"或"理性",更具有形而上的色彩。比如鲁迅在《中国新文学大系·小说二集·导言》中说冯沅君的《旅行》是精粹的名文,只是说理过多。废名也有说理小说,比如《莫须有先生传》便充满了哲理性。而鲁迅与冯至等人受存在主义哲学的影响,创作了带有存在主义哲学的哲理小说，比如鲁迅的《铸剑》、冯至的《仲尼之将丧》等是五四时期具有代表性的哲理小说。值得进一步指出的是，传统诗性文本中的理更多是儒家的"礼"教传达，同时也有如屈原"天问"般的存在追问，也有陈子昂或苏轼等关于永恒性的探讨，但这些传统的诗性之"理"和现代的诗性之"理"有了区别，现代理性更多对存在与内在心灵的探讨，更多具有现代理性精神。

总之，五四小说题材相对于古代小说题材最大的差异性在于对内部世界关注的广度与深度不同。五四小说的抒情内容超越了传统私人情感而上升到集体、民族、国家等层面，这实际上正是五四小说内部世界在范围与层次上较传统小说发生了新变。也就是说，抒情方式的转变与小说抒写内部世界范围层次的转变密切相关。

## 第四节　彰显启蒙意识的诗性精神

中国诗性作品中一直存在着兴寄手法，这是抒情主体把自我与外界进行关联的有效途径。作为诗性传统中的修辞手法，兴寄仍属于诗性形式范畴，相对于文体形式或结构，这种修辞手法更具有生命力，因而可以为不同时代的抒情主体所使用。五四新文学中许多抒情主体仍然采用了兴寄的修辞来表达自己与时代相互应和的情思。胡适在谈到新文学的作用时说："当时也有一班远见的人，眼见国家危亡，必须唤起那最大多数的民众来共同担负这个救国的责任。"①救亡图存便是五四知识分子共同的理想与历史责任。如果把五四创作者看作一个统一的整体上的"大主体"，而把五四时代精神，主要是启蒙精神和救亡图存的情感律动当成要抒发的情感，那么五四新

---

① 刘运峰编：《1917—1927 中国新文学大系·导言集》，天津人民出版社 2009 年版，第 5 页。

文学便采用了一次大型的兴寄修辞手法。五四时代救亡图存的情感律动、民主科学的启蒙号召、个体寻求独立自由的强烈欲求、破旧立新的革新冲动，皆被这个"大主体"借助各种事件（故事）、意象（形象）、场景等艺术形象（客体）进行了传达，五四时代的时代精神（含诗性精神）便通过各种文学路径得到了呈现。不过诗意在不同文体或者相同文体的不同风格的创作主体手里表现的方式和呈现的强弱是不同的。当五四知识分子要抒发时代情感的时候，诗性传统中的情志因素便转化成为时代的精神，寻找自己喷发的出口，有的找到了诗歌，有的找到了戏剧，有的找到了散文，有的找到了小说。五四小说作为主导性文体，这种诗性精神与小说文体的结合在五四时期显得相当复杂，我们探析五四小说中的诗性传统如何走向现代，不仅能掌握整个五四时代精神在文学中的呈现状态，而且还能为当下的文学创作提供借鉴。

## 一、五四小说对传统诗性精神的继承

实际上，诗性精神并没有被晚清至五四急剧的文化变革中断，传统诗性精神中的家国意识、悲悯情怀、抗争精神和超越精神，在晚清新小说与五四小说中依然存在。五四知识分子信仰进化论，他们踏着时代的风雷，伴随着时代的洪流，满怀信心地勇往直前。如同郭沫若在他的《天狗》中所发出的呼告那样，要"把月来吞"，"把日来吞"，"把一切的星球来吞"，这种气势正是五四时代诗性精神的集中表现。

梁启超推崇宣传维新思想的政治小说，他亲自创作了长篇政治小说《新中国未来记》，试图通过小说达到"新民"目的，其实这继承了传统小说的教化功能。黄遵宪、谭嗣同等人都积极推动新民救国运动，晚清先进的知识分子身上这种改良图存的努力与诗性传统中的家国情怀是完全一致的。

五四时代的知识分子更是积极参与各种社会实践活动,表现出高度的社会责任感。他们把自我解放、民族解放和国家富强作为全民奋斗的目标,掀起了波澜壮阔的思想启蒙运动。胡适、陈独秀倡导文学革命,目的是要传播新思想,以促进社会变革,达到救亡图存之目的。胡适主张"伟大的作家的文学要表现人生",要"解决国家的、社会的和你的问题"①。他在《论短篇小说》中说:"'短篇小说'是有结构局势的,是用全副精神气力贯注到一段最精彩的事实上的。"②胡适强调了超越小说艺术形式的主观精神,本质上与诗性元素中的"气"相当。陈独秀在《文学革命论》中提出"三大主义",要求创作"国民的""写实的""社会的"新文学,以破坏"宗教上、政治上、道德上"的"虚伪的偶像"。鲁迅在日本留学期间的幻灯片里看到麻木的中国看客围观俄国人杀中国人,于是毅然弃医从文,决定以文艺改变中国人的精神③。1921年郎损(茅盾)在《社会背景与创作》中指出,时代正处于兵荒马乱、人人痛苦的"乱世",文学应该反映时代的悲惨,要创作出"怨以怒"的文学。当下创作之所以缺少描写现实、关心人类的"真文学",主要原因在于中国文人只重视文学作品中"抒情叙意的东西",缺少了描写广阔的"气魄深厚的作品"④。由此可知,五四时代所需要的文学精神不只是关注个体、抒发自我苦乐的小情感,更推崇具有博大胸怀和开阔野视的大抒情,提倡把自我情感上升为家国情怀。

　　1923年茅盾在《大转变时期何时来呢?》中说道:"反对'吟风

---

① 胡适:《白话文学史》,上海古籍出版社1999年版,第186页。
② 严家炎:《二十世纪中国小说理论资料·第二卷·1917—1927》,北京大学出版社1997年版,第43页。
③ 鲁迅:《坟·热风·呐喊》,《鲁迅全集》(第一卷),人民文学出版社1981年版,第417页。
④ 中南区七所高等院校合编:《中国现代文学史资料汇编》,河南人民出版社1979年版,第175—178页。

弄月'的恶习，反对醉罢、美呀的所谓唯美的文学；反对颓废的、浪漫的倾向的文学，这是最近两三月来常常听得的论调。"作为为人生的写实派的茅盾，反对这些唯美颓唐的写作，其原因有三个方面：其一，近来政治愈趋黑暗，而年轻人日渐颓唐，消沉于唯美主义的文学中，以求得快慰或灵魂的归宿。由于痛恨自欺欺人的沉沦，所以也就讨厌表现这些思想精神的文学作品。其二，中国名士狂放落拓的习气毒害了当下的中国人，使他们缺乏组织力与活动力，而西洋浪漫颓废派被中国浪漫派接受并认为同宗，于是也就因痛恨名士习气而连带痛恨唯美主义和颓废主义了。另外，就是喜好"美的文学的作家，并未产生实在伟大的值得赞美的作品"而遭到攻击，而茅盾认为这攻击的目的是"激励民气的文艺"，以便"能够担当唤醒民众而给他们力量的重大责任"。[1]激励民气，便是激励民族斗志，这要求作者必须具有强烈的民族精神和爱国精神，承担起历史所赋予的时代使命，这正是五四时代赋予诗性精神的新内涵。

即使是新文学第一个十年期间主张"为艺术而艺术"的文学流派，其主观抒情中也同样存在着家国情怀和发愤抒情的诗性冲动。郑伯奇在《中国新文学大系·小说三集·导言》中指出："郭沫若的诗，郁达夫的小说，成仿吾的批评，以及其他诸人的作品都显示出他们对于时代和社会的热烈的关心。"[2]创造社主要发起人之一郭沫若的诗《创造工程》第七首有这样的句子："上帝，我们是不甘于这样缺陷充满的人生，/我们是要重新创造我的自我。/我们自我创造的工程，/便从你贪懒好闲的第七天做起。"郑伯奇说这首诗把大我、

---

[1] 中南区七所高等院校合编:《中国现代文学史资料汇编》,河南人民出版社1979年版,第173—175页。

[2] 郑伯奇:《中国新文学大系·小说三集》,良友图书印刷公司1935年版,第9页。

小我和社会相统一①。1922年郭沫若在《论国内的评坛及我对于创作上的态度》一文中说:"文艺是苦闷的象征,无论它是反射的或创造的,都是血与泪的文学。……无论表现个人也好,描写社会也好,替全人类代白也好,主要的眼目,总要在苦闷的重围中,由灵魂深处流泻出来的悲哀,然后才能震撼读者的魂魄。"②郭沫若等创造社成员主张表达自我的情绪和文学的无功利性,但他们并没有完全放弃社会责任,也没有自我封闭在感伤的狭小天地,而是要创作出反映社会的"血与泪"的文学。特别是到创造社后期,作品中的革命意识逐渐增强,这方面郭沫若的思想转变具有典型的代表性。他在1926年撰写的《文艺家的觉悟》中说,文艺家的神经质,对时代和民众的痛苦率先感觉到了,所以文艺家"先把民众的痛苦叫喊了出来,先把革命的必要叫喊了出来","所以文艺每每成为革命的前驱"。③血与泪的文学创作,为社会与民族的痛苦而呐喊,正是对时代的抗争和民生的同情。郁达夫的小说尽管存在颓废色彩,他的浪漫主义也带有浓厚的"世纪末"色彩,但其中却寄予着反抗④。正如郑伯奇在《中国新文学大系·小说三集·导言》中所言,创造社虽然是世纪末种种流派的混合物,但其中的浪漫主义"始终富有反抗精神和破坏情绪。用新式的术语,这是革命的浪漫主义"⑤。郁达夫在《茑萝行》中借人物之口说:"反抗反抗,我对于社会何尝不晓得反抗,你对于加到你身上来的虐待何尝不晓得反抗,但是怯弱的我

---

① 郑伯奇:《中国新文学大系·小说三集》,良友图书印刷公司1935年版,第11页。

②③④ 饶鸿兢等:《创造社资料》(上册),福建人民出版社1985年版,第15页,第119页,第13页。

⑤ 刘运峰编:《1917—1927中国新文学大系·导言集》,天津人民出版社2009,第103页。

们，没有能力的我们，教我们从何处方可起来呢？"①作者试图唤醒人们反抗封建礼教和腐朽传统的意识。也就是说，创造社作家骨子里是具有反抗精神和家国情怀的。

1923年成立的弥洒社的主张和创造社类似，也倡导为艺术而艺术，宣称"我们一切作为只知顺着我们的 Inspiration！"《弥洒》是一本"无目的、无艺术观、不讨论、不批评，而只发表顺灵感所创造的文艺作品的月刊"。②这种顺从灵感的创作仍然不曾脱离社会现实，仍然对庸俗化商品化的作品进行宣战，体现出一种超然的挑战者姿态。

浅草—沉钟社也主张为艺术而艺术，他们的作品有着较浓郁的感伤气息，甚至带有少许的颓废，但即使这样，也显示出了坚韧的抵抗精神。正如鲁迅所言："但在事实上，沉钟社却确是中国的最坚韧，最诚实，挣扎得最久的团体。它好像真要如吉辛的话，工作到死掉之一日；如'沉钟'的铸造者，死也得在水底里用自己的脚敲出洪大的钟声。"③这正是五四时代知识分子人格精神的写照，也是传统诗性精神的现代表现。

以高长虹为首的狂飙社，受尼采"超人"哲学影响，主张唤醒人们，共同来打破漆黑的夜晚，形成强大的力量，来一场狂飙式的社会革命。狂飙社展示了激越的青春战斗激情，实际上是和时代精神相互映照的呐喊。而且狂飙社是战斗的，具有强烈的叛逆和反抗性质，正如其中的成员黄鹏基在他的《刺的文学》（《莽原》周刊二十八期）里所说的那样，要使文学具有战斗性，主张"刺的文学"要像刺一样杀向敌人。

---

① 郑伯奇：《中国新文学大系·小说三集·导言》，良友图书印刷公司1935年版，第97页。
②③ 刘运峰：《1917—1927中国新文学大系·导言集》，天津人民出版社2009年版，第82页，第84页。

在五四翻译作品中，俄国文学较多。"俄国文学本来具有一种悲天悯人的同情精神"①，这些翻译作品直接影响到了五四现代作家，特别是为人生的写实派作家的创作，如叶绍钧的《悲哀的重载》《饭》《孤独》《晓行》等，王鲁彦的《柚子》，鲁迅的《故乡》《祝福》《离婚》《一件小事》等，这些作品无不体现出五四知识分子所具有的悲悯情怀。

即使像废名这样诗性色彩很强的作家，其笔下也充满了对民生的怜悯与同情。短篇小说《浪子的笔记》属现代妓女题材，其中一名叫老三的妓女，十四岁便被卖到妓院，受尽了领家妈的折磨，后来她又成为领家妈，管理着三个妓女，又同样折磨着别的妓女，最后可悲地死去。小说以无限悲凉的笔调写出了妓女的悲剧人生以及世代重复的难以摆脱的悲剧命运。在小说《浣衣女》中同样流露出对浣衣寡妇的深切同情。其实废名的小说虽然总体上充满了理想化的田园牧歌色彩，但我们同样能在其小说中读出人道的关怀和对时事的热切关注。作为五四时代的一位知识分子，废名以回望的姿态和理想化的抒写表达了自己的悲悯情怀和家国忧患。

诗性传统与中国文学的诗骚传统有着直接的联系，无论是沿袭《诗经》的现实主义传统，还是以《离骚》为代表的浪漫主义传统，在"发愤抒情"的本质上是一致的，"发愤抒情"是诗性精神最直接的情感体现。诗性精神常常和时代精神相结合，在不同时代呈现出不同的精神面貌。

## 二、以启蒙为特征的五四诗性精神

五四时期诗性精神更多体现在启蒙方面，五四作家们的理论主

---

① 尹雪曼：《五四时代的小说作家和作品》，成文出版社有限公司1980年版，第123页。

张或各自的创作实践充分体现出"发愤抒情"的诗性冲动。

首先,五四作家和理论家们对清末民初文学中的不良倾向进行了批判和清理,充分体现了以启蒙为重点的时代精神。杨义指出,五四新文学运动中,民主和科学为主的时代精神,使小说艺术获得了空前的科学的尊严,从而促进了现代小说意识的觉醒,并进一步把小说推向了文坛的中心位置①。而新文化运动中启蒙与革命的使命同时也落到了小说文体身上。但五四知识分子们与清末民初的资产阶级改良派和革命派所承担的历史使命不同,五四新文化运动在本质上具有新民主主义的性质,因此五四新文学家需要将清末民初新小说的不良甚至恶劣的倾向清除干净。他们首先把斗争的矛头指向民国初年的鸳鸯蝴蝶派和黑幕小说,对于这些小说只顾泄私愤、泼污水、求消遣、玩游戏的倾向进行了激烈的批判,并阐释和明确了新小说的破旧立新与为人生为民众的宗旨②。鲁迅、沈雁冰、钱玄同、罗家伦等人在此方面的批判最为深刻,也最具代表性。当1916年10月上海《时事新报》刊出"征求中国黑幕"的告示而导致黑幕派小说泛滥成灾后,鲁迅所在的教育部通俗教育研究会小说股(鲁迅时任主任)即拟定了《劝告小说家勿再编写黑幕一类小说函稿》,严肃地揭露了黑幕派小说的恶意和恶果:"核其内容,无非造作暧昧之事实,揭橥欺诈之行为,名为托讽,实违本旨。况复辞多附会,有乖实写之义,语涉猥亵,不免诲淫之讥。此类之书,流布社会,将使儇薄者视诈骗为常事,谨愿者畏人类如恶魔。"沈雁冰在区别新派小说与旧小说时特别指出,无论思想内容还是艺术技巧,二者皆有区别,甚至是截然相反的。这种不同在创作态度上表现更为明显。旧派把文学当成消遣、游戏与载道工具,而新派借以

---

①② 杨义:《中国现代小说史》(第一卷),人民文学出版社1998年版,第85页。

表现人生，扩大人们的同情①。五四启蒙者们主张文学的社会责任，要求承担起启蒙的使命。

其次，五四作家和理论家批判人格的堕落，努力重塑人文精神。在批判与清理旧小说的思想内容的陈旧落伍与堕落沉沦之际，以叶绍钧、郑振铎、鲁迅、沈雁冰等为代表的新文学家同时也批判了鸳鸯蝴蝶派和写黑幕小说的旧作家堕落的人格与错误的创作态度。鲁迅在《热风·随感录四十三》一文中强调作者自身的人格修养与铸造，他认为艺术家精熟的技巧固然重要，但尤为关键的是思想之进步与人格之高尚，其作品本身就是其人格思想的表现。在对旧小说思想内容与创作态度等进行清理之后，五四先进的知识分子便着手为新文学注入新的思想内涵。李大钊写下了《〈晨钟〉之使命》《新生命诞孕之努力》《青春》《今》等一系列文字，以高昂的革命激情和青春的诗性气魄呼唤人们创造"青春中华"。他在《青春》一文中号召青年"冲决过去历史之网罗，破坏陈腐学说之囹圄，勿令僵尸枯骨，束缚现在活泼泼地之我"，"讲前而勿顾后，背黑暗而向光明"②。其间表现出的强烈的青春气息、战斗精神和进取精神与诗性精神相一致。

再次，五四作家和理论家张扬的人性和救亡图存的启蒙精神与传统诗性精神是相一致的。新文化运动的发起者和开创者陈独秀在《本志罪案之答辩书》中说，要消除中国政治道德、学术思想方面的黑暗，只有靠"德莫克拉西"和"赛因斯"两位先生，而为了拥护这两位先生，哪怕是断头流血都会毫不推辞③。这种舍生取义、大义凛然的自我牺牲精神正是传统诗性精神的现代表现。鲁迅认为，学

---

① 沈雁冰：《自然主义与中国现代小说》，《小说月报》第13卷第7号，1922年7月。

② 李大钊：《青春》，《新青年》第2卷第1号，1916年9月。

③ 陈独秀：《旧思想与国体问题》，《新青年》第3卷第3号，1917年5月。

术文艺的头等大事便是改良思想①,他把思想改良置于新文学运动的首位,并在小说的创作中践行了这样的文学主张。他在《我怎么做起小说来》一文中表明了"启蒙"思想和"改良"人生的文学目的观。郑振铎在《中国新文学大系·文学论争集·导言》中对文学研究会作家进行评价时指出:作家们不再躲在象牙塔里,而是和时代相互呼应,深切地感受民族与国家的痛苦与灾难,倡导"血与泪的文学",十分敏感地为苦难的社会写作。即便是创造社诸作家,其"为艺术而艺术"的面纱仍然难以掩藏他们反抗旧时代、旧社会的情感冲动,郭沫若说:"反抗精神,革命,无论如何,是一切艺术之母。"②新文化运动中所体现的不仅仅是这种救亡图存的反帝反封建思想,更重要的是对人的解放,即对个性解放、独立与自由的追求。这种追求连同对传统文学的反叛皆与"发愤抒情"的诗性精神相一致。周作人在《人的文学》和《平民的文学》中充分展示了对传统的挑战和叛逆。在《人的文学》中他指出:"人的文学"的目的在于反对非人的文学,即在文学中提倡人道主义,这种人道主义实际上是"一种个人主义的人间本位主义",即基于个性自由和解放的人道主义③。因而要求在文学中注入平等、自由之精神,尊重人的自然属性,主张灵肉一致,提倡依靠个性表现自己情思的文学,这些主张具有浓厚的反封建礼教色彩。"人的文学"强调作家个人意识的觉悟和个人人格的独立,集中概括了新文学的内容特质。新文学对人性的张扬,对内在情感自我表现的重视,使现代小说充满了一种主观意味,强化了小说的抒情性和诗性,使一些小说具有了浓厚的诗化色彩,从而在观念或精神方面较为顺利地促进了对诗性传统的续接

---

① 唐俟(鲁迅):《渡河与引路》,《新青年》第5卷第5号,1918年11月。
② 张燕瑾编著:《20世纪中国文学研究论文选·辽金元卷》,社会科学文献出版社2010年版,第311页。
③ 雷达、李建军主编:《百年经典文学评论1901—2000》,长江文艺出版社2004年版,第47—49页。

与重建。

晚清至五四时期启蒙运动的开展、自由主义思想在中国的传播，为五四新文学诗性精神的生成奠定了坚实的思想基础。"从文化审美的角度来说，现代自由主义文学在保存和发展中国诗性文化当中，精心地构建具有唯美主义理想和诗性情怀的精神家园。可以说，正是这种由历史的积淀和发展而来的中国诗性文化，使现代自由主义作家在时代的大变革中总是能够以强烈的时代精神和诗性智慧与情怀审视时代的风起云涌，构筑诗性的美学空间。"①自由主义成为五四启蒙运动中"立人"的最为核心的思想诉求，这种思想深入了五四知识分子的骨髓。自由主义不仅促进了五四作家诗性精神的产生，而且本身也是诗性精神的内容。自由主义也成为整个五四小说诗性生成的思想基础。

## 三、五四小说诗性精神的裂痕

晚清至五四时期诗性精神的裂痕表现在两个层面，一个是思想精神层面，一个是审美效果层面。思想精神层面主要体现在新旧思想冲突带来的裂痕，审美效果层面主要是诗性形式与诗性内容不能很好融合而形成的裂痕。但恰恰是新与旧、中与西的冲突与融合，才丰富了五四现代小说的内容和艺术形式，使五四小说具有了属于他所在时代特有的美学韵味，这或许就是后来人们所说的"民国范"。

晚清至五四是中国社会新旧交替的时期，各种思想观念相互冲撞激荡，知识分子内在的心理也遭遇了新旧观念的冲突，这使得多数五四知识分子的心理发生了裂变，或者说各种思想观念相互激荡

---

① 王平：《诗性的追寻——论中国现代自由主义文学的空间意识》，浙江大学2012年博士论文，第10页。

冲撞的社会思潮造成了五四知识分子不同程度的精神分裂。从晚清时候开始，这种心理的裂痕就开始产生了。胡适在《中国新文学大系·建设理论集·导言》中指出：

>那时候的中国知识分子是被困在重重矛盾之中的：
>（1）他们明知汉字汉文太繁杂，不配作教育的工具，可是他们总不敢说汉字汉文应该废除。
>（2）他们明知白话文可以作"开通民智"的工具，可是他们自己总瞧不起白话文，总想白话文只可用于无知百姓，而不可用于上流社会。
>（3）他们明白音标文字是最有效的教育工具，可是他们总不信这种音标文字是应该用来替代汉字汉文的。[①]
>（胡适：《中国新文学大系·建设理论集·导言》）

表面看起来是文字的取舍问题带来的困惑，但本质上是一种生活方式或一种存在方式与另一种生活方式或存在方式之间的艰难选择，是文化发展中新旧之间必然遭遇的优胜劣汰，也是传统文人对自己稳定可靠的精神家园深切依恋与对变动不居的社会现实彷徨犹疑之间的矛盾与冲突。这样的困惑、犹疑与精神分裂自晚清至五四落潮后较长时间内都存在着，从而较大地影响了现代文学的创作，也直接影响到了现代小说的诗性建构。

晚清知识分子身上所呈现的这种内在精神的裂痕，在五四知识分子身上仍然存在着。就胡适而言，表现在新文化运动和文学革命期间力推白话文为文学之正宗，否定古诗律诗词赋骈文为文学正宗。胡适在《文学改良刍议》中强调要"言之有物"，即强调文学表达新

---

[①] 刘运峰：《1917—1927中国新文学大系·导言集》，天津人民出版社2009年版，第12页。

时代的思想和情感,也就是要求白话文承担起传情达意的抒情功能,但实际上胡适是学贯中西的大家,他完全明白古诗律诗词赋骈文最适合传情达意,却反而力推白话文。胡适身上内在的新旧思想和文化理念的冲突,正是五四知识分子文化心理的冲突与分裂的典型代表。

五四创作主体的这种心理或精神裂痕随着时间的推移发生着缓慢的变化,这种变化也导致了创作者不同时期创作风格的变化,风格的变化直接影响了诗性质素在文本中呈现的内容、方式等方面的变化。尽管后来白话文运动和五四文学革命以疾风暴雨式的方式取得了胜利,最终以白话文取代了文言文,并且开始了现代文学的新纪元,但是那种心理的裂痕并没有因此而完全消失,新与旧、俗与雅之间的矛盾,似乎成了五四知识分子无法摆脱的梦魇。当新文学兴起以后,在革命派与复古派之间、革命派内部之间都存在着不同层次的裂痕,诗性质素便在这些文化裂痕的缝隙之间游走,寻找着自己的生长空间,于是诗性在不同流派、不同风格的作品中便存在着不同的表现形态。

除了存在诗性精神方面的裂痕外,还存在着诗性精神与诗性形式之间的裂痕。王德威指出,在现代战争的撞击下,抒情传统便遭遇了巨大的挫折,沈从文、宗白华等人都走向边缘,做出了别的选择[1]。但从诗性传统的角度看,其中的诗性精神在整个时代氛围中并没有因为革命或救亡而受到削弱,只是通过别样的形式存在着。或者说在左翼作家的写作中存在高昂的革命情感,这种情感相当于古代的爱国情怀或建功立业的豪情壮志,这种革命豪情、家国情感以及反抗精神不是削弱了,反而集中在对革命事业的憧憬之中,显得更加集中和热烈。但是我们不得不承认,在五四时期的革命文学中

---

[1] 王德威:《现代抒情传统四论》,台湾大学出版社2011年版,第51—52页。

存在着诗性形式和诗性精神的分裂。左翼作家如蒋光慈,试图用"革命+恋爱"的叙事模式加以弥合,但最终效果并不理想。只是到了后来,京派作家孙犁找到了处理这种革命题材的恰当方式,革命才得以诗化。孙犁通过对革命的强烈情感进行降温,化激越的情感为沉静的抒情,以前被革命激情压抑的形式或那种滋生于日常情感中的诗意才重新被唤起并被巧妙地表达出来。由此可以证明,并非革命激情或者说革命精神不能赋予其诗性的形式,而是一般的革命者在激情爆发的时候来不及找到合适的诗性形式来承载这种情感,因为诗意的表达需要灵魂的沉静与和谐。像郭沫若那样的强烈情感抒发,即使采用了诗歌的形式来表达,仍让人感觉缺少了诗意。

在现代文学头十年,当革命和战争还未凸显之时,整个时代仍处于启蒙运动的辉光笼罩之中,此时的救亡图存便成为每个先进知识分子的历史使命。对于五四知识分子来说,担当历史使命已经成为多数人的自觉行为,他们或许把这种责任与担当作为摆脱传统的历史性机遇,或许把救亡图存作为一种普世的价值观念,并认为这是自我救赎和救赎他人的理想路径。因此当时活跃于文化潮流中的作家知识分子,便把启蒙救亡作为自己义不容辞的责任与使命。他们调动手中之笔抒写革故鼎新的时代激情,并向旧有的秩序和束缚精神的堡垒发起猛烈的进攻。但正是激情澎湃的抒写来不及打磨语言和艺术形式,造成了诗性精神与诗性形式未能更好地融合,从而形成了一定的裂痕。五四时期,只有鲁迅、废名与沈从文等少数作家在诗性形式和诗性精神的融合方面做得比较成功。然而,时代并没有给予五四作家更多的机会让他们展示作为中国士大夫文人的才华,他们多数在历史滚动的链条中中断了他们的诗性创作,因而也暗淡了他们应有的艺术之光。

五四小说诗性精神裂痕的产生不仅和当时的时代文化语境相关,同时也和民族文化心理有关,这是更隐秘更深层的原因。中华民族的文化心理总体上是内向的,相对西方外向型文化而言,中国文化更主要的是向内探索。另外中国传统文化追求天人合一、物我不分，因此主体与客体并不分明，主体常常会以扩大的心胸容纳进宇宙人生，即所谓"寂然凝虑，思接千载；悄然动容，视通万里"（刘勰：《文心雕龙·神思》），也如郭沫若所言："我把月来吞了/我把日来吞了/我把一切的星球来吞了"。这种主体包容万物的气势，将会在潜意识中压抑和忽视客体。叙事在本质上注重对外部世界的再现，但中国抒情的强大传统使其受到了压抑，这样一来，表现客体的叙事和表现主体的抒情也就在当时天然地存在着矛盾。因而，无论是晚清还是五四知识分子，在面对风云变幻的外部世界时，总是有着抓住它、改变它、把握它的情感冲动，本应该是对外部世界的再现便不自然地转换成一种内在心理的情绪跃动，潜在的抒情文化基因便被激活。再加上五四写作者并没有掌握一套成熟的叙事技巧，叙事技巧与情感抒发不能很好融合，自然就成了一道难以弥合的裂痕了。

## 第五章　五四小说诗性形式的建构

　　五四小说并非突然出现的，它是在清末民初新小说的基础上，借鉴国外小说和中国传统小说的有益要素而发展起来的。五四小说艺术形式的诗性建构并没有明确的宣言和理论，只是在现代小说的发生发展过程中，有意或无意地在对民族诗性传统的继承基础上逐渐建构起来。现代小说形式的诗性表现也不是仅仅集中在某一流派或某一类型中，而是在整个现代小说中都有着不同形式不同程度的体现。当然，从不同类型的五四小说自身来看，自然存在着诗性质素多少的不同和诗性韵味浓淡的差异。

　　但是在五四新文学开始之初，各种文体的创作都处于尝试阶段，总体上都显得比较粗糙，小说创作无论是数量和质量上都处于较低水平。鲁迅在《中国新文学大系·小说二集·导言》中指出：1919年前后的小说"技术是幼稚的，往往留存着旧小说上的写法和情调；而且平铺直叙，一泻无余；或者过于巧合，在一刹时中，在一个人上，会聚集了一切难堪的不幸。然而又有一种共同前进的趋向，是这时的作者们，没有一个以为小说是脱俗的文学，除了为艺术之外，一无所为的。他们每作一篇，都是'有所为'而发，是在用改革社会的器械——虽然也没有设定终极的目标"①。就新文学开始几年的创作状况，茅盾在《中国新文学大系·小说一集·导言》中也做过总结，指出当时的创作数量和质量都不高，只是到了1921年后才逐渐改变，现代小说才逐渐走向成熟。虽然如此，现代文学第一个十年毕竟是现代文学的滥觞期，尽管步履蹒跚，但却迈出了中国现代文学发展的关键性步伐。同时，五四现代文学的开拓者们也为小说撒下了诗性的种子，为现代小说的诗性建构奠定了基础。

郑伯奇在《中国新文学大系·小说三集·导言》中指出：到了1922—1926年间，19世纪到20世纪西方的浪漫主义、象征主义、新古典主义、表现派、未来派等都在"中国文学史上露过一下面目"②。处于生成阶段的五四现代文学，积极借鉴吸收了这些文学形式中的有益因素，为五四小说增添了新的质素。特别是在艺术形式方面，这些文学思潮、流派以及相关的艺术手段对五四小说的形成有着较大的影响。

五四小说中的诗性呈现，由于流派类型和风格的不同，其诗性质素的多寡、呈现方式和艺术形式便有了差异。一般而言，浪漫抒情小说的诗性更加浓郁，多数乡土小说也有较强的诗性，部分革命小说具有非常强烈的诗意激情，但其形式却缺少诗性艺术，而诗性元素较少的是社会分析小说。本章将从"乐""象""体""境"等诗性要素入手，分析五四小说的诗性建构方式。具体而言，将从叙事视角、语言、时空、意象、体式等方面展开分析。

---

① 刘运峰：《1917—1927中国新文学大系·导言集》，天津人民出版社2009年版，第80—81页。

② 郑伯奇：《中国新文学大系小说三集·导言》，良友图书印刷公司1935年版，第3页。

## 第一节 叙事视角的转变

我国古代诗性文本既可以叙事也可以抒情,"情""事""理"往往是统一的,"事"中有"情"与"理","情"中也有"事"与"理"。不过,古代诗性文本中的"事"多是片段而非完整的事件。既然是叙事的,必然有叙事的视角,也即叙事者叙述时观察或讲述故事的角度。热奈特认为,叙事视角分为"零聚焦""内聚焦"和"外聚焦"三种基本类型。"零聚焦"又称为无聚焦,这是一种无固定视角的全知叙事,采用第三人称;"内聚焦"即叙事者借助作品中的某个(或几个)人物的感官来感觉和意识,这个人物所知道的和叙事者知道的一样多,多采用第一人称,也可以采用第三人称,但第三人称视角必须固定在某一个人物身上,不能随意变动;"外聚焦"指叙事者从外部客观地观察人物和叙写故事,只能看到人物外在的表现,而不能了解其内心世界,一般采用第三人称叙事。当然热奈特等人的叙事聚焦理论主要是用来分析小说的,不过也同样适用于中国古代诗性文体中对所述之"事"的分析。

### 一、传统叙事视角概述

现代小说的叙事模式与古代小说的叙事模式相比发生了变化,即由第三人称全知视角转变成第一人称受限视角。这种转变是由传播方式发生变化引起的,即由于报刊的发展,小说由传统的"讲—听"模式转向现代的"写—读"模式,这种接受模式的转变给小说叙事带来了较多的自由,也给接受者更自由的想象空间和流连时间,有更多的机会去酝酿情感和完成构思,从而为作品的诗性抒写创造了有益的条件。当然,仅仅是叙事模式的转变,而没有五四时代的启蒙激情，现代小说的诗性建构也不太可能实现；而没有这种叙事视角的转变，无论多么强烈的时代情感都很难找到可以排解的渠道，现代小说的诗性建构也同样会落空。形式与内涵（包括精神）是相互统一的，以传达情感思想（精神）为目的的内容必须借助形式来实现，但对形式的选择，不同时代因内容的差异会有不同的选择重点。正如台湾学者蔡英俊所言，每一种文学类型都对应着相应的秩序法则以及相应的美感设计、效用与理念，一个时代的作家或某一位作家都会根据这些美学原则、美感设计与理念，来选择恰当的文学形式与自己的情感思想和美学取向相适应。蔡英俊认为传统抒情文体是古代中国人"心灵秩序与美的理想的表达媒介"，于是抒情传统也成了中国文学的标志性特质[1]。五四小说叙事视角的转换，正是因为抒写内容的变化而在形式方面做出的策略性调整。因而可以进一步说，叙事视角的转换是现代小说主体诗性生成的至关重要的环节之一。

  本小节将探讨五四小说的叙事视角与诗性生成的关系，不仅要探析现代小说诗性生成的方法，更为重要的是探讨现代小说在其成长期间是如何建构自己的诗性空间的，以及叙事视角的转向如何影响现代小说诗性建构等方面的问题。

  由于受史传传统的影响，我国古代不管是文言小说还是白话小说，都普遍采用了第三人称全知视角进行讲述，很少采用第一人称内视角叙事，即使有少量的存在，也被强大的全知叙事所淹没。文言小说仅在唐传奇（如《古镜记》《游仙窟》等）和《聊斋志异》中有几篇第一人称叙事，白话小说到了近代在西洋小说的影响下才开始第一人称叙事[2]。需要进一步指明的是，文言小说中虽然采用了第

---

[1] 蔡英俊：《中国文学的情感世界·导言》，黄山书社2012年版，第8页。
[2] 陈才训：《中国古典小说第一人称叙事缺席的文化思考》，《天津社会科学》2005年第4期。

一人称，但文言小说深受史传传统影响，强调实录而反对虚构，而且叙事者、作者（含隐含作者）的价值观也是基本相同的，因此这个第一人称叙述者和作者基本上是重合的。学者申洁玲指出："文言第一人称小说的叙述者的身份基本上与作者的身份吻合……形成了'叙作合一'的小说传统。……在中国的传统观念中，除了事件本身的真实可靠，'叙作合一'的第一人称叙述者也是叙述真实性的标志，是真实性的保证。"[1]因此古代文言小说的第一人称叙事仍然是为叙写外部真实世界而非表达个体精神世界服务的，当然像晚清沈复的《浮生六记》这样的作品是特例。而传统白话小说出现的第一人称叙事也仅仅成了第三人称的点缀而已。无论是古代文言小说，还是传统白话小说，第一人称叙事都不成熟，因为其中的第一人称"我""不具备个性面貌，而仅仅作为一个叙事工具使用，从这个角度上来说，与非个性化的、缺乏创造纬度的全知叙事人没有本质上的区别"[2]。因而，古代小说并没有形成真正意义上的以内视角为主要特征的第一人称叙事。

但到了晚清时期，采用第一人称内视角的小说逐渐多起来且成为一种有意为之的创作行为。如1903年吴趼人的《二十年目睹之怪现状》，全书以"九死一生"为第一人称叙事者，讲述自己谋生过程中的所见所闻。小说的第一人称"我"转述的是"他人"讲述的故事，"他人"（小说中主人公）讲述自己故事时尽管也用第一人称"我"，但却和第三人称全知视角的功能相当，作者只是借助"我"来转述故事而已，因此该小说并非完全意义上的第一人称内视角叙事。在后来小说杂志《月月小说》中，同样也出现了借助第一人称

---

[1] 申洁玲：《接受与质疑：中国现代小说与第一人称叙事》，《中国现代文学研究丛刊》2007年第2期。

[2] 张菌：《跋涉之"我"——"晚清—五四"第一人称叙事探衍》，《上海大学学报（社会科学版）》2004年第2期。

"我"来转述的小说,如《黑籍冤魂》《平步青云》《大改革》等。这种转述性叙事仍然和传统白话小说一样长于讲"故事"而不善于自我抒情,"我"更多的是被动地接受而非主动地创造性抒写,其实际上仍没有完全摆脱说书人的痕迹。而清末民初新小说中的言情小说不少也采用了第一人称叙事,比如《禽海石》便以"我"为叙事视角抒写自己对爱情的忠贞、对人世的态度以及不合流俗的个性,真正地做到了用第一人称抒写个体主观情感,这比《二十年目睹之怪现状》旁观者的第一人称叙事又进了一步。清末民初苏曼殊的言情小说《断鸿零雁记》则把第一人称叙事进一步推向成熟,苏曼殊完全采用第一人称叙事,大量的内心情感表白,已经和五四的自叙传小说相当。而徐枕亚把他的《玉梨魂》改写成《雪鸿泪史》,以日记的形式表现爱情。这些都是采用第一人称叙事的代表作。不过,晚清小说在叙事视角革新方面仍然有着承前启后的特点。

## 二、五四小说叙事视角的转变

到了五四文学革命以后,现代小说中出现了大量的第一人称叙事。美国汉学家白之曾深刻地指出:"1917年到1919年文学革命之后几年发表的小说,最惊人的特点倒不是西式句法,也不是忧郁情调,而是作者化身(authorial persona)的出现。说书人姿态消失了,叙述者与隐含作者合一;而且经常与作者本人合一。"[①]据统计,"1917—1927年间,《中国新文学大系》中的第一人称小说占总小说的比例高达36%,比之1914年之前的14.7%,可谓是一个飞跃"[②]。从作家群体来看,强调主观抒情和为艺术而艺术的创造社、浅草—

---

[①] [美]白之(Birch, C.):《白之比较文学论文集》,微周等译,湖南文艺出版社1987年版,第155页。

[②] 申洁玲:《接受与质疑:中国现代小说与第一人称叙事》,《中国现代文学研究丛刊》2007年第2期。

沉钟社、弥洒社等社团的成员所作的小说中第一人称叙事比例最高。比如郁达夫一共有小说44篇，其中有17篇是第一人称叙述，约占39%，而他写于五四时期的28篇中有13篇为第一人称叙述，占将近50%；而郭沫若在本时期采用第一人称叙事的小说约占70%[①]。郁达夫和郭沫若等创造社成员的自叙传抒情小说，几乎都采用第一人称叙事，比如郁达夫的《茑萝行》《春风沉醉的晚上》《过去》，郭沫若的《牧羊哀话》《漂流三部曲》等。鲁迅本时期创作的26篇小说中第一人称叙事者也有13篇，比如《故乡》《孔乙己》《伤逝》《祝福》等。因此，第一人称叙事是五四小说现代化最显著的特征之一。

五四小说中第一人称的大量出现，其主要原因有以下方面。

首先是五四新文化启蒙运动的反封建性和个性张扬，让作家们从传统文学的"载道"约束中解放出来，实现了表达的自由。特别是在救亡图存和启蒙两个时代巨轮的推动下，个体意识觉醒成为时代潮流，就连"为人生"的文学研究会成员庐隐，也强调主观情感的重要性，她说："足称创作的作品，唯一不可缺的就是个性——艺术的结晶，便是主观——个性的情感。"[②]作家们有着汹涌澎湃的时代激情需要表达，必然冲破第三人称叙事的束缚，寻找最能表达情思的叙事视角——第一人称叙事视角。因为"人物视角不仅是一种文学技巧，更是一种思维方式"[③]。不过，第一人称具有强烈的个人主义和个性主义色彩，这必然遭到以克制个性而宣传儒家公共伦理为教化目的的"载道"文学的强烈反对和压制。直到晚清时期，林纾在翻译《茶花女》时仍然把原本的第一人称叙事转译成第三人称

---

① 夏德勇：《中国现代小说文体与文化论》，中国广播电视出版社2005年版，第65页。

② 庐隐著，李书敏主编：《庐隐散文》，上海科学技术文献出版社2013年版，第131页。

③ 赵毅衡：《当说者被说的时候 比较叙述学导论》，四川文艺出版社2013年版，第267页。

叙事，可见第三人称叙事强大的惯性作用。因此，经过晚清至民初这段较长时期的思想解放潮流的冲击，并在五四文学革命的极大推动下，"载道"文学被彻底否定，以表达个体情思为主的第一人称叙事才逐渐成熟和流行起来。如果没有这样的新文化运动带来的思想解放，第一人称叙事的大规模出场可能还需往后继续延迟若干年。

在五四启蒙运动的推动下，五四作家不仅选择第一人称来表达自己的启蒙思想，反叛"载道"的艺术形式，还把第一人称叙事自身作为反叛传统小说叙事模式的与时代精神相关联的形式主体，这本身就是一种形式的反叛。形象言之，第一人称不仅是承载子弹的枪，而且本身就是子弹。这样我们便能理解清末民初和五四时代的作家们为何如此大量地采用第一人称叙事，即使是适合采用全知视角的故事也会被改头换面使用第一人称。正是在这个意义上，我们说第一人称叙事在重构现代小说诗性的过程中不仅承载了表现诗性内容的功能，而且自身也闪现出诗性精神的光芒，从而把艺术形式推向诗性，换句话说便是形式的诗化。

其次，外国翻译小说也促进了晚清至五四小说第一人称叙事的大量使用和成熟。最早的翻译小说如《百年一觉》《华生笔记案二则》《巴黎茶花女遗事》等，都采用的是第一人称叙事，后来在晚清四大杂志上刊登的第一人称叙事的翻译小说达到36篇[1]。毫无疑问，晚清至五四小说的叙事变革极大地受到了外国翻译文学的影响。但如果仅仅把现代小说第一人称叙事的形成与成熟归功于外来文学，显然也不符合史实。实际上，五四小说第一人称叙事还深受民族诗性传统的影响。

中国文学具有强大的抒情传统，古代文学中有大量的诗性文本，其中以诗、词、曲、赋等韵文为代表。就叙事人称而言，中国传统

---

[1] 转引自张蘁：《跋涉之"我"——"晚清—五四"第一人称叙事探衍》，《上海大学学报（社会科学版）》2004年第2期。

诗性文本并没有类似的概念,而且也无明确的叙事人称意识,抒情主体只是根据自己抒情表意的需要选择适合自己的文体形式。尽管古代抒情主体没有明确的叙事人称概念和意识,但并不能说抒情文本中就没有叙事或抒情人称或视角。现就诗性文本中最有代表性的诗词来分析其叙事或抒情视角。

在古代诗词中,"零视角和第一人称内视角是运用得最为普遍的两种视角模式"①。"零视角"("零聚焦")全知叙事在古代小说或戏剧中普遍存在,但在古代诗词中仍然存在着全知叙事,这大大增加了抒写的自由度。比如张若虚的《春江花月夜》便采用了全知视角,这使得全诗视界扩大,时空转换非常自由。即使有的诗性文本采用了第三人称"零聚焦",但这个叙事或抒情者本身是作者的"托儿"或"替身",这属于代言体诗性作品。"代言体的诗歌最早的有屈原的《湘君》《湘夫人》《山鬼》等篇,其后有司马相如的《长门赋》,曹植、曹丕分别写的《代刘勋妻王氏杂诗》。"②这种代言体叙事视角与内视角是相当的。因此,古代诗词中采用"内聚焦"视角的较为普遍。

第一人称内视角(内聚焦)又分两种情况,一种是文本中出现第一人称"我"或与其义同的人称代词。比如李白的《宿五松山下荀媪家》:

> 我宿五松下,寂寥无所欢。田家秋作苦,邻女夜舂寒。跪进雕胡饭,月光明素盘。令人惭漂母,三谢不能餐。

诗中出现"我","我"宿于"五松",深感寂寞,诗人在叙写自

---

① 万韵:《中国古代抒情诗的叙事性研究》,湖南师范大学2016年硕士论文,第32页。
② 申洁玲:《接受与质疑:中国现代小说与第一人称叙事》,《中国现代文学研究丛刊》2007年第2期。

"我"经历和情感状态以后,便抒写自己所见所闻所感。但在古代诗歌中直接出现第一人称"我"的作品还是比较少的,大部分属于另一种状况,即文本中不直接出现"我"这样的第一人称代词,"我"只是隐藏在文本背后,但其视角仍然是第一人称"内聚焦"。采用这种第一人称内视角的作品在古诗词中较多。比如李白的《静夜思》中虽然没有出现第一人称"我",但抒情或叙事主体"我"始终存在于诗歌的叙写之中。《静夜思》前两句叙写所见所想,即抒情主体看到了床前的月光,因而才产生了某种错觉,即误把月光当成了白霜。前两句是具有因果联系的行为活动,叙事显明。后两句中的"抬头"和"低头"也是有因果联系的行为。整首诗都因抒情主体采用了第一人称"我"的叙事视角,从而形成了流畅有序的叙事效果。

在辞赋和戏曲作品中,采用第一人称内视角的也较多。比如屈原的《离骚》是以第一人称进行抒写的,全篇带有很强的自传色彩。又比如陶渊明的《归去来兮辞》同样采用了内视角。也有把内视角和零视角综合使用的,如贾谊的《吊屈原赋》也是借助屈原来隐喻自我,文章采用了第一人称和第三人称综合使用的方法,但处于最高层次的视角仍然是第一人称内视角。古代诗性文体的叙事视角是一个较为复杂的话题,在此不再展开分析。但我们从以上简单的分析可以看出,在中国古典诗性文体中存在着大量的第一人称内视角,这种内视角既可用于抒情,也可用于叙事。

尽管古代小说采用第一人称叙事视角的作品很少,但也有成功的案例。比如沈复的《浮生六记》便是一部较为成功地采用第一人称叙事的古代小说。《浮生六记》与传统小说的第一人称叙事不同,传统小说的第一人称只是借助"我"来见证所发生的故事,"我"只是见证者,把相应的故事串联起来,"我"并不具有相应的情感和个性表现。而《浮生六记》则表现出个体的情感,因此这不是对传统小说第一人称的继承,而是对诗文抒情传统的继承[①]。也就是说在古代诗性文本甚至小说创作中一直存在着第一人称叙事(抒情)的传统,这种叙事传统在五四小说的生成过程中不可能完全被疏离和悬置。五四作家多数受到过良好的传统文学教育,在长期的文化浸润中,第一人称叙事(抒情)的传统便潜移默化地成为他们的文化潜意识,在恰当的时候会自觉或不自觉地加以应用。同时,风起云涌的启蒙思潮极大地促使他们选择了便于心灵化和抒情言志的第一人称叙事视角。

因此可以这样说,传统诗性文体的第一人称叙事传统是五四小说叙事视角革新的内在动因,而时代思潮和外国文学是其外在推动力。

### 三、叙事视角与抒情功能

第一人称的使用为五四时期小说抒情表意拓展了渠道。传统小说一般采用在叙事中插入诗词等形式,后来清末民初和五四时期的小说中出现较多插入日记或书信的形式来抒情表意的现象。因为采用第一人称的日记或书信,可以在叙事进程中根据需要随时进行抒情言志,便于把情感融于叙事之中,这样不仅拓展了现代小说抒情的形式,也扩大了抒情的内容。

但我们必须明确的是,并非所有采用第一人称叙事视角的小说都具有较强的诗性色彩。对小说诗性色彩浓淡的考查,不能仅仅依赖某个单方面的诗性因素——比如叙事视角,而要综合各诗性要素进行考查。比如鲁迅的小说《孔乙己》以咸亨酒店的小伙计为叙事者,采用第一人称叙事视角讲述孔乙己的故事。小伙计"我"在叙事时只能讲述自己所见所闻,不能自由加以想象虚构,这属于第一

---

[①] 张蕾:《跋涉之"我"——"晚清—五四"第一人称叙事探衍》,《上海大学学报(社会科学版)》2004年第2期。

人称受限的内视角。小说的故事内容有两个层面,第一层是"我"在咸亨酒店所见事件,第二层是"我"听到的有关孔乙己的故事,然后"我"再转述出来。而"我"在转述孔乙己的故事时,便是讲述"他者"——孔乙己的故事,而且"我"转述的孔乙己的故事内容远远多于"我"亲眼所见的事件。因此从总体上看,小说第一人称叙事仍相当于第三人称叙事视角,但这个不是全知的第三人称叙事,而是"外聚焦"视角。"外聚焦"叙事视角最大的特点便是客观叙事,情感渗入的机会大大减少,因此,《孔乙己》的第一人称叙事是非常客观冷静的。即使鲁迅内心充满了对孔乙己的同情和哀怜,也因为这样的叙事视角而受到了较大的抑制,强烈的情感只能隐藏在文本背后。文本表层情感的弱化必然带来诗意色彩的淡化,不过小说采用了插入议论的方式来弥补诗性的不足。但是在《伤逝》之中,叙述者涓生以第一人称的方式讲自己和子君的爱情悲剧,小说在开篇便说:"如果我能够,我要写下我的悔恨和悲哀,为子君,为自己。"首先,涓生讲述爱情悲剧的目的,一是为了哀悼子君,二是为了表达自己的悔恨和排泄自己的悲伤,小说本身就是以抒情为目的的,因而抒情性非常强。其次,小说中的"我"——涓生——与子君属于小说中对等的主人公,"我"以非常主观的情感观照"我"和子君之间的爱情过程,"我"参与到了故事之中,成为故事中的主体之一,因此,我不再是讲述"他者"故事的旁观者,而是讲述"我"和他人之间的故事。一篇讲述自己故事的小说自然会带上浓厚的主观色彩,再加上"我"是通过讲述一个爱情悲剧来表示自己的悔恨和对逝者的哀悼的,故事便自然笼罩上了浓郁的诗意抒情色彩。又如《狂人日记》也采用第一人称叙事,不过小说中的"我"仍然多叙述自己作为"迫害狂"患者的所见所闻,其中虽有心理活动,但仍然依附于外在的事件,也就是说仍然是以再现外部世界为主,在实质上也相当于"外聚焦"叙事视角,因而诗性韵味并不强。这篇小说作为新文学的开篇之作,在结构上仍然有旧时说书人的痕迹,和传统小说中的转述相类似，只是借用了一种日记的形式来完成。《狂人日记》本来是一篇向封建社会宣战的战斗檄文，具有非常强的象征意味，但他的诗性情感是被隐藏起来了的，并没有直接在文本中呈现出来，因而并非诗情外露的诗性文本。

由此可见，即使采用了第一人称，如果采用旁观者的视角比较客观地讲述他人的故事，其诗性色彩也是较淡然的。以第一人称"我"参与到故事之中作为亲历的旁观者的小说，还有鲁迅的《祝福》、许杰的《惨雾》等作品，这种类型的作品中的"我"通常并不表达自己的主观情绪，只是在故事中以旁观者或见证者的身份讲述故事，"我"是现场故事的直观者、讲述者或转述者，不是真正意义上的第一人称叙事视角。而当第一人称叙事者讲述自己的故事时，更容易带上主观色彩，诗性成分也会因此增加。由此观照五四小说便可以发现，受浪漫主义影响较大，主张表达"主观情绪"的作家，如创造社、浅草—沉钟社和弥洒社的成员，他们的小说情感饱满激越，诗性色彩普遍较写实派小说家的作品表现得更加鲜明。

另外，我们也必须清楚一点，五四小说采用传统第三人称全知叙事视角仍然占主流地位。而诗性的建构也并非一定要用第一人称，第一人称只是为现代小说诗性建构提供了更便捷的路径并增加了更大的可能性。五四小说中采用了第三人称视角叙事的作品，同样能产生浓郁的诗性色彩。比如废名的《竹林的故事》，其中出现了第一人称"我"，但这个"我"只是为了引出三姑娘的故事，引出以后，便采用的是第三人称视角。如果不管前面引出故事的部分，就小说主体部分而言，仍然采用了第三人称叙事视角，但整个小说却充满了诗意，这种诗性建构便并不是完全依赖叙事人称来完成的，而是依靠氛围的营造、语言的凝练含蓄以及小说中所寄托的作者的浓郁的情感等因素综合形成的。

在五四小说中，纯粹采用第三人称叙事视角的小说仍然可以形成较强的抒情色彩。比如冯至的《蝉与晚祷》采用的是第三人称视角叙事，但由于叙事者与小说主人公（他）几乎是合一的，因而主人公的所思所想、所见所闻几乎出自叙事者。这实际上是第一人称借助了第三人称来叙事，因此情感饱满，抒情色彩与诗性韵味皆十分浓郁。冯至的另一篇小说《仲尼之将丧》则是以第一人称叙事为主，辅之以第三人称叙事。小说中的仲尼以第一人称抒写自己的寂寞与忧患之情，为了不打断仲尼的情感抒写，冯至还采用了第二人称"你"，让仲尼直接向樵夫、赐、子贡等人直接倾诉，省却了烦琐的对话过程。同时冯至还采用了第三人称全知叙事，使仲尼的情感抒发自由无碍。这种对叙事视角自由灵动的处理，在五四小说中无疑是具有开创性的，也体现出冯至作为诗人的自由无羁的个性。

现代小说第一人称叙事随着新文化运动和五四运动的落潮，特别是在大革命失败后整个时代处于彷徨犹豫与情绪低沉的时期，五四作家的创作激情随之也出现回落现象，浪漫主义也成为批判与反思的对象。五四作家们少了些空想，增加了对现实人生与社会的关注和思考。随着后来的革命文学逐渐兴起，写实主义更加流行，第一人称叙事作品大量减少。"就五四时期的小说创作而言，第一人称叙事的作品也显示出逐渐减少的趋势，以叶圣陶为例就可以明显发现五四第一人称叙事小说发展的线索，他的第一本小说集《隔膜》（1922年），第一人称叙事占40%；第二本《火灾》（1923年）为20%；第三本《线下》为9%；第四本《城中》（1926年）为零。而到了30年代，第一人称叙事又比20年代大为减少。"[①]很显然，随着现实问题日益复杂，日常生活变得越来越艰难，救亡图存的任务越来越急切，抒写内在心灵的浪漫主义小说或者说抒情小说逐渐减少，个人情感不得不遭到疏离或悬置。关注外部事件的写实小说逐渐增加，第一人称叙事便逐渐被第三人称全知叙事所取代。由此也可以

---

[①] 卢本伟：《论五四小说第一人称叙事方式》，东北师范大学2007年硕士论文，第6页。

看出,到20世纪三四十年代,个体情感的诗性表达在整体上是随着社会革命的逐渐推进而弱化的,但革命激情替代了个体内在情感而得到彰显,不过这些情感也只是寄予在革命小说之中,并没与革命小说形成有机统一体。

总之,影响五四小说第一人称叙事视角形成的因素是多方面的,其中既有时代精神的推动,也有民族诗性传统和外国文学资源的深刻影响,而第一人称叙事的变革为小说的现代转型和诗性建构走出了至关重要的一步。

## 第二节　小说语言的诗化策略

文学是语言的艺术,现代小说诗性的生成必须依赖语言符号呈现出来。文学语言除了表意以外,其自身还具有艺术审美特性,语言的美学特性通过"乐""象""体"等诗性形式因素得以表现出来。因此研究汉语自身特点以及五四小说语言的组合形式,是弄清五四小说诗性生成的至关重要的环节。从胡适提倡建设"国语的文学""文学的国语"后,五四新文学作家始终重视对文学语言的建设。但是从五四小说语言的实践便可明白,要摆脱传统"载道"文学的影响,实现现代文学语言的革新与独立,彰显语言的诗性,并非一件容易的事情,其中交织着各种思想观念的激荡与冲撞,充满了曲折与博弈。五四小说采用白话文创作,现代白话文又借鉴古代白话文,而古代白话文与传统民间文学联系紧密,但是仅凭传统民间文学累积的艺术经验,是无法完成新文学变革的。因为革命者认为这种文学并不严肃,他们要创造出一种完全不同于旧文学的新文学[①]。为了

---

[①] [捷克]普实克:《普实克中国现代文学论文集》,李燕乔等译,湖南文艺出版社1987年版,第50—51页。

解决白话文所存在的缺陷，五四新文学作家必然把目光转向外国文学资源和古代文学资源。

## 一、汉语的诗性特点

汉语是具有诗性意味的语言，汉语自身的诗性特质是影响中国文学诗性生成的重要因素之一。汉语的诗性之美首先来自汉字之美。关于汉字之美，有许多学者做过较多讨论，笔者认为鲁迅对汉字之美概括比较精要。他说汉字有"三美"，"意美以感心，一也；音美以感耳，二也；形美以感目，三也"①。但文字美并不意味着其组合成文便一定具有诗性，鲁迅进一步指出："初始之文，殆本与语言稍异，当有藻饰，以便传诵。"②鲁迅强调文学和日常语言之间的差异性在于是否有"藻饰"，即修辞。汉字组合过程中借助有效的修辞才能形成具有审美特性的文学。当然汉字在审美化生成文学作品的过程中，也和民族诗性传统有着密切的关系。

20世纪较早讨论汉语诗性的现代学者是辜鸿铭，他说："汉语是一种心灵的语言，一种诗化的语言。这就是为什么中国古人的一封简单的散文式书信读起来就像一首诗一样。"辜鸿铭这里所讨论的是古代文言文写成的文章，并不包括现代汉语。③中国古代文言作品具有诗意的不仅是书信体散文，还有很多古代政论、铭文、序跋、诏书、策论等应用文体，都具有较强的诗意，这当然不能完全归功于古代汉语单方面的诗性功能，其中还与文体形式、主体精神、各种修辞等都有着密切的关系。但汉语自身的诗性特点恰恰又是这些非文学文体能和文学文体一样生成诗性的重要原因。

学者张卫东认为："在汉语文本当中存在着一种基本的建构原

---

①② 鲁迅：《汉文学史纲要》，译林出版社2014年版，第6页，第7页。
③ 辜鸿铭：《中国人的精神》，哈尔滨出版社2012年版，第81页。

则，它始终制约着文本的意义生产过程，在关键时刻左右着文本的意义指向和话语走向。稍作考察就会发现，这种建构原则偏向于修辞的运用，而力求对逻辑和事实进行'干扰'，从而十分有利于文本向审美方向发展，对事实或现实进行审美化处理，而将矛盾冲突化解于完美的形式和形式化的情感之中。"①汉语中是否具有严格统一的建构原则暂且不论，但张卫东对汉语组合规律的发现值得肯定，其中论及汉语组合时认为汉语偏于修辞而对"逻辑"和"事实"的"干扰"是很有见地的。这恰恰也是汉语具有绵长不绝的抒情传统的主要原因之一。但是这里仍然存在一个问题，张卫东是以古代汉语为主来考查的，那作为五四小说所采用的现代白话文是否也具有这样的原则呢？对于这个问题，著名学者郭绍虞给出了他合理的解释。郭先生早在20世纪30年代在讨论"中国语词之弹性作用"时就曾经有过专门的分析。他说："我觉得中国语词的流动性很大，可以为单音，同时也可以为复音，随宜而施，初无一定，这即是我们所谓的弹性作用。"②这是针对整个汉语而言的。他又说："所以中国人在书写上不喜欢采用新的通俗语体。这是语言文字上不协调的一点，有了这样的不协调，所以虽有后起之复音语词，同时却又保存着原始的单音语词。意义无别，而语词之单复有分，于是在修辞上——尤其在音节方面，便有选择的需要。因此，汉语语词之弹性作用，在文学作品中格外显著地表现着。"③

也就是说汉语有今古之分，古代汉语多单音词，现代汉语多复音词，文学创作中便有了单复音的选择，这正是汉语的弹性，也是一种修辞。"单复相合，长短相配，于是文章便可作掷地有金石之声。"④在对单、双音节的自由选择中达到音节的平衡并形成节奏感。由于音节有长有短，因此形成了汉语可以任意伸缩、可以分合、可

---

① 张卫东：《论汉语的诗性》，商务印书馆2013年版，第11页。
②③④ 郭绍虞：《语文通论》，开明书店1941年版，第2—3页。

以颠倒、可以变化等特点。因此现代文学便可以由词语的变化来形成特定的修辞效果。比如选词恰当，便可以形成"匀整""俪对""音调和谐""谐隐""回文"和"用典"等效果。

关于汉语的"弹性说"，后来的学者申小龙也进行了研究，他说汉语"几乎可以在各种有意味的语境中游刃有余，这就为汉语语词运用的艺术化提供了很大的余地。一方面便于作者选择最富涵义和形象色彩、情感色彩的词语（例如'春风又绿江南岸'中的'绿'），一方面便于作者选择更有音乐性、更讲声律效果的词语"①。申小龙认为汉语的弹性不仅是音节的灵动变化，而且在语义词性上也是富有变化而有弹性的。而美国学者安乐哲、罗思文还指出："汉语无时代变化，无格的转化，无性的区别，无语尾的变化，无单复数之别，也无前缀与后缀；一旦脱离了语境，便会歧义迭出。"②词性、语义的弹性化以及词法相对西方语言的宽松，容易生成歧义，而歧义正是形成诗性语言含蓄的重要方法。

汉语的语法也比较灵活，不像西语语法那么呆板。启功曾说，汉语"词与词之间，可以颠倒变化，很少有甚么词必须在甚么位置，甚么词只起甚么作用的限制。只是词位变了，它的意和义便随着变化"③。词序的灵活变化不仅带来多义性，还可以使汉语语音自由调整而变得和谐又富有韵律。也就是说汉语语音自身也成了一种修辞因素④。

作为文学语言，汉语正是通过对音节和意义的协调以及相应的变化来凸显自己的主体地位，使文学语言彰显出自身独特的文学特性，以便区别于日常语言或科学语言。丹尼·卡瓦拉罗认为："形式

---

① 申小龙：《汉语语法学》，江苏教育出版社2001年版，第54页。
② [美]安乐哲、罗思文：《〈论语〉的哲学诠释》，余瑾译，中国社会科学出版社2003年版，第182页。
③ 启功：《汉语现象论丛》，中华书局1997年版，第32页。
④ 张卫东：《论汉语的诗性》，商务印书馆2013年版，第92页。

主义有一个核心的预设：文学文本不是世界的反映，而是符号的组织。文本的有效性取决于它能否突显或者揭示出自身的建构手段（也就是让它的建构性特征引人注目）。通过陌生化策略使现实变得陌生。"①因此汉语诗性的生成不仅是语言承载着诗性的内容，传达了浓郁的诗性精神，同时还在于作为文学语言，汉语追求自身的本体性存在，凸显自己作为形式的建构特性和本体地位，以此促进汉语文本的诗性生成。

## 二、对文言传统的继承

五四作家创作主要使用现代白话文，如何处理现代白话文与传统文言文之间的关系，一直是作家们较为重视的语言使用问题。如何能让现代白话文在作品中更加鲜活与生动，五四作家们在创作实践中进行了大量的探索。现代白话文对文言文的借鉴早在五四小说中就已经开始了。

古代文言文中单音节词较多，而现代汉语的双音节、多音节词较多。五四作家对文言传统的传承与接受程度将直接影响其作品的语言风格。比如深受古文熏陶的林语堂，其小说作品中出现单音节词语的频率较高。林语堂曾说："中国文学的媒介的特性，在很大程度上决定了中国文学的发展的特殊性……单音节性决定了汉语写作的特性，汉语写作的特性又导致了文学遗产继承的连续性，因而甚至多少促成了中国人思维的保守性。"②林语堂认为对单音节的喜好与应用便是对传统文学遗产的继承。文学研究会成员庐隐的《海滨故人》（1923年）讲述故事时一般采用现代白话文，而人物的书信则多采用文言，请看小说临结尾时露沙写给云青书信中的一段：

---

① ［英］丹尼·卡瓦拉罗（Dani Cavallaro）:《文化理论关键词》，张卫东等译，江苏人民出版社2006年版，第20—21页。
② 林语堂:《中国人》，学林出版社1994年版，第218页。

别后音书苦稀，只缘心绪无聊，握管益增怅惘耳。前接来函，借悉云青乡居清适，欣慰无状。沙自客腊南旋，依旧愁怨日多，欢乐时少，盖飘萍无根，正未知来日作何结局也！时晤梓青，亦郁悒不胜；唯沙生性爽宕，明知世路险峻，前途多难，而不甘踯躅歧路，抑郁瘦死。前与梓青计划竟日，幸已得解决之策，今为云青陈之。……①

(庐隐：《海滨故人》)

这段书信采用文言较多，但云青读完此信便又转为白话叙事：

云青接到信后，不知是悲是愁，但觉世界上事情的结局，都极惨淡，那眼泪便不禁夺眶而出。当时就把露沙的信，抄了三份，寄给玲玉、宗莹、莲裳。过了一年，玲玉邀云青到西湖避暑。秋天的时候，她们便绕道到从前旧游的海滨，果然看见有一所很精致的房子，门额上写着"海滨故人"四个字，不禁触景伤情，想起露沙已一年不通音信了，到底也不知道是成是败，屋迹人远，徒深驰想，若果竟不归来，留下这所房子，任人凭吊，也就太觉多事了！②

(庐隐：《海滨故人》)

这段文字便体现出现代小说初期的语言特色，和前面书信中的文言相比，很明显，这段文字复音节词多于单音节词，但却并不完全放弃单音节的文言词语，比如其中的"悲""愁""觉""极""邀""成""败""迹""徒""驰""竟"等，这样单音节与复音节交错使

---

①② 茅盾：《中国新文学大系·小说一集》，上海良友图书印刷公司1935年版，第95页，第96页。

用，形成了叙事的节奏与韵律，而情感也在这叙事中缓缓流淌。形成如此的诗性效果首先得益于对传统文学的继承。庐隐采用文言和白话两套语言，其中叙写书信的文言文部分的抒情性明显强于讲述情节进程的白话文部分。在文学研究会的成员中，庐隐小说语言清丽流畅，细腻优美，语言的诗性相对明显，但仍存在着拖沓繁复的毛病，缺少锤炼，因此在一定程度上又削弱了语言的诗性色彩。

除了庐隐以外，冰心早期小说也具有诗意色彩。冰心主张"白话文言化，中文西文化"，因而其小说语言中也融入了文言文，形成了语言的"弹性"之美。

同样是创造社成员的叶绍钧，其语言却又是另外一种风格。下面是叶绍钧早期短篇小说《饭》（1912年）中的一段文字：

> 靠左一间屋里架着一个床铺。赤裸的一张桌子靠着床头。墙角堆着锅碗罋瓶罐薪柴等东西。一切埋藏在阴暗里，不能见清楚的面目。只从不到尺方的壁洞里射进斜方柱体的阳光，照在地上显出高低不平的泥土。一道板壁把两间屋子分开。右面一间却光亮得多，两面都有板窗，现在正开着。板壁上一块小黑板歪斜地挂着。十几副桌椅，一张破旧的长方桌外，屋内更没有别的东西，也摆得不十分整齐。[1]
>
> （叶绍钧：《饭》）

叶绍钧的小说语言受到了鸳鸯蝴蝶派的白话通俗小说影响[2]，这段文字在五四新文学阶段应该算较为正宗的白话文，其中很少有文言的痕迹。他采用客观写实的手法描写主人公吴先生的住处，文字

---

[1] 茅盾：《中国新文学大系·小说一集》，上海良友图书印刷公司1935年版，第98页。

[2] 张卫中：《20世纪中国文学语言变迁史》，中国社会科学出版社2013年版，第30—31页。

很平实，其中多采用白话文的复音节词语，其语言的节奏感明显不如庐隐小说中的文字，几乎感觉不到其中的情感倾向和语言自身所形成的形式之美。因此类似叶绍钧这种写实性很强的作品，从语言方面来看，节奏感与形象性即诗性要素中的"乐""象"等表现不明显，因此在整体上是缺少诗性的。一般而言，语言的诗性之美丧失之后，作品整体上的诗性建构就失去了基石。

叶绍钧这种语言缺少诗性，不仅仅是没有使用文言词语的原因，而是他采用了客观科学的分析方法，正如雅各布森所言："诗歌的显著特征在于，语词是作为语词被感知的，而不只是作为所指对象的代表或感情的发泄，词和词的排列，词的意义、词的外部和内部形式具有自身的分量和价值。"① 而分析性语言重视客观性，自然就削弱了其诗意。

其实在对传统诗性文本的继承上，除了对文言文的适当使用外，还有对传统文学诗性文本中耦合句型自觉或不自觉的继承和创造性使用。

汉语句式短，在组合成文表意时，缺少系词，因此词与词之间、句与句之间存在空隙，这便为想象留有余地。汉语词汇组合成句时存在着大量的耦合现象。耦合是指两个事物之间存在着的一种相互作用和相互影响的关系。两个意义相关的句子成对出现而关联在一起，共同完成更为丰富复杂的意义表达，这便是耦合句，这种句子类型就是耦合句型。申小龙认为耦合作为一种句子类型，"它的功能是表达两个事件之间互为依存的关系。功能断句和声气断句应该是统一的。声气未竟的句段之间，语义上必然存在着内在联系，功能上必然统一于一个表达意图"②。而这两个句意相关的句子有如下特

---

① 转引自畅广元：《二十世纪西方文学理论》，陕西人民出版社1990年版，第40页。

② 申小龙：《当代中国语法学》，广东教育出版社1995年版，第143页。

点:"每一句前后两段几乎都可以独立成句,然而两段之间在语气上却互为呼应,难以断开。一旦断开,前段总使人感到'意'尚未尽,'气'有孤伸,站立不稳。后段又使人觉得表意突兀,情理难圆,无所依傍。只有让它们两两成对,句意上互为映衬,节律上互为依托,才成一完整的表述单位。"①正因有这样的句型存在,它"把对事物的描述两两相待而为一体(句),形成结构关系互为映衬的句法语义'场',从而最大限度地利用了句型的组织空间,使汉语句法单位简洁而富于弹性……为说话人和听话人拓开语文表达与理解的巨大空间,生出无数言外之景,言外之意,言外之情"②。耦合句型所追求的语言效果实际上与刘勰在《文心雕龙》中说的"偶语易安,奇字难适"有相似之处。耦合句指的是句子之间的意义两两相对,属于意义的"对偶",它是传统文学中对偶句式影响下形成的一种表达方式。五四小说作家有不少有意识地采用耦合句型。

下面是朱自清小说《笑的历史》(1923年)中的前两段:

你问我现在为什么不爱笑了,我现在怎样笑得起来呢?

我幼小时候是很会笑的。娘说我很早就会笑了。她说不论有人引逗,无人引逗,我总常要笑的,她只有我一个女儿,很宠爱我,最欢喜看我笑。她说笑像一朵小白花,开在我的脸上;看了真是受用。她甚至只听了我的咯咯的笑声,也就受用了。她生性怕雷电。但只要我笑了,她便不怕了。她有时受了爸爸的委屈,气得哭了。我笑了,她却就罢了。她在担心着缺柴缺米的日子,她真急得要寻死了。但她说看了我的笑,又怎样忍心死呢?那些时我每笑总必前仰后合的,好一会才得止住。娘说我是有福的孩子,便因为我笑得

---

① 申小龙:《〈水浒传〉耦合句研究》,《古汉语研究》1993年第3期。
② 申小龙:《当代中国语法学》,广东教育出版社1995年版,第160—162页。

容易而且长久。

（朱自清：《笑的历史》）

第一段只有一句话，"你"问"我"答，形成一组耦合句。第二段是："我幼小时候是很会笑的。娘说我很早就会笑了。"这两句话可以合成一句，形成一组耦合句。"她说不论有人引逗，无人引逗，我总常要笑的"，描述"我"天性爱笑；"她只有我一个女儿，很宠爱我，最欢喜看我笑"，讲"她"（妈妈）喜欢"我"笑。这两部分在意义上形成耦合。"她说笑像一朵小白花，开在我的脸上；看了真是受用。"这句话的前半部描写"我"笑的状态，后半部分写别人看"我"笑后的感受，二者形成耦合。"她甚至只听了我的咯咯的笑声，也就受用了。"前半部分写笑声，后半部分仍写听到笑声后的感受，二者形成耦合。"她生性怕雷电。但只要我笑了，她便不怕了。"这两句意义密切而形成一组耦合句。"她有时受了爸爸的委屈，气得哭了。我笑了，她却就罢了。"同样这两句也可看成一组耦合句。后面的句子都形成了耦合，在此不一一列举了。实际上朱自清是积极倡导汉语欧化的，但在他这篇《笑的历史》中很少采用欧化句式，特别是欧化的长句几乎没有。耦合句是汉语的传统语用习惯，这对朱自清而言或许是不自觉的继承。而耦合句的大量使用使得行文流畅自然、朴实清新，有着一种内在的节律感，符合了民族阅读心理。五四现代作家自觉不自觉地继承了这种语言传统，只是有的作家更加重视语言形式的抑扬顿挫之美和内在的或属于功能层面的隐性节律之美，懂得对语言的约束；而有的作家更多关注对外部世界的客观写实再现，以遵循客观的科学逻辑，借用了西语的语法形式，写结构复杂的欧化长句，从而破坏了汉语本身具有的耦合之美。比如受到欧化影响的叶绍钧，其短篇小说《孤独》（1923年）中的开首段：

很小的中堂里点上一盏美孚灯，那灯光本来就有限，又加上灯罩积着灰污，室内的一切全显得不清不楚的，没有明划的轮廓。小孩子听母亲算伙食账，青菜多少钱，豆腐多少钱，水多少钱，渐觉模糊了；他的身体似乎软软的酥酥的，只向母亲膝上靠去。母亲便停止了自言自语，一手轻轻地拍着孩子的前胸，说："你要睡了？"

(叶绍钧：《孤独》)

叶绍钧与茅盾关系很好，在创作方面也受其影响，偏重于写实，且喜欢用欧化的长句。就阅读感受而言，上面这段文字在句意上还是明晰的，句子也显得较为流畅，但这种长句在一定程度上破坏了汉语传统的耦合结构，也缺少了抑扬顿挫的音乐感了。因此这篇小说尽管叙写笔法细腻，但形式上的诗性色彩较淡。

茅盾的小说也同样爱用欧化长句，而且用得更多。因为茅盾作为社会分析派代表作家，他的小说以写实见长，在对外部现象细致刻画分析时不能更好地顾及语言形式之美和音乐之美。

现代文学作家在语言观方面存在着矛盾性，一方面为了完成启蒙使命采用了白话文，一方面又与传统文言和传统文学有着千丝万缕的联系，有意无意地对传统存在着依赖。因此不少现代文学作家都存在着传统与现代的双重人格特点，表现出特定时代文化人格的分裂性。比如鲁迅，反对文言，主张欧化，但实际创作中却"言行不一"。有学者指出："鲁迅留给我们的文字，文言的成分比他愿意承认的要多得多，欧化的成分比他愿意承认的要少得多。鲁迅的主张与他的写作，有一种意味深长的'言行不一'。公意的一面，他声援新派；私行的一面，他深谙传统的尺度。"[1]也正是这样的"言行

---

[1] 王有亮：《论汉语精神与"西化"问题》，《重庆师范大学学报(哲学社会科学版)》2006年第1期。

不一",五四作家的小说创作在语言方面才形成了古今中外的大融合。"现代汉语可以说主要是一种口语、欧化词汇和古汉语词汇的混合物。这里,'口语'即白话,是从古代白话文而来。'古汉语词汇'包括成语和其他一些古汉语常用词汇,它隐含着许多中国古代文化、思想的精华,是从文言文而来。"①语言的大融合在很大程度上提升了现代白话文的表意功能和审美属性。

## 三、小说语言的欧化

最早提倡欧化的是傅斯年,1919年2月他在《新潮》杂志上发表《怎样做白话文?》一文,他说:"照我回答,就是直用西洋文的款式,文法,词法,句法,章法,词枝(Figure of Speech)……一切修辞学上的方法,造成一种超于现在的国语、欧化的国语,因而成就一种欧化国语的文学。"②他主张借用西语增强现代白话文的逻辑性、哲理性和美学性。傅斯年这种不太严谨的要求只能是对白话文欧化的主观愿望,因为既要有逻辑和哲理性,还要具有审美性,要做到这点对于新文学的创作者来说实在是要求太高。在后来的创作实践中,恰恰在追求理性或逻辑性的过程中与追求审美发生了冲突,理性与逻辑性实际上影响和冲击着审美表现,因此也在某种程度上削弱了审美属性。追求理性或逻辑性的作家以写实派为代表,特别是以茅盾为代表的写社会分析小说的作家,便在追求理性和逻辑时削弱了现代小说可能生成的诗性;而为艺术而艺术的创造社成员,在张扬自我、追求艺术审美的时候,则因缺少理性的把控,致使情感过分暴露,这也造成了诗性的减损。

白话文运动中,胡适也主张语言的欧化,他在《中国今日的文

---

① 高玉:《现代汉语与中国现代文学》,中国社会科学出版社2003年版,第79页。

② 黄健编著:《民国文论精选》,西泠印社出版社2014年版,第54页。

化冲突》一文中说,不应该叫"全盘西化",可以称为"充分西化"。鲁迅积极主张语言欧化,认为这是时代需要,他说:"中国的文或话,法子实在太不精密,……这语法的不精密,就在证明思路的不精密,换一句话说,就是脑筋有些糊涂。……要医这病,我以为只好陆续吃一点苦,装进异样的句法去,古的,外省外府的,外国的,后来便可以据为己有。这并不是空想的事情。"①鲁迅也不是主张"全盘西化"的,只是要求充分吸收西方的和中国古代的语法优势为我所用。

在新文化运动闯将们的积极推动下,白话文的欧化逐渐为大家认同,并成为当时的一种文化潮流。语言的欧化最终为汉语带来了新变,取得了一定的成绩。后来胡适指出:

> 初期的白话作家,有些是受过西洋语言文字的训练的,他们的作风早已带有不少的"欧化"成分。虽然欧化程度有大小的不同,技术也有巧拙的不同,但明眼的人都能看出,凡具有充分吸收西洋文学的法度的技巧的作家,他们的成绩往往特别好,他们的作风往往特别可爱。所以欧化白话文的趋势可以说是在白话文学的初期已开始了。②
>
> (《中国新文学大系·建设理论卷·导言》)

但胡适毕竟有着自己的主观偏爱,他并没有看到欧化白话文的缺点。多年以后,1939年郭绍虞在《新文艺运动应走的新途径》中较为客观地评价了语言的欧化问题。郭认为,欧化对新文艺有帮助,一是采用了新式标点符号和分段写法,克服了旧文学"平稳有余,

---

① 鲁迅:《鲁迅全集》(第4卷),人民文学出版社1995年版,第382页。
② 刘运峰:《1917—1927 中国新文学大系·导言集》,天津人民出版社2009年版,第21页。

奇警不足"的缺陷；其二是句式的欧化，"欧化，也造成了新文艺的特殊作风。白话文句式假使不欧化，恐怕比较不容易创造他文艺的生命"①。但他同时也指出过度欧化与本土语言不符，反而失去了原有的生气，所以他主张借用文言，这样更符合语用习惯。

确如郭绍虞所言，语言欧化采用新式表达和分段，使得文学创作行为更显自由灵动，同时增强了语言节奏感，更能适应现代人内在情感的律动。

林语堂对当时的语言欧化倾向不满，他在《论语录体之用》一文开篇便说：

> 有人问我，何为作文言，岂非开倒车？吾非好作文言，吾不得已也。有种题目，用白话写来甚好，便用白话，有种意思，却须用文言写来省便。有一句话，说一句话，话怎么说，便怎么说，听其自然相合可也。今人作白话文，恰似古人作四六，一句老实话，不肯老实说出，忧愁则曰心弦的颤动，欣喜则曰快乐的幸福，受劝则曰接受意见，快点则曰加上速度，吾恶白话之文，而喜文言之白，故提倡语录体。依语录体老实说去，一句是一句，两句是两句，胜于别扭白话多多矣。吾非欲作文学反革命者。白话作文是天经地义，今人做得不好耳。今日白话文，或者比文言还周章，还浮泛，还不切实，多作语录文，正可矫此弊。②
>
> （林语堂：《论语录体之用》）

然而林语堂所指出的欧化毛病，恰恰是新文学作家们所要追求的一种陌生化艺术效果。这在某种程度上是向中国含蓄隽永、情辞

---

① 王蒙等：《中国新文学大系·第一集·文学理论卷一》，上海文艺出版社2009年版，第227页。

② 林语堂：《林语堂作品珍藏版》，长江文艺出版社2012年版，第104页。

婉转的诗性传统的靠近，是欧化与传统握手言欢的证明。郭绍虞对林语堂的批判也进行了纠偏，他说："不过我倒不以为这种白话四六为可憎，我以为这种'食洋不化的语法'，未尝不可用，非惟可用，而且以为这正是新文艺家'食洋'以后所创成的新句法。"[1]这种创新的句式在新文学作家作品中有较多存在。比如鲁迅小说《伤逝》中的句子："如果我能够，我要写下我的悔恨和悲哀，为子君，为自己。"这是状语后置的欧化句，正常的汉语表达可以是这样："如果我能写的话，我将为子君和自己写下我的悔恨和悲哀。"很明显，前者新奇且强化了状语部分"为子君，为自己"，抒发了自己极度的悔恨与悲伤之情。又如以下句子：

> 会馆里的被遗忘在偏僻里的破屋是这样的寂静和空虚。时光过得真快，我爱子君，仗着她逃出这寂静和空虚，已经满一年了。
> 
> 深夜中独自躺在床上，就如我未曾和子君同居以前一般，过去一年中的时光全被消灭，全未有过，我并没有曾经从这破屋子搬出，在吉兆胡同创立了满怀希望的小小的家庭。
> 
> 这是我们交际了半年，又谈起她在这里的胞叔和在家的父亲时，她默想了一会之后，分明地，坚决地，沉静地说了出来的话。
>
> （鲁迅：《伤逝》）

其中"被"字句的使用、多重定语、状语前置或后置以及因果倒置都属非常明显的欧化语法。鲁迅在欧化的时候能很好地与汉语

---

[1] 王蒙等：《中国新文学大系·第一集·文学理论卷一》，上海文艺出版社2009年版，第231页。

长于短句的习惯相结合，便形成了独特的表达效果。鲁迅的欧化句子读来既显得新奇陌生，又具有长短相间、起伏错落的节奏感，从而形成了一种流动诗韵。

但是有时候汉语欧化违背了汉语的表达习惯，读来比较拗口，比如郁达夫《茑萝行》中的第一句：

> 同居的人全出外去后的这沉寂的午后的空气中独坐着的我，表面上虽则同春天的海面似的平静，然而我胸中的寂寥，我脑里的秋思，什么人能够想得出来？
>
> （郁达夫：《茑萝行》）

这是典型的欧化句，这句话属于谓语部分转换成定语前置，虽然语言有了陌生感，但是读来生涩拗口，实在难以产生诗意之美。倒还不如"我胸中的寂寥，我脑里的秋思"这两句纯粹汉语的表达，读来口齿顺畅、音韵和谐。

除了以上状语或定语的前后置外，王力在《中国现代语法》中列出汉语欧化的六种类型："复音词的创造""主语和系词的增加""句子的延长""可能式，被动式，记号的欧化""联结成分的欧化""新替代法和新称数法"。①这几种欧化类型，对现代小说诗性生成关系较大的是"复音词的创造""句子的延长"以及"记号的欧化"等。"复音词的创造"这种欧化方式使现代汉语双音节词或多音节词增加，在和单音节词配合的时候，能更加灵活自如地选择音节，从而形成相应的节奏，这在前文"汉语的弹性"中已经讨论过。而"记号的欧化"便是标点符号的欧化，正如郭绍虞所言，采用了新式标点符号和分段写法，克服了旧文学"平稳有余，奇警不足"的缺

---

① 转引自李春阳：《汉语欧化的百年功过》，《社会科学论坛》2014年第12期。

陷①。对现代小说创作而言,便于形成流畅而错落有致的行文以及起伏跌宕的情感气势。

在语言欧化的过程中,五四现代作家还借鉴了西方的复句形式,在创作中形成了使用长句的现象。古代汉语一般句式较短,缺少长句,因而不适合用于表达逻辑较为复杂的事理,而欧化白话文借助于西方长句式和复合句式,便能较为自由地表达更为复杂的事理或逻辑。这种长句有益于科学地剖析社会现象,但却不利于文本的诗性建构。外国学者 Chen Eileen Shuhu 指出:"近几十年来,在诸多著作和翻译作品中出现了许多欧化成分。……违背汉语的句法结构,无疑破坏汉语的流利。劣等的译文会使国内外读者陷入困惑,弄不清楚哪些才是正确的现代汉语用法。"②现就消极诗性这一面谈谈,比如茅盾在长篇小说《虹》中写道:

> 从中学时代直到两年前在川南当教员时的一位好友徐女士蓦地跳出来成为梅女士忆念的中心。
> 一簇一簇的学生争抢一个月前的上海报和汉口报来研究北京的学生如何放火烧了总长的房子又打伤了一位要人……
> (茅盾:《虹》)

这样的欧化长句失去了汉语的简洁、流畅和节奏感。类似这样的复杂长句是传统汉语所没有的。这种句子看起来很新奇,但除了新奇以外,似乎也缺少别的好处,读来特别绕口,更别说其具有节奏感了。茅盾作为社会分析小说的代表作家,喜欢用类似这样的欧

---

① 王蒙等:《中国新文学大系·第一集·文学理论卷一》,上海文艺出版社 2009 年版,第 225 页。

② Chen Eileen Shuhu. i Functional Theoretical Perspectives on the "Modernization" of the Chinese Language. Journal of Chinese Linguistics,1988,16(1).

化长句来叙写社会现实，尽管有着刻画精细的优点，却丧失了语言诗意化的可能。

古代汉语中无系动词，"现代汉语中的作为系词的'是'，从一定程度上讲，是中国语文在现代的'形式化'的结果，也可以是'西化'的产物"①。即便如此，现代汉语的系词应用也并不如印欧语系发达，而且系词也并不是非用不可。系词的应用与否不仅仅是一种语言现象，而是中西思维方式差异性的表现，即中国人不重视使用逻辑思维来把握描摹外部世界，对外部知识不太感兴趣，而西方人的思维恰恰相反。语言中"是"这样的系词，与判断句相关联，它只是对存在状态作"静态"的知识性描述，遗漏了事物存在的"活的"动态过程，存在的丰富性被遮蔽，容易导致语言表达走向符号化和空洞化。系词大量使用意味着语言的逻辑化、形式化和技术化日益严重。如果在汉语里大量使用系词，将意味着"削弱了汉语本身的灵性"②。在五四现代文学中，小说语言的欧化也涉及系词的应用，但并非使用了系词便会带来符号化空洞化，或失去诗性韵味，恰当使用系词，也不影响语句的通顺和节奏的流畅。先看下面两段文字：

> 她们并肩站着，脸对了船头。斜扭着腰肢，将左肱靠在阑干上的一位，看去不过二十多岁，穿一件月白色软缎长仅及腰的单衫，下面是玄色的长裙，饱满地孕着风，显得那苗条的身材格外娉婷。她是剪了发的，一对乌光的鬓角弯弯地垂在鹅蛋形的脸颊旁，衬着细而长的眉毛，直的鼻子，顾盼

---

① 孙周兴：《说不可说之神秘——海德格尔后期思想研究》，生活·读书·新知三联书店1994年版，第96页。

② 范爱贤：《汉语诗性研究与转型期文艺学建设反思》，齐鲁书社2017年版，第112页。

撩人的美目，小而圆的嘴唇，处处表示出是一个无可疵议的东方美人。如果从后影看起来，她是温柔的化身；但是眉目间挟着英爽的气分，而常常紧闭的一张小口也显示了她的坚毅的品性。她是认定了目标永不回头的那一类的人。

(茅盾：《虹》)

小林每逢到一个生地方，他的精神，同他的眼睛一样，新鲜得现射一种光芒。无论这是一间茅棚，好比下乡"做清明"，走进茶铺休歇，他也不住的搜寻，一条板凳、一根烟管，甚至牛矢黏搭的土墙，都给他神秘的欢喜。现在这一座村庄，几十步之外，望见白垛青墙，三面是大树包围，树叶子那么一层一层的绿，疑心有无限的故事藏在里面，露出来的高枝，更如对了鹞鹰的脚爪，阴森得攫人。瓦，墨一般的黑，仰对碧蓝深空。

(废名：《桥》)

从两段文字中的系词来看，前一段使用系词"是"的频率较后一段要高，这都是由作者的叙事动机和采用的叙事方法所决定的。因为茅盾的《虹》采用的是写实方法，因此要对事物进行客观再现，对叙事的逻辑性和科学性要求较高，自然对系词的使用较为频繁。而废名的《桥》采用内视角，多写主人公小林对外部世界的主观反应，重感觉真实而非客观真实，不十分注重外在逻辑的严密性，其系词也就可有可无，甚至有的系词"是"完全可以去掉。因而欧化过程中引进的系词（"是"）的应用与否并不是决定诗性生成的关键性因素。

另外，清末民初到五四时期，从西方引进了大量的科技、政治等术语，这些术语的使用，有利于新知识新思想的传播。但是小说中大量的新名词新术语的使用，容易使语言陷入概念化、单义化和模式化困境，存在消解生活丰富性多面性的危险。我们来看看张资平小说《冲击期化石》中的一些句子：

这小河在数十万年前不过是一座高山的断层（Fault）。
这河的两岸也受了不知多少次的洪水浸洗，变成一个很规则的河成段丘（Terrace）。
由上海搬运来的沙土堆积成的三角洲（Delta）。
我像一块均质性的破碎石片（Jsotropic），无论你拿什么程度的十字聂氏柱（Crossed nicols prisms）来检查我，都不能叫我发生别种颜色。

（张资平：《冲击期化石》）

类似这种文字在小说中还有更多，科学术语之中还夹带了一些英文，显得比较无趣。这样的句子无助于诗性的生成。

## 四、语言的音乐性

语言的音乐性是诗性生成的重要元素，"事""情""理"等诗性内容也需要具有"乐"感的语言来配合。小说的诗性语言当然不是严格意义上的诗歌语言，但却是始终趋向和极力接近诗歌语言的。学者钱马指出，"诗的语言是音乐的语言，现实生活的律动与艺术生命的脉搏，以及生活语言的节调，反映在语言的内在情绪里，表现成协调了的组织了的旋律和节奏，有生命的旋律和节奏……"[①]没有生命的内在旋律，无论形式上如何整齐押韵，无论多么富有节奏感，也不能算诗的语言。当然也要重视一切节奏，包括音长、音高、音势；重视一切和谐，包括音部、音法、韵头韵脚、双声叠韵等，使

---

[①] 钱马：《论文学语言》，中国图书出版社1952年版，第138页。

它们能更好地表现作者的内在情绪。现代小说作为普通的文学作品也应该具有相应的音乐性,"针对文学而言,就是说除了语义,语音也很重要,除了语义和语音本身,它们之间的相互关系也很重要。文学作品不单单靠里面的形象来唤起读者的美感,它在不提供任何形象而只是对语词进行某些特殊处理时,也可以给话音带来美感"①。语言的音乐性在一定程度上决定着现代小说诗性的生成。小说语言的音乐性与诗歌语言的音乐性有着不同,小说的语言更多表现内在生命的节奏与旋律,而对外在形式上的节奏和旋律要求不如诗歌那么严格。但如果仅有内在的诗性冲动和旋律节奏,而缺少语言的旋律与节奏,小说的诗性生成也将变得十分困难。现代小说首先是内在的旋律与节奏决定了外在的旋律与节奏,同时也赋予艺术形式某种旋律与节奏。但就接受者而言,必然是先获得语言节奏与旋律的美感,再通过对语义的把握,从而体悟到小说的内在旋律与节奏。所以内在和外在的旋律与节奏始终存在着密切的关系。

小说语言的音乐性,除了上面所论及的外在和内在的音乐性外,还有来自自然界中的音乐,自然界的音乐多出现在人物活动的背景之中,成为背景的一部分。"总括地来说,音乐性的问题有两个基本内容。一是要求语言传达生活的音响,更积极地反映现实;一是要求语言自身的和谐。这两者结合起来,成为诗的韵律。"②生活中的音响,可以是自然界声音的模拟,也可以是对自然界声音的描绘,即利用语言的音质和音韵上的许多特点,使语言符合现实的音感,从而使语言富有音乐性。

五四小说语言的音乐性大致可以从汉语句法句型和标点符号等方面来考查。就句型而言,汉语句型与西方语言不同,汉语不喜用

---

① 朱晓进等:《作为语言艺术的中国现代文学发展史》,人民出版社2015年版,第641页。

② 钱马:《论文学语言》,中国图书出版社1952年版,第140页。

长句，而是用短句较多。而且汉语喜欢采用意义相关的两短句形成一个更大的句子，这种句型被申小龙称为"耦合句型"，这种句型的使用给句子带来了相应的节奏性。郭绍虞说："中国文学之对偶与匀整，为中国语言文字所特有的技巧，而这种技巧却完成了中国文学的音乐性。"①郭绍虞这里所言的"中国文学"包括古代文学与现代文学。中国文学对"对偶与匀整"的审美追求，从古代一直延续到现代。申小龙说："从整个句型系统出发，我们认为'耦合'是一种句子类型。它的功能是表达两个事件之间互为依存的关系。功能断句和声气断句应该是统一的。声气未竟的句段之间，语义上必然存在着内在联系，功能上必然统一于一个表达意图。"②"功能断句"指句意的完整性与否，与内在的旋律与节奏有关；"声气断句"指的是句子结构声气的完整与否，与外在的旋律与节奏有关。关于耦合句型的使用及其对诗性生成的意义在前文已经讨论过。新式标点符号的使用是从五四时期开始的，新式标点为五四小说自由抒写提供了方便，同时也为语言带来了更为鲜明的节奏感，在某种程度上增强了五四小说的音乐感。

总之，文言、白话、外来语和新式标点的综合应用都在一定程度上增强了现代小说语言的音乐性，促进了现代小说的诗性生成。

## 第三节 小说意象与诗性生成

意象是传统诗性文本用以抒情写意的不可或缺的艺术形象，意象并非诗词曲赋等抒情性文本的专利，在叙事性文本中也常用意象

---

① 王蒙等：《中国新文学大系·第一集·文学理论卷一》，上海文艺出版社2009年版，第232页。

② 申小龙：《〈水浒传〉耦合句研究》，《古汉语研究》1993年第3期。

表情达意。叙事文本中的意象其实也是抒情文本向叙事文本渗透的结果。五四小说继承了传统叙事文学使用意象的传统。但意象需要通过想象力才能获得,而诗性构成元素中的"象"即指与形象或意象相关的艺术形象。无想象,意象也就难以生成,或者生成的艺术形象不具有生动新奇的特色而显得平淡无味。但想象力绝不是万能的,诗性的生成绝不是单靠某种元素就能完成。正如郑振铎所言:"想象力的强弱于文学艺术的好坏,确有极大的影响。……我们要晓得文学艺术固不能指'形式'或'文法'而言,然而也是不能仅指'想象力'的。只有想象力是绝不能使我们达到创造新文学,或'打破习惯','求文学艺术的精进'的。因为想象是不能单独表白出来的,必定要借着文字才能把他表现给大家看。如果文学的'形式'或'文法'不改造,就算有很强的想象力,恐怕也是不能充分发表出来的。因为我们始终相信中国旧式的文言或语体文是不能充分表现我们的思想与情绪与想象力的。"①

就五四小说而言,其意象的生成不仅源于想象力,还与语言的改变有关。五四白话文运动在很大程度上拓展了人们的想象空间,使意象的生成有了更多的可能,但白话文代替文言文的过程中,也导致了传统意象的淹没或丧失。五四小说中的意象既有传统意象的沿用,也有新的现代意象的产生。特别值得注意的是五四小说中有的意象具有了现代性特质,这是五四小说在现代化进程中必然遭遇的结果。

## 一、传统小说意象的主要类型

叙事文本中意象是用来呈现或传达"事""理""情"的艺术形

---

① 郑振铎:《郑振铎全集·第三卷·杂文　文学杂论〈汤祷篇〉》,花山文艺出版社1998年版,第414—415页。

象。叶燮在《原诗·内篇下》中指出：

> 作诗者实写理、事、情。可以言言，可以解解，即为俗儒之作。惟不可名言之理，不可施见之事，不可经达之情，则幽渺以为理，想象以为事，惝恍以为情，方为理至，事至，情至之语。

（叶燮：《原诗·内篇下》）

杨义认为叶燮这里的"事""理""情"经过意象组合后被诗意化了，融合了主体的独特体悟，而意象对"事""理""情"组合是化合与深化，而非简单的叠加。①因此意象在小说等叙事文本中的使用同样丰富了小说的审美意蕴并增添了小说的诗化色彩。而且意象的应用还增强了小说的表意功能，使那些抽象或难以言说的意蕴能够通过意象得到较为鲜明的呈现。正如鲍姆嘉通所言："人们不能从黑夜一下子跨入阳光灿烂的中午。同样，人们也必须借助诗人们创造的令人眼花缭乱，但却是生动的各种意象，才能从无知识的黑暗转向明晰的思维。"②中国文学中的意象大量存在着，同样是人们发现并认识世界的一种方式，意象让那些陷入幽暗不明的抽象世界中的意义得以呈现和敞开。中国传统小说中意象的类型大致可分为事物类、场景类、行动类，这三种意象类型目的是以艺术审美的形式表现小说中的"事""理""情"。事物与场景类意象多属静态性的意象，行动类意象多属动态性意象。静态意象中有的属于小说中的主导性意象，这类意象或具有鲜明的象征色彩，具有表达主旨的功能；或推动情节的发展，具有结构小说的功能。比如唐传奇《古镜记》

---

① 杨义：《杨义文存·第一卷·中国叙事学》，人民出版社1997年版，第274页。

② [美]凯·埃·吉尔伯特、[德]赫·库恩：《美学史》(上卷)，夏乾丰译，上海译文出版社1989年版，第382页。

中的古镜既具有消灾除怪的神奇功能，还具有映照唐代社会乱象的象征性内涵；《西游记》中唐僧给孙悟空戴的紧箍帽，隐藏着要求道心与神通合一的象征性意蕴。小说《红楼梦》中也有镜子的意象，即"风月宝鉴"，其中关于事物正邪两面的象征意蕴也非常鲜明。晚清刘鹗的《老游残记》第一回为全书的总纲，便用了"大船"这个意象，这艘破烂不堪、颠簸在波涛之中的大船，象征着危机四伏的中国。晚清何诹的《碎琴楼》中的"琴曲"在全篇中时隐时现，这也成为贯穿全书的主导性象征意象。主导性意象除了具有与主旨相关的象征意蕴外，还有结构小说的功能。比如唐传奇《柳毅传》中的书信和信物，明代冯梦龙小说《杜十娘怒沉百宝箱》中的"百宝箱"，蒲松龄小说《画皮》中的"画皮"等，这些意象既具有象征性，也具有结构性作用。在静态性意象中，除了主导性意象外，小说中还存在大量有关自然环境和社会生活方面的意象，比如《儒林外史》中高士王冕所隐居的乡间及其相关意象，同样寄托着作者某种美好的理想。

除了具体的事物和场景可以作为小说的意象外，行动也可以成为小说的意象，也就是说小说的某些情节可以是一个意象。情节意象化的过程正是情节诗化的过程。比如蒲松龄小说《婴宁》（出自《聊斋志异》）中多次出现婴宁的笑，而笑在每次出现时都以动态的过程展现出来。要理解行动作为意象，可联系顾随先生提出的行动诗化理论。顾随先生认为，小说的诗意不仅来自对美好自然景物的描写，也可是人物行动的描写，小说有必要诗化，有必要将人生与动力一起诗化，即将人物的行动诗化[1]。顾随认为小说的诗意也分不同的层次，能写出大自然的诗意固然不错，但最高明的便是将人物的动作与生活写出诗意，无论动作美丑[2]。周汝昌论及《红楼梦》的

---

[1][2] 顾随:《顾随全集·卷三·论著》,河北教育出版社2014年版,第362页,第363页。

诗化时，也大加赞赏顾随的行动诗化理论，认为《红楼梦》中有的动作具有营造诗性氛围的作用。比如第五十一回中写袭人因母病回家后，晴雯、麝月照顾宝玉，这段描写周汝昌便认为是非常有诗性的："雪芹笔下，那些琐琐碎碎，小儿女的话语与举止，便活现出一片大家绣户冬闺中的无人得见的夜景——这就是我再三点醒的诗的境界。"曹雪芹"以诗心察物，以诗笔画人，以诗境传神，以诗情写照。一句话：他能把一切要叙写的对象都加以'诗化'"①。行动的诗化其实也是场景的诗化，不过这种场景是动态而非静态的场景。也就是说，场景诗化的意象有动态和静态两种类型，而多数人只看到静态意象，而少注意动态意象。但并非人物行动便都是意象，行动是否能成为意象，关键看人物的行动及其相关场景能否生成诗趣或某种意境，是否能寄托某种人生况味、生命情愫或生活气息，也即要在行动中融入"诗心""诗笔""诗境""诗情"。顾随认为行动的诗化要高于景物（客观自然）的诗化，因为行动更能表达人物的内在心理，而静物的描写反而减低了人物的动力，冲淡了小说中人生的色彩②。尽管顾随不看好小说中对环境的静态诗意描写，但笔者却仍然认为这恰恰是小说形成诗意的重要途径之一，而行动的诗化却是较难完成的，或者这正是顾随把行动的诗化作为最高的诗化境界的原因。

## 二、五四小说的意象形态

五四小说的事物类意象中也存在着影响整个小说的主导性意象。鲁迅小说《狂人日记》中患有"迫害妄想症"的狂人、《长明灯》中要吹熄长明灯的"疯子"，是作为反抗者和启蒙者的形象出

---

① 周汝昌：《红楼艺术》，人民文学出版社1995年版，第98—100页。
② 顾随：《顾随全集·卷三·论著》，河北教育出版社2014年版，第361页。

现的。而在小说《肥皂》中起点睛作用的"肥皂"则成了书写知识分子内在心灵的具有丰富意蕴的现代意象。《药》中的"药"不但有结构小说的功能,而且成为象征性极强的极富张力的意象。许地山《缀网劳蛛》中结网的蜘蛛也是统摄全篇的主导性意象。石评梅小说《红鬃马》中的红鬃马成为革命军将领郝梦雄策马扬鞭、驰骋疆场的象征物,也是光明和理想的象征物,红鬃马正是贯穿整个小说的核心意象。除了主导性意象外,还有些事物类意象或作为某种情节元素而存在,或为了营造某种氛围,形成某种场景。如冰心在《超人》里写何彬夜里睡不着,此时"月光如水,从纱窗泻进来",心中所想皆"慈爱的母亲,天上的繁星"以及"院子里的花"等。"月光"这个意象与古代诗歌中那些描写月光的诗歌形成了互文,"月光"的出现自然引起了乡思和乡愁,何彬自然想到了家乡的母亲和院子里的花,还有家乡辽阔无垠的夜空中的"繁星"了。这些意象组合在一起,形成了一种深情而辽阔的意境。而且"慈爱的母亲,天上的繁星""院子里的花"在作品中反复出现三次,而"四面的白壁,一天的微光,屋脚几堆的黑影"重复了两次,这些由意象组合的句子实际上已经形成了更大的饱含诗意的场景性意象,这些场景性意象在情节中的反复出现,形成了鲜明的叙事节奏,从而赋予了小说一种抒情的韵律。而何彬的孤寂冰冷的心也为这些充满温情的意象所温暖,他心中的爱,特别是母亲给予他的爱逐渐苏醒。冰心正是用这些充满了传统诗情的意象照亮了何彬内心的幽暗并温暖了其冰冷的心灵。废名《竹林的故事》中存在着较多的表达诗意环境或氛围的意象,比如"竹林""茅屋""菜园""小溪"等,这些意象组成了人物活动的空间背景,并且和人物一起共同形成了诗意的乡土画面。

存在着某种关联的事物性意象共同组合在一起时,便形成场景性意象。五四小说中的场景意象比较多,这在很多小说中皆以人物出场或活动的环境出现。从意象的大小入手,五四小说中的场景意象可分局部场景意象和整体场景意象；从意象的动静入手，可分为静态场景意象和动态场景意象。一般是局部性场景意象较常见，比如鲁迅小说《故乡》中写少年闰土在海边沙地看守瓜地的场景，《社戏》中"我"和鲁镇少年们划船去赵庄看戏途中的景致，废名小说《竹林的故事》中老程父女河边捕鱼的场景等，都属于局部性意象。小说的整体性场景，指整个小说集中叙写的某个场景，这个场景是小说叙写的主体，它直接与小说的主旨相关，因而可以称之为主题性场景意象。比如鲁迅的《示众》、王鲁彦的《柚子》、杨振声的《渔家》等小说，整个小说都写一个场面，整个场面便形成了一个大的意象。这样的意象与前面所论及的小说主导性意象，其相似之处在于二者都是小说整体性意象，不同的是主导性意象是某种物象而非场景。主导性意象与别的意象有主次之分，但多处于同一层次之中，共同完成小说主旨的表达。主题性场景意象是以场景或场面而非单个物象形式出现的，别的物象只是构成这个大的意象的次级元素。在小说《示众》中，鲁迅集中笔墨描写了以下场景意象：首都西城的一条马路上电线杆旁，时间是盛夏的一个上午，焦点人物便是巡警和看押的犯人，其他的意象都围绕这个焦点而安排。炎热的天气、卖包子的胖孩子疲软的叫卖声、围观犯人的各色看客，这些组合成了一个"示众"场面，这个场面便向读者展示了中国国民的看客心理，从婴儿到老者无一例外，都成了"示众"中的看客，于是"示众"场面便成为小说的主题性场景意象。再看《示众》中大意象下的次级场景意象，也是非常传神且富有诗意的。比如开头第一段介绍时间、地点和环境，小说这样写道：

  首善之区的西城的一条马路上，这时候什么扰攘也没有。火焰焰的太阳虽然还未直照，但路上的沙土仿佛已是闪烁地生光；酷热满和在空气里面，到处发挥着盛夏的威力。许多狗都拖出舌头来，连树上的乌老鸦也张着嘴喘气——但是，自然也有例外的。远处隐隐有两个铜盏相击的声音，使人忆起酸梅汤，依稀感到凉意，可是那懒懒的单调的金属音的间作，却使那寂静更其深远了。

（鲁迅：《示众》）

鲁迅先写盛夏酷热中"什么扰攘也没有"的寂静，其中的意象有"闪烁地生光"的沙土、热浪般的空气、"拖出舌头来"的狗、"张着嘴喘气"的乌鸦，接着作者笔锋一转，写静中的例外，即"远处隐隐"的铜盏的相击声，但这声音本身并没有带来喧闹之感，反而是给人"酸梅汤"的凉意，于是"间作"的金属声使得寂静更加深远了，读者似乎也体会到了"蝉噪林愈静"的意境。试想，在夏日一个临近正午的时刻，街道上有小贩的叫卖声，有狗和乌鸦细微的喘息，有远处铜盏相碰的悠长声响，这是多么慵懒美妙的时刻，多么富有诗意的夏日意境。但如果再仔细琢磨，便会觉察到鲁迅笔下夏日的寂静，并不同于古诗所描绘的寂静意境。因为《示众》之中的这种寂静发生在酷暑中临近正午之时，炽热的太阳烘烤着大地，万物失去了生机，世界沉入沉闷的死寂。其中也充满了无聊与懒散，一切似乎都失去了生机和生活的趣味，连那卖包子的胖孩子的叫卖声也被酷暑所催眠。正是在这样的情境下，才出现了那么多麻木而无聊的围观犯人的看客。但是围观者的无聊与麻木并非都是天气造成的，而是来自从孩子到老者都潜存着的这种无聊与残忍的"好奇"，无聊尚可原谅，但欣赏别人的不幸与痛苦且津津有味和不辞辛劳，则属于无可原谅的残忍。鲁迅在这种慵懒的诗意环境中植入了非常耐人寻味的场景，使诗意的环境出现了不和谐的声音，从而打破了原有的夏日的宁静，使宁静的夏日正午顿生波澜，出现了奇特而又常见的一幕。小说结尾处似乎又恢复到原有的状态，狗照样吐着舌头，胖孩子仍然有气无力地拖出叫卖包子的声音，在小说结构上形成了一种闭合，这种闭合式的结构仿佛背景音乐在乐曲的前后重复出现,而中间则是乐曲的高潮。有了这背景的衬托,中间的示众才能凸显而成为高潮,而示众才显得更加具有戏剧性。

王鲁彦的《柚子》受鲁迅《示众》的影响,也写麻木的看客围观杀人的场景,这场景也形成了整个小说的主题性场景意象,其他场景的描写都是为这个场景意象的展开服务的。杨振声的《渔家》讲述了一家渔民的悲惨遭遇,渔民王茂家断炊好几天了,小儿子吃不上母亲的奶,女儿饿得直叫,王茂希望能借米渡过难关,但借米失败了。加上水上警察前来收税,无法交税的王茂正要被警察带走时悲剧发生了,王茂家的房屋因雨水浸泡倒塌,小儿子被压在墙下。但警察并没有放王茂救人,而是残忍地以抗税之罪把王茂抓走了。小说始终就写一个场景,即王茂家中发生的系列事件,这个场景形成了一个动态的场景意象,即行动意象。"渔家"这个意象承载着作者对底层人民的悲悯情怀,这正是对传统诗性精神的传承。

其实在《示众》《柚子》《渔家》等小说中的主导性场景都是由人物的一系列动作和空间背景组成的,因此这些场景意象多属于动态性场景意象,也即顾随所说的行动意象。行动意象在小说中实际上是大量存在的,比如废名小说《竹林的故事》中老程和三姑娘父女河边捕鱼的场景描写:

> 四五月间,淫雨之后,河里满河山水,他照例拿着摇网走到河边的一个草墩上——这墩也就是老程家的洗衣裳的地方,因为太阳射不到这来,一边一棵树交荫着成一座天然的凉棚。水涨了,搓衣的石头沉在河底,呈现绿团团的波,刚刚高过水面,老程老像乘着划船一般站在上面把摇网朝水里兜来兜去;倘若兜着了,那就不移地的转过身倒在挖就了的荡里,——三姑娘的小小的手掌,这时跟着她的欢跃的叫声热闹起来,一直等到蹦跳蹦跳好容易给捉住了,才又坐下草地望着爸爸。
>
> (废名:《竹林的故事》)

这段文字中，老程的一系列动作有"拿着"、"走到河边"、用网在水里"兜来兜去"，而三姑娘则有"欢叫""坐下草地""望着爸爸"等。除了人以外，则是对环境的描写，而环境也不是纯静态的，比如"交荫"成"凉棚"的树、沉在河底的石头等仍具有动态之感。此段文字所描写的场景意象是由动作和背景共同组成的，其中充满了乡土社会中和谐宁静的诗性色彩。又如废名小说《初恋》写银姐帮"我"打桑葚："后院有一棵桑树，红的葚，紫的葚，天上星那样丛密着。银姐拿起晾衣的竹竿一下一下的打，身子便随着竿子一下一下的弯；硼硼的落在地上，银姐的眼睛矍矍的忙个不开：'拣，焱哥哥！'"这段文字显然是一幅充满童真的乡间生活图画，富有生活情趣，洋溢着少男少女朦胧而又单纯的初恋情愫。类似行动意象在废名小说中大量存在，它们本身就是一首首诗歌。

即使没有人物参与的场景性意象，也同样可以写得动感十足。比如鲁迅小说《社戏》中写小伙伴们划船去看社戏时，有一段这样的描写：

> 两岸的豆麦和河底的水草所发散出来的清香，夹杂在水气中扑面的吹来；月色便朦胧在这水汽里。淡黑的起伏的连山，仿佛是踊跃的铁的兽脊似的，都远远地向船尾跑去了，但我却还以为船慢。

（鲁迅：《社戏》）

"我"坐在船上看到的景物本来应该是静态的，但作者却很详细地把这种充满诗意的文字写得动态十足，文中洋溢着儿童天真欢快的情感，从而使这段描写具有浓郁的抒情特色。

当然，五四小说和传统小说一样，仍存在着较多静态的场景性意象，这类意象一般是作为人物活动的时空环境而存在的。比如废名小说《菱荡》中对陶家村的描写：

> 一条线排着，十来重瓦屋，泥墙，石灰画得砖块分明，太阳底下更有一种光泽，表示陶家村总是兴旺的。屋后竹林，绿叶堆成了台阶的样子，倾斜至河岸，河水沿竹子打个湾，潺潺流过。
>
> （废名：《菱荡》）

这段对陶家湾的描写文字是由若干物象组合而成的场景式意象，文中没有人物行动，尽管有河水流动的描写，但总体上是一种静态的环境描写，其中蕴藏着废名对具有恬淡自然之美的故乡浓郁的赞美和思念之情。

五四小说中也有不少环境描写仅仅是人物出场的空间，并不蕴含多少作者的情思寄托。比如王统照《遗音》中开篇有这样的文字：

> 远远的一带枫树林子，拥抱着一个江边的市镇，这个市镇在左右的乡村中，算是一个人口最多风景最美的地方。镇前便是很弯曲而深入的江湾，湾的北面，却有所还比较整齐而洁净的房子，房子中也有用砖石砌成的二层楼的建筑。①
>
> （王统照：《遗音》）

又如王统照《微笑》中写阿根在监狱中的环境：

> 夏夜的清气，从铁窗中透过，这阴暗的屋子中，顿添了

---

① 茅盾：《中国新文学大系·小说一集》，上海良友图书印刷公司1935年版，第145页。

许多爽气。时而有一个两个的流萤,在窗外飞来飞去,一闪一闪地耀着。

(王统照:《微笑》)

  这两段文字属于小说人物出场或生存的空间介绍,并不承载更多的情感或思想。但即使纯环境式的场景,其中也蕴含着某种自然之物所具有的审美情愫或意趣,不过其中缺少了主体的参与,更多体现出古典山水自然的诗意之美,而缺少现代主体的精神或思想意趣。而在废名的小说《菱荡》中所描写的家乡优美和谐的风景,在整个小说中成为作者有意书写的重要对象之一,小说中景物与人物是融为一体的,其中既融入了山水田园的古典意境之美,也融入了现代人的现代性形而上哲思。所以,可以这样说,好的场景意象一定是人物寄托了某种情思的场景,如果作者采用客观冷静的叙事方式交代情节发展或人物出场的某种客观环境,由于缺少了主体情思的参与,这种场景则很难成为真正意义上的现代小说意象。

### 三、五四小说意象的新变

  中国诗性传统中往往托物寄情,在对自然景观或客观物象进行描述时,讲究抒情主体的隐藏或缺席,目的在于使"象"自然地呈现出来,而"意"也随之生长显现。这是中国传统思维方式——直觉思维——所决定的。直觉思维是一种"以物观物"的观物方式,北宋哲学家邵雍称其为"反观","所以谓之反观者,不以我观物也;不以我观物者,以物观物之谓也。既能以物观物,又安有我于其间哉?"(《观物·内篇》)[①]这种认识世界的思维方式在文学作品中表现在呈象方式上便是主体的隐藏,它相当于王国维所说的"无我之

---

[①] 冯友兰:《中国哲学史》(下册),商务印书馆2011年版,第313页。

境"。在这种呈象方式中，主体无须进入场景或情境中成为角色，而主体的有意缺席便是对读者的召唤。没有主体于场景中的把控、干预和划界，读者进入才能自由无碍。这种呈象方式使事物具有了生命的自在性，而且"可脱离人类语法逻辑的钳制、生活实境的束缚，虚化隐喻出更具韵味的存在样态"①。五四小说意象主体一方面继承了传统的呈象方式，但同时又有所突破。五四小说意象的主体性在总体上表现出直露的倾向，也即形成了意象主体由"隐"到"显"的新变。

五四时期，受传统呈象方式影响较大的代表性作家是废名，他早期小说的意象主体性几乎都是隐藏在文字背后的，"象"与"象"之间多采用白描的手法进行连缀。无论是单个的事物性意象还是场景性意象，其中的抒情主体是被隐藏了的。比如废名小说《竹林的故事》中写三姑娘八岁时父亲去世，有这样的语言：

> 三姑娘八岁的时候，就能够代替妈妈洗衣。然而绿团团的坡上，从此也不见老程的踪迹了——这只要看竹林的那边河坝上面，高耸着一个不毛的同教书先生（自然不是我们的先生）用的戒方一般模样的土堆，堆前竖着三四根只有杪梢还没有斩去的枝桠吊着被雨粘住的纸幡残片的竹竿，就可以知道是什么意义。

（废名：《竹林的故事》）

这里的场景性意象中，抒情主体在表层意蕴中是缺失的，但这个主体却又很巧妙地隐藏在场景性意象的背后，而埋在坟里的老程则和所有的场景都融为一体，成为缺少主体性的叙事客体。又比如在鲁迅的小说《故乡》中，描写少年闰土在海边沙地守瓜的场景性

---

① 范爱贤：《汉语诗性研究与转型期文艺学建设反思》，齐鲁书社2017年版，第142页。

意象，作者的情感与思想都是隐藏着的，也即抒情表意的主体隐藏于场景意象背后。

但是在较多的五四小说中，意象中的主体并非隐藏或缺席，而是有意识地暴露或凸显出来，这使得小说中更多的意象带有非常鲜明的主观色彩，这也正是五四小说的意象使用与传统小说意象使用的不同之处。五四小说意象的主体性增强与整个五四启蒙运动强调人的独立解放和凸显主体性密切相关，正是对人的主体性的重视和强调，直接影响到了五四小说中意象对主体性的强化，特别是在浪漫抒情小说中，意象主体性非常鲜明。

五四小说中的环境主要由场景或景物构成，它们一方面为人物活动提供相应的空间，一方面还具有营造情感氛围或表达人物情感倾向的功能，即使在革命小说中，也会暂停叙事的进程而展开对景物或环境的描写。比如张闻天的长篇小说《旅途》写到王钧凯与蕴青、云青姊妹等人一块游玩公园的时候，便写了"温柔的和风"如"醇酒般"灌醉的游客，桃红与叶绿相互映衬，而木香花的香气在空气中飘荡①。作者借助春天的醇美与醉人来抒写钧凯对蕴青爱意渐浓的心理。当钧凯思念故乡时，作者采用了回溯式叙事，为读者展现出了钧凯儿时故乡的和谐纯美图景。其中的意象多为乡土田园中的传统意象，比如"鸡犬之声"、"桃红柳绿"、无垠的"田畴"、"油菜花"、"蜜蜂"、耕作的"老农"、放牧的"牧童"以及河中的"渔船"等②，这些意象共同组合成了一幅田园牧歌般的美丽乡村图景，从而与现代资本主义经济对乡村和谐秩序的破坏形成了鲜明的对比。《旅途》中的这些意象既抒写了主人公王钧凯的情感，也寄托着作者的情感与思想，其主体性较为明显。

五四小说中的自叙传浪漫主义抒情小说，借助意象用直露式的方式表达内心的情绪，其中意象的主体性色彩更为鲜明与浓郁。比

---

①② 张闻天:《旅途》，上海书店1985年版，第18页，第23—24页。

如在郁达夫短篇小说《采石矶》中，主人公黄仲则是清代真实的历史人物，作者借此写成小说以浇心中之块垒。小说把眼前现实与对少年时的追忆结合起来，特别是在小说中穿插了黄仲则大量的诗词以抒发生不逢时、压抑郁闷的情感。小说中除了诗词中的意象属于较为感伤阴沉的意象外，叙事中所采用的意象也多忧郁的色彩。如回想初恋情人："他想想现在的心境，与当时一比，觉得七年前的他，正同阳春暖日下的香草一样，轰轰烈烈，刚在发育。"其中的"暖日""香草"这样的意象，与作者的爱情心理非常匹配。当主人公回到现实中时又深感无限凄凉，于是作者用了"西风"这个意象，"一想到现在的这身世，他就不知不觉的悲伤起来了，这时候忽有一阵凉冷的西风，吹到了园里。月光里的树影索索落落的颤动了一下……"特别是"月光里的树影索索落落的颤动了一下"，这属于行动的诗化，加上传统意象"月光"的出现，激活了传统文学中潜在文本及其所蕴含的丰富的意境，使小说文本与传统文本形成了一种互文关系，从而使小说的意蕴更加丰富。郁达夫仍然喜欢暂停叙事进程，以"闲笔"写景致。黄仲则和朋友喝酒睡到第二天醒来后的情景，作者是这样写的："他的昨天晚上的亢奋状态已经过去了，只有秋虫的鸣声，梧桐的疏影和云月的光辉，成了昨夜的记忆。"而这里所用的意象"秋虫""梧桐""疏影""云月的光辉"等都属于古典意象，适合于对少年时候的回忆性描写，从而和当下"晴光射目"的现实形成鲜明的对比，使小说不自觉地生成了某种象征性的隐喻。小说写黄仲则去采石矶拜访李白的坟墓时，使用的意象有"凋落"的树木、"病叶"、"秋风"、"乌鸦"、"衰草"、"荒冢"等，这些意象给人阴沉寂寥和荒凉哀伤之感。而黄仲则及其故事何尝不是一个较大的历史意象，郁达夫只是借此来表达自己面对现实时苦闷痛苦的情绪。而这种情绪的表达借助了较多的意象来完成，其中主体的感伤之情是鲜明而显在的。

五四小说除了意象中主体的显隐与传统小说有所不同外，另外较为显著的区别在于五四小说意象具有现代性色彩。这种现代性主要体现在对国民性和现代文明的反思方面。五四小说特别是乡土小说聚焦于乡土社会的贫困、凋敝以及农民的麻木与愚昧等方面，并对此展开了相应的批判，其中充满了对广大农民的深切同情与人道关怀，也充满了重建乡土社会的期待，这些无疑是对诗性传统中悲悯情怀、家国情怀以及抗争精神的继承。而五四小说意象所蕴含的对国民性和现代文明的反思与批判却具有鲜明的现代（时代）色彩，可以说对国民性或现代文明的批判正是诗性传统在五四时期所发生的新变，也是五四时代精神赋予传统诗性的新质素。在鲁迅的《示众》和王鲁彦的《柚子》中，都写中国人看客似的围观场景，这种场景意象便属于具有强烈的反思与批判色彩的现代意象。

除了以上变化外，五四小说还出现了较多的现代意象，这些现代意象有的和现代文明的反思与批判相关，有的则是对现代或未来的一种期盼与憧憬。现代意象有两类。一类是现代技术文明发展过程中出现的新的物象，这些物象被作者寄寓了相应的情思而成为现代意象，比如鲁迅小说《肥皂》中的"肥皂"、《示众》中的"酸梅汤"等；一类是原有的物象被赋予了现代性情思内涵而成为现代意象，比如革命文学中常用的"太阳""赤日"等，这些意象用来象征光明美好的未来。

总体而言，五四小说在意象的使用方面，既有对传统意象的继承，同时也赋予了其时代色彩，使一些意象具有了现代意味。五四小说意象具有了新的质素和内涵，从而在一定程度上拓展了意象的使用范围，并赋予了意象内涵的深度与广度。但由于五四小说的意象使用多主体直露式的情感表现，从而在一定程度上削弱了传统意象那种含蓄隽永的诗性内涵。

## 第四节 叙事空间的诗化策略

近代以来的晚清中国社会危机四伏,有识之士开始探索中国的出路,向西方学习,走民族国家的现代化道路则是先进中国知识分子的共识。因而中国近现代的启蒙,本质上是现代化的启蒙。对当时进步的知识分子而言,现代性便是救亡图存的最佳方案。正如汪晖所言:"'现代'概念是在与中世纪、古代的区分中呈现自己的意义的,它体现了未来已经开始的信念。这是一个为未来而生存的时代,一个向未来的'新'敞开的时代。这种进化的、进步的、不可逆转的时间观不仅为我们提供了一个看待历史与现实的方式,而且也把我们自己的生存与奋斗的意义统统纳入这个时间的轨道、时代的位置和未来的目标之中。"[1]现代性在五四启蒙时代取得了绝对的合法性。五四文学对现代性的追求,直接影响到了小说空间的建构,从而对诗性的生成造成影响。

### 一、现代性对叙事空间的影响

五四时期,与现代性密切相关的便是进化论。自晚清开始,达尔文的进化论便在中国逐渐传播开来,并逐步为中国人所接受,中国传统四季轮回的时间观念便被线性进化的时间观念所取代。唐晓渡说进化论实际上是一种新的意识形态[2],相信今胜于古,历史是前进的,未来充满了诱惑力。时间永远在向前延伸,人只能跟随时间的步伐往前赶,人便成为时间奴役的对象,成为时间捆绑的他者,

---

[1] 汪晖:《死火重温》,人民文学出版社2000年版,第4页。
[2] 唐晓渡:《时间神话的终结》,《文艺争鸣》1995年第2期。

从而从永恒的自然之中脱离，成为丧失了永恒神性的暂时的存在，人不再与神灵同体共存，而是成为人之本质的异己之物。人对世界的观察与思考也多从单向的时间出发，形成单向度的一维审视模式，也即时间被植入主体意识，成为评判事物的一元价值观。同时时间也被植入被认识的客体之中，成为事物共有的属性，而事物也成为线性时间序列中的存在之物。事物在进化论的审视中被割裂成阶段性独立体，成为特定时间（段）的存在之物，从而失去了与前后时间（包括此时间关联之物）的关联，呈现出孤立状态，因而失去了建构多样的空间联系的可能，人们借此展开想象的空间遭到压缩，想象力受到限制，诗性生成的可能性也遭到较大的削弱。

另外，进化论观点让人们始终以有限的生命去抗衡时间的无限，人们异想天开地向时间挑战，在追逐时间的过程中急功近利。峻急的时间观念在现代社会中似乎主宰了一切，以往从容优雅的诗性沉吟不再可能，诗情画意、田园牧歌的古典诗意一去不复返。现代小说如何重构诗性空间，回归传统圆融的时空体系，以文学艺术方式达到"赋魅"的目的，成为五四作家文学创作需要解决的问题，于是在他们的小说创作中便呈现了不同的空间状态。由于对待线性时间即进化论冲击的处理方式不同，形成了不同的空间处置方式，即不同的艺术空间建构模式。这些模式有的促进了现代小说的诗性生成，有的则压抑了诗性的产生。

造成晚清至民国初年诗性传统中断的另一个重要原因便是现代性的到来。现代性实现了人的解放，把人从传统的家族、集体、民族、国家等群体空间中分离出来成为单独的个体，人的个性得到重视和彰显，人的自然欲望得到了承认，个人主义逐渐成为个体解放的主要内容之一。个人主义和自由主义带来了五四时期个性或欲望的多样化，在获得个体解放的同时，个体也被欲望所控制，因为人占有对象的同时，被对象控制，甚至被其奴役而遭遇异化。人成为对物的欲望主体，物成为人欲望的对象，但主体与客体不是传统的

"体物"和物我相融的关系，客体是被占有者，是建构主体自我的工具，作为对象的"物"也便成了主体的异己之物，人与物交相融合的途径也被切断。加之人脱离族群成为原子式的个体，重返群体和神性空间的道路受阻，诗意的生成变得较为艰难。

## 二、五四小说叙事空间的类型

在近现代启蒙思潮影响下，五四小说的空间建构便呈现出不同的特点。一部分作家热情地投入到社会变革之中，主动促进民族国家的现代化进程；有的则看到了现代性对主体的压抑和碎片化的后果，便走向反现代性的道路，试图通过传统诗性的坚守重回本真的主体。五四时期的"为人生的艺术"的文学研究会以及"为艺术而艺术"的创造社都不同程度地具有家国情怀，因而在不同程度上践行了重返群体的诗性冲动。但不论是文学研究会还是创造社成员都积极面向未来，他们是顺应时代的弄潮儿。文学研究会立足现实的外部批判，创造社则立足对现实社会中人的内心世界的探寻，他们都试图在对现实的内外批判探寻中建构理想的社会空间。废名、沈从文等倾向自由主义的作家们则坚守着传统诗性精神，以批判的姿态面对现代性，他们非常敏感地认识到现代文明对传统时空观念已经带来或可能带来的巨大破坏，因此试图以回返的方式重建圆融的诗性空间。因为空间是对抗现代逻各斯线性逻辑的一种策略，使事物能够摆脱线性逻辑链条而面向多维空间敞开，多维空间的生成将让"存在"出现多种可能。

西方叙事学对叙事空间的阐释有较多烦琐的理论，笔者并不打算在此对其做深入详细的探讨，只是为了分析的方便，把叙事空间只从纵、横两个方面做比较简明的区分。在纵向方面，笔者把现代小说的空间按时间维度划分成"过去的空间""现在的空间"和"未来的空间"三种类型。从横向来看，把叙事空间分成物理空间、行动空间和心理空间三个层次。物理空间，即小说中出现的环境或地点，是人物存在或故事发生的实际空间，比如鲁迅《祝福》中的鲁镇。行动空间是和人物言行相关联的空间。人物的动作一定是发生在特定物理空间的，但动作所具有的连贯性可能会突破某个特定的物理空间而跨越到另一个物理空间，形成连贯的空间组合，比如《阿Q正传》中阿Q从未庄转到城里，这样便在小说中出现了两个地域不同的空间，最后组合成为统一的艺术空间。心理空间，是人物内在心理活动的空间。当然还可以按照大小及属性分为个体空间和公共空间。个体空间指作为独立个体的内在心理和外在行为所占有的空间；公共空间则非个人化，属于集体性公共领域，包括物理公共空间和文化心理公共空间。以上几种叙事空间类型不是截然无关的，不同类型的空间之间有重合之处。在分析五四小说的空间形态时，笔者将以纵向划分的三种空间形态为线索，同时兼顾横向空间类型的分析。

值得注意的是，纵向的三种空间类型仍然是按照线性时间来划分的，不过和进化论没有多大关系，因为时间的线性存在本来就是客观的存在，只是中国传统思维中重空间不重时间而已。在中国传统文学中，时间意识被淡化而凸显空间意识，对于创作主体而言，无论何种空间都是可以无碍地跨越的，过去、现在与未来在创作主体那里融为一体，即可以"思接千载，视通万里"，主体心灵的沉静与单纯便可以做到"静故了群动，空故纳万境"，从而实现"天人合一"、人神沟通、回归人之本体。也只有这样才能建构现代小说的诗性传统。

### 三、"过去的空间"

对五四作家而言，"过去的空间"更多与传统文化空间或自然乡土空间相关，这个空间不存在于现实之中，而是以抽象的意识或形象的画面存在于人的记忆里。"过去的空间"有着四季的轮回和日出日落的周圆完满,且与神灵比邻,因此成为现代人回忆与想象的心灵源泉以及自我慰藉的灵魂栖居之所。五四现代作家中,废名、沈从文等人的小说艺术空间多数为"过去的空间",这种空间在时间链条上是回返式的。这些作家对进化论深表怀疑,试图在小说艺术中建构起相对稳定的诗性空间,并以此对抗现代文明建构起来的"现在的空间"。他们相信只有在传统的乡土世界中,人才能返回本真的自然状态,找到通往永恒神性的路径。

鲁迅的《伤逝》(1925年)中涓生对自己与子君曾经的爱情生活充满了忏悔和自我哀伤,小说的叙事空间以"过去的空间"为主,而"现在的空间"只在收尾部分存在,其作用是引出回忆和形成对比。小说采用第一人称,以抒情的笔调再现了涓生与子君以往的爱情经历。作者展开对爱情生活回忆的目的是要"写下我的悔恨和悲哀,为子君,为自己",而"悔恨和悲哀"便成为小说的情感基调,也笼罩于现在与过去的所有叙事空间之中,因此小说在整个叙述的过程中也充满了如烟似雾的伤感色彩。

废名于1927年写的《说梦》中说自己的创作是"梦梦":"创作的时候应该是'反刍'。这样才能成为一个梦。是梦,所以与当初的实生活隔了模糊的界。艺术的成功也就在这里。"[1]废名的梦想空间不是面向未来,而是回溯过去,他是对往日经验的"反刍",是向过去回望的叙事。他在《说梦》中还说:"《竹林的故事》《河上柳》《去乡》,是我过去的生命的结晶。"[2]在后来的创作中,他仍然保持这种回望乡土的姿态,对童年时期的乡土经验进行咀嚼回味,写出了充满诗意的具有田园风韵的诗化小说。

废名的另一篇小说《桥》的人物行动空间是由若干物理空间组

---

[1][2] 陈振国编:《冯文炳研究资料》,知识产权出版社2010年版,第87页,第85页。

合而成的，小林和琴子的故事便在这些空间中发生。这些空间仍然是线性串联起来的，小说中的物理空间如史家庄、万寿宫、祠堂、家家坟等，它们都是具有同一层次的物理空间。但是小说为什么会有诗性？在于这些空间中更多容纳的是景致和充满童真的"行动意象"，是一种感觉的抒写。周作人说他的小说"很像古代陶潜李商隐写诗"，是"感觉的串联"，是在画自己的幻想[①]。但这种幻想不是对未来的展开，而仍然是对传统乡土空间的回望，他所要画的是中国乡土社会的风俗画，所要抒发的是古典田园诗意。《桥》中的叙事空间表面是"现在的空间"，但实际上是写"过去的空间"，其目的是对现代性形成一种回应，也是对儿时记忆的复苏和美化，当然在某种程度上也是废名在建构自己理想的社会空间，因而也具有鲜明的乌托邦色彩。

同样是抒写过去的空间，鲁迅和废名采取的写作姿态是不同的，鲁迅对"过去的空间"基本持否定的态度，过去对于涓生来说意味着悔恨和痛苦，充满了良心的不安和负罪感，因而对过去的空间中所发生的事件采取了批评的态度，从而对"过去的空间"形成一种疏离与审视姿态，其表达方式是抒情的和诗意的。但是废名的诗化小说对"过去的空间"则是肯定和赞美的。废名小说中"过去的空间"是充满了古典美学意味的乡土社会，这个乡土社会存在于他童年记忆中，童年记忆中的乡土空间是具有田园牧歌般的理想世界。因此废名一心一意地对"过去的空间"进行缅怀与赞颂，并且与之形成心灵的沟通与融入。废名小说的表达方式也是抒情与诗意的。因此可以说，鲁迅和废名两人对乡土社会"过去的空间"的叙写，开启了现代小说乡土写作的两种不同路径，一是审视与批评，二是融入与赞美。前者的情感基调是感伤的，审美风格是沉郁的；后者的情感基调是愉快的，审美风格是优美的。

---

① 陈振国编：《冯文炳研究资料》，知识产权出版社2010年版，第108页。

创造社成员陶晶孙早年于日本创作的小说《木犀》（1921年）是一篇回忆式的爱情小说，和鲁迅的《伤逝》在结构上有相似之处。从叙事空间而言，也是以"过去的空间"为主，而首尾则是"现在的空间"。小说巧妙地以九州寺庙中（现实的物理空间）飘来的木犀花香引出对自己逝去恋人的回忆，转向年少时的"过去的空间"——东京，主人公素威和自己的女老师之间发生了一段刻骨铭心的爱恋，女老师最后因病逝去，留给素威的只有那见证两人爱情的木犀香气，素威最后再回到现实空间之中。小说采用了第三人称，但写到"过去的空间"时，叙事者与主人公素威在视角上便达成了统一，相当于第一人称叙事视角，这使得小说具有非常强烈的抒情色彩，尽管有的地方叙事属于客观写实，但文字背后浓郁的伤痛仍是溢于言表。这篇小说在创造社成员的早期浪漫主义小说中，属于诗性建构较为成功的作品。

蒋光慈的《野祭》在结构上也和鲁迅的《伤逝》相似，现在空间中的"我"（陈季侠）以悔恨感伤为情感基调，追忆自己与已经牺牲了的革命者章淑君的情感经历。这篇小说仍然是"过去的空间"占主体，现在的空间只是为引出"过去的空间"而存在。在叙写过去事件的过程中，不时介入回忆者的悔恨之情，实际是插入了"现在的空间"中"我"的情感状态的叙写，因此小说在整体上饱含着强烈的情感。小说中的"我"在展开回忆之初便充满了悔恨，结尾处以诗歌的形式表达自己对逝者淑君的悲痛与怀念，小说的情感抒发也在此达到了高潮。整个小说仍然是为情所浸泡，充满了诗性色彩。只是作者的这种情感仍属于儿女之情，没有形成情感的超越，距离诗性情感的超越性还有相当的距离。

五四小说中有不少是采用书信体的形式创作的。书信体叙事本质上也是一种回忆体，其中"过去的空间"成为小说的主体，而"现在的空间"只是用来容纳"过去的空间"的一个大的框架。比如郁达夫的《茑萝行》，处于"现在的空间"的"我"，由于担忧妻女，对自己过去的行为充满懊悔，对自己不公平的社会遭遇充满了愤懑，因此以书信的形式向自己的妻子（小说中的"你"）倾诉，书信写完才又回到现实空间之中。中间倾诉的内容处于"过去的空间"之中，而"我"倾诉的对象是第二人称的"你"（妻子），因此形成了一种心与心交流的抒情方式，这不但使抒写的情感更显真切，而且使抒情更显得自由灵动。另外，小说的这种亲切而坦诚的情感表达方式，更能触动读者的灵魂，形成亲切自然的审美特性。

罗家伦的《是爱情还是苦痛》（1919年）也以"过去的空间"为主，只是其中穿插了"现在的空间"，叙事者"我"是存在于"现在的空间"中的，而主人公程淑平则采用回忆的方式讲述自己的婚恋经过。因此程淑平和"我"之间形成了一种对话关系，由于是对话，故事的讲解者更多是以客观讲述的方式而不是以一种主观抒情的方式进行叙事的，尽管也是讲述"过去的空间"的故事，但是抒情色彩还是较淡。

五四小说对"过去的空间"的叙写多通过回忆的方式完成。回忆属于主体的主观意识活动，而意识可以是有序的，也可以是无序的，也就是说意识的活动可以不遵循线性时间顺序，而是不同时空的有效组合，这便为小说的空间转换提供了自由。五四小说采用回望的姿态观照"过去的空间"时，便具有了想象和联想的自由，不同时间段的"过去的空间"可以并置，"过去的空间""现在的空间"和"未来的空间"可以自由地交替组合，这便改变了五四小说叙事空间的组合方式，化小说叙事的时间结构为空间结构，从而使空间的组合成为叙事主体情感思想表达的重要艺术元素，空间便承载了丰富的情思意蕴。这样五四小说便以新的艺术形式在某种程度上促进了诗性传统的续接和建构。

当然，这种时间的空间化并非在所有的五四小说中都能形成，只是在采用回望式叙事的小说中更加明显。而时间的空间化与现代小说叙事模式的转变相关。古代说书人向听众讲故事需要按照严格的时间顺序进行，线索也是比较单一的，这就决定了古代评书体小说不能随意转换空间，空间是伴随着时间的推移而发生转换的，其转换逻辑是线性时间。但当传统小说的"讲—听"模式转换为"写—读"模式后，读者可以在某条流动的时间线索的某个位置上停顿下来，看看别的人物命运或别的事件进展如何，然后再接着中断的线索读下去。现代小说因某条线索的中断而讲述别的事件，并不影响读者的阅读和接受，这样，空间并置便成为可能，于是现代小说出现了时间的空间化现象。

## 四、"现在的空间"

现代小说的空间建构当然不可能离开时代环境这个大的现实空间，现实空间必然以某种方式投射到小说艺术空间之中，而叙写现实空间为主的小说多用写实主义的方法，主观抒情较少。文学研究会、语丝派、未名—莽原等文学团体中的多数作家，更多关注社会现实，他们作品的故事空间多属于"现在的空间"。由于这些写实主义小说多写日常生活中的具体人事，重事实不重想象，重叙事不重抒情，因此诗性色彩比较淡。

写实派作家怀着启蒙的目的审视中国大地，更多关注乡土社会的贫穷落后和民众的愚昧麻木等社会现实，并以进化论作为理论的根据，积极倡导学习西方科技与各种先进的思想理念，试图推进中国的现代化道路。因而他们对中国落后的社会现状，特别是乡土社会中存在的各种弊病与陋习展开了激烈的批判。五四作家很多来自乡土社会，一旦他们离开乡土接触到城市文明，特别是西方的现代文明后，以他者的眼光反观乡土时，便会发现中国乡土社会的诸多缺陷，于是对乡土社会落后愚昧的批判便替代了离乡之后的乡愁抒写。比如叶绍钧的《饭》（1921年）、《孤独》（1923年），台静农的《天二哥》（1926年）、《红灯》（1926年），许杰的《惨雾》（1924年），王鲁彦的《柚子》(1924年)，蹇先艾的《水葬》(1926年)等作品，这些批评乡土社会的作品，一般以对物理空间的呈现为主，采用写实手法对现实社会中诸种弊端进行揭示与批判。由于写实主义不重视内在心理空间的建构，叙事空间较为单一，所以几乎只存在着"现在的空间"。这些写实类小说重视时间的线性逻辑，即使像《天二哥》《红灯》等作品采用了倒叙的方式，其线性逻辑依然是清晰可辨的，人物的活动都统一于同一层次的物理空间之中。写实派小说即使其中有少量的人物心理或内心活动，也采用了第三人称视角进行客观冷静的叙写。这种叙事方式仍然没有突破叙事的行动空间，没有改变重情节事实和线性时间的写实主义小说的基本特性。如许杰的《惨雾》，篇幅较长，故事情节较复杂，但是其叙事空间仍较单一而缺少变化，大的物理空间中涵盖了许多局部的人物活动的物理空间，这些空间是同质的，缺少异质空间的介入，只是线性时间在其间起着贯穿作用。且《惨雾》中强大的公共空间绝对地挤压了个体生存空间。"我"家里的肥猪被族人指定用来招待前来助战的同宗人，"我"母亲非常不愿意，但族人以公共利益为由强制母亲答应。母亲的悲哀被忽视和碾压，个人话语空间难以发出声来。作者忙于叙述两个村子战斗的经过和结果，其目的不是诗性的抒情，而是讲述械斗事件的惨烈性。在作者焦灼的批判的现代性眼光审视下，传统乡土中的诗意便远遁而去。但尽管这样，许杰仍然在叙述两村战斗的间歇，表达出了作为弱者的妇人的惊恐，特别是对与两村都有亲属关系的香桂姊"沉湎在悲惨的愁思之中"的描写，表现出作者浓郁的人道同情和感伤。这便是从客观现实叙事之中闪现出来的诗意火花。

在类似写实主义小说中，客观的叙事空间中会穿插一些表现主观情绪的属于个人化的空间叙写，或隐或现地流露出作者的人道情怀，表达了对现实社会的不满和批判以及对底层人的同情，从而在精神层面续接了传统诗性小说中所具有的民生关怀，也是对伟大的诗人屈原"长太息以掩涕兮,哀民生之多艰"的遥远回应。

有的小说对现实空间的叙写比普通的写实主义小说更为复杂。如冰心的《斯人独憔悴》、叶绍钧的《潘先生在难中》等作品。《斯人独憔悴》开篇写道:

> 一个黄昏,一片极目无际茸茸的青草,映着半天的晚霞,恰如一幅图画。忽然一缕黑烟,津浦路的晚车,从地平线边蜿蜒而来。
>
> (冰心:《斯人独憔悴》)

这是火车由远而近开来的场景描写,是佣人刘贵接颖石时在站台上见到的情景,这个物理空间中出现了火车和火车道,它不同于乡土小说中的传统乡土空间。这篇小说物理空间的主体是颖石的家庭空间,这个家庭空间是具有很强封建专制性的传统空间。颖石、颖铭所追寻的现代性空间形成了对以家庭为代表的传统性空间的挑战,具体表现在参与学生进步运动的颖铭颖石兄弟与父亲之间产生了激烈的冲突。火车站代表的现代性空间、家庭代表的传统空间共同组合成了人物的行动空间,而且这两种空间都属于"现在的空间"。而小说实际上还隐藏着一个"未来的空间",它是现代性空间发展的未来指向,是颖铭颖石进步活动的最终目标。就整个小说的空间结构而言,仍然具有线性发展的特点,其受进化论观点的影响较为明显。《斯人独憔悴》以反映现实问题为主,具有很强的写实性,缺少"过去的空间"融纳主体的主观情意,因此其诗性意味较淡。

叶绍钧的《潘先生在难中》(1924年)按照潘先生逃难的先后顺序进行线性叙事,其中主要涉及两个物理空间:上海和让里。从让里到上海,从上海又到让里,这是潘先生逃难时的空间转移。除了地域物理空间外,还有地域空间下的局部空间,如潘先生家、教育局、学校、茶馆、红十字会办事处、吴姓人家、福星街红房子等，这些物理空间都是按照潘先生行动的时间顺序来结构的，时空的结合与普通人的日常经验是一致的，并没有出现陌生的具有主观性或者诗性色彩的抒情空间。而且这篇小说和叶绍钧的《饭》《孤独》一样，对人物心理采用冷静客观的展示，最大限度地抑制主观情感的流露。对潘先生这种小人物的卑琐与自私心理的揭示，是通过人物行动的客观真实叙写来达到讽刺与批判目的的，而不是情感或思想的直接流露。小说中人物的内在心理空间并没有建构起来，因为第三人称叙事视角对人物心理的客观展示，人物心理活动内容仍然停留在行动空间中，而心理空间的缺失也让主观情绪失去了表达的机会。这也是以物理或行动空间为主体的小说缺少诗性的主要原因之一。

同样写"现在的空间"，但如果插入回忆式或回望式的"过去的空间"，尽管是反映现实问题或批判现实的写实性作品，却也会呈现较为明显的诗性色彩。回忆性空间的插入愈多，主观情绪便愈浓，那么小说中"现在的空间"很可能被主观情感所包裹，从而使整个小说的叙事空间充满主观抒情色彩。许钦文的《父亲的花园》中存在着"现在的空间"与"过去的空间"。现实空间中的"我们"生活有着很大的压力，是不幸和残酷的；而过去父亲的花园充满生机，亲人们团结在一起，幸福美满。小说更多写"过去的空间"，展示过去的美好，比照现在乡土的衰败。作者在看似写实的笔触中，寄托了浓郁的今昔对比的感伤之情，而"父亲的花园"也成为作者感叹世事和缅怀过去的道具，也成为作者理想的田园诗意生活的象征。很明显，许钦文对空间的偏爱应该是过去的空间，尽管他采用了"现在的空间"作为外层结构空间。在冯至的短篇《蝉与晚祷》中，小说中的空间也属于"现在的空间"，小说主要写主人公"他"现在的所思所闻所想，其见闻属于"现在的空间"，而他对弟弟妹妹的回忆内容则属于心理空间和"过去的空间"。对弟弟妹妹的回忆充满了思念和赞美之情，于是情感浓郁鲜明的"过去的空间"便融入"现在的空间"之中，二者相互融合。正因为有主观性很强的情感介入到"现在的空间"之中，所以小说的空间发生了相应的质变。

还有一种是"现在的空间"与"过去的空间"的递进式结构，也即"现在的空间"随着时间的推移而变成了被人物回望的"过去的空间"，这样现在和过去两种空间便环环相扣，从而使小说结构十分谨严。比如倪贻德的《花影》，"我"（三哥）到了省城舅舅家，与表妹相识而喜欢上表妹，后来去了学校上学，自卑孤独，产生思乡之情。这是在"现在的空间"中进行的情节，而思乡和对儿时的回忆则属于"过去的空间"：

> 当那九月澄明的下午，散学归来，祖母正在念佛，母亲正在缝衣……全屋子里满布着寂静与和平的空气，便独自一人，走到西边的书屋里坐下，摊开了白纸，濡软了毛笔，调和颜色，画红的花，画黄的花，画绿的叶，画美貌的仕女，画江上点点的归帆，一张，一张，尽画去……也没人来惊扰，也没人来欺弄。
>
> （倪贻德：《花影》）

后来他和蕙妹感情日深，生出缠绵之情。三哥高中毕业后，得知蕙妹订婚了，又过了几年，他故地重游，无限感慨，于是又从"现实的空间"转向"过去的空间"，回忆他与蕙妹往昔的美好时光。小说前面部分的"现在的空间"便成为此时回忆中的"过去的空间"。不过作者在对"过去的空间"回望时，比较注重详略剪裁，小说前面部分详细描写过去的情节，在回忆中便进行概述，而未曾写过的便详细叙述，但这详细叙述的部分就叙事空间而言，和曾经叙述过的往事属于同一层次的空间。

一般而言，倾向于写实的"现在的空间"中如果植入了倾向抒情的"过去的空间",则诗性色彩将变浓。但是并非所有的"现在的空间"中插入"过去的空间"的叙事方法都能形成诗性,这需要和叙事视角结合起来考查。许钦文《父亲的花园》和冯至《蝉与晚祷》这样的作品,虽然采用的是第三人称,但一旦人物进入回忆性叙事后,作者便不再干预,叙事者以第一人称方式进行自我的追忆性叙述,不为旁人所干扰,带有一种自说自话的性质,这样便于作者与作品中的追忆者形成叙事视角的合一,那些被追忆的内容便富有了浓郁的主观色彩。这便是汪曾祺所强调的贴着人物写。如果追忆者与他人形成对话,是对他人讲述过去的故事,这样便在很大程度上过滤了主观情感,更强调叙事内容的客观性;或仅仅采用客观冷静的叙事方式讲述故事,这便削弱了故事的抒情性和诗意性,过去的空间也只是得到了客观的呈现,诗性也难以建构。比如郭沫若的《牧羊哀话》,作为浪漫主义小说早期的代表作,虽然艺术上有些粗疏,但却也能呈现当时浪漫小说的真实状况。这篇小说主要讲述牧羊女的悲惨遭遇,但却通过房东尹妈转述出来,讲述故事的女房东与"我"存在着对话关系,是"我"的追问才有了对方的讲述。因此这种转述便具有客观性,其抒情性遭到了削弱。

在现实空间中插入心理空间,也是小说诗性形成的重要手段。这种叙事方法也相当于在物理空间或行动空间中插入心理空间。这种空间结构方法在浪漫派抒情小说中大量存在。如冰心的《烦闷》、王鲁彦的《灯》、郭沫若的《歧路》、郁达夫的《沉沦》中都有较多的心理描写。

冰心的《烦闷》写一个名叫小小的少年的童年生活,写他和堂妹的友谊以及同玩的乐趣,这些都极大地慰藉了小小的孤独心灵。堂妹来家做客给小小带来欢乐,但堂妹很快又回家了,小小便如同丢了魂似的寂寞起来。冰心写儿童的纯净的心灵,写少年的惆怅和忧郁,这个"现在的空间"便充满了感伤之情。而《斯人独憔悴》写露沙等五位青年女子的人生遭遇,写各自的追求和不同的命运遭际,就叙事空间而言,也属于"现在的空间"。作者在叙事的过程中穿插了大量的书信往来,书信所陈述的内容虽然来源于现实生活,但更多是主观情绪或思想的表达,因此它们隶属于小说文本的心理空间,于是心理空间被置于整个大的叙事空间之中,形成了一种独特的空间结构方式。而小说的"现在的空间"便被这些心理空间所侵占,从而使小说具有了较为浓郁的抒情色彩。王鲁彦的小说《灯》(1924年)也属于这类空间结构的代表性作品。小说大概一千多字,采用了第一人称视角,其中"我"和母亲共处于某物理空间中,这个物理空间包括"我"和母亲所在的家庭空间和外部的自然环境。"我"和母亲的对话发生在家庭空间之中,在对话中插入了外在自然环境的描写,借此渲染凄凉的氛围,对话则表达了备受欺凌的愤怒与悲痛,在整个物理空间中充满了悲愤凄凉的情感。"我"在这种悲愤的情绪影响下产生了幻觉,自己化成了一滴泪,和着母亲的眼泪流到了母亲的心坎,并把自己的心挖出还回母亲心里。"我"的幻觉形成了小说的心理空间。小说很荒诞,却充满了象征和诗意色彩。在冯至的《仲尼之将丧》(1925年)中,时日不多的仲尼面对人情淡漠、世风日下的现实,常常把目光投向自己的过去(这相当于出现了回忆性的心理空间),过去有着自己生命的辉煌和诗意的人生,在过去与现在两个空间交替的叙写中,生命短暂、人生易老的伤感,事业未竟的遗憾以及生命的苍凉感便溢于言表,这使得小说具有了浓厚而忧郁的抒情色彩。

### 五、"未来的空间"

由于现代性和进化论在近现代启蒙时期都具有绝对的合法性,人们普遍看好未来,因此在五四小说中也自然存在着面向将来的"未来的空间"。五四新文学中"未来的空间"的建构多与民族国家的出路或未来密切相关。晚清时期梁启超的《新中国未来记》(1902

年)是具有乌托邦性质的小说,时空都指向未来,即故事发生在"孔子降生后二千五百一十三年"(即西历1962年)。小说第一回至第二回借助上海大博览会中全国教育会会长孔觉民老先生讲解"中国近六十年史",把中国六十年后的政治、经济、教育、国情等都进行了概述式的宣讲;第三回到第五回,以黄克强、李去病的经历宣讲救国的政治道理,其叙事空间相对于叙事者所在的空间而言,仍属"未来的空间"。梁启超在"未来的空间"中建构自己理想的"新中国",从而通过小说形式展示了自己理想的救亡图存途径。《新中国未来记》中故事性被淡化,政治理念在小说中大量宣讲而凸显出来,小说审美属性遭到了削弱或忽略,文本整体上更接近政论文。但这种政治小说对未来的想象方式,无疑为后来的革命小说或幻想小说提供了有益的经验。

除了梁启超的《新中国未来记》,晚清时叙写未来空间的小说还有蔡元培、陈天华、陆士谔等人的作品。蔡元培在《新年梦》(1904年)中主张中国人从家人发展成国人再发展成世界人,全世界建立万国裁判所,裁决各国之关系,同时建立一个没有战事、人人快乐、文明发达且殖民外星球的大同世界。陈天华创作了《狮子吼》(1905年),虚构了一个世外桃源般的文明世界。陆士谔出版了《新中国》(1910年),想象四十年后中国昌盛发达,超过了其他国家。这些小说都体现了晚清时期知识精英们积极建构未来的乌托邦情怀,对五四小说展开未来想象有着一定的启示与影响。

康有为、梁启超等人发起的资产阶级改良运动和后来的辛亥革命,催生了一大批思想先进的知识分子。辛亥革命失败以后,他们便开始为中国寻找新的出路,马克思主义作为世界无产阶级革命的指导性思想逐渐为中国知识阶层所了解和接受。梁启超、孙中山在20世纪初期都接触过马克思主义,但在当时毕竟为少数。十月革命胜利以后,特别是五四运动的开展,在中国掀起了学习马克思主义的热潮。李大钊在1918年发表了《庶民的胜利》和《布尔什维克的胜利》等文章，讴歌十月革命，宣传马克思主义思想，并满怀信心地发出预言："将来的环球，必是赤旗的世界。"李大钊在此设定了中国社会发展"未来的空间"的特性，即"赤旗的世界"。李大钊等人对马克思主义社会革命思想的介绍和传播做出了极大的贡献，其中社会主义社会和共产主义社会的宏伟理想成为五四革命文学建构自己理想社会空间的主要依据。尽管在有的革命文学中未来社会的具体形态并不清晰，但却成为一种远方的召唤，给无数革命志士提供了强大的精神动力。社会主义和共产主义的理想也成为催生诗意的精神动力。

在马克思文艺思想的影响下，出现了革命小说，其中具有代表性的是张闻天、蒋光慈、洪灵菲和阳翰笙等人。蒋光慈的短篇小说《野祭》（1927年）写一个具有革命思想的进步作家陈季侠的爱情遭遇。章淑君和郑玉弦都是知识分子，章淑君爱着陈季侠，后来投身革命，在散发传单时被捕，最后遭到杀害。季侠不喜欢长相普通的淑君，而爱上了温顺的玉弦，但玉弦是一个没有主见、胆小怕事的女子，最终和季侠分手。淑君牺牲后季侠痛苦不已，发现原来自己深爱着淑君，于是到郊外野祭淑君英灵。《野祭》中爱情叙事多于革命叙事，小说并没有从革命的角度展示革命成功后的美好图景，而是在爱情的叙事中展示了革命知识青年对未来的憧憬。其中涉及未来空间的叙写有两处。一处是淑君弹琴时唱的歌词中有着对未来空间的幻想："世界上没有人知道我；/世界上没有人怜爱我；/我也不要人知道我；/我也不要人怜爱我；/我愿抛却这个恶浊的世界，/到那人迹不到的地方生活。"淑君所憧憬的未来的世界并没有充分展开描写，这个世界是美好而非"恶浊"的，是宁静而充满爱的。另一处是陈季侠和郑玉弦热恋时对未来的憧憬：希望这种恋爱的幸福生活永远继续下去，希望永远生活在幸福的怀抱里。陈季侠因而感到自己的未来无限光明。显然，陈季侠想象的"未来的空间"并不具有革命者的崇高性，他仍然局限在儿女私情之中，和淑君的理想空间相比,季侠的思想境界显然要低得多。

《野祭》这两处对未来空间的叙写,都和人物对未来生活的想象密切相关,未来空间是通过想象建构起来的,属于具有较强的抒情色彩的空间叙写。这种叙事方式同样存在于多数革命小说之中,因为革命小说始终坚信进化论的观点,坚信理想定能在未来的时空中实现,因而对未来的憧憬便成为其叙写的主要内容。对于革命作家而言,未来的空间包蕴着希望与生机,属于全新的世界,是社会改革者们憧憬的理想化空间,具有乌托邦性质。从时间维度来看,属于进化论链条上的未来环节,强调的是"前方"维度,"前方"必然胜过过去和现在,"前方"召唤着人们奔涌向前。成功抵达前方的方式便是不断地进行革新,把住时代的脉搏,顺时而动,一往无前,而不是返回过去和安然滞留于现在。五四新文学中,激进主义小说更重视未来空间的建构。正如王平指出:"激进主义者以断裂式的革命打破现在的一切,将彼岸化作乌托邦,建构在线性的前方。"①

革命作家相信未来世界必定比现在或过去进步和美好,因此革命文学便常常对未来寄托了较大的期望。但现实比较残酷,在向理想或未来目标行进的过程中,革命遭遇到了无数的挫折,因而革命者常常借助梦境来表达自己的革命理想或愿望。比如阳翰笙的《女囚》(1928年)中,女革命者赵琴琦在大革命失败后被捕而饱受摧残,被国民党军官迷奸,她在现实中无法复仇,于是便出现了梦境中复仇和解救革命者的情节,这些情节内容是想象中的未曾发生的事件,发生于"未来的空间"。但由于早期的革命文学对未来的想象并不十分清晰,未来空间的建构也便难以成型。因此早期革命文学更多是对悲惨遭遇的回望,通过对苦难的展示达到揭示黑暗现实的目的。也因此,一旦涉及未来的叙写,多数革命文学仍局限于发泄

---

① 王平:《诗性的追寻——论中国现代自由主义文学的空间意识》,浙江大学2012年博士论文,第69页。

私愤和满足个人欲望的想象。阳翰笙的《女囚》如此，蒋光慈的《夜话》《野祭》也同样如此。《夜话》中的工人王阿贵在梦境中杀死了剥削自己的工头，从而满足了自己在现实中无法实现的愿望。《野祭》中对未来的叙写更多是对个体美好爱情的幻想，而对革命的未来并没有明确的叙写，革命对于陈季侠等人而言仅仅是一种观念而已，革命的"未来的空间"并没有在小说中展开。在张闻天的长篇小说《旅途》（1924年）中，主人公钧凯虽然也为儿女之情所困扰，但他开始超越私我而投身于拯救苦难民众的事业之中，其思想境界显然已经超出了个人主义的狭隘境地。因此，该小说成为早期较为成熟的革命文学作品。

成仿吾认为，并不是写革命题材的文学才是革命文学，只要感情是革命的，是"跃进"的，能激励人的信仰与热情的文学都可以算是革命的文学①。当然这样的界定虽然有点宽泛，但不得不说，成仿吾基本抓住了革命文学的本质，即革命文学能激励人的革命情感。比如鲁迅的《阿Q正传》，前半部分写阿Q及未庄人的日常生活，后半部分则写阿Q的"革命"及其失败。这显然是与革命主题有关的小说，虽然不能算是革命文学，但把它作为与革命题材相关并对革命进行思考的小说是毫无问题的。《阿Q正传》中有一段阿Q对革命的想象，这是通过阿Q对革命的幻想来完成的，阿Q革命的目的便是女人、报仇和瓜分财产等，完全是泄私愤和满足私欲。阿Q等人对革命的想象仍然是模糊的，没有脱离狭隘的境地。这种状况一直存在于无产阶级革命文学的初始阶段。

五四时期最早的革命文学作品是张闻天的长篇小说《旅途》，这部小说讲述了王钧凯与蕴青、安娜、玛格莱三位女子的爱情故事。

---

① 中国社会科学院文学研究所现代文学研究室编：《中国文学史资料全编·现代卷·47·"革命文学"论争资料选编》（上），知识产权出版社2010年版，第13页。

作者把爱情与革命结合在一起叙写,可以说这是最早采用"革命+恋爱"模式的长篇小说,不过在《旅途》中,恋爱是主体,革命是恋爱催生出来的结果。钧凯与蕴青没能结合,其原因是封建包办婚姻制度的阻碍。钧凯与玛格莱的爱情源于二人志同道合的革命志向,加上爱恋钧凯的安娜因向钧凯求爱时遭到拒绝,跳水自杀而死,这两件事便促使钧凯走向了革命的道路。就小说的叙事空间而言,其中多数属于"现在的空间",讲述钧凯的爱情与革命经历。小说从钧凯在美国收到蕴青结婚的信写起,引出钧凯与蕴青的恋爱经过,这是在现在空间中插入了过去的空间,在这第一层"过去的空间"中又插入了钧凯思念家乡的内容,童年与家乡的回忆便属于第二层次的"过去的空间"。小说快结尾时,钧凯在战斗中负伤,即将死去,小说此时写他临终的意识:"故乡的印象又闪进了他的脑海:那里有优美的河流与金黄的橙子,还有碧绿的麦地与青青的鲜草。牧童骑在牛背上吹着笛声,农夫立在水车上唱着恋歌……"①钧凯对故乡的回忆,其叙事空间属于"过去的空间",但作为革命者临终时的想象,不再仅仅是对故乡的回忆,同时也是其对未来的想象,因此这段关于故乡的叙事便实现了"过去的空间"与"未来的空间"的叠合。钧凯对故乡的美好想象便是对未来的美好展望,那里没有战争,也没有流血与死亡,一切都是自由而和谐的,这正是一个革命者理想的乐土。小说采用了一种闭合式的叙事结构,即钧凯从故乡出走,死亡之后又渴望回归故乡,这似乎是一种生命的轮回。但这实际上又不是简单的生死轮回,而是一种螺旋式的上升,革命前的故乡与革命后的故乡虽然都有着诸多的相似之处,但革命赋予了故乡更为丰富的内涵,是被革命者钧凯理想化后的故乡,钧凯临终时看到的故乡是对儿时故乡回望式的前瞻与升华。因此《旅途》中的未来的空间叙事是建立在钧凯反抗封建束缚、追求个体自由意志之上的。

---

① 张闻天:《旅途》,上海书店1985年版,第198页。

这种现代自由主义文学空间的建构,其目的在于"建构一个摆脱专制束缚、实现自我解放的个人空间,建构一个具有现代价值、意义的,反映现代人生命理想的,能够使人得到本真存在的、诗意栖居的精神空间"①。钧凯记忆中的乡土空间与理想的社会空间重叠在一起,成为其灵魂的诗意栖居之所。

石评梅的小说《红鬃马》和《匹马嘶风录》中所写的革命皆属于国民革命。以孙中山先生为代表的国民党提出了"民族、民权、民生"的口号,成为国民革命的最终目标,因而也为未来的中国描绘了一幅激动人心的美好蓝图。这也成为革命小说中革命者投身革命的动力,同时也是小说建构未来空间的依据。《红鬃马》中以郝梦雄为首的国民革命军,目的是要推翻满清政府,建立民主的政府。后来郝梦雄被敌人杀害,成为革命烈士,郝梦雄骑着红鬃马驰骋疆场的雄风英姿便成为梦一般的回忆。小说也简单地交代了郝梦雄慷慨就义的原因,那便是要谋人民的福祉,打倒当时的新军阀而继续革命。小说最后写道:在郝梦雄的遗志的激励下,颓唐的"我"重新振作起来,梦雄骑马扬鞭所指的地方,希望之星重新升起,散发出耀眼的光芒,"我"的激情重新燃烧起来,进入了一个新的世界。这种对未来的朦胧却有着无限憧憬的抒情式叙写,直指"未来的空间",只是这个空间仍处于一种梦幻般的感性认识中。在《匹马嘶风录》中,主人公何雪樵与吴云生都是革命者,小说基本按照时间先后顺序结构,就叙事空间而言,以"现在的空间"为主,其中何雪樵的回忆涉及"过去的空间",而"未来的空间"在小说中仍然是模糊的,只在小说中隐约地提及,比如吴云生在给何雪樵的信中所言,革命是为了打破旧的枷锁,去开辟"光明灿烂"的将来。因此"光明灿烂"的"未来的空间"仍然是模糊而幻美的,是革命者主观想

---

① 王平:《诗性的追寻——论中国现代自由主义文学的空间意识》,浙江大学2012年博士论文,第35页。

象的产物,但它仍然激励着革命者为之前仆后继,舍生忘死。可以说,很多革命小说中"未来的空间"的叙事都是较少而模糊的,这是早期革命文学叙写未来空间共有的特性。

并非只有革命文学才建构"未来的空间",正如成仿吾所言,那些进步的"跃进"的文学同样也有对未来的想象性叙写。而"未来的空间"一般是在"现在的空间"基础上建构起来的,是对现实空间的想象性延伸。在成仿吾的《灰色的鸟》中,"我"的同学丁先生对现实充满绝望与虚无感,"我"和未婚妻碧湘试图帮助他从悲观的境地中脱离出来,但没有成功。这些情节都是在现实的空间中展开的。小说结尾非常巧妙,丁先生给"我"来了一封信,告诉"我"他已经回到乡下,并在那里从事儿童的教育了,他已经找到了自己人生的小天地了。其中有这样的描写:"可是我要感谢我们的祖国与人类全部,因我已经寻着了现世的一个小小的天国了。我最可爱的楼梯一样排着的侄儿们,小朋友们,在高扬着手欢迎我呢!他们虽然多少被恶浊的社会染坏了,然而他们仍是未来的光明,未来的珠玉。……我们祖国与全人类的真的光明,还是要我们牺牲一切去创造。……"这封信是丁先生对未来的憧憬,信中一个美好的充满希望的未来空间被打开并呈现出来。未来空间也为我们呈现出一种诗性的想象,但这种诗性是崇高而宏大的和充满激情的,而非优美的。这种空间也是宏大的公共空间,而非个体的或私人的空间,具有对过去和现实的时空超越性。在小说《灰色的鸟》中,也显示出了成仿吾所具有的进步的革命思想。《灰色的鸟》中丁先生放弃了爱情和平静安逸的生活,去为自己的理想而奋斗,这是具有革命情怀的举动,这对后来"革命+恋爱"小说的创作有着一定程度的影响。

总体而言,五四小说的叙事空间主要集中于"现在的空间"和"过去的空间"两种类型,而对"未来的空间"的叙写较少。就"过去的空间"和"未来的空间"较"现在的空间"而言,主体的想象更为突出,因而也更容易生成诗意。但由于五四小说对"未来的空间"的叙写并没有充分展开,其诗意生成的空间较为狭小,无论是革命小说对未来的憧憬,还是其他小说对未来的展望,诗性色彩都显得较为淡然。五四小说的诗性空间更多集中在那些具有"过去的空间"叙写的小说之中。

## 第五节 文体变化与诗性建构

在晚清时期梁启超曾用文言文创作新体小说,他说:"启超夙不喜桐城派古文,幼年为文,学晚汉魏晋,颇尚矜练,至是自解放,务为平易畅达,时杂以俚语韵语及外国语法;纵笔所至不检束。学者竞效之,号新文体。老辈则痛恨,诋为野狐。然其文条理明晰,笔锋常带情感,对于读者,别有一种魔力焉。"①这种文体是对文言文的解放,写作不受四六俪句束缚,自由流畅,气势汪洋奔放,说理浅显易懂,容易感动读者。但随着时代发展,"经过了相当时期的教育发展,这种奔放的情感文字渐渐的被逼迫而走上了理智的辩驳文字的路"②。因为后来时代需要说理更绵密、逻辑更严谨的政论之类的文章,这种以情感抒发为主的文言文体便逐渐被取代了。到了新文化运动时期,反对文言文,提倡白话文,清末民初的文言新体小说由于采用的是文言文,因此文言新体小说的文体实验不得不为新的文体实验取代而归于失败。到了五四新文学时期,作家借鉴吸收西方小说和中国传统小说的创作经验,大胆地进行了文体形式的创新性实验,使小说体式发生了较大的变化,出现了日记体、书信体、诗化体、象征体和寓言体等多种小说体式。

---

① 梁启超:《英雄与时势》,中国工人出版社2013年版,第50页。
② 胡适:《〈建设理论集〉导言》,见刘运峰:《1917—1927中国新文学大系·导言集》,天津人民出版社2009年版,第4页。

## 一、日记体

日记体在五四小说中是常用的一种小说体式。日记更多是对自我内在世界的真实表露，多数具有较强的抒情性，所以广为五四作家所采用。除了鲁迅的《狂人日记》外，又如庐隐的短篇小说《丽石的日记》（1923年），石评梅的《祷告——婉婉的日记》《林楠的日记》，冯铿的《遇合》（1929年）等都属于日记体小说。另外许钦文的长篇小说《赵先生的烦恼》采用日记体形式写三个男女青年的三角恋爱。日记体采用第一人称叙事，这种叙事方式适合抒发主观情思，有着天然的抒情倾向。比如《祷告——婉婉的日记》中有这样的句子：

世界上最可怜最痛苦的大概是连自己都不知是谁的人罢！连自己的父母都不知道是谁，连自己的父母都不知在哪里的人罢？你照遍宇宙照尽千古的圆月，告诉我，我的父母是谁？他们在哪里？你照着的他们是银须霜鬓的双老，还是野草黄土中的荒冢呢？

（石评梅：《祷告——婉婉的日记》）

以上文字是自我的感叹，并没有具体的倾诉对象，相当于"我"的独语，这种主观情感的直接倾诉是不需要倾听对象的，完全可以进行自我的情感抒发。这种独语式的叙写具有浓郁的主观抒情色彩。但日记体小说中的第一人称叙事并不都是主观抒情的，第一人称同样可以用来进行客观叙事。如日记体小说《赵先生的烦恼》中有的内容显得客观冷静，缺少情感表现。比如下面的文字：

昨夜刮了整夜的风，今天突然觉着冷，三十号早晨来了一位病人，患着脑膜（炎）。头疼得他一直喊叫着，我给他枕上冰囊，似乎止住点痛。他是一个银行的办事员，和他进来的是几个同事，和他年纪仿佛的青年。……

（许钦文：《赵先生的烦恼》）

这段文字中第一人称叙事者"我"变成了旁观者，以第三人称叙事方式对"他"进行观察与叙述。所讲内容是"我"所看到的客观外界事物，因此缺少主观情感的参与。

日记体小说的诗性生成和叙事的视角相关，当叙事视角内转（即叙事聚焦到主体的内心世界）时便具有较浓郁的抒情性，诗意也将因此而生；但叙事视角外转（即叙事聚焦到外在的客观世界）时，客观讲述便替代了主观抒情，诗性色彩便相对削弱。又比如《狂人日记》中狂人作为一位迫害症患者，以第一人称为叙事视角，讲述"我"的独特感受，但是这种感受不是纯粹发自主体的内在心灵，更多是外部环境、人事引起了"我"的某种情感反应，从而出现了某种幻觉，而"我"对这种幻觉的陈述是客观的，感情也比较淡然。因此《狂人日记》的叙事仍然是客观而非主观的，是传达某种道理的而非抒发情感的。由此可知，日记体作品是否具有诗性色彩，不能仅仅从叙事人称考查，还需要从叙事视角和叙事姿态等方面进行综合考查。

## 二、书信体

书信体也是五四作家们常用的一种文体形式。书信体和日记体一样，都便于作者或人物情思自由灵动地抒写，这种文体既可以陈述外部世界，也可以表现内在心灵。书信或日记插入小说之中，特别有利于人物内心世界的表现。在强调主体独立意识的五四时期，书信和日记都深受作家青睐。严格意义上的书信体应该是全篇皆用书信的形式创作的小说，这类作品较少，具有代表性的如蒋光慈的《少年漂泊者》，整篇小说皆采用书信体形式。小说以第一人称进行叙事，以维嘉先生为收信者，当需要主观抒情时便直接与维嘉先生形成对话，把自己的主观情感抒发出来。小说结构上几乎是把主观抒情与客观叙事交替进行，使小说被强烈的悲愤情绪所笼罩。另外又如和创造社风格较近的王以仁的小说集《孤雁》，共六个短篇，全部是采用书信体写成。王以仁表示，自己的小说是自己的理想为现实所毁灭后而创作出来的，多数是写自己的事迹，特别是写自己落魄后对生活的想象[1]。郭沫若的小说《落叶》也采用了书信体，小说由菊子姑娘写给自己情人的四十一封信组成，这些信表达了菊子对情人炽热而真挚的爱恋，小说具有强烈的抒情色彩，为现代抒情小说的发展提供了宝贵的艺术经验。冯沅君的《隔绝》也是书信体小说，女主人公被母亲关在小屋里，不让她与心爱的男子青霭见面，逼其嫁给财主的儿子，她大胆地反叛家庭，准备跳墙逃走，逃走前秘密地向青霭写了封信，表达了宁愿为"心爱自由而死"，也要杀开一条血路的斗争决心。全篇以第一人称叙写，充满了浓郁的抒情色彩。

有的小说采用准书信体（或拟书信体）形式，即小说并无完整的书信体格式，但采用了书信正文的写作方式进行创作。比如郁达夫的《茑萝行》。"我"把妻儿从上海送走后，便内疚不安，为妻儿担忧。小说便采用准书信体形式，把自己的担忧和不安、在社会上遭遇的欺凌与压迫、谋生的艰难、自己愧对妻子的悔恨以及对现实社会的不满与愤懑等情绪以书信正文的形式直接叙写出来。小说采用了第二人称叙事，"我"是自我情绪的倾诉者，而"你"则成为倾听的对象。这种叙事方式显得自由灵动，情感真挚而浓烈。这篇小

---

[1] 郑伯奇:《中国新文学大系·小说三集·导言》,良友图书印刷公司1935年版,第22页。

说和鲁迅的《伤逝》、陶晶孙的《木犀》一样，采用回溯式结构方式，使整个小说生成了浓郁的诗意色彩。而且在结构上也都相似，采用了封闭的回环式结构，回忆部分成为主体，而对现实的讲述则只在首尾出现，回忆的主体受到主观情绪的包裹，从而带有浓郁的诗性抒情色彩。但回溯式的叙事结构，在内容展开的过程中，叙事者抒情的力度也是有差异的。比如《茑萝行》中，"我"对妻儿的担忧、对妻子的怜爱、对社会愤懑式的申讨以及对自己无能的自责等多为直接的情感抒写，"情"多于"事"，抒情的色彩便浓郁些。但不少地方是在对妻子"你"讲述自己曾经的遭遇和困顿悲凉的处境，"事"多于"情"，抒情色彩就淡些。

实际上五四小说更多是在小说中穿插书信文体形式，书信成为小说的情节内容，或者成为情节结构的要素。这是一种小说与别的文体融合的现象，将在后文谈及。

## 三、诗化体

鲁迅和废名均是现代诗化体小说（诗化小说）的开创者。鲁迅五四时期创作的一些短篇小说开了现代诗化小说的先河，成为现代诗化小说创作的源头之一。正如王瑶所说："鲁迅小说对中国'抒情诗'传统的自觉继承，开辟了中国现代小说与古典文学取得联系、从而获得民族特色的一条重要途径。"[①]普实克也指出："我不揣冒昧地说，对于优秀的现代中国短篇小说，例如鲁迅的短篇小说，如果要在中国旧文学中追溯它们的根源，那么这根源不在于古代中国散文而在于诗歌。也许我们正应该从这一方面寻找出表现环境、勾勒

---

[①] 王瑶：《王瑶全集·第五卷·中国现代文学史论集》，河北教育出版社2000年版，第76—77页。

人物形象特别是以寥寥几笔给故事创造气氛的能力。"①鲁迅小说的诗化除了受到本国诗性传统影响外，同样也深受外国文学中的浪漫主义、象征主义以及弗洛伊德的心理分析学说的影响，因此小说无论在形式还是内容方面都具有鲜明的诗化色彩。短篇小说《故乡》中对过去故乡的抒写是充满温情与诗意的。旧时的故乡有活泼天真的少年闰土，他头戴旧毡帽，颈戴银项圈，紫色圆脸充满生气，他有点害羞，但却和少年时的"我"不到半日便熟识起来。鲁迅笔下的闰土自身就是一首天真淳朴的诗，闰土还向"我"讲述了一些充满诗意的趣事：月下护瓜、雪地捕鸟、海边拾贝以及其他新鲜的事儿。而现在的故乡变得萧索凄凉，闰土也被生活压得凄苦麻木，年轻时漂亮能干的杨二嫂也变得势利而爱占小便宜。鲁迅通过不同时期故乡的对比形成情感的落差，情感落差带来的"不平而鸣"便成为抒情的动力。因此鲁迅在离开故乡时便有了无限感叹，抒情便在此时集中展开，而前面对故乡的相关叙述也因此笼罩在这种浓厚的诗意情绪之中了。《社戏》先写在北京看了两次旧戏，"我"深感无聊或无趣，由此引出儿时在故乡看社戏的回忆来，回忆的内容便是小说的主体部分，而北京看戏的经历则成为引子。回忆部分是充满诗意的抒情，小说结尾这样写道："真的，直到现在，我实在再没有吃到那夜似的好豆——也不再看到那夜似的好戏了。"鲁迅满含深情地回忆了那夜看社戏的经历，而回忆的内容即看社戏的经过本身是具有极强的诗意的，所以鲁迅最后的抒写绝不是临时或突发的感想，而是基于自己回忆性叙事中建构的诗意世界。从"我"自城里到鲁镇省亲开始，到与小伙伴们相约去看赵庄的社戏，整个过程充满了诗情画意和田园牧歌般的情趣。这其间不仅仅有对划船行进过程中的诗意抒写，而且还描写了孩子们在"偷"蚕豆过程中的淳朴善良

---

① [捷克]普实克：《普实克中国现代文学论文集》，李燕乔等译，湖南文艺出版社1987年版，第59页。

以及鲁镇人的温情与厚道，而这些都是鲁迅小说诗意生成的关键因素。在其小说《伤逝》中，以涓生的手记形式展开对自己与子君的爱情追忆，子君与自己生活的点点滴滴都成为自己悔恨与伤痛的抒写。这首诗歌是一个男子负罪心灵的真诚表达。李长之认为涓生就是鲁迅的自我写照，小说仿佛是鲁迅的心理记录，是非常"真切的一篇记录"，涓生的"寂静和空虚"，实际上也是鲁迅自己的[①]。李长之的话恰恰指出了《伤逝》中包含着作者真挚浓烈的情感抒写，所以《伤逝》完全是一首抒情诗。《伤逝》的抒写方式，明显受到了外国文学的影响，特别是浪漫主义和象征主义的影响。

而废名、沈从文的乡土小说在继承诗性传统方面显得更加突出，其小说更多田园牧歌色彩。在五四小说家中，废名、沈从文等作家很好地继承和发展了民族诗性传统。废名从故乡黄梅到北京后，明显感到对现代城市文明的不适，尽管生活于城市多年，这种不适感只是逐渐减弱，但从未消除。对城市的不适感与陌生感常常让他怀想起自己的故乡，故乡尽管落后贫穷，但那些山水风物异常亲切而富有诗意，故乡的父老乡亲质朴厚道可亲可爱，这些都成为激发废名诗意生成的根基。他的小说总是以回望的姿态抒写故乡的人事景物，总是饱含着浓郁的思念之情来抒写故乡，从而使其小说无论是内容还是形式上都富有了诗意色彩。废名的诗体小说对后来京派作家的诗化小说创作产生了较大的影响。

从情感角度来看，废名的小说多数是温馨而充满诗意的，但他的小说也多少会流露出凄凉之感。比如《柚子》中写柚子妹妹的遭遇，感伤味很浓。妹妹的遭遇是悲剧的，尽管如此，废名却能娓娓道来，其中对亲情的真实抒写更能击中人的心灵。废名诗化小说的内容多为日常生活，他常常于日常生活中发现诗意。《火神庙的和尚》中对金喜带狗洗澡的描写，是对闲淡而富有诗意的生活的由衷

---

① 李长之：《鲁迅批判》，北京出版社2009年版，第109—114页。

赞美，这是作者内在心灵的诗意外化。废名的诗意多属于富有古典韵味的诗意，是对欲望化、物质化的现代文明的一种反照。废名的小说多写凡人琐事，生活味浓，富有乡土气息，其笔下的人都是好人，善良随和，人与人关系融洽。《火神庙的和尚》中"偷青"的民俗写得别具情味，乡民的淳朴厚道便如在目前。而写金喜死，完全是暗示，无一死字，只有金喜骂人，声音传到门口，马上转换视角，从门外听到呻吟（其实没有人听到，只是观察空间转换），这种叙事是一种诗性的跳跃，显示了自由灵动的叙事技巧。《小五放牛》中对于陈大爷、毛妈妈、王胖子之间的复杂关系，作者采用了儿童视角，在无有用心的较为客观淡然的叙写中勾勒出来，而乡土生活中的暧昧与糊涂、憨厚与善良便跃然纸上。《菱荡》写陈聋子到街上送菱角，见石家小姑娘自然活泼，懂世情，善人意，对她便笑得露出满嘴的牙。回去遇到村里姑娘吵架，便说："你看街上的姑娘多好。"这简单朴素的描写便写出了石姑娘活脱脱的可爱。《菱荡》中的张大嫂因天热脱了衣服凉快，见聋子也并不惊诧，直说："哦！聋子！"菱荡在废名笔下显得自然而和谐，潜藏着生活的蓬勃生机，也回荡着自然而然的欲望和情愫。但即使有欲望，却也被废名用诗性的笔触过滤掉了多余的沉渣，剩下的更多是自然而纯美的情思。

废名小说的视角多用儿童视角。儿童视角在《桃园》《竹林的故事》和《桥》中最为明显。废名坚持把小说当成绝句来写，他的语言是简洁的，短促的，节奏感强，是诗意的，这种绝句式的短句是对中国诗性传统的继承。比如《河上柳》中的景物描写：

> 太阳正射屋顶，水上柳荫，随波荡漾。初夏天气，河清而浅，老爹直看到沙里去了，但看不出什么来，然而这才听见鸦鹊噪了，树枝倒映，一层层分外浓深。
>
> （废名：《河上柳》）

很明显，这段文字便有唐人绝句之美，语言简洁而富有意境。废名小说具有含蓄之美，他并不把情意写尽，他重视中庸之道，重视表达的度。《浣衣女》中的李妈和比自己儿子大四岁的男子有私情了，废名只寥寥几笔淡淡地交代而不做渲染，这样反而吸引了读者的注意力，不仅含蓄，还有一种解谜一样的阅读快感。含蓄是叙事带来的，这同样属于形式方面的诗性。因此，在废名笔下，诗性内容和诗性形式完全融为一体，形成了含蓄蕴藉的诗化风格。

创造社代表作家郁达夫、郭沫若等人的小说也具有诗化的特点。比如郁达夫的《沉沦》《采石矶》《茑萝行》等小说，郭沫若的《牧羊哀话》《漂流三部曲》《落叶》等小说，都具有较为鲜明的诗化色彩。但创造社小说过于强调内在心灵的直露式表现，因而存在着含蓄不足、缺少余味的缺点。

## 四、象征体

五四时期英、法、美等国的象征主义文学作品及其相关理论被不断译介到中国，形成了象征主义译介的一个高峰期[①]。五四作家深受象征主义的影响，创作了不少象征体小说。象征体小说是五四时期提出的概念，1921年茅盾在《安德烈夫Andrevev最后的著作》中称安德烈夫的《萨顿的日记》为"象征体"[②]。另一方面，五四作家还把象征手法大量应用于小说创作中。五四时期一些杂志是介绍外国象征主义作品的主要阵地。如库普林的《晚间的来客》刊登于《新青年》1920年7卷第5号，柯罗连科的《玛加儿的梦》刊登于《新青年》1920年8卷第2号，高尔基《争自由的波浪》刊登于《小说月报》1922年第13卷第4期，济之译的迦尔洵的小说《一株棕树》

---

[①][②] 施军：《叙事的诗意——中国现代小说与象征》，人民出版社2007年版，第72页，第67页。

刊登于《东方杂志》1920年第17卷第19号，明心译的安德烈夫的《蓝沙勒司》刊载于《东方杂志》1920年第10号……不少五四作家的创作观和创作实践深受象征主义小说的影响，比如周作人赞赏库普林的《晚间的来客》中那种具有象征意蕴的抒情诗般的小说。王统照的小说《星光》受到莫泊桑的象征体小说《月光》的影响。鲁迅在翻译日本作家厨川百村的《苦闷的象征》时也深受其影响，并在自己创作中加以应用，而在《药》中还在结尾处带上了安德列夫式的"阴冷"。但《药》只是使用了象征手法，还不属于象征体小说，鲁迅的《狂人日记》才称得上是真正意义上的象征体小说。狂人是启蒙者的象征，而"我"则是封建文化塑造出来的"常人"的代表，机械地遵守着封建文化的伦理纲常。小说中的行人、街景、月光、狗等事物无不具有浓郁的象征色彩，它们共同构成了封建社会吃人的象征性文化环境。

王统照的小说除《星光》外，另一篇短篇小说《沉思》同样属于象征体小说。小说讲述了画模琼逸的遭遇。她为画家韩叔云当模特，但自己的爱人不理解她，并离她而去。后来一位官吏又找韩叔云，责怪他雇女子裸模有伤风雅，并告诉韩说琼逸是自己的，韩和官吏还动手厮打起来。这事弄得琼逸不能再做模特了，画家也变成了狂人，不能画画了。琼逸很苦恼，她在春日的晚风中陷入了沉思，发出"我有我的自由"的感叹。这篇小说一般会被读者误读为现实主义作品，但实际上是一篇象征主义色彩极浓的小说。茅盾指出琼逸是作者理想的"美"与"爱"的象征，而老官吏是"功利"与"攻势"的象征[①]。王统照在后来的自选小说集的序言中指出，自己早期的作品（包括《沉思》）多是"虚浮的幻想"，"思想不免稚弱、单纯，尤可见出自己生活圈子的窄狭，故多从空想中设境或安排人

---

[①] 茅盾：《中国新文学大系·小说一集·导言》，良友出版公司1935年版，第23页。

物，因此就不得不重在'写意'"①。《沉思》正是作者"空中设景"的"写意"之作，其象征性和抒情性较为鲜明。小说结尾处，尽管琼逸还心里"闷沉沉"的，但却在朦胧的云层里透出了"一丝光明"，作者以象征的手法表达了自己对"爱"和"美"的理想。王统照的《微笑》写一位盗窃犯在监狱里受到一位女犯人的微小的感化，最后改邪归正，出狱后成了一位有知识的工人。但是那位象征着"爱"与"美"的女犯人要在狱中监禁终身，因此这又象征着现实生活中的"爱"与"美"并未获得自由。

另一位文学研究会成员（后来成为京派作家中一员）俞平伯的《花匠》写"我"到花市看到花匠剪花扎花，便深感心疼，责怪花匠对花的粗鲁。小说具有鲜明的象征色彩：花匠对花的剪枝和捆绑，象征着传统礼教对人的精神压抑与束缚。而凌叔华的《绣枕》中大小姐花了半年工夫费尽心血绣出的靠垫，不仅代表着大小姐聪慧贤能的女才，还寄托着大小姐对爱情的美好愿望，但是送到官宦之家白总长家后，当晚便被酒醉者吐满了秽物，且被当成脚垫随意践踏，然后被当成垃圾送给了下人。大小姐所绣的靠垫便是旧社会女子凄惨命运的象征性抒写。

象征体小说和象征手法不但丰富了五四小说的表现手法，同时也增强了五四小说含蓄隽永的诗性色彩。

## 五、寓言体

寓言体小说的情节具有离奇性或假定性，人物性格较为单一且有符号化倾向，叙事者有意让读者与故事情节保持相应的距离，形成一定的间离效果。寓言体小说其中的寓意具有明确且单一的指向

---

① 冯光廉、刘增人编：《中国文学史资料全编·现代卷12·王统照研究资料》，知识产权出版社2010年版，第129页。

性，并不像象征体小说的意蕴那样复杂难以把握。

创造社成员周平全的《烦恼的网》（1923年）属于寓言体小说，是对《阅微草堂笔记》这类古典小说采用故事形象说理的一种继承。整个小说首先设定了一个抽象而高度概括的观念，又编织了一个故事对这个观念进行形象化的解说。这个故事采用了西方寓言故事的一些元素，比如魔鬼及魔鬼的女儿，魔鬼的女儿用"忧愁""悔恨"分别做经纬，用"回忆"做织机，编织出了烦恼之网。故事中把松树、鱼儿和山中的野兽都拟人化，因此作品的寓言味十足。小说把人的贪婪和动物、植物进行对比叙事，揭示出了人因贪念而生烦恼的生活哲理。

沈从文于1928年创作的《阿丽思中国游记》也属于寓言体小说。这篇小说直接把刘易斯·卡罗尔的童话《爱丽丝漫游仙境》中的人物阿丽思和兔子傩喜先生移借到中国湘西，以此展示湘西世界的民风陋俗、社会心理和现代风气，借此批判现代城市文明以及湘西世界的陈规陋习。沈从文说这篇小说没能把"深一点的社会沉痛情形，融合到一种纯天真滑稽"中去[①]，也就是说作品中的社会批评太直接了，这与其后来的诗化小说相较，确实缺少了含蓄隽永的诗性。

寓言体小说采用形象的故事来反映社会问题或者阐释某种道理，但是由于其中的寓意具有单一性，人物也多被符号化，因此在诗性建构方面成效不大。

## 六、文体融合

这里的文体融合是指在小说文体中融入其他种类的文体形式，这也是五四小说诗性生成的重要途径之一。五四小说融入诗歌、书信或日记文体最为普遍，特别是对诗歌的融入，深受古代小说融入

---

[①] 沈从文：《沈从文全集·第3卷·小说》，北岳文艺出版社2002年版，第3页。

诗歌这一传统的影响。和古代小说相较，五四小说中对诗歌的融合形式较为灵活，有嵌入式的，有化入式的，也有结合二者综合应用的。插入的诗歌位置也很灵活，完全根据抒情表意的需要，可以随时随处插入。纵观五四小说插入诗歌的方式，大致有四类：一是在正文之前插入诗歌作为引子，二是在正文的开头部分插入，三是在小说中间部分插入，四是在小说结尾部分插入。

　　诗歌融入小说的方式不同，其所承担的功能也有差异。比如诗歌作为整个小说正文的引子出现的，其功能与那些被置于情节中的就不同。倪贻德的小说《花影》讲述了三哥和表妹蕙妹之间的爱情悲剧。小说开篇出现了一首诗歌，这首诗歌营造出一种悲剧的氛围，成为整个小说的情感基调和心理背景。而作为引子的诗歌的诗意和诗境便化入了整个小说的正文之中。在小说的结尾，作者用了李煜的一首词《浪淘沙令·帘外雨潺潺》作结，这属于嵌入式插入诗词。这首词的插入，不但与人物的情感顺应而下，强化了这种情感，而且在结构上与作为引子的诗歌照应，使整个小说的主体部分完全被诗意所包裹。整个小说插入诗歌文体时既有化入式插入和嵌入式插入，还有作为引子的插入，在构思方面显得非常巧妙。蒋光慈小说《少年漂泊者》中，当汪中的恋人刘玉梅逝去后，汪中作了一首诗表示哀悼；而在开篇还有一首类似引子的诗歌，其情感与整个小说的漂泊反抗情感相一致。而且开篇那首用作引子的诗歌同样为小说奠定了相应的情感基调。

　　五四小说多数情况下是在正文中插入诗歌的。比如郁达夫的《沉沦》《采石矶》《茑萝行》等小说中都插入了诗歌。在正文中插入诗歌，多数是为了抒发人物的情感，比如《采石矶》中，主人公黄仲则因思念昔日的恋人而写出的一些怀旧杂诗。沈从文的短篇小说《媚金·豹子·与那羊》正文中插入了媚金与豹子对唱的诗歌，以此表达男女主人公之间炽热的爱情。郭沫若小说《歧路》同样是在正文中插入诗歌，以诗歌抒情表意，表达主人公"我"一家所面对的险恶的环境和生存的艰难。有的在结尾处插入诗歌，比如《野祭》中结尾处陈季侠在野祭被反动派杀害的革命者淑君后，内心吟出的一首哀悼诗，同样是对主人公陈季侠伤痛之情的抒写。当然也有的小说融入诗歌是为了直接表达作者的某种情思，这在自叙传抒情小说或者一些以第一人称叙事的小说中较为常见。比如郁达夫《茑萝行》中主人公"我"在妻儿离开上海后吟唱的Housmans的 *A Shropshire Lad* 中的几句诗，既是主人公"我"悔恨之情的抒写，同时也是作者自我人生遭际的情感写照，具体来说便是郁达夫现实生活中左冲右突、四处碰壁后自责与怨愤之情的一种反映。

五四作家为了抒写人物内心世界，还常常在小说中插入书信。五四小说中的书信至少有两种功能，一是表现内在心理或抒发内心情感，二是补充内容，结构情节。比如庐隐的《海滨故人》中，叙事中穿插了诗歌和书信，这种文体交融的方式显然比传统小说插入诗词要显得自然，其中的诗歌和书信内容与小说内容是统一融合在一起的。另外第三人称叙事者采用的是白话语言，而书信有的采用的是文言文，有的采用的是白话文。而小说中的书信部分采用文言文，明显比白话文部分更具有诗意性。郭沫若《牧羊哀话》（1922年）中也插入了歌词和书信，歌词内容表达的是牧羊女对逝者英儿的哀悼，英儿为救牧羊女及其父亲失去了生命。而书信是补充情节信息的，起到结构情节的作用。又如成仿吾《灰色的鸟》除了插入一首诗歌外，在结尾处插入了两封书信。其中一封来自刘女士，她曾提倡个性自由，主张创造未来，信的内容是告诉"我"她嫁给了有权有势但腐败不堪的男子。一封来自曾经厌弃生活的好友丁先生，丁先生告诉"我"他已回家乡投身到教育中，要为祖国和人类的光明牺牲一切。小说以两封价值观截然相反的信作为结尾，此处的书信不仅具有了结构性功能，而且还寄托着作者鲜明的价值倾向。

总之，在五四作家中，在小说中插入诗歌、书信或日记成为一种较为流行的创作现象。其中以郁达夫、郭沫若、陈翔鹤、庐隐、冯沅君、陈炜谟、叶灵凤、徐祖正、王以仁、王思玷、倪贻德等人较为显著。五四作家选择有利于主观抒情的文体进行创作，既是启蒙时代激情抒写的需要，也是五四小说自身走向现代化的文体实践需求。到了20世纪20年代中后期，五四运动落潮后，作家们的现实感和理性认知逐渐增强，日记体、书信体，或者小说插入日记、书信的情况逐渐减少，文体融合热潮逐渐回落。作家们早期激情式的诗性抒写逐渐被充满革命功利色彩的写实主义所取代，五四小说诗性实验与重建的热潮也逐渐退去。

## 第六节　五四小说的诗性意境

诗性构成要素中的"境"，即意境，此概念属于诗性美学效果范畴，是由"事""理""情""乐""象""体""气"等诗性要素共同作用而形成的综合性艺术效果。诗性形式、诗性内容、诗性精神对意境的形成及其性质都有决定性影响。"含蓄朦胧"与"意蕴隽永"是意境最重要的两大美学特点。"含蓄朦胧"隶属于形式审美层面，更多受诗性形式的影响；而"意蕴隽永"隶属于精神或思想内涵层面，更多受诗性内容和诗性精神影响。一般而言，小说文本如果精神充沛、气势磅礴，意境必然博大开阔；如果精神飘逸洒脱，意境必然淡然超迈；如果精神萎靡消沉，意境必然哀怨缠绵……而诗性形式与诗性内容、诗性精神的契合程度，极大地影响着诗性意境的生成。即使有着充沛磅礴的精神或深邃的思想，粗糙的艺术形式也不可能形成高远超迈的境界。

同其他的诗性构成要素一样，五四小说意境（"境"）的形成首先受到诗性传统的影响。意境属于中国传统诗学范畴，而作为俗文学的传统小说，为了提高自己的地位和提升审美效果，在融入诗歌的同时自然把意境也引入了小说。这种文学传统同样深刻地影响了五四作家,他们即使在激进的启蒙阶段也没有完全放弃对审美境界的追求。特别是在五四启蒙运动落潮后,五四作家们开始反思小说工具化的弊端,重新转向对小说艺术形式美的重视,重新续接诗性传统,把传统诗学中的"意境"引入现代小说之中。

胡适在《建设的文学革命论》中特别强调艺术方法,要求写人、写境须有个性,写情要"真精""细腻"和"婉转"①。这里的"真精"是对题材内容的要求、"细腻"是对描写手法的要求,而"婉转"则是美学效果的要求,即要求文学作品要有婉转含蓄、韵味悠长的意境。鲁迅也非常重视小说的意境,他在评论清末谴责小说时说:"虽命意在于匡世,似与讽刺小说同伦,而辞气浮露,笔无藏锋,甚且过甚其辞,以合时人嗜好,则其度量技术之相去亦远矣。"②他反对直露的情意表白,主张含蓄隽永的艺术表达。周作人在《竹林的故事·序》中对废名小说的"古典趣味"大加赞赏,认为其以间接有力的文字、平淡朴讷的语言创造出了"独有的意境"。而废名自己也说:"就表现的手法来说,我分明受了中国诗词的影响,我写小说同唐人写绝句一样。"③要使小说具有绝句般的审美韵味,意境自然成为废名追求的艺术目标。

叶圣陶在《文艺谈·二》(1921年)一文中曾批评当时的小说:"近人作品取材的范围很狭,差不多世间只有一部分的事物情感可以做文艺的材料。就我所见,似乎表现劳工和妇女的痛苦的为最多。这等固然是文艺的很好的材料,但是群趋于此,意境又大略相似,就可知其中不尽含有深切的印象和精微的灵感,而半由于趋时

---

① 许觉民、张大明主编:《中国现代文论》(上),安徽教育出版社2010年版,第17页。
② 鲁迅:《中国小说史略》,广西人民出版社2017年版,第310页。
③ 废名:《废名小说选·序》,《冯文炳选集》,人民文学出版社1985年版,第394。

了。"①叶圣陶主张小说不仅要有意境，而且要有独特的意境。王统照在《晨报副刊·文学旬刊》发表了《文学批评的我见》（1923年），他认为应该从"风格、趣味、意境、思想中去找到作品中间的骨子"②，他把意境作为小说艺术的评判标准之一。1923年，董巽观于上海大新书局出版《小说学讲义》，其中一章为"意境"，他指出"意境是文学上的一种自然之美，像我们时常可以感到的，而且小说里更脱不了意境二字。因为有了意境，更觉得美，更觉得自然和深刻"。而"意境是一种超然于'视觉''听觉''触角'之外，便是我们所意想到的一个意"③。另外，沈从文、冰心、许地山、庐隐等作家都重视小说含蓄隽永的意境营造。

五四作家对传统意境进行继承和发扬者以废名、沈从文等人为代表。他们身上具有较浓厚的文人色彩和较强的怀旧情绪，他们的小说被称为诗化小说。他们反对现代文明对传统乡土伦理秩序的破坏，小说多写传统乡土的静穆、和谐、自然之美，具有很强的古典意味。废名与沈从文喜欢借助较为传统的意象活画出一幅幅乡村田园图景，比如废名小说中的杨柳、小溪、桃园、翠竹、菱荡、桥、塔等意象，沈从文小说中的梆子、更声、炮仗、山歌、陀螺、菊花等。除了单个的物质性意象外，还有较多的乡土场景类意象。场景类意象在废名与沈从文的小说中多属于故事的环境氛围，是乡土自然之美的诗意表现。但仅仅是自然或社会环境（氛围）并不能成为小说，小说必须有完整的故事，有人和事，即要有行动。但废名和沈从文却并不像传统小说那样重视情节的完整性，而是以散文化或诗化的笔法写小说，目的并不是为了讲完整传奇的故事，而是为了

---

① 刘增人、冯光廉编：《叶圣陶研究资料上》，知识产权出版社2010年版，第223页。

② 王统照：《文学批评的我见》，《文学旬刊》1923年6月11日。

③ 董巽观：《小说学讲义》，参见严家炎编：《二十世纪中国小说理论资料》（第2卷），北京大学出版社1997年版，第325—326页。

表达自己的情绪。他们小说中的情绪远远大于事件，而事件往往又是片段化的。事件也罢，人物也罢，环境也罢，都是表情达意的诗性元素，是艺术手段，而非目的。沈从文说："作者在小小作品中，也一例注入崇高的理想，浓厚的感情，安排得恰到好处，即一块玩石，一把线，一片淡墨，一些竹头木屑的拼合，也见出生命洋溢。"① 也即是说，小说中的任何"物""事""人"都是情感或理想的寄托，是激情洋溢的生命抒写，但情感是隐藏在"物""事""人"等相关意象背后的，这给小说增添了含蓄隽永的诗性品质。进入他们小说中的事物皆为日常，但组合起来则成了他们的理想之境，因而他们的写实最终指向的是"想象之境"，这种"化实为虚"的抒写方式是对诗性传统的继承。废名、沈从文多采用传统"以物观物"的思维方式，因而他们小说中的意境多近于王国维所说的"无我之境"，主体的情思隐藏较深，形成了含蓄朦胧的美学境界。因而可以说，在五四作家中，废名、沈从文的诗化小说在传承和重建诗性传统方面是颇引人注目的。

鲁迅小说《故乡》中的意境营造也是借助了传统的意境表现方法，小说的诗性形式与诗性内容、诗性精神融合得非常成功。鲁迅通过对童年故乡的人事充满温情的回忆与吟咏，描绘出和谐纯美的乡土社会，形成了超越现实、物我两忘的诗意境界。其他五四作家也在小说中或多或少地营造出传统意境，使小说局部地获得了诗性境界。

除了废名、沈从文、鲁迅等作家向传统回归，借助传统诗性手法营造小说意境以外，五四作家们还借助外国文学资源，特别是现代主义艺术手法生成小说的意境。比如心理分析、社会分析、象征主义、意识流等手法，五四作家根据自己的艺术个性对现代艺术手法进行了有效的借鉴与吸收。其中对五四小说意境形成影响较大的

---

① 沈从文著,范桥等编:《沈从文散文》(第3集),中国广播电视出版社1994年版,第285页。

是象征主义。方锡德指出，五四作家在西方现代派和中国传统诗学之间找到了共同的审美情趣，那就是五四作家对西方象征主义的"一见如故"[①]。

但并非采用西方现代派手法就一定能使小说生成意境，意境的生成是多种诗性因素综合影响的结果。尽管五四作家发现了象征主义与中国传统诗学有着对应的关系，有助于小说意境的生成，但在创作实践中却仍然具有很大的挑战性。比如五四小说中抒情最强的是创造社为代表的浪漫抒情小说，其中不少也借助了现代派的象征主义、意识流、心理分析等艺术方法，但由于情理过于直露，因此他们对意境的建构并不很成功。当然浪漫抒情小说中也有诗性较强的成功之作，形成了形神情理交融的诗性意境。比如郁达夫短篇小说《青烟》中弥漫着如烟似雾、堂皇迷离的忧郁之情，浓郁的情感与破败萧条的故乡景致相融合，形成了凄伤缠绵、欲罢不能的愁苦境界。而郭沫若的《湖畔的蔷薇》充满了象征意味，以花写人，含而不露，形成了令人咀嚼回味的韵味。但无论是郁达夫还是郭沫若，他们五四时期的小说多数皆为直露式的抒情，这妨碍了小说意境的提升。

对写实小说作家而言，营造小说的意境同样具有挑战性。如果与现实过于接近便缺少距离美，如果离现实太遥远，则可能落入虚无主义的窠臼，因此处理好虚写与实写之间相对平衡的关系便非常重要。写实主义作家们有的借助象征手法来平衡实写与虚写的关系。比如冰心的小说《最后的使者》《疯人笔记》，王鲁彦的小说《秋夜》，周全平的小说《烦恼的网》，陈衡哲的小说《小雨点》，许地山的《缀网劳蛛》等都在写实中融入了象征主义手法，并形成了相应的审美境界。类似具有意境美的小说，王统照称之为"写意小说"。

---

[①] 方锡德:《现代小说家的意境追求》，《中国现代文学研究丛刊》1989年第3期。

而有的五四小说把浪漫主义、现代主义、写实主义综合应用，创作出了具有诗性美的艺术形式，并借此表达宇宙、社会和人生的哲理。比如鲁迅小说《铸剑》，既采用了历史的写实，也用了浪漫的虚构，还融合现代主义特别是象征、暗喻等艺术手法，来讲述眉间尺替父报仇的故事，并借助这个个性鲜明、生动传神的"事象"承载丰富的哲理内涵。这样的小说又如冯至的《仲尼之将丧》，朱执信的《超儿》，许地山的《缀网劳蛛》，周全平的《烦恼的网》等。这种借助小说整体或局部故事来表达相应哲学思想的小说，被称为哲理小说，属于写意小说范畴。

但是五四时期多数写实小说并没有使所述事件成为符合艺术规律的艺术形象，加上语言平淡、艺术粗糙，艺术形式与思想内容并没有形成很好的契合。小说缺少了含蓄隽永的诗性韵味，高质量的意境便不可能生成。当然，有的五四小说由于内容陈腐、思想偏狭、视界狭隘、精神消沉，同样也不能生成与时代相呼应的艺术境界。

正是对西方现代主义艺术手段的应用，使五四小说意境在生成方面与传统小说有了区别。但这并非现代意境与传统意境形成差异的根本因素，最根本的影响因素是诗性内容与诗性精神。随着诗性内容和诗性精神的新变，五四小说的意境内涵也发生了变化，即在传统意境的基础上增加了现代理性精神。比如鲁迅小说《药》《示众》《狂人日记》《风波》《祝福》等都具有很强的象征色彩，小说中的象征性意象（含物象与事象）承载着鲁迅对历史文化、宇宙人生的反思批判或形而上思考。五四小说的意境不单是传统诗性文本中所推崇的"天人合一""物我两忘""视通万里""心游万仞"或沉醉于某种特定情景的审美境界，而且还容纳了对现实或历史的反思与批判，其中存在着对自然、社会与人生了悟的通透和超越，或者说存在着一种理性超越感性而获得的快感，以及批判现实、匡正世事的崇高感。

# 第六章 五四小说的诗性解读

　　无论何等进步的文学观，也无论多么热烈的理论倡导，脱离创作实践，都将成为空谈，因此五四小说的诗性回归与重建最终是在创作实践中逐步实现的。而在创作实践中，五四现代小说对文学传统经历了从激烈否定与批判再到肯定与继承的过程。在这个过程中，有的继承史传传统，形成写实主义小说，有的继承诗性抒情传统，形成抒情写意小说。但值得注意的是，在救亡图存的革命洪流中，在启蒙革新的思想浪潮下，无论是任何形式、任何种类的五四小说，无不受到浓郁的时代情绪的感染，从而被赋予了鲜明的时代精神。而五四时代精神是民族诗性精神在五四时期的具体呈现，其具体内容主要包括：救亡图存的家国意识，同情弱小的悲悯情怀，除旧布新的革命精神或抗争精神，追求个性自由的浪漫情怀，坚守文人品性的超脱心境等。这些诗性精神在不同小说类型中都不同程度地得到了体现。五四时期不同类型的小说对不同的诗性质素进行了有效的吸收而凸显出不同的诗性特质。为了分析的方便，笔者将五四小说分成乡土抒情小说、乡土写实小说、浪漫抒情小说、现代哲理小说和左翼革命小说等几大类型，本章也将以上述五种小说类型为主，分析五四小说诗性存在的大致状况。

## 第一节　乡土社会中的主观情绪

乡土写实小说是1923年前后出现的小说流派。1935年鲁迅在《中国新文学大系·小说二集·导言》中指出，王鲁彦、许钦文、蹇先艾等人的作品属于"乡土文学"，从而首次提出了这个概念："凡在北京用笔写出他的胸臆来的人们，无论他自称为主观或客观，其实往往是乡土文学。"在时代浪潮推动和鲁迅的影响下，乡土小说出现了抒情写意和客观写实两条路径，前者以《社戏》《故乡》《孔乙己》等为典范，它们直接或间接地影响了废名、凌叔华、杨振声、沈从文等人乡土抒情小说的形成，后者以《祝福》《药》《长明灯》《离婚》《风波》等为代表，直接或间接地影响了王鲁彦、台静农、彭家煌、蹇先艾、黎锦明等乡土写实小说的形成。乡土写实小说受到五四启蒙思想影响，吸纳了西方现代观念，相信今胜于古的"进化论"观，因而以"他者"的眼光审视生养自己的乡土，对传统乡土的落后、愚昧与野蛮等进行揭示和批判。而乡土抒情小说的审美情趣与价值取向与乡土写实派不同，它们固守民族诗性传统，抒写乡土社会的田园乐趣与纯美自然，小说具有鲜明的诗化色彩。本节重点分析乡土主观抒情小说，其中包括废名、凌叔华、杨振声、沈从文等五四作家，他们是后来京派的中坚力量。作为现代知识分子，这些作家身上保留着浓郁的传统文人不落流俗的独立品性，而在人格独立方面恰恰又与五四启蒙思想所倡导的自由民主精神相契合，因此这些作家身上既具有传统文人的气质，也具有新文化的烙印。

## 一、乡土抒写中的怀旧情绪

鲁迅的短篇小说创作开启了中国现代小说诗化叙事的先河①,其中《社戏》《故乡》《祝福》《伤逝》属于典型的乡土抒情小说。李长之指出,广泛地讲,鲁迅的作品都是抒情的,其多数小说中充满了人道主义情怀。《故乡》《社戏》《祝福》《伤逝》四篇小说情感抒发更加直接畅快无遮拦,带有"一种主观的感伤的浪漫主义的气氛"②。《社戏》《故乡》这两篇小说中不仅在局部上存在着充满诗性的环境描写,而且在整体上体现出浓郁的抒情特质,即小说在总体上浸透在一种怀旧与感伤之中。《祝福》采用第一人称和第三人称相结合的叙事方法,看似客观叙事多于主观抒情,但本质上是因回乡后情感遭受巨大的冲击而写就的一首充满伤痛与悲悯的悼亡诗。李长之说《祝福》"这篇文章中,愤恨是掩藏了,感伤也隐忍着,可是抒情的气息,却弥漫于每一个似乎不带情感的字面上"③。《伤逝》尽管偏重于对知识分子悲剧命运的抒写,但子君与涓生所生活的社会背景,仍然可以看成是一个广阔的乡土社会,因此《伤逝》也可以纳入广义的乡土小说之中。《伤逝》尽管抒写的是爱情哀歌,但同样也充满了对往昔生活追忆式的怀旧情绪。这种沉湎于过去的回忆式的怀旧叙事,使小说充满了浓郁的抒情韵味,大大地增强了小说的诗性色彩。

鲁迅小说中饱含着富有时代特色的诗性精神,具体表现为"张独立自由之性、抒浪漫忧愤之情、发美伟强力之声、写通脱超拔之

---

① 杨联芬:《晚清至五四:中国文学现代性的发生》,北京大学出版社2003年版,第151页。

②③ 李长之:《鲁迅批判》,北京出版社2009年版,第80页,第87页。

文等方面"①。为了更好地抒写这种诗性精神，鲁迅在使用现代白话文时借鉴了欧化语言，并吸收传统文言的精华，使其小说语言得以诗化。鲁迅还采用了中国传统绘画中的留白技巧，为小说带来了回味无穷的艺术效果。

另外，鲁迅还广泛吸收西方文学资源，特别是西方浪漫主义和象征主义，以增强小说审美效果。1903年鲁迅创作《斯巴达之魂》，其中的浪漫主义和传奇色彩显示出鲁迅的诗人气质。鲁迅在1907年的论文《摩罗诗力说》中对浪漫主义的推崇达到了顶峰。他推崇拜伦、雪莱、普希金、莱蒙托夫、密克凯维支、斯洛伐克斯基、裴多菲等浪漫主义诗人的作品中所具有的鼓舞人心的战斗力量："动吭一呼，闻者兴起，争天拒俗，而精神复深感后世人心，绵延至于无已。"②这正是鲁迅推崇的"新声"，它既是激情四射的诗力迸发，也是奋起反抗的诗意呐喊。

鲁迅小说在整体上蕴含着某种寓意，或者具有某种象征意味，富有含蓄隽永的主观抒情特色。这源于鲁迅对西方象征主义手法的创造性使用。《狂人日记》受安特莱夫的《红笑》中的象征手法的影响，表现出"格式的特别"。1924年，鲁迅还翻译了日本厨川白村的论文集《苦闷的象征》，在书中，厨川明确地指出他所谓的"象征主义""绝非单是前世纪末法兰西诗坛的一派所曾经标榜的主义"，而是指象征主义式的"表现法"③，厨川的"广义的象征主义"④被鲁迅吸收并应用于小说创作中，使其写实性小说中散发出迷人的象征主义诗情。

废名抒情写意小说的创作除了受鲁迅乡土小说影响外，更多更

---

① 廖高会:《在白话与文言之间:鲁迅小说语言诗化逻辑探析》,《文艺理论与批评》2014年第2期。

② 鲁迅:《鲁迅杂文全集》,九州图书出版社1996年版,第21页。

③④ 厨川白村:《苦闷的象征》,《鲁迅译文集》(第3卷),人民文学出版社1958年版,第29页,第32页。

直接的影响者是周作人。周作人是京派理论家和领导人物,他是一位人本主义者,他将人本主义和新文学结合起来,要求文学重新发现人,他说"文学是人类的,也是个人的"。他提倡"人的文学",指出"文艺只是自己的表现",对胡适提倡的"易卜生主义"不以为然,反对文学的功利主义,他对儿童文学有着自己的独到的见解:"在诗歌里鼓吹合群,在故事里提供爱国,专为将来设想,不顾现在儿童生活的需要的办法,也不免浪费了儿童的时间,缺损了儿童的生活。"①周作人对文学功利主义的反对在当时虽然有些不合时宜,但于文艺却是有益的,特别是他大胆地提出文学要表现自己,要保持儿童的自然与纯真,要求专注于审美的营造,这对后来京派作家的小说艺术提升和诗性的生成提供了有力的理论支持。周作人还认为文学便是做梦,他在废名小说集《竹林的故事》序中说:"文学不是实录,乃是一个梦:梦并不是醒生活的复写,然而离开了醒生活也就没有了材料,无论所作的是反映的或是满愿的梦。"周作人主张文学要超越现实,抒写个体生命的梦想,而不是对现实的复制。这种超越现实追求与传统诗性精神中的超越性形成了勾连。在周作人的影响下,京派作家也多写梦境,而他们的梦便是对"过去的现实经验"做出的理想化的叙写。京派小说作家把小说当成梦和诗来写的追求,使他们成为现代文学中最具代表性的诗化小说作家。

20世纪20年代废名小说作品有短篇《柚子》《竹林的故事》《浣衣母》《阿妹》《火神庙的和尚》《河上柳》《桃园》《菱荡》和长篇《桥》等。周作人的人道主义观念深刻地影响了废名。谢锡文指出:废名坚持人文主义立场,在中国历史文化现代化转型期间,他坚持与理性主义、科学主义和科技工商对生命、人性产生的异化力

---

① 周作人:《周作人代表作》,华夏出版社1997年版,第237—238页。

量进行抗衡①。他以田园牧歌的理想笔触建构自己理想的艺术世界，反对以进化论为哲学基础的线性时间观，倾向于佛教既永恒又循环的世界观。废名具有深厚的佛学思想，其诚挚的宗教情感赋予了其超越现实的空灵境界。同时他又深受儒家思想影响而具有强烈的道德良知，他希望把儒学和佛学沟通融合以抵达存在之真善美。因此废名在佛学和儒学之间穿梭游弋，做着人生的理想之梦，这梦便成为他融通佛儒抵达至高境界的理想表达，而他的"梦"也便成了其超越现实的美学境界和审美追求。他在《说梦》一文中说创作就是"梦梦"，是对过去的反刍。正是这样的"梦"的存在，废名的小说获得了一种超越世俗的空灵纯净境界。由此可见，废名的创作观念深受传统文化的影响，具有浓郁中国本土色彩。

废名小说具有浓郁的怀旧情绪，"怀旧是对过去的回忆，但这种回忆对过去进行了过滤，'丑'的部分被有意识地遮蔽，留下的是过去美好的一面，或者说是被美化了的过去"②。废名的怀旧充满了回望式的想象，"这种想象与主体对家园的记忆相结合，对客体进行美化式加工以重构失去的家园，在这个过程中，想象引导主体进入了客体世界"。在想象中，"一种比'真实感'更能震撼人心的'美'的感情"便产生了。③因此，废名在怀旧式的乡土抒写中，吟唱出一曲曲田园抒情牧歌，建构出自己的审美世界。

而20世纪20年代的沈从文还很年轻，名气不大，但他已经创作了不少短篇小说，其中篇小说代表作有《篁君日记》《山鬼》《长夏》《呆官日记》等，长篇小说有《爱丽丝漫游记》。沈从文欣赏周作人"抒情诗的小说"的创作观念，他说："从五四以来，以清淡朴讷文字，原始的单纯，素描的美，支配了一时代一些人的文学趣味，直

---

① 谢锡文:《边缘视域 人文问思——废名思想论·前言》,光明日报出版社2010年版,第1页。
②③ 廖高会:《时间维度下乡愁意蕴的嬗变与叠加》,《理论月刊》2019年第12期。

到现在还有不可动摇的势力，且俨然成一特殊风格的提倡者与拥护者，是周作人先生。"①沈从文早期小说同样具有"原始的单纯，素描的美"的诗性特点。短篇小说《更夫阿韩》(1925年)，以朴实的语言写一位受人尊敬的更夫韩伯。和沈从文其他小说一样，这篇小说并无宏大曲折的完整故事，他写的是日常生活，但这日常中透露出沈从文对恒定的传统乡土社会的偏爱和赞美。沈从文笔下的韩伯并不按照固定的时间打更，他时醒时睡，人们由着他的梆声随时敲响，从无怨言。韩伯如同小孩率真，毫无城府，与人随意得很，但关心他人却毫不含糊。整个小说呈现出一种和谐的氛围，而时间是连绵混沌循环往复的，生存在小城中的人乐天安命怡然自得，小说表达出了沈从文对古老乡村社会的缅怀，沈从文为读者描述出了一幅素淡质朴的山水画面。《福生》(1925年)主要讲述私塾老惩罚学生福生背《三字经》的故事，尽管有着老师、家长的严厉管制，孩子们仍然保持着天真顽皮、随性自然的本性，其中穿插了福生对童年伙伴们野外戏耍的回忆性情节，这段回忆性叙述充满了诗情画意。又如短篇小说《炉边》(1926年)中的吃夜宵，这种平淡无奇的日常被沈从文写得趣味盎然，营造出宁静祥和的生活氛围，充满了田园诗意。

而《木傀儡戏》《在私塾》都写童年往事，前者写看戏期间孩子相约战斗的故事，后者写孩子们逃学顽皮的童年往事，这两篇小说都充满了童趣童真，也展示了沈从文对自由人性和无忧无虑的生活形态的渴望以及对陈规陋习的批判。1929年的《龙朱》体现了沈从文对原始生命力和原始人性的赞美，这和他对城市文明一以贯之的批判相一致。正如他在《写在"龙朱"一文之前》中所言："血管里流着你们民族健康的血液的我，二十七年的生命，有一半为都市生活所吞噬，中着在道德下所变成虚伪庸懦的大毒，所有值得称为高

---

① 沈从文：《心与物游》，红旗出版社2015年版，第220页。

贵的性格，如像那热情与勇敢、与诚实，早已完全消失殆尽，再也不配说是出自你们一族了。"[①]古老的边城世界既是他人生理想的出发点、也是其理想的回归处，是其乡愁的源头，也是其浪漫想象衍生出来的乌托邦世界。1929年《媚金·豹子·与那羊》是对爱情的颂歌，作者以浪漫的诗意的笔触描写了苗族人民忠贞纯粹的爱情，同时也流露出对现代人眼中的世俗化爱情的批判。同年创作的《萧萧》则流露出对人性的赞美，也描写出湘西边城世界中的圆融和谐，其间充满了浓郁的生活氛围和诗意盎然的牧歌情调。

## 二、统一平衡的情感结构

五四以后，军阀割据的局面实际上给了当时知识分子一个较为宽松的政治环境，因而政治意识形态对废名、沈从文等人的压力非常小，政治环境并非影响他们走向诗性叙事的主要因素，更重要的影响因素在于民族诗性传统，或者说来自他们骨子里所具有的文人情怀。而"文人久受抒情文学的熏陶，他们的艺术个性已经被强大的抒情传统浸透了，因此文人手中的中国小说不可能不表现出很强的诗性特征"[②]。废名、沈从文回望式的写作姿态，往往受人诟病，认为他们脱离时代而退缩到艺术审美的世界之中。这种观念与事实不符，实际上废名与沈从文等人的诗化小说创作并非只关注形式而忽视内容的。恰恰相反，他们小说的诗性形式赋予了小说丰富复杂的思想内涵，其意蕴也显得幽深隽永。

废名在北大英文系读书时，对西方名作家如莎士比亚、哈代、塞万提斯等有过深入的研究，对西方文化也有所涉猎，这开阔了其眼界。在中西文化相互观照之下，他依然坚守民族文化之根，而对

---

① 张秀枫编:《中国现代名家经典书系·沈从文小说精选》，北京工业大学出版社2012年版，第127页。

② 张卫中:《母语的魔障》，安徽大学出版社1998年版，第172页。

西方文化不拒绝也不迎合，保持着开放的心态。废名受过五四启蒙思想的洗礼，他批判乡土社会落后、愚昧与残酷的现实。其小说《浣衣女》中的寡妇李妈，成为全村的"公共母亲"时备受称赞，但当她因孤独无依而收留了单身男子时，便触犯了乡村伦理道德，遭遇了前所未有的冷眼与嘲讽。废名在这篇小说中对封建伦理道德的虚伪与反人性进行了揭示与批判。废名坚持以守护传统的方式迎接现代社会的到来，他借助莫须有之口指出："故是历史，新是今日，历史与今日都是世界，都是人生，岂有一个对，一个不对吗？"①在废名看来，现实需要应对，历史也需要回应，二者同等重要。但废名在创作时并不对现实与历史（传统）同等用力，对传统文化中固有的愚昧落后以及现代工业文明带来的各种弊端的反思与批判，都巧妙地融入其内在的情感抒写之中，即化入对传统或历史的抒写之中。因此，废名并不对社会现实或现代文明进行正面的批判，而是在续接中国文人抒情传统的基础上，通过展示中国传统乡土社会美好的一面来表达自己理想的社会图景，因此他的小说是内敛的自我情感抒发。

　　沈从文年轻时就梦想做个诗人，他在《我怎么就写起小说来》一文中说自己"乐意做个'诗人'，用诗来表现自己的思想感情"②。青年沈从文耳闻目睹了兵匪横行、民生维艰的社会黑暗现实，尽管已感觉到了旧世界正在腐败坍塌，但他觉得自己还没有成熟到拥有批判这种黑暗现实的能力，而用诗歌来表达自己愤激的情绪则较为容易，他认为自己在青春的成熟和觉醒中，"对旧社会，对身边一切不妥协的朦胧反抗意思，就叫作诗"③。沈从文的诗歌多半是讽刺当时醉生梦死的部队官员和社会现象的。在五四运动波及湘西社会之

---

① 废名:《莫须有先生传》,广西师范大学出版社2003年版,第345页。
②③ 刘洪涛、杨瑞仁编:《沈从文研究资料·上》,天津人民出版社2006年版,第114页,第117页。

后，沈从文受到了极大的鼓舞，他似乎找到了重新认识人生和评判社会的办法，随着阅读视界的逐渐扩大，特别是五四文学革命期间对译介进中国的外国作品的广泛阅读，使得沈从文创作发生了转向，即逐渐放弃了诗歌而转向能反映现实生活的小说。沈从文认为，生命是变化不拘的，变化是常态，毁灭也是常态，生命不能凝固，"惟转化为文字，为形象，为节奏，为音符，可望将生命某一种形式，某一种状态，凝固下来，形成生命另一种存在和延续，通过长长的时间，通过遥遥的空间，让另外一时另一地生存的人，彼此生命流注，无有阻隔。①"沈从文创作的根本动机是要与死亡对抗，把自己的生命意识与人类命运进行勾连与贯通，从而跨越漫长的时间通道，抵达永恒神性的居所。因此沈从文小说创作本质上是诗性精神活跃冲动的结果，这和他建造"希腊小庙"以供奉"人性"的创作动机是一致的，希望在凡俗琐碎的人世间找到灵魂的安居之所，从而诗意地栖居于大地。可以说，作为小说家的沈从文，骨子里仍然是个诗人。

废名和沈从文的小说都以主观抒情为目的，他们常常避开对社会重大历史事件或者风起云涌的时代变革的叙写，而以回溯性的抒情笔触叙写传统乡土社会中的日常生活，这种把历史与理想融为一体的写意式叙事方法，正是对民族抒情传统的继承。黑格尔认为："在史诗里诗人把自己淹没在客观世界里，让独立的现实世界的动态自生自发下去；在抒情诗里却不然、诗人把目前的世界吸收到他的内心世界里，使它成为内心世界之后，它才能由抒情诗用语言掌握住和表现出来。"②废名、沈从文的主观抒情小说便类似于黑格尔所说的"抒情诗"。朱光潜认为废名的《桥》是"破天荒"的作品：

---

① 刘洪涛、杨瑞仁编：《沈从文研究资料·上》，天津人民出版社2006年版，第130页。

② [德]黑格尔：《美学·第3卷》(下)，商务印书馆1981年版，第212—213页。

"废名先生不能成为一个循规蹈矩的小说家，因为他在心理原型上是一个极端内倾者。小说家须得把眼睛朝外看，而废名的眼睛却老是朝里看；小说家须得把自我沉没到人物性格里面去，让作者过人物的生活，而废名的人物却都沉没在作者的自我里面，处处都是过作者的生活。"①这段话同样适用于沈从文，夏志清后来在《中国现代小说史》中指出："沈从文的文体和他的'田园视景'是整体的，不可划分的，因为这两者同是一种高度智慧的表现，一种'静候天机物我同心'式创造力（negative capability）之产品。"②所谓"物我同心"便是主客体的融合，本质上与朱光潜所说的"把自我沉没到人物性格里面去"相当，都属于中国传统抒情方式。

因此，废名与沈从文的作品都以营造抒情氛围和表达特定的情感为主，故事和人物都是情感或观念的承载者，而且他们小说中所要抒写的情感多是单纯而非繁复的。学者王晓昀指出：

> 在形式审美规范上，小说与诗存在本质差异。表现在心理——情感结构的内部形式上，小说不像诗那样求同而整一，而是分化和相错的；因为小说不是抒情主人公独白式的单维情感结构，而是以塑造具有各自不同情感逻辑的人物形象为出发点和归结，它是特殊的多维情感结构，所以小说家不能像诗人那样，把审美想象建立在对生活普遍概括的基础上，让生活的千差万别在诗中得到概括、缩短乃至消除；又从而因外在差异的消除而导致不同人的情感差异消失进入一种共同的情境——意境。与此相反，小说家的任务在于揭示人物的心理距离和情感误差，从而塑造出个性独特而鲜明的人物形象。在小说中，这些个性各异的人物间不平衡的情感逻辑

---

① 陈振国编：《冯文炳研究资料》，知识产权出版社2010年版，第178—179页。
② [美]夏志清：《中国现代小说史》，刘绍铭等译，复旦大学出版社2005年版，第147页。

组成一个复合的立体的动态的情感系统、其中发生着不断的变化、调节和反馈,读者于此可以享受到一种高度密集而复杂的情感体验,小说艺术的感染力便蕴含于此。因此对小说来说,情感在性质和量度上的分化程度越高,人物的心理距离越大,小说艺术感染力便越强,小说审美价值便越高,然而在很多古代小说中,心理—情感结构的内部形式,往往不是充分小说化的分化和失衡,而是趋于诗化性的同一和平衡。①

由于受到中国抒情传统的影响,许多中国古代小说的情感结构显得比较单纯,人物性格较为稳定缺少差距较大的变化,到了五四现代小说时期,这种创作传统仍没有完全中断,具体表现在废名与沈从文的创作之中。废名的《竹林的故事》《凌荡》《桥》等作品,要么表现儿童的天真自然之美,要么表现乡村社会的静穆和谐,要么表现少男少女纯真的初恋,作者抒写的内容始终指向自己对传统乡土的眷恋,情感显得单纯明静。沈从文的《更夫阿韩》《木傀儡戏》《在私塾》《福生》《龙朱》《媚金·豹子·与那羊》或写人性和善,或写童真童趣,或赞美自然神性,或歌颂忠贞爱情,每篇小说主题明确,情感单纯而统一,故事线索明晰而不复杂,但抒情表意色彩十分鲜明,那些写进小说中的故事,都被浓郁抒情氛围所笼罩。对于沈从文的主题的单纯明晰,有学者用"反复叙事"进行归纳:"他通过反复叙事,把个体还原到类,从现象发现规律,把特殊提升到普遍,经验与人事通过这样的抽象,从流动时间的冲刷侵蚀中解脱出来,演化成习惯、风俗、文化,达到永恒。"②沈从文反复叙事

---

① 王晓昀:《中国的传统美学与古代小说》,《南开学报》1988年第5期。
② 刘洪涛:《〈边城〉牧歌与中国形象》,广西教育出版社2003年版,第100页。

的主题便是"爱欲"主题与"死亡"主题,①这种归纳虽然并不能反映沈从文小说主题的全貌,但基本上是符合事实的。因而废名和沈从文早期的小说,并非按照西方现代小说的要求去塑造性格多元复杂的人物形象,也不刻意去描绘人物自身存在巨大心理落差以及不同人物之间的巨大心理冲突。他们在情感处理上,更多继承了中国传统小说中趋于平衡的心理—情感结构形式,从而赋予小说更为鲜明的抒情写意色彩。用沈从文的话来说,无论是对乡土社会自然民俗的抒写,还是对社会现实的再现或批评,"其实本质上不过是一种抒情"。②实际上,废名也罢,沈从文也罢,他们的小说均是对中国诗性传统的现代回应,重视的是小说中的情调。

鲁迅小说如《故乡》《社戏》《祝福》《伤逝》的主题意蕴似乎要复杂些,但就情感—心理结构而言仍然显得较为集中单纯,在《故乡》中,因乡村的萧条与衰败带来了对美好童年生活的回忆以及对未来的展望,其情感基调是感伤的。《社戏》写童年生活,儿时鲁镇为代表的乡土社会民风淳朴,具有田园牧歌的味道,其情感基调是欢快幸福的。《祝福》写祥林嫂一步步走向死亡的悲剧命运,其中有着作者的悲愤与悲悯之情,其情感基调是悲伤的。《伤逝》是涓生以第一人称的抒情方式,追忆了自己与子君的爱情悲剧,其中充满了伤痛悔恨之情。因此这些小说的情感—心理结构仍然是较为单纯的,加上鲁迅并不着意于人物形象或性格的塑造,而是专意于抒情,因此情感心理结构也是平衡稳定的。

正因为有着较为集中专一的情感抒写,才使得小说中的环境、人物或行动都被某种情感所浸染,使小说各个要素为情感或思想所

---

① 裴春芳:《同质因素的"反复"——沈从文小说的叙事话语分析》,《中国现代文学研究丛刊》2004年第2期。
② 刘洪涛、杨瑞仁编:《沈从文研究资料·上》,天津人民出版社2006年版,第136页。

包裹，小说也因此被诗化了。

## 三、小说文体与诗歌文体的融合

鲁迅是中国现代诗化小说的开创者，它的《故乡》《社戏》《祝福》《伤逝》等小说作品，不仅仅是散文化的，而且完全被诗意所浸透。普实克指出："鲁迅的短篇小说，如果要在中国旧文学中追溯它们的根源，那么这根源不在于古代中国散文而在于诗歌。"[1]也即是说，鲁迅这些短篇小说更多继承了民族诗性传统，因此具有了鲜明的诗歌特质。鲁迅曾在《〈中国新文学大系〉小说二集·序》中说自己的小说"表现的深切和格式的特别"，其中格式的特别既包括鲁迅对文体的创造性应用，也包括对具有诗性特质的修辞手法的应用。鲁迅小说的诗化，并非仅仅在小说中插入诗歌，更多是把诗歌的质素融入小说之中，《故乡》《社戏》《祝福》《伤逝》等小说中并没有完整统一或跌宕起伏的情节，其中的故事片段都是抒情表意的需要，最后它们皆被内在的情感线索连缀起来。因此从艺术形式来看，鲁迅小说表层形式是叙事的，深层形式却是诗性的抒情的。也就是说，鲁迅小说文体对诗歌文体的融合，首先是把诗歌文体内化在自己的情感思想之中，而在其借助小说表情达意的时候，这种内化了诗性形式又影响了小说文体形式的生成，使小说文体散文化或诗意化了。如《伤逝》采用手记体，采用第一人称叙事视角抒写涓生对子君的哀悼以及对逝去爱情的痛惜、追悔之情。这篇小说既是叙事的也是抒情的，《伤逝》是小说文体融入了诗性文体后的变形文体，读者完全可以把它作为一首悼亡诗来读。

废名和沈从文都可称为文体家，他们在促进小说与诗歌、散文

---

[1] ［捷克］普实克:《普实克中国现代文学论文集》，李燕乔等译，湖南文艺出版社1987年版，第59页。

的融合方面做出了各自的贡献。废名深受中国传统文化影响，他对老庄哲学、佛道禅学以及隐士作风都非常钟爱，而其小说无论形式还是内容都具有浓郁的民族色彩。废名重视小说诗意氛围和意境的营造，周作人说："废名君用了简练的文章写所独有的意境，固然是很可喜，再从近来文体的变迁上着眼看去，更觉得有意义。"①废名有意识地将小说当成散文和诗歌来写，大大促进了现代小说的诗化。废名在《莫须有先生传》中，借助莫须有先生之口，对自己转向散文化的原因进行了解释：

> 莫须有先生现在所喜欢的文学要具有教育的意义，即是喜欢散文，不喜欢小说，散文注重事实，注重生活，不求安排布置，只求写得有趣，读之可以兴观，可以群，能够多识于鸟兽草木之名更好，小说则注重情节，注重结构，因之不自然，可以见作者个人的理想，是诗，是心理，不是人情风俗。必于人情风俗方面有所记录乃多有教育的意义。最要紧的是写得自然，不在乎结构，此莫须有先生之所以喜欢散文。他简直还有心将以前所写的小说都给还原，即是不假装，事实都恢复原状，那便成了散文，不过此事已是有志未逮了。②
>
> （废名：《莫须有先生传》）

废名推崇自由抒写的散文形式，实际上是对小说作为诗性文体的自由灵动抒写的追求。废名的《桥》由上海开明书店于1932年出版，但其创作时间几乎与《雨丝》相始终，大概于1924年前后就开始，一直写了很长时间。而《莫须有先生传》写作时间大致在

---

① 陈振国编：《冯文炳研究资料》，知识产权出版社2010年版，第157页。
② 艾以、曹度主编：《废名小说》（上册），安徽文艺出版社1997年版，第217—218页。

1930前后。这两部长篇小说和他的短篇一样，散文化诗化特征非常明显。

废名在文体上重视创新，他说自己创作小说是当作绝句来写的："就表现的手法说，我分明地受了中国诗词的影响，我写小说同唐人写绝句一样，绝句二十个字，或二十八个字，成功一首诗，我的一篇小说，篇幅当然长得多，实是用写绝句的方法写的，不肯浪费语言。"①这是他小说诗化的主要原因。把小说当成绝句来写，明显是受到了中国诗性传统的影响，当然外国文学对其影响也很大，他自己说过："在艺术上我吸收了外国文学的一些长处，又变化了中国古典文学的诗，那是很显然的。就《桥》与《莫须有先生传》说，英国的哈代，艾略特，尤其是莎士比亚，都是我的老师，西班牙的伟大小说《吉诃德先生》我也呼吸了它的空气。总括一句，我从外国文学学会了写小说，我爱好美丽的祖国的语言，这算是我的经验。"②

俞平伯曾对废名的小说进行过评价：废名的小说"是诗，也是散文"，"大约是一种诗的小说，散文的小说，因此给人美感"③。废名的诗歌受到了中外文学的影响。废名在《莫须有先生传》中借助莫须有的话解释了《桥》诗性生成的原因：

> 无论英国的莎士比亚，无论中国的庾子山，诗人自己好比是春天，或者秋天，于是世界便是题材，好比是各样花木，一碰到春天便开花了，所谓万紫千红总是春，或者一叶落知天下秋。我读莎士比亚，读庾子山，以认得一个诗人，处处是这个诗人自己表现，不过莎士比亚是以故事人物来表

---

①② 陈振国编：《冯文炳研究资料》，知识产权出版社2010年版，第109页，第110页。

③ 郭济访：《梦的真实与美——废名》，花山文艺出版社1992年版，第132页。

现自己，中国诗人则是以辞藻典故来表现自己，一个表现于生活，一个表现于意境。表现生活也好，表现意境也好，都可以说是用典故，因为生活不是现实生活，意境不是当前意境，都是诗人的想象。①

(废名：《莫须有先生传》)

从这段话可知，废名写《桥》本身是在写诗，他认为诗歌既可以如中国古典诗人那样借助辞藻典故也可以借助故事人物来写，即把故事当成诗来写。《桥》如此，《竹林的故事》《桃源》《菱荡》同样如此。所以，废名笔下的那些事件便都被其诗情所笼罩和浸润，形成了一个个的"事象"（见周剑之的《论古典诗学中的"事境"说》），即人物的行动形成的场景性意象，这就是"事境"，这与顾随所说的"行动的诗化"相似。所以废名《桥》中的小林、琴子和细竹的那些行动是被诗化了的，是一个个的"事境"。

沈从文同废名一样，重视文体创新，20世纪30年代他便以文体家著称文坛，苏雪林称"沈从文是一个新文学界的魔术家"②，意即沈从文特别善于灵活处理文体形式。钱理群指出："沈从文被人称为'文体家'，首先是因他创造性地运用和发展了一种特殊的小说体式：可以叫作文化小说、诗小说或抒情小说。"③而对文体的创新和沈从文的小说创作观紧密相关，他在《抽象的抒情》中说："艺术侧重在

---

① 鲁迅博物馆：《苦雨斋文丛·废名卷》，辽宁人民出版社2009年版，第180页。
② 苏雪林：《沈从文论》，见《苏雪林选集》，安徽文艺出版社1989年版，第460页。
③ 钱理群：《中国现代文学三十年》（修订本），北京大学出版社1998年版，第283页。

形式结构和给人影响的习惯有所破坏。"①当然五四时期沈从文的文体变革意识还并不十分强烈,但也已初步形成。沈从文有着自己的写作野心,他的创作志向是即便不超越以往的文学大师,也应该和他们比肩,即"希望做一个和十九世纪世界上第一流的短篇作品竞短长的选手"②。他对清末民初的新旧小说和五四初期的白话小说深感不满,认为艺术水平不高,故事矫揉造作,远不如明清章回小说引人,而自己的生活中所遭遇的人事和身边的种种腐败情形,任意切割下来一部分,都比当时报刊上的新文学作品生动深刻得多③。青年沈从文的雄心与抱负赋予了他大胆创新的勇气,他带着自己的生命经验和独特的个体意识,走向了自我抒情的道路。

小说的诗化并非易事,这和作者的性情和学识修养都密切相关,沈从文深受传统诗性文化的影响,施蛰存在《滇云浦雨沈从文》中指出,作为"乡下人"的沈从文,"安于接受传统的中国文化,怯于接受西方文化。他的作品里,几乎没有外国文学的影响。他从未穿过西服。他似乎比胡适、梁实秋更为保守。这些情况下,使我有时感到,他在绅士派中间,还不是一个洋绅,而是一个土绅士"④。沈从文在写小说前已经创作了不少的古典诗歌,他的诗人气质对其小说诗化产生了较大的影响,因而他爱借助意象表达思想感情。和废名一样,沈从文小说中的意象除了物象外,也有"事象",即"行动的诗化"。比如小说《更夫阿韩》中对韩伯的一段描写:

> 他老爱走到城门洞下那卖包谷子酒的小摊前去喝一杯。喝了归来,便颠三倒四的睡倒在那土地座下。哪时醒来,哪时就拿刚还做枕头的那个梆取出来,比敲木鱼念经那大和尚

---

①②③ 刘洪涛,杨瑞仁编:《沈从文研究资料·上》,天津人民出版社2006年版,第131页,第121页,第120页。

④ 王珞编:《沈从文评说八十年》,中国华侨出版社2004年版,第35页。

还不经心似的到街上去乱敲一趟。有时二更左右,他便糊里糊涂'梆,梆,梆梆'连打四下;有时刚敲三下走到道台衙门前时,砰的听到醒炮响声,而学吹喇叭的那些号兵便已在辕门前'哒——哒——'的鼓胀着嘴唇练音了。

(沈从文:《更夫阿韩》)

这段文字显得质朴随意,每句话看来也无特别的诗意,但整段文字置于小说艺术时空之中后,便升腾起一种诗意的韵味来,这正是沈从文在看似客观的不动声色的描述中,活画出了韩伯随意而安、自由自在的生命形态,这种自由无拘的生命形态本身就是诗意的栖居方式,是一种诗意的生活境界,令现代人艳羡却又难以抵达。沈从文和废名更多是依靠这种"事象"使小说得以诗化的,同时也使小说文体与诗歌文体得以有机融合。

## 四、其他乡土作家的主观抒情

除了鲁迅、废名和沈从文外,杨振声、冯至等人小说也具有很强的主观抒情性。杨振声与冯至在20世纪30年代都成了京派的中坚人物,他们的早期小说实际上已经显露出京派的抒情写意特点。杨振声小说《渔家》自然环境的凄清冷寂与人的生存困境相互映照,小说整体上呈现出一幅凄凉悲惨的生存图景。杨振声主张以小说抒写主观情感,比如其短篇小说《玉君》便是根据自己的理想人物创作而成,他说:"若有人问玉君是真的,我的回答是没有一个小说家说实话的。说实话的是历史家,说假话的才是小说家。历史家用的是记忆力,小说家用的是想象力。历史家取的是科学态度,要忠实于客观;小说家取的是艺术态度,要实践于主观。一言以蔽之,小说家也如艺术家,想把天然艺术化,就是要以他理想与意志去补天然之缺陷。"①

冯至于1923年发表于《浅草》的短篇《蝉声与晚祷》，完全是一首抒情诗，夏德勇评论说："与其说是小说，不如说是散文；与其说是散文，不如说是诗。"②小说采用第三人称叙事视角，但叙事者与小说主人公几乎是合一的。小说情节淡化，抒情性很强，具有浓郁的诗意色彩。冯至抓住关键的意象"蝉声"和"晚祷"，把自己忧郁的情绪编织进小说艺术空间之间。主人公"他"有来自现实的创伤，随后母亲与继母也相继去世，这些都给"他"无尽而绝望的打击，生命似乎没了出路，"他"受伤的心灵在蝉声的长鸣中变得敏感异常，"浓绿森林的叶中，发出来的蝉声，把时间空间叫得无边无限"③。这是一种心灵感觉的主观叙写，而非客观现实的再现。"树梢上还染着夕阳，蝉在一日之内，已唱到最后的歌调了。"④这样的描写虽然针对客观之景，但是却染上了浓郁的主观情调。小说以蝉声为贯穿全文的线索性意象，把母亲的离世、孤寂的灵魂、纯真的兄妹情谊、少男少女们的欢乐时光以及离别的哀伤都贯穿起来，把秋日的蝉声与往昔断断续续的回忆串联起来，整个小说写得曲直有致、声色摇曳，诗意盎然。

1925年发表于《沉钟》的《仲尼之将丧》，小说开篇写道："甚矣，吾衰也！久矣，吾不能梦见'周公'也！"这为整个小说奠定了一种哀婉感伤的情感基调。小说以仲尼为主要的叙事视角，抒发仲尼对时不待我，岁月流逝的感伤，也表达了自己面对礼崩乐坏而道义不传的现实忧患。冯至为了使主人公仲尼的自我抒情流畅自然，

---

① 蔡元培：《中国新文学大系·导言集》，贵州教育出版社2014年版，第128页。
② 夏德勇：《中国现代小说文体与文化论》，中国广播电视出版社2005年版，第110页。
③④ 鲁迅：《中国新文学大系·小说二集》，上海良友图书印刷公司1935年版，第112页。

采用了第一人称叙事为主,辅之以第三人称和第二人称的叙事方式,从而使抒情主体的情感能毫无阻碍地表达出来。另外,《仲尼之将丧》中的语言也完全是诗意化的语言,叙事也富有节奏,主人公内在心灵与外部环境的交替抒写,使主客合一,情景交融,满篇文字流溢着浓郁的诗情。

## 第二节 启蒙视域下的现实抒写

五四写实主义小说主要有两大团体,一是鲁迅影响下以《雨丝》《莽原》《未名》等刊物为阵地的乡土写实派。一是文学研究会诸成员,即人生写实派。写实正是时代的呼唤与需要,写实主义的发展又决定了乡土小说的必然趁时崛起。①五四时期,无论是乡土写实派还是人生写实派,或多或少都沾染了抒情传统,在某种程度上具有了诗性色彩,尽管这些诗性特质多数只是在局部上体现出来。同时,二者还都经历了由主观向客观逐渐发展的过程,多数作家早期的作品主观抒情性较强,随着年龄增加,作家们心智和技艺更加成熟,对社会现实问题更为关注,因而便由主观抒情逐渐转向客观写实,小说的诗性色彩也随之减弱。

### 一、乡土写实派小说

就鲁迅小说而言,李长之曾指出,相对于抒情性较强的《故乡》《社戏》《祝福》《伤逝》而言,《孔乙己》《阿Q正传》《离婚》《风波》的写实性和客观性要强些。②但就鲁迅以上作品来说,并非完全

---

① 杨义:《中国现代小说史》(第一卷),人民文学出版社1998年版,第415页。
② 李长之:《鲁迅批判》,北京出版社2009年版,第80页。

没有诗性色彩。台湾学者尹雪曼认为《孔乙己》"是鲁迅的第一篇抒情式的小说"[1]。鲁迅在对乡村底层知识分子孔乙己悲剧命运的叙写吟咏中,表达了其对底层知识分子悲惨命运的同情以及人情淡薄的社会现实的悲叹,小说于叙事之中充满了抒情意味。而其中抒情性的生成主要缘于穿插在小说中的几次感叹性评价:"孔乙己是唯一穿长衫而站着喝酒的人。""孔乙己是这样的使人快活,可是没有他,别人也便这么过。""自此以后,又长久没有见到孔乙己。"这些旁白式的话语,其实饱含了浓郁的主观情绪,这种评论话语的穿插,其功能与旧小说的诗词的功能相当。除此以外,孔乙己故事以外的闲笔营造了诗意的氛围,比如写秋天越来越寒凉,正是作者悲凉心境的意象化抒写,而闲人们对孔乙己的嘲笑声,则营造出作者对弱者真诚的同情和对麻木民众深沉的忧愤。又比如《示众》中的示众这个场景便是小说的一个主体性意象,鲁迅借助这个意象来表达因麻木不仁的看客所带来的悲凉与痛惜之情。这种叙写方式相当于传统的叙事诗,比如杜甫的《卖炭翁》《兵车行》等叙事诗作。因而我们仍然可以把《示众》看作是具有强烈的主观抒情色彩的诗性小说。

又比如《风波》中开始的环境描写便充满了诗意:

> 临河的土场上,太阳渐渐的收了他通黄的光线了。场边靠河的乌桕树叶,干巴巴的才喘过气来,几个花脚蚊子在下面哼着飞舞。面河的农家的烟突里,逐渐减少了炊烟,女人孩子们都在自己门口的土场上泼些水,放下小桌子和矮凳;人知道,这已经是晚饭的时候了。
>
> 老人男人坐在矮凳上,摇着大芭蕉扇闲谈,孩子飞也似的跑,或者蹲在乌桕树下赌玩石子。女人端出乌黑的蒸干菜

---

[1] 尹雪曼:《五四时代的小说作家和作品》,成文出版社有限公司1980年版,第57页。

和松花黄的米饭,热蓬蓬冒烟。河里驶过文人的酒船,文豪见了,大发诗兴,说,"无思无虑,这真是田家乐呵!"

(鲁迅:《风波》)

如果不看后面的情节,完全可以把这两段文字当作是田园牧歌般的乡村图景的诗意描写。鲁迅也正是通过静穆和美的田园诗意氛围的营造而与后面的风波形成对比,从而揭示古老土地中顽固与愚昧的国民性格。而这种诗意抒写方式则具有较强的反讽意味。

王鲁彦乡土写作深受鲁迅的影响,其小说《秋夜》《柚子》带有《狂人日记》和《示众》的痕迹。王鲁彦早期小说带有明显的主观抒情特点。杨义指出:"他在开始创作的三几年间,一直徘徊在抒情小说和写实小说之间。"①杨义还认为其第一部小说集《柚子》中部分作品,"在思想倾向和艺术格调上倒是更为直接地受到俄国盲诗人爱罗先珂的影响,博大而又清浅的人道主义,愤懑而又天真的抒情风格,奇特而又带点幼稚的象征性意象,使他的这些作品几乎失却了小说艺术所应有的厚实与凝重,而带有散文文体的直率和简捷"②。当然,王鲁彦的抒情品质更多来自民族抒情传统,特别是发愤抒情的传统诗性精神。《秋夜》采用梦幻叙事,以象征的手法叙写主人公在五四时代呼声中觉醒后却又无力改变社会的悲愤情绪,以及急于改变世界却又孤独无助而无所适从的悲凉情感。由于小说具有浓郁的抒情色彩,因而评论者曾华鹏称《秋夜》"是一篇随笔式的小说。这一个篇章,有诗的神韵,有小品文的样子,却不似短篇小说"③。《柚子》写主人公客居长沙,恰遇杀人"盛况",刀光闪处,人头似

---

①② 杨义:《中国现代小说史》(第一卷),人民文学出版社1998年版,第431页,第432页。

③ 曾华鹏、蒋明玳编:《王鲁彦研究资料》,知识产权出版社2010年版,第273页。

柚子滚动，作者以柚子象征军阀的血腥暴行，整个小说以反讽的语调写成，充满了悲愤之情。"柚子"这个意象富有丰富的象征内涵，是作者托物抒情中的"物"。王鲁彦其他作品如《秋雨的诉苦》《灯》《狗》等，"都是小品性质的文字，有如幽丽的散文诗，与鲁迅野草的风味相似"[1]。随着年龄的增长，青春激情与血性冲动逐渐消减，其小说主观抒情性也逐渐淡化而趋向写实，如《菊英出嫁》《许是不至于吧》《阿卓呆子》《黄金》等，艺术形式上的诗性色彩已经大大减弱。

许钦文出生于浙江绍兴，是鲁迅的小老乡，他说鲁迅"是我的私淑老师。我可以算作他的私淑弟子"[2]。可见其受鲁迅影响之深，其小说写实主义的特点较为突出。前期作品《父亲的花园》中以回望式的叙事，揭示了父亲花园由盛而衰的变化，充满了社会象征内涵，寄托了作者感伤之情，具有浓郁的诗性色彩。但许钦文多数小说都注重外部社会的真实描摹，缺少艺术技巧，尹雪曼认为其小说有几大缺点：太多重复、过分拖沓、太多说明[3]，因而其艺术形式上诗性色彩较淡。

蹇先艾早期作品集《朝雾》充满了寂寞烦闷的怀乡情绪，主观抒情性较强，但多为浮光掠影的印象式抒写，缺少后期如《踌躇》《酒家》《还乡》《乡间的悲剧》等集子中的那种深广忧愤的写实功底。《朝雾》中的情绪更多是自发的普通人类情感，还未曾融入深邃的内涵，因此与鲁迅、废名和沈从文等人的主观抒情有着相当大的差距。

黎锦明初期小说具有浓郁的抒情色彩，杨义说他是以写抒情小

---

[1] 曾华鹏、蒋明玳编：《王鲁彦研究资料》，知识产权出版社2010年版，第274页。
[2] 许钦文：《〈鲁迅日记〉中的我》，浙江人民出版社1979年版，第127页。
[3] 尹雪曼：《五四时代的小说作家和作品》，成文出版社有限公司1980年版，第84—86页。

说起步的①。特别是《轻微的印象》以散文化的笔法写少年的初恋,属于典型的抒情小说。后来还创作了《烈火》这样的浪漫抒情小说。和王鲁彦一样,逐渐成熟的黎锦明后来转向写实,淡化了前期的抒情色彩。

台静农是深受鲁迅喜欢的作家,在《中国新文学大系·小说二集》中鲁迅选了其四篇小说,远高于普通作家。鲁迅对台静农的喜爱在于其深广忧愤的写实风格和扎实的写实技巧。相对而言,台静农的写实主义手法更为成熟些,因此其主观抒情并不突出,他的情感思想或精神意志都是通过对现实的客观再现来传达的。

除了北京的乡土作家外,还有上海的许杰、彭家煌等,许杰擅长捕捉时代脉搏,作品以讽刺见长。许杰的现实主义作品中还夹杂着浪漫主义的手法,其小说笔法细腻,重视细节的精细描绘,具有了较鲜明的画面感和诗性色彩。比如在《惨雾》中写村里的械斗,但在紧张激烈的械斗情节叙写之前,插入了充满诗意的乡村景致描写:"暖风轻拂柳梢,新蝉开始歌唱,善鸣的黄莺儿飞过时,正直的投下一个黑影。我和我的妹妹杂在村人们的行列中,在祠堂前的樟树下纳凉。"这是和谐充满诗意的田园风情画,但乡村社会的恶俗与陋习破坏了这样的景致。因此《惨雾》中的诗意便被残酷的现实所冲散与淹没。作者在乡土批判中隐藏着对自然和谐纯美的理想乡土的思念,但其中更多夹杂着面对乡土时的现代忧患意识。

彭家煌擅长写乡土风俗,且常以细微之事生波澜,笔法细腻,但仍以写实为重,主观抒情色彩较淡,艺术形式方面的诗性较为淡薄。

## 二、人生写实派的小说

1921年成立的文学研究会,主要成员有郑振铎、沈雁冰、郭绍

---

① 杨义:《中国现代小说史》(第一卷),人民文学出版社1998年版,第501页。

虞、朱希祖、瞿世瑛、蒋百里、孙伏园、耿济之、王统照、叶绍钧、许地山、冰心、庐隐、陈衡哲等人。文学研究会主张"为人生的艺术",主张人道主义的思想,同情底层人民,要求关注和再现现实,反对为艺术而艺术。茅盾认为,文学研究会"是应了要校正那游戏的消遣的文学观之客观的必要而产生的"①。因而写实成了文学研究会成员最鲜明的特点。在文学研究会中,叶绍钧、王统照、许地山、冰心、庐隐、陈衡哲等人的写实小说中,同样存在着相应的诗性色彩,体现了传统诗性对作家们不同程度的影响。

叶绍钧早期重视主观直觉,他主张生活是诗歌的源泉,是一切的源泉(《诗的源泉》),而文艺家应该"以直觉、情感、想象为其生命的源泉"②。早期作品《春游》《不快之感》等都是受到直觉主义影响的作品,显得较为浅显而缺少思想的沉淀。他早期的问题小说以"爱"和"美"为主题。在小说集《隔膜》中有一篇《潜隐的爱》写一个被视为丑陋、愚蠢、卑贱的底层寡妇对邻人孩子的爱,情感饱满真切,感人至深,闪烁着耀眼的人道主义光芒,具有较强的抒情色彩。在五四早期现实主义小说中,类似抒情性强的作品实属难得。

但叶绍钧多数作品显得客观冷静,"他不慷慨悲歌地制造气氛,只是以平和诚恳的态度,深刻入微地叙写着的。他是以不带感情的笔触,对于个人实际生活的体验,用客观的写实手法,用朴实无华的文字,清爽流利的口语,表现出活生生的故事"③。叶绍钧作品擅长于做细节的雕刻,这有利于对社会作真实的反映,但却削弱了作品中含蓄隽永的诗性韵致。其小说《饭》并不宣扬当时流行的个

---

① 茅盾:《关于"文学研究会"》,《现代》第3卷第1期,1933年5月。
② 陈国恩:《浪漫主义与20世纪中国文学》,安徽教育出版社2000年版,第65页。
③ 尹雪曼:《五四时代的小说作家和作品》,成文出版社有限公司1980年版,第125页。

性解放或反帝反封之类的主题,而是写底层人在生存的边缘的挣扎:小知识分子吴先生为了谋取教员的职位低三下四乞求教务委员,获得职位后吴先生又被教务委员榨取薪资。故事写得令人悲酸,具有鲜明的人道主义色彩。其另一篇小说《孤独》写的是一位患病的老先生的孤苦艰难的生存状态,作者用细腻的笔法描写出了人到晚年所遭遇的苦难,叙写老先生遭到的外部世界遗弃,独自面对病痛与孤独的折磨。小说尽管有着对现实社会冷漠人性的批判,但更多的是个体生命终老之际所遭遇的痛苦的宿命式的呈现。作者对老人病痛的敏感、年老的担忧、孤独恐惧的描写非常细腻传神。叶绍钧的语言属于新式白话文,但其语言是凝练简约的,其中也带有少数文言词语,这给语言带来了含蓄凝练的特性。但叶绍钧的小说多采用写实主义的方法,以第三人称方式进行客观冷静的叙事,其情感埋藏较深,难以形成动人的诗性情感氛围。试看以下文字:

> 他的表侄女是个很适宜的主妇,能够处理琐屑的家务,使很有条理,又善于交际,得一切人的欢心。她将近三十岁了,因为她不曾生过孩子,而且很能修饰,看去只像二十刚过的人。她面颊上还显着处女似的红晕,眼睛也澄清且流利。
> (叶绍钧:《孤独》)

这段白话文夹带着文言的痕迹,语言凝练而流畅,但叙事视角是第三人称,客观冷静的叙事姿态把情感减少到了最低程度,类似这样的语言只是讲述而不是抒情的,也非诗性的。但并非叶绍钧的小说便完全拒绝了诗性表达,只是他的诗性显得比较淡然,其情感受到了极力的克制。比如《孤独》中,老先生的表侄女讲到自己和丈夫的恩爱生活的时候给中年丧妻的他极大的创伤,作者这时采用了心理描写的方式来抒写老先生极为孤独痛苦的情感。另外小说在景物描写上仍然有着诗意色彩,比如《孤独》中写老先生在茶馆里所见景致：

> 茶馆里开窗本不多；冬天的太阳一偏西，就滚一般地去了，于是更觉阴暗而寒气。众人呼出的炭气和吸水烟的人吐出的烟升腾不散，一切全有点模糊，仿佛浓雾之中。不很明亮的挂灯点起来了，只染红了附近的一团烟气，其外依然被着阴影。

（叶绍钧：《孤独》）

这不是那种明朗欢快的景致，而是晦暗忧郁的带着浓郁的感伤色彩的环境描写，这正是主人公内在心理的外射，这样的叙写呈现出的是一种感伤忧郁的诗性色彩。但少数诗意的抒写为整个客观冷静的写实所淹没，小说整体诗性色彩是较淡然的。

王统照早期小说主要表达"爱"与"美"的主题。比如代表作《一叶》（1923年出版）在小说结尾处极力叙写其对"爱"与"美"的哲学思考。但说教味过浓，艺术形象与哲理融合不紧密，因此属于较为抽象平淡而缺少诗性的作品。

冰心是一位诗人，因此她的小说一开始便受到了诗歌的影响，具有较为鲜明的诗性色彩。冰心主张文学要表现自我，她说："能表现自己的文学，是创造的，个性的，自然的，是未经人道的，是充满了特别的感情和趣味的，是心灵的笑语和泪珠片。"而且"能表现自己的文学，就是'真'的文学"[①]。冰心的《斯人独憔悴》尽管算不上诗化小说，但其中引用诗歌加强抒情性，这是对古典小说诗化传统的继承。《超人》里写何彬夜里睡不着，期间所见所想都具有浓郁的抒情性和诗化色彩："四面的白壁，一天的微光，屋脚几堆的黑

---

[①] 卓如编：《冰心全集·第1册·文学作品(1919—1923)》，海峡文艺出版社2012年版，第196页。

影。"这些语言干净洗练,含蓄而富有诗意。又比如何彬写给禄儿的留言,同样也是抒情的,是内心流出的诗。冰心的小说语言文白夹杂,含蓄而富有诗意。其中不时插入对童年、母爱的回忆性抒写,在延宕情节进展之时,形成了鲜明的叙事节奏。短篇小说《寂寞》采取儿童的视角写童趣、童真,抒情色彩浓郁。冰心对人物行动的叙写紧凑绵密,属于"行动中的诗化",这正是一种传统的诗化手法。但冰心小说的缺点在于抒情的抽象,成仿吾批判道:"他的作品,不论诗与小说,都有一个共通的大缺点,就是她的作品都有几分被抽象的记述胀坏了的模样。一个作品的戏剧的效能,不能靠抽象的记述,动作(action)是顶重要的,最好把抽象的记述投映(project)在动作里。……这也许是冰心偏重想象而不重观察的结果"[1] 这种抽象的抒写在一定程度上限制了小说诗性的生成。

许地山的小说带有宗教和传奇色彩,有异域情调和浪漫主义色彩,在自然风光的描写中,使用了一定的诗性笔触。《命名鸟》尽管以写实为主,但其中始终存在着对投水自杀的青年男女的同情,他在结尾写道:

现在他们去了!月光还是照着他们所走的路;瑞大光远远送一点鼓的声音来;动物园的野兽也都为他们唱很雄壮的欢送歌;唯有那不懂人情的水,不愿意替他们守这旅行的秘密要找机会把他们的躯壳送回来。

(许地山:《命名鸟》)

小说结尾以抒情的笔调曲折地表达出惋惜、沉痛与哀悼之情,借助月光与野兽的欢歌等意象,唱出了一首抚慰逝者与生者的哀歌。但许地山用佛教涅槃与生死得解脱等思想淡化了男女主人公死亡时

---

[1] 成仿吾:《评冰心女士的〈超人〉》,《创造》(季刊)第1卷第4期,1923年2月。

的悲剧感，削弱了作品的批判力量。

许地山的《商人妇》除了具有异域色彩外，还充满了对妇女命运的同情与感叹。他通过主人公自述身世与命运，把自己的同情与悲悯融入其中。《缀网劳蛛》充满了象征意味，或者说小说是围绕着"珠网"这个意象来编织情节的，因此小说在整体上具有很强的表意性。这种利用象征含蓄地表达情思的手法自然属于传统诗性技巧范畴，不过在整个行文中并没有多少突出的诗性艺术技巧，语言也显得较为平实而诗性色彩不强。

庐隐在五四文坛上与冰心齐名，她的小说多写恋爱的悲剧，其中回荡着凄然的哀歌。她在短文《创作的我见》中认为文学作品"唯一不可缺的就是个性——艺术的结晶，便是主观——个性的情感，这种情感绝不是万人一律的……"[①]庐隐对个性的推崇与创造社成员相近，这使得其小说充满了主观抒情色彩。其代表作《海滨故人》尽管语言朴实，缺少艺术技巧，结构平淡且显散乱，但情感真挚，体现了一群少女对命运的探寻，属于五四时代女性的思想情感的主观反映。总体而言，庐隐的小说艺术不够成熟，未能建构起作品的诗性世界。

陈衡哲（笔名莎菲）并不属于任何流派，其小说具有鲜明的诗化特色。比如《小雨点》将寓言、童话、散文等融为一体，形成了形式特别的小说，属于不像小说的小说。

## 三、重"事"轻"情"的写实特征

如前所述，民族诗性传统包括诗性形式与诗性内容两个方面，诗性内容主要包括"事""理""情"三要素。就写实小说的主题内容而言，总体上具有重"事"（"理"）而轻"情"的特点，也即通

---

① 《小说月报》第12卷第7号，1921年7月10日。

过物化性较强的客观事件（故事）以展现外部的社会现实，而抑制主体的主观情感表现。多数写实小说都力求对现实进行较为精细的再现，以揭示弊端和警示读者。比如茅盾以社会学的方法解剖社会现象，其小说重视逻辑析理与推断而轻主观情感的抒写和朦胧含蓄的表达。普实克认为，以茅盾为代表的社会分析小说重视现实，缺少了艺术美感。因为茅盾等人的社会分析小说排除了纯美学的成分，也排除了传统的抒情成分、精巧复杂的情节以及感官刺激性东西，他们的风格是平铺直叙而缺少修饰的。冯友兰说："一种表达，越是明晰，就越少暗示，正如一种表达，越是散文化，就越少诗意。"[1]因此，乡土写实派和社会分析派过分重视现实的精细再现，即重视对客观对象的直接描摹，描摹得越是逼真便越有效，但从艺术审美效果来看，则大大地降低了小说的诗性品质。

在写实派小说中，"事"和"理"是一致的，"事"是用以明"理"的。五四文学革命中，周作人和鲁迅等人倡导"人的文学"和"平民的文学"，其中具有鲜明的人道主义精神。鲁迅和周作人翻译"域外小说"多属于波兰、捷克等弱小民族的文学作品，这些作品的选取也与编者的人道主义思想密切相关。五四翻译作品中，更多的是俄国文学，而俄国文学本来具有一种悲天悯人的同情精神，以及友爱四海同胞的世界主义精神[2]。多数翻译作品中饱含着对底层人民的同情和怜悯，这正是五四作家们所迫切需要的思想资源。由此可见，无论是人生写实派还是乡土写实派，都是为了借"事"明"理"，目的要么是传播人道主义思想，要么传达变革乡土社会旧有伦理秩序或社会制度之"理"。

无论是人道主义之"理"，还是革新改造传统乡村之"理"，都

---

[1] 冯友兰：《三松堂全集》（第6卷），河南人民出版社2000年版，第14页。
[2] 尹雪曼：《五四时代的小说作家和作品》，成文出版社有限公司1980年版，第123页。

与社会时政紧密相连。詹姆逊曾说,"所有第三世界的文本都带有寓言性和特殊性,我们应该把这些文本当作民族寓言来阅读",而这种民族寓言正是当时政治诉求的集中投射①。正因为此,学者李俊霞才深刻地指出,五四乡土文本中的乡村和农民承载着知识分子的现代化想象与追求。"在这种诉求下,原本丰富的农民的内心世界、价值情感与各具特色的乡村景象都被过滤掉了,他们成了没有内容的本质性的客观存在物,就如同自然风景一样,虽然表面上千差万别,本质内容上却并无差异。"②因此五四时期写实小说缺少主题的丰富性和艺术表现形式的多样化,这正是写实小说自身所具有的缺陷,这在较大程度上抑制了小说的诗性生成。

总之,写实小说较乡土抒情小说而言,特别重视小说"传道"的工具性和功利性,因而不太重视对小说艺术形式的打磨,其结构的散文化、语言的口语化、情节的写实化等都在一定程度上削弱了小说诗性。另外,写实作家们重视对乡土世界的客观呈现,主观抒情受到了相应的抑制。但写实派小说饱含着作家们深切的忧愤与对底层民众的同情,这正是传统诗性精神在五四时代的反映,王鲁彦曾说:"无论如何弱小的国家都有它们自己的灵魂,或者,我们可以说,正因为它们弱小,受压迫,被损害,它们的灵魂愈加沉痛,愈加悲哀,而从这里所发出的呼声愈比大国的急切,真挚,伟大。文艺正是从灵魂中发出来的呼声,我因此特别爱弱小民族的文艺。"③因此写实派小说更多是在诗性精神而非诗性形式方面对诗性传统进行了继承。

---

① [英]詹姆逊:《处于跨国资本主义时代中的第三世界文学》,见张京媛:《新历史主义与文学批判》,北京大学出版社1993年版,第234—235页。

② 李俊霞:《五四乡土叙事的生成:现代认识"装置"下的想象与建构》,《文学评论》2013年第1期。

③ 鲁彦:《世界短篇小说集·序》,上海亚东图书馆1928年版。

## 第三节 狂飙突进的自我写真

1921年6月,创造社在日本东京成立,直到1929年2月为国民党当局查封,一共存在了八年。创造社以郭沫若、成仿吾、郁达夫、张资平、田汉、郑伯奇等人为代表。它以大革命为界线分为前期和后期。创造社成员不满文学研究会的创作主张,郭沫若曾批评道:"他们爱以死板的主义规范活体的人心,甚么自然主义啦,甚么人道主义啦,要拿一种主义来整齐天下的作家,简直可以说是狂妄了。"[①]郭沫若欲以浪漫主义的方法打破文学研究会对写实主义的"死板"和"垄断"。创造社的文学创作明显受到了欧洲浪漫主义和日本私小说的影响,歌德、海涅、拜伦、雪莱、济慈、惠特曼、雨果、斯宾诺莎、泰戈尔、尼采、伯格森等浪漫主义诗人和主观主义哲学家都对他们的创作产生了很大影响[②]。他们崇尚个性自由、主张自我表现和"为艺术而艺术"。后期创造社受到革命浪潮的影响,逐渐由浪漫转向写实。总体而言,创造社成员和时代精神相应和,以狂飙突进的姿态介入现实,激情满怀地抒写内心世界,他们的作品具有浓郁的主观抒情色彩,他们对传统诗性精神的传承与时代精神的彰显在五四小说作家中显得尤为突出。

### 一、创造社诗性生成的影响因素

创造社较乡土写实派和文学研究会而言,其主观抒情性更加鲜明,诗性色彩也更加浓郁。影响创造社诗性生成的主要因素包括浪漫主义的创造方法和自叙传的抒情方式,当然最核心的要素是诗性

---

① 傅勇林主编:《郭沫若翻译研究》,四川文艺出版社2009年版,第267页。
② 郑伯奇:《中国新文学大系·小说三集·导言》,良友图书印刷公司1935年版,第11—12页。

精神，创造社所具有的诗性精神在前面已作论述，在此不再展开。

　　浪漫主义同写实主义都是五四时期最为重要的创作方法。浪漫主义是受到本民族和西方的双重影响而形成的，同时也是五四启蒙浪潮推动下的产物。"在五四运动以后，浪漫主义的风潮的确有点风靡全国青年的形势。'狂风暴雨'差不多成了一般青年常习的口号。当时簇生的文学团体多少都带有这种倾向。其中，这倾向发挥得最强烈的，要算创造社了。"①而五四浪漫主义文学的形成，是有其深刻的社会文化背景的，郑伯奇在《中国新文学大系·小说三集·导言》中指出：

> 第一，他们都是在外国住得很久，对于外国的（资本主义的）缺点，和中国的（次殖民地的）病痛都看得比较清楚；他们感受到两重失望，两重痛苦。对于现社会发生厌倦憎恶。而国内外所加给他们的重重压迫只坚强了他们反抗的心情。第二，因为他们在外国住得很久，对于祖国便常生起一种怀乡病；而回国以后的种种失望，更使他们感到空虚。未回国以前，他们是悲哀怀念；既回国以后，他们又变成悲愤激越；便是这个道理。第三，因为他们在外国住得长久，当时外国流行的思想自然会影响到他们。哲学上，理知主义的破产；文学上，自然主义的失败，这也使他们走上了反理知主义的浪漫主义的道路上去。②

帝国主义的外来压迫，本民族的满目疮痍，个体生命的压抑与屈辱，创造社成员们愤激的情绪需要宣泄，浪漫主义无疑是最适合的表现方法。郁达夫指出，"在这种矛盾冲突之中，使中国的青年在

---

①② 郑伯奇：《中国新文学大系·小说三集·导言》，良友图书印刷公司1935年版，第3页，第12页。

现实生活中找不到广坦的出路，于是走上了浪漫主义的路途，狂飙似的叫号着，喇叭似的呐喊着……他们在感情的奔放中去求满足，他们在作品中寻求个人的解放"①。于是迫不及待的主观情感表达成为创造社一个显著特征。这又形成了创造社小说创作的另一个特点——自叙传抒情。1914年成之在《小说论丛》中提出：

> 小说之叙事，有主客之殊。主观的者，书中所叙之事，均作为主人翁所述，著书者即书中之主人翁。或虽系旁观，而特为此书中之主人翁作记录者也。西洋小说，多属此种（近年译出之小说，亦大半属于此种）。客观的者，主人翁置身书外，从旁观察书中人之行为，而加之以记述者也。中国小说，多属此种。要之主观的，著书之人，恒在书中；客观的，则著书之人，恒在书外。故亦可谓之自叙式（autobiographic）及他叙式（Biographic）也。自叙式小说，宜于说情，宜于说理。他叙式小说，宜于叙事。②

成之所说的"主观"叙事，即叙事者要么是故事主人公，要么是为主人公作记录者，前者一般采用第一人称叙事，后者一般采用第三人称与第一人称相结合的叙事方式，而叙述内容具有明显的自叙传特点。创造社自叙传抒情小说多数采用了第一人称叙事，比如郁达夫的《茑萝行》《春风沉醉的晚上》《过去》，郭沫若的《牧羊哀话》《湖畔的蔷薇》《落叶》等。还有部分创造社小说采用第三人称与第一人称相结合的叙事，如郁达夫的《沉沦》采用了第三人称叙事讲述他者的故事，但一旦主人公有强烈的内在情感需要表达，则

---

① 郁达夫：《现代散文导论》，《中国新文学大系·导论集》，上海书店影印1982年版，第205页。
② 成之：《小说丛话》，见黄霖、韩同文注：《中国历代小说论著选·修订本》（下），江西人民出版社2000年版，第364页。

马上转换为第一人称叙事。比如主人公巧遇两日本女生后,艳羡与自卑的心理活动异常剧烈,此时作者巧妙地用了转换语句:"他是伤心到极点了。这一天晚上,他记的日记说:……"后面便是主人公的日记,日记采用了第一人称叙事,激烈的情绪便在日记中得到了宣泄。

> 我何苦要到日本来,我何苦要求学问。既然到了日本,那自然不得不被他们日本人轻侮的。中国呀中国!你怎么不富强起来,我不能再隐忍过去了。
>
> ……
>
> 苍天呀苍天,我并不要知识,我并不要名誉,我也不要那些无用的金钱,你若能赐我一个伊甸园内的"伊扶",使她的肉体与心灵,全归我有,我就心满意足了。
>
> (郁达夫:《沉沦》)

有时候采用主人公与自我对话的方式抒写内心情感:

> 你也没有情人留在东京,你也没有弟兄知己住在东京,你的眼泪究竟是为谁洒的呀!或者是对于你过去的生活的伤感,或者是对你二年间的生活的余情,然而你平时不是说不爱东京的么?
>
> (郁达夫:《沉沦》)

类似第二人称的使用,本质上是第一人称直接抒情,而此时的叙事者与主人公已合为一体,体现出鲜明的自叙传特点。这种自叙传的抒情方式,增强了小说的诗性色彩。正如郑伯奇所言:"达夫的作品，差不多篇幅都是散文诗。"①

郭沫若的《漂流三部曲》《歧路》采用第三人称与第一人称相结合的叙事方式，在主人公宣泄情绪时马上就转换成第一人称叙事。《漂流三部曲》中的爱牟正是郭沫若自己的化身，小说的自叙传色彩非常鲜明。因此，无论采取第一人称、第三人称，抑或是二者的结合，创造社作家都把自我的人生经验融入小说情节之中，从而赋予了小说浓郁的自叙传抒情色彩。

但仅仅具有强的抒情性，并不是生成诗性小说的充分条件。对小说诗性浓淡程度的判断，还需要从语言、艺术技巧等诗性形式方面进行考查。

汉语语言是一种具有自我指涉功能的诗性语言。"汉语文本是一个自我指涉、能够自我繁殖的系统，具有高度的自觉性、自律性和封闭性。"②也就是说汉语文本具有主体性，自身具有独立的美学品格和独立的存在价值。传统文言文本的这种自我指涉功能更加突出，而现代白话文更多强调其表意的实用性，因而在很大程度上削弱了文本的形式之美。不过现代汉语在发展过程中，其文本指涉功能也不断受到关注甚至强调，再比如20世纪80年代中期先锋文学对汉语语言的实验，使现代汉语小说文本语言具有了非常强的游戏性和自我指涉性。文学文本特别是诗性文本的自我指涉，将会把文本自身的形式及其呈现方式放在首位，而不会将情感的表达放在首位。这样，情感往往被隐藏在了文本形式的背后，因此中国传统抒情文体并不像西方抒情文体那样直露，而是以含蓄曲折甚至变形的方式传达出来。

但是在创造社的现代浪漫主义小说中，情感的表达更接近西方

---

① 郑伯奇：《〈含灰集〉批评》，见陈子善、王自立主编：《郁达夫研究资料》，花城出版社1985年版，第19页。

② 张卫东：《论汉语的诗性》，商务印书馆2013年版，第105页。

抒情文本的直露式表达,而较少中国传统诗性文本那种含蓄隽永的表达形式。就其原因而言,一方面是创造社、弥洒社以及浅草—沉钟社成员深受西方浪漫主义文本的影响,急于表达激越的主观情绪和时代精神而缺乏对文本形式的斟酌。下面看郭沫若小说《歧路》中的一段文字:

> 他感觉着自己的生活太单纯了,自己的表现能力太薄弱了。愈感不足,他愈见烦躁,愈见烦躁,他愈见自卑。直到现在,他几乎连笔也不能动了。"自己做的东西究竟有甚么存在的价值呢?一知半解的评论,媒婆根性的翻译,这有甚么!这有甚么!同情我的人虽说我有'天才',痛骂我的人虽也骂我是'天才',但是我有甚么天才在那儿呢?我真愧死!我真愧死!我还无廉无耻地自表孤高,啊,如今连我自己的爱妻,连我自己的爱儿也不能供养,要让他们自己去寻生活去了。啊啊,我还有甚么颜面自欺欺人,忝居在这人世上呢?丑哟!丑哟!庸人的奇丑,庸人的悲哀哟!……"
> 
> (郭沫若:《歧路》)

以上这段文字由第三人称转变为第一人称,采用直露式的抒情方式,强烈而愤慨的情绪脱口而出,根本来不及仔细打磨语言。对于文本诗性生成而言,仅仅有充沛的诗情,甚至有了形象美、节奏美都是不够的。张卫东认为,文本除了形象性和节奏感以外,"间接性"和"阻滞性"更为重要,这是衡量文本构建成功与否的基本准则。[①]因此,创造社作家激越的直露式的情感抒发,这既与汉语的诗性特点不一致,也和诗性文本生成的基本要求存在着一定的差距。情感的自白与大胆的暴露以及对诗性文本自我指涉功能的悬置,使

---

① 张卫东:《论汉语的诗性》,商务印书馆2013年版,第108页。

文本本身失去了相应的审美特性，因而并不能产生真正意义上的诗性文本。五四浪漫主义小说在情感内容方面是充沛而具有诗性气质的，但不少作家过于直露式的情感抒写方式，使得诗性内容和诗性形式方面的融合并不很成功，因此他们并没有完成真正意义上的诗性文本的建构。

## 二、创造社小说的诗性表现

郁达夫是创造社的核心人物之一。日本留学其间，他阅读了大量的外国文学作品，从而总结出欧洲近现代小说有两大类型，一种是"叙述外面的事件起伏的"，另一种是"描写内心的纷争苦闷"的，而从外部世界的叙述转向内在心理的描写正是近代小说的开始①。五四启蒙运动中高举个性解放和"立人"的旗子，离不开对人内在的合理欲求的肯定和心灵世界的关注，因而郁达夫认为关注并表现人内心的苦闷与纷争，是符合五四精神的，并以此作为自己的时代使命。

郁达夫承认自己的小说具有自传性，他说"文学作品，都是作家的自叙传"②，此话尽管有所偏颇，但却反映了他主张自我抒写的创作理念。郁达夫自我暴露式的创作理念受到了西方浪漫主义和日本的私小说的影响。其代表作品《沉沦》《银灰色之死》《南迁》《茑萝行》等皆是对当时青年苦闷绝望的时代情绪的真实记录。郁达夫曾说：

> 人生从十八九到二十余，总是要经过一个浪漫的抒情时

---

① 郁达夫：《郁达夫文论集·上》，吉林出版集团股份有限公司2017年版，第372—374页。

② 郁达夫：《五六年来创作生活的回顾——〈过去集〉代序》，《郁达夫文集》第七卷，花城出版社、生活·读书·新知三联书店香港分店1983年版，第180页。

代的,当这时候,就是不会说话的哑鸟,尚且要放开喉咙来歌唱,何况乎感情丰富的人类呢?我的这抒情时代,是在那荒淫惨酷、军阀专权的岛国里过的。眼看到的故国的陆沉,身受到的异乡的屈辱,与夫所感所思,所经所历的一切,剔括起来没有一点不是失望,没有一处不是忧伤,同初丧了夫主的少妇一般,毫无气力,毫无勇毅,衰衰切切,悲鸣出来的,就是那一卷当时很惹起了许多非难的《沉沦》。

(郁达夫:《忏余独白》)

由此可见,郁达夫自叙传浪漫抒情风格的形成,不仅仅源自其个性,而且多受时代的影响,国内社会的腐败,国外华人的屈辱,加上自己遭遇的不幸与挫败,所有的情感堆积发酵,酝酿成郁达夫浓郁的诗情。

诗性文本有"事""理""情"三大内容要素,但郁达夫更重视"情"而轻"事"。他笔下的故事以宣泄人物内心冲突与悲苦为主,故事只是情感宣泄依凭的手段而非目的,因而故事不再是完整的故事,而是服务抒情的载体,这都使其小说倾向诗化与散文化。杨义对郁达夫有段精到的评议,他说:"这种作品中的客观现实因素较为单薄,它不是把情感的湍流容纳在坚固的客观现实的提防之中,而是把客观现实的碎片漂浮在奔泻不羁的主观情感的洪流之中。"[1]比如《茑萝行》满篇都是对妻子的追悔之情,事件只是一些回忆的碎片存在于情感之流中。所以,郁达夫早期的小说并不在意小说的结构,而是浓烈的情感主导下信马由缰,以真挚的情感取胜。他说自己创作《沉沦》时毫不勉强,而是到了不得不写的地步,此时"什么技巧不技巧,词句不词句,都一概不管,正如人感到了痛苦的时候,不得不叫一声一样,又哪能顾得这叫出来的一声,是低音还是

---

[1] 杨义:《中国现代小说史》(第一卷),人民文学出版社1998年版,第561页。

高音？"①郁达夫早期小说以饱满的主观情绪淹没了客观叙述，"情"的比重以绝对的优势压倒了"事"的呈现，致使结构散文化、情节淡化，浓郁的抒情性使小说诗性得到了强化。

郁达夫追求小说的情调氛围，他还把"情调"作为小说作品评价的重要标准。他在《我承认是"失败了"》一文中说，只要小说能"酿出一种'情调'来，使读者受了这'情调'的感染，就能够很切实地感受着这作品的'氛围气'，就是'好作品'"②。在情调的追求方面，郁达夫和废名、沈从文等作家一样，但他们之间又有所不同，郁达夫自叙传抒情更多受外国浪漫派文学影响，而废名、沈从文更多受中国诗性传统的影响。但他们都是情调小说的开创者。马良春等主编的《中国现代文学思潮史》中说，"情调小说"，以抒情主人公内心感情的波动或思绪的变化或心理演变轨迹为主线，来组织一种自然流动的抒情结构③。重视小说情调和氛围的营造正是浪漫抒情小说最突出的审美特性。

郁达夫五四时期的小说多采用单线结构形式，但郁达夫能根据情绪的起伏波动，采用回忆、插叙、心灵独白和联想跳跃的形式形成自己的节奏，在单线上奏响忧伤的乐曲。郁达夫的小说重视意境的营造，文字清丽飘逸，写景状物能情思融合，在很大程度上避免了直露抒情带来的形式粗疏。短篇小说《青烟》尽管表达的是一种自卑情绪，但小说在结构上却异常精炼，以"寂静的夏夜的空气里闲坐着的我"脑中汹涌的愁思为表现对象，而后"我"分身为二，一个"我"仍闲坐不动为凝视者，一个"我""乘着云雾，飘荡到故

---

① 郁达夫:《郁达夫文论集·下》,吉林出版集团股份有限公司2017年版,第664页。

② 郁达夫:《郁达夫文集》第5卷,花城出版社、生活·读书·新知三联书店香港分店1982年版,第198页。

③ 黄裔:《学海探骊:中国现代文学与琉球汉诗研究》,海峡文艺出版社2015年版,第115页。

乡",见到了破败萧条之景。整个小说写得恍惚迷离,朦胧如烟,缭绕着忧郁的诗情。历史小说《采石矶》形式上亦诗亦文,情景交融,写出诗人黄仲则为人讥讽后的愤懑之情,郁达夫借历史人物浇心中块垒,抒情意味浓烈。

郁达夫的自叙传抒情小说多写性欲的压抑与苦闷。作品虽然抒情性很强,但是由于过度地暴露性欲且具有色情成分,更多刺激读者的生理反应,难以上升为审美的情感活动,因此他大胆的自我暴露反而降低了诗性审美的可能性,在诗性建构方面也不太成功。不过,后来的《迟桂花》笔法成熟圆润,营造出了浓郁的诗性氛围。

郭沫若是创造社的领军人物,其小说创作受到德国浪漫主义影响较大,他主张"全凭直觉来自行创作"。笔者认为:"郭沫若作为情感激越的浪漫主义诗人,他的诗性精神是豪放张扬的,这种诗性精神不仅体现在他的诗歌之中,也贯穿于其小说与戏剧之中。"[①]郭沫若在《文学的本质》一文中指出:"诗是文学的本质,小说和戏剧是诗的分化。"[②]他在《序我的诗》中指出:"自从《女神》以后,我已经不再是'诗人'了。""我所写的好些剧本或小说或论述,倒有些确实是诗。"[③]郭沫若在新文学前十年出版了《塔》和《橄榄》两部小说集。他在《塔》序言中说:"无情的生活,一天一天地把我逼到十字街头,像这样幻美的追求,异乡的情趣,怀古的幽思,怕没有再来顾我的机会了。"[④]其中有一篇《叶罗提之墓》写不伦之爱,被人批为"盗嫂之徒",这当然纯粹是从道德上做出的武断论断了。

---

① 廖高会:《郭沫若早期小说直露式诗性叙事探析》,《郭沫若学刊》2016年第4期。

② 许觉民、张大明主编:《中国现代文论》(上),安徽教育出版社2010年版,第335页。

③ 李晓虹选编:《郭沫若散文》,内蒙古文化出版社2006年版,第331页。

④ 上海图书馆文献资料室等:《郭沫若集外序跋集》,四川人民出版社1983年版,第37页。

实际上这篇作品从思想与艺术上来看，具有飘逸灵动的诗性之美。它不仅在郭沫若同时代作家中属于优秀之作，即使放到21世纪的当下来看，也为多数当代作家所不及。

小说《橄榄》共四个单元，每个单元由若干篇组成，其中不少小说有明显的散文化倾向，有的也富有诗意，但总是避免不了直露式抒情习惯。比如在《十字架》中说："我们真正是牛马，我们的生活值不得一些儿同情，我们的生活是值不得一些儿怜悯！我们是被幸福遗弃了的人，无涯的痛苦便是我们所赋予的世界！"这种呼告式的直白，尽管有很强的抒情性，却是抽象的抒情，是并不能触动人心的枯燥符号。而《行路难》的结尾便避免了抽象抒情的弊端。作者把浓郁的情感与具体的意象结合起来，使情感有了寄托。作者抓住"不分昼夜的溪水"奔流向前的过程中富有特点的关键性形象，如溪水要经历的"小小的深潭""暴怒的急湍""不停的吼声""达到大海的坦路"，还有溪水勇往直前冲撞的"崔巍的高山"和"无理的长堤"，然后是溪水受着精神的鼓舞，"带着一切的支流"，"受着一切雨露"，"混着一切泥沙"，"养着一切鳞甲"向前冲去。作者视界开阔，联想到了太平洋、尼罗河、密西西比河、莱茵河，所有这一切意象都伴随着溪水以雷霆万钧之势和横扫一切之力滚滚而来。可以说小说写到结尾便成了诗，这种冲决一切横扫千军的气势正是五四时代精神的展示。尹雪曼评论此小说时说："一个四万字的篇幅中，写来这样着力，是过去不曾有，也是后来不多见的。"①

而《路畔的蔷薇》则可以当成一首散文诗来读。小说仅几百字的篇幅，情节简单到了极点，清晨"我"散步在林荫路上，捡到了一束被人遗弃的蔷薇，然后把它拿回家插在一个土瓶子里供养着。小说只是用两个问句——"这是可怜的少女受了薄幸的男子的欺绐？

---

① 尹雪曼：《五四时代的小说作家和作品》，成文出版社有限公司1980年版，第184页。

还是不幸的青年受了轻狂的妇人的玩弄呢?"——把读者引向想象的空间,然后再用一省略句——"昨晚上甜蜜的私语,今朝的冷绿的露珠……"——再次把读者引向比较确定的悲剧场景中,并生出同情怜悯和惋惜感伤之情。"我"供养这被世间遗弃的花儿,怀着真诚与纯洁的爱心,使其再次免遭路人的践踏。对人世间的悲剧的暴露、对理想的爱与美的守护、对被欺凌被损坏者的怜悯,便以一束被遗弃的蔷薇给予了象征性的表达。

作为诗人的郭沫若其小说创作很大程度上受到其诗性思维的影响。沈从文在《论郭沫若》中说:"郭沫若可以说是一个诗人,而那情绪,是诗的。这情绪是热的,是动的,是反抗的……"[1]沈从文同时也认为郭沫若小说多废话:"废话是热情,而废话很有机会成为琐碎。多废话与观察详细并不是一件事。郭沫若对于观察这两个字,是从不注意到的。他的笔是直写下来的。画直线的笔,不缺少线条刚劲的美,不缺少力。但他不能把那笔用到恰当一件事上。……辞藻帮助了他诗的魄力,累及了文章的亲切。"[2]郭沫若的小说是自我情绪的倾吐,只顾自己痛快,并不顾及读者能否接受,因此沈从文说其文字缺少了亲切感。"在文学手段上,我们感觉到郭沫若有缺陷在。他那文章适宜于一篇檄文,一个宣言,一通电,一点不适宜于小说。"[3]沈从文的评论是有道理的,尽管郭沫若小说中有诗化成功的篇章,多数小说中也不乏含蓄隽永的抒写,但其小说对情思的表达多数时候是直露而非含蓄的,这与他的新诗创作相似。比如《歧路》中情节很简单,主人公无法养家,妻子被迫带着孩子回日本谋生,他送走妻子后坐上电车回家。简单的情节中穿插了大量的心理活动,这些心理活动都是直接呈现,如主人公弃医从文的理由是直接的宣讲出来的:"医学有什么!我把有钱的人医好了,只使他们更

---

[1][2][3] 沈从文:《心与物游》,红旗出版社2015年版,第214页,第215页,第217页。

多榨取几天贫民。我把贫民医好了，只使他们更多受几天富儿们的榨取。学医有什么！有什么！叫我这样欺天灭理地去弄钱，我宁肯饿死！"这实际是作者的观点借助了主人公直接地宣讲出来。郭沫若说："诗是纯粹的内在律底表示，他表示的方具用外在律也可，便不用外在律，也正是裸体的美人。"①显然，他并不否定形式对诗性生成的重要性，只是强调内在的情感同样具有诗意之美。尽管如此，但由于直露式抒情，缺少情感和客观物象的结合，缺少了艺术审美凝视的时间或沉思领悟的距离，因而看似饱满的情感抒写，于读者却显得淡而寡味。新月派为了纠正新诗直白抒写的毛病，提出了主观情绪的客观化，对于小说的诗意生成，同样也需要把主观情绪客观化，这样才能产生耐人咀嚼的审美韵味。

不过值得肯定的是，郭沫若继承古典小说中穿插诗意的方法，以抒写主人公的心境，此种叙写方式比直露式抒情更具有诗性意味。另外，郭沫若还采用了象征、寓言、隐喻、梦幻以及意识流等艺术手段来形成曲笔②，这在一定程度上增加了小说的诗性色彩。

成仿吾的小说《灰色的鸟》写四位青年主人公各自的生活态度和观念，其中的丁先生始终忧郁不堪，对社会人生皆很悲观，"我"和未婚妻碧湘想让乐观开朗的刘女士以爱的方式拯救丁先生，把他从抑郁中解放出来。刘女士认为可以通过自我的努力去创造未来和把握命运，但刘女士对未来的理想显得有些空泛与幼稚，后来他嫁给了有钱有势但腐败不堪的胡惟白，丁先生因爱情与生活皆遭遇失败而回到故乡，投身儿童教育，并且愿意为了祖国与人类的光明而牺牲一切。而"我"虽也痛恨那些为了一己之私利而置四万万同胞

---

① 许觉民、张大明主编:《中国现代文论》(上)，安徽教育出版社2010年版，第329页。

② 廖高会:《郭沫若早期小说直露式诗性叙事探析》,《郭沫若学刊》2016年第4期。

利益于不顾、出卖国家权力的走狗和贼贼,但却也十分享受和沉迷于爱情婚姻带来的温柔之乡,对于滔天洪水中一块安闲的"乐土"十分满足。这篇小说仍然具有浪漫主义的抒情色彩,其中的抒情也是直露式的。不过小说中更多的人物心理的表现是通过对话来展开的,对话成为推动情节的主要结构形式,因此整体来看,仍然是叙事为主,集中而直露的抒情只有两处。在描写碧湘外貌与内心之美时笔法细腻形象生动,饱含着浓烈的爱恋情感,这是整个小说最富有诗意的地方。但他的另一篇小说《一个流浪人的新年》尽管当时被郁达夫在《〈一个流浪人的新年〉跋》中称其为"一篇散文诗,是一篇美丽的 Essay(随笔、小品文)"①,但实际上除了景物描写颇具诗性外,作为流浪者所见所闻显得比较平淡,主人公旅居国外,面对日复一日的无聊生存状态深感痛苦。作者那种叙事的烦琐,让读者也和主人公一样感到了无聊,对于无聊心绪的激发,作者是成功的,但这种烦琐细节的展示是不可能生长出诗意的。

张资平在创造社中以写三角恋爱著称。其早期小说多写日本留学生生活,如《她怅望着祖国的天野》《约檀河之水》《一班冗员的生活》等。从日本回国后他创作了一些写实小说,但不太成功,而描写两性关系的小说却影响较大。他的性爱小说内容多写三角或多角恋爱,以取悦市场为主,格调不高,深受五四启蒙知识分子诟病。张资平虽然也采用了浪漫主义的手法,但由于内容消极、叙事公式化、语言拖沓、句式西化,加上对新词汇新术语的卖弄,完全失去了诗性建构的可能。尽管张资平的小说极大地冲击了旧的婚恋观,有助于婚恋的自由和人的个体解放,但总体而言,其小说并不能提升人的灵魂,与神性的世界更是遥不可及。

创造社另一成员陶晶孙,其作品有超然之感。早期的作品写自

---

① 郁达夫:《郁达夫文论集·上》,吉林出版集团股份有限公司2017年版,第322页。

我的呻吟，也表现出对社会的反抗。处女作《木犀》讲述学生爱恋上自己老师的故事，这种师生爱恋超越了当时的世俗认可范围，对传统伦理道德是一种大胆挑战。小说采用了浪漫主义和象征主义的笔法，特别把木犀的香味与爱情的馨香融合在一起，做到了情景交融，诗韵摇曳，情味满纸。

叶灵凤和白采都擅长写性心理，特别是变态心理，叶灵凤的《女娲氏之遗孽》，白采《被摒弃者》为各自的代表作。前者擅长写故事的经过，后者擅长写人物的性格。这种性心理的大胆描写尽管充满主观色彩，有着相应的抒情意味，但和张资平的三角恋爱小说一样，过多的性欲的袒露压抑艺术审美的生成，致使小说的诗性也难以产生。

而何畏《黄昏》、方光焘《疟疾》、胜固《壁画》、周全平《呆子和俊杰》、严良才《最后的安慰》等作品都比较写实，创作数量和质量都比较普通。

### 三、浪漫抒情小说诗性特征

创造社的浪漫抒情小说最初被视为"不像小说"且"无此体裁"，因为它融合了小说、散文和诗歌的文体特征，甚至有的还融入了戏剧的结构和冲突形式，因而是一种新的杂糅文体。恰恰是这种四不像的文体映射出创造社的文体创新精神，这种精神与提倡反叛和创造的五四精神相一致。因而创造社与文学研究会都响应了时代的召唤，力图在各自的作品中彰显与时代相应和的诗性精神，只是创造社从内部世界进行表现，文学研究会则从外部世界进行反映。有论者指出：

"创作家的作品，完全是艺术的表现，但是艺术有两种：就是人生的艺术（Arts for life's sake），和艺术的艺术（Arts for art's sake），这两者的争论纷纷，莫衷一是；我个人的意见，对于两者亦正无偏向。创作者当时的感情的冲动,异常神秘,此时即就其本色描写出来,因感情的节调,而成一种和谐的美,这种作品,虽说是为艺术的艺术,但其价值是万不容否认的了。"①

因此文学研究会和创造社只存在着艺术主张的差异,二者在启蒙精神方面是一致的。后期创造社放弃浪漫主义的主观抒情,转向写实主义和革命文学便是证明。

创造社与当时的写实派最大的艺术差异还在于其倡导的浪漫抒情小说,这种小说具有鲜明的诗化特征。创造社自叙传小说可以随意抒情议论,完全打破了传统情节小说的叙事模式,情节为情绪所冲淡,结构松散而随意。值得指出的是,创造社浪漫抒情小说的形成固然受到西方浪漫主义和日本私小说的影响,但并不能否认本民族诗性传统的作用。创造社成员承接了苏曼殊的浪漫主义抒情精神,创造社成员陶晶孙曾说:"以老的形式始创中国近世罗漫主义文艺者,就是苏曼殊;而曼殊的文艺,跳了一个大的间隔,接上创造社罗漫主义运动。"②然而苏曼殊的浪漫主义抒情兼有传统与现代的双重特性,李欧梵指出:"苏曼殊通过他的作风和艺术,不仅'体现了旧时代的中国文学传统和西方的新鲜的鼓舞人心的浪漫主义的巧妙融合',而且体现了他那个过渡时代,整个情绪的无精打采、动荡不安和张皇失措。"③这里的"中国文学传统"主要是诗性传统。创造社在续接苏曼殊的浪漫抒情手法的同时,便不可避免地受到诗性传统的影响。郭沫若在《望远镜中看故人——序〈郁达夫诗词钞〉》一文中说郁达夫"旧诗词比他的新小说更好"④,郭沫若间接地指出

---

① 庐隐:《寄天涯一孤鸿:庐隐散文》,百花洲文艺出版社2014年版,第172页。
② 陶晶孙:《急忙谈三句曼殊》,《牛骨集》,大平书店1944年版,第81页。
③ 转引自陈国恩:《浪漫主义与20世纪中国文学》,安徽教育出版社2000年版,第38页。
④ 王自立、陈子善编:《郁达夫研究资料》,知识产权出版社2010年版,第454页。

郁达夫受到古典诗词艺术的影响较大。而郭沫若本人特别推崇浪漫主义诗人李白，他的大胆瑰丽的想象无疑受到了李白为代表的中国浪漫主义诗人的影响。以郭沫若和郁达夫为代表的创造社成员，多兼具诗人与小说家的身份，而"首先打破中国情节小说格局而推动抒情小说发展的，就不能不是身兼诗人气质和小说家才能的人"①。而创造社的意义正在于此，即开创了中国现代浪漫抒情小说流派，从而把中国的抒情传统先向前推进了一大步，为现代小说的抒情化或诗化奠定了坚实的基础。

从总体来看，创造社小说中不乏五四时代精神为核心的诗性精神，也不乏浓郁的主观情感抒写以及各种增强诗性的修辞技巧，这些都为创造社小说带来较强的诗性色彩。但是创造社受到西方浪漫主义的直抒胸臆的影响，采用直露式的抒情方式，缺少含蓄隽永的诗性韵味。从传统诗性内容构成要素来看，创造社小说重"情"而轻"事""理"；从诗性形式来看，偏情感之"乐"，而形式之"乐"表现不足，"象"与"情"的融合也不够充分，"事"多散漫而缺少凝练，"体"（结构）较单一而变化不足，"气"（诗性精神）盛而"境"浅。也就是说，创造社小说创作是情感有余而韵味不足，抒情气势充足而形式美感表现不足，情感过于直露而使诗性受损。因而在五四时期创造社尽管声势浩大，但其对现代小说诗化的建构并不如鲁迅、废名及沈从文等作家的成就大。

## 第四节　理性诉求下的诗性表达

五四启蒙运动所传播的核心思想即"民主"和"科学"，这种现代思想最根本的特点就是崇尚理性，理性也是现代性最重要的特点

---

① 杨义：《中国现代小说史》（第一卷），人民文学出版社1998年版，第540页。

之一。五四新文化运动中宣扬的"民主""科学"为中心的现代理性多属于现世的实用之"理",但其中也存在着超越现实功利而探寻人或历史的本质存在的哲理小说。本节选取的分析对象是五四时期哲理性和诗性结合较成功的哲理小说。

## 一、理性与诗性

从思维特征看,理性偏重于逻辑思维,诗性偏重于形象思维,二者之间属于相互排斥的思维类型。南宋诗论家严羽因反对宋人"以文字为诗""以议论为诗""以才学为诗"的不良风气,曾在《沧浪诗话·诗辩》中指出:"诗有别材,非关书也,诗有别趣,非关理也。然非多读书、多穷理,则不能极其至,所谓不涉理路、不落言筌者,上也。诗者,吟咏情性也。盛唐诸人惟在兴趣,羚羊挂角无迹可求。故其妙处透彻玲珑不可凑泊,如空中之音、相中之色、水中之月、镜中之象,言有尽而意无穷。"所谓"别趣"是指诗歌具有自身的审美情趣、审美特性和审美境界,而不是抽象的说理,没有审美情趣和美学境界,无论有多么高深的道理,也不算是好诗。严羽"诗有别趣,非关理也"这句话恰也说明了以形象思维为特点作诗和以逻辑思维为特征的说理之间存在着矛盾性。但严羽并未将"义理"排斥在诗歌之外,他赞赏唐诗能把"义理"巧妙地融入"诗趣"之中,而不落痕迹,反对诗文中烦琐的说理,因此要在"穷理"之后进行"妙悟"。也就是说,要使抽象之"理"具有"诗"的审美特性,则需要用有审美趣味的形象生动的文字传达出令人回味无穷的道理,而读者正是在看到这个具有艺术美感的形象后"妙悟"出了相应的道理。南北朝时期,刘勰早在《文心雕龙 原道》中就曾说过:

爰自风姓,暨于孔氏,玄圣创典,素王述训,莫不原道心以敷章，研神理而设教。取象乎河洛，问数乎蓍龟，观天文以极变，察人文以成化；然后能经纬区宇，弥纶彝宪，发挥事业，彪炳辞义。故知道沿圣以垂文，圣因文而明道，旁通而无滞，日用而不匮。《易》曰："鼓天下之动者存乎辞。"辞之所以能鼓天下者，乃道之文也。①

刘勰认为，古代先贤们要教化人民，皆通过"敷章""取象"以"原道心"或"研神理"达到教化目的，即"因文而明道"。"章""象""文"实际上就是文学形象或富有形象性的文字符号，"道心""神理"皆为自然之道，也就是说文学的基本功能便是以富有形象性的文字符号传达自然之道。而诗性文本传道时对艺术形象的要求更高，也即要求诗性文本在艺术形式上具备"乐""象""体"等基本诗性要素。而且诗性文本说"理"不同于日常普通说理，清代叶燮指出，"惟不可名言之理，不可施见之事，不可径达之情，则幽渺以为理，想象以为事，惝恍以为情，方为理至事至情至之语。此岂俗儒耳目心思界分中所有哉！"②叶燮强调了诗性文本说理时应具有相应的审美属性，而非枯燥空洞的日常普通说教。诗之说理并非用概念或逻辑直接表达或推论，而是具有独特的审美特性③，即具有主观性、情感性和不确定性。

实际上，中西文学史上皆有许多经典的哲理诗、哲理散文、哲理小说等，它们已经为诗性与理性的融合做出了成功的探索。但中国文学在处理诗性与理性时有自己的独特性。台湾当代学者蔡英俊认为哲理与诗性审美"在中国文学传统里，这两者却有着一种奇妙的结合"。而且"中国古代作家通常更倾向于从一般的伦理道德观念

---

① [梁]刘勰著，韩泉欣校注：《文心雕龙》，浙江古籍出版社2001年版，第4页。
② [清]叶燮，沈德潜：《原诗 说诗晬语》，凤凰出版社2010年版，第38页。
③ 李建中主编：《中国文学批评史》，北京大学出版社2014年版，第281页。

出发，到生活中去选取合适的材料连缀成某个故事，这个过程经常是先入为主的，而很少有人不带任何观念走入生活，从生活出发得到某个故事，也不是由作家在生活的逻辑与联系中得到故事"①。这正是刘勰所说"莫不原道心以敷章，研神理而设教"，这也是中国文学的创作传统。理性与诗性结合较为成功的更多是古典文言小说。比如笔记小说《阅微草堂笔记》便是借助故事形象来表达自己的人生观念和学术思想。而《聊斋志异》《红楼梦》中把"理""情""事"结合得更为成功，抒情写意性更加明显。传统白话小说在说理表意方面不如文言小说集中鲜明，特别是它们的文字显得较为散漫，且说教味过浓削弱了小说的诗性艺术。鲁迅在《中国小说史略》就批评过明人小说过多的说教："宋市人小说，虽亦间参训谕，然主意则在述市井间事，用以娱心。及明人拟作末流，乃告诫连篇，喧而夺主，且多艳称荣遇，回护士人，故形式仅存而精神与宋迥异矣。"②其实，无论白话还是文言小说，都带有一定的说教色彩，观念先行是中国传统小说最为显著的特点之一。只是多数白话小说说教味太浓，其功利色彩太重，加上直露式的表达，语言比较粗疏，因而削弱了其诗意。

五四作家在以"事"明"理"方面与传统文言小说是血脉相连的。五四新文化启蒙运动中，来自西方社会学、哲学、政治学、伦理学以及文学艺术等各种思想、理论正是五四同人急需传播给大众的"理"，他们试图以现代性的理论武装民众思想，达到救亡图存并使中国走向现代化的目的。五四作家，无论是何种派别、团体或个人，都或多或少受到启蒙思想的影响，他们除了在各自的作品中表达自己因时代而激发的喜怒哀乐等内在情绪外，还肩负着传播各种

---

① 蔡英俊：《中国文学的情感世界·导言》，黄山书社2012年版，第12页。
② 转引自李长之：《李长之文集》（第2卷），河北教育出版社2006年版，第245页。

思想和理论的使命。于是五四小说中便出现不少的说理小说或哲理小说。但五四作家中，除鲁迅、冯至等少数作家的哲理小说（说理小说）中的诗性与理性结合得较好外，其他多数都存在着理性大于诗性的不足。

## 二、五四哲理小说的诗性质素

鲁迅是中国现代小说的开创者，他在现代哲理小说的形成与发展中做出了探索性贡献。鲁迅的哲理性小说集中在《故事新编》中，其中写于20世纪20年代的有《补天》《奔月》《铸剑》三篇，而《铸剑》是鲁迅哲理小说的代表作，本节将以《铸剑》为例分析鲁迅哲理小说所具有的诗性质素。

《铸剑》开篇就写眉间尺夜间处置落入水瓮中老鼠的情景，鲁迅对眉间尺的细节描写非常传神，就如同一幅画，此画可命名为"眉间尺夜深戏鼠图"，这个场景由几个连贯的小画面组成：老鼠咬家什，老鼠突落水瓮，赏玩落水老鼠的挣扎，因憎恨而用芦柴将其按到水底，因同情又用芦柴试图将其救起，老鼠快爬上时因憎恶又将其抖落水中，老鼠快淹死时又因同情将其救出置于地上，老鼠恢复体力试图逃走时被眉间尺一脚踏死，但他又可怜老鼠而发呆，然后是和母亲的对话。这几个连缀在一起的小场景随眉间尺的心理变化而富有了节奏感。这段描写不仅表现了眉间尺没有褪尽的童真，更为重要的是还表现了眉间尺于人性之善恶间展开的内心斗争，也体现了他遇事犹豫难决的个性特点。眉间尺的心理的波动完全左右了他的行动，整个场景本质上是眉间尺内在心灵的矛盾叙写，蕴含着对人性哲理的思考，因此可以说这个场景是诗意的场景，是行动的诗化，属于意象中的"事象"。

接下来是母亲向眉间尺讲述父亲铸剑献剑反被国王杀害的经过，交代了眉间尺外出复仇的动因。但鲁迅并不满足只讲动因，他同样于此部分文字寄予了深邃的批评思想：眉间尺父亲铸剑完成后深知自己献剑之时便是命尽之日，妻子对国王诛杀有功之臣十分吃惊且不解，也因此而悲伤，此时眉间尺父亲对妻子说："你不要悲哀。这是无法逃避的。眼泪决不能洗掉运命。我可是早已有准备在这里了！"后来眉间尺父亲果然为国王所杀。眉间尺的父亲从漫长的历史中看到了自己无可逃避的宿命，因为暴君对功臣的诛杀历史上并不少见，所以他才有复仇的安排。鲁迅用简洁的语言便揭示出了历史的真相，这实际是以一种速写的方式，寥寥几笔便勾勒出历史的轮回本质，是以艺术审美的形式呈现出了"不可名言之理"。

接下来便是眉间尺寻找国王报仇而与黑衣人宴之敖相遇，黑衣人答应帮助眉间尺为父报仇，但条件是眉间尺把自己头颅和宝剑交给黑衣人。这段情节由几组画面组成：人们争看国王出巡并麻木地跪拜；眉间尺被无聊且无赖的民众所纠缠，复仇计划遭遇障碍；黑衣人帮助眉间尺解围并答应帮助他复仇，眉间尺把自己割下的头颅和宝剑交给黑衣人。这些画面不但是情节的有机组成部分，同时也融入了作者理性思考。鲁迅在每组画面中都使用了典型的意象，比如国王出游时民众"呆站着"，"从门里探出头来"，"都伸着脖子"；眉间尺被无赖纠缠时，"闲人们又即刻围上来，呆看着"。这些描写与鲁迅《示众》形成了互文，它们都是对麻木民众充当看客的批判。眉间尺割下头颅后，"深处随着有一群磷火似的眼光闪动，倏忽临近，听到咻咻的饿狼的喘息"，随后饿狼吞噬了眉间尺的躯体，而"饿狼"这个意象实际上也是历史吃人的象征性表达，这和《狂人日记》形成了互文关系。因而这几组画面同样寄托了对历史和社会现实深刻的理性思考。

然后是黑衣人宴之敖代眉间尺报仇，这是小说的高潮，也是最精彩的部分，眉间尺头颅在鼎中游弋唱歌、随后王的头颅也落入其中并与眉间尺头颅撕咬激战，眼看眉间尺落入下风，黑衣人自刎头颅入鼎，与眉间尺头颅一起对抗国王头颅而获胜。由于三颗头颅皆一起化入鼎汤之中，王后大臣们分不清三人头颅何者为国王，最后皆以国王之礼下葬。这部分写得惊心动魄，本身可作一独立短篇，是历史神话传说主体部分的重现。但鲁迅的目的并非复述一个传奇的神话，而是在创造性地重述神话故事的同时，于其中加入表达自己思想的"闲笔"，比如国王因出游不顺迁怒弄臣们，随时可以用青剑杀人，而大家皆唯唯诺诺，胆战心惊，此种闲笔式的描写使国王的专横残暴与臣民的十足奴性跃然纸上。国王的头颅与眉间尺的头颅在鼎中鏖战之时，鲁迅荡开一笔写道："上自王后，下至弄臣，骇得凝结着的神色也应声活动起来，似乎感到暗无天日的悲哀，皮肤上都一粒一粒地起粟；然而又夹着秘密的欢喜，瞪了眼，像是等候着什么似的。"王后大臣们既恐惧又期望的心理被鲁迅传神地加以捕捉，从而揭示了某种历史真相：以王后大臣们为代表的看客并非参与历史的建构者，他们任由国运被动地由外力来改变。民众同样缺少主动性，更多是顺从的奴性。而在捞取国王的头颅的时候，表面上大家都很悲伤，但实际上他们把打捞当作了一种游戏，他们提供各种能证明国王身份的线索，以证明自己曾经的骄人身份，以下一段描写便非常有戏剧性和反讽性：

  大家只得平心静气，去细看那头骨，但是黑白大小，都差不多，连那孩子的头，也无从分辨。王后说王的右额上有一个疤，是做太子时候跌伤的，怕骨上也有痕迹。果然，侏儒在一个头骨上发现了：大家正在欢喜的时候，另外的一个侏儒却又在较黄的头骨的右额上看出相仿的瘢痕来。

  "我有法子。"第三个王妃得意地说，"咱们大王的龙准是很高的。"

（鲁迅：《铸剑》）

开始大家面容还略带悲伤，打捞游戏进行到一定阶段，便忘记了悲伤,于是大家便"平心静气"了,待发现了瘢痕时,大家便"欢喜"起来,而第三个王妃想起某线索时却流露出"得意"之色。在安葬国王时,王后大臣们又"都装着哀戚的颜色"。在宫廷中,所有的人都患上了健忘症,国王的死仿佛与他人无关,其死亡便是令人最激动的"把戏",这和《阿Q正传》所批判国民健忘症是一致的,和阿Q的愚昧自私与麻木也是一致的。对于国之"栋梁"的王公大臣如此,老百姓同样如此。国王落葬时,"合城很热闹。城里的人民,远处的人民,都奔来瞻仰国王的'大出丧'"。他们是来"瞻仰"热闹的,他们仍然是历史的看客。鲁迅结尾写道:"只是百姓已经不看他们,连行列也挤得乱七八糟,不成样子了。"尽管眉间尺和黑衣人杀死了国王,但历史并没有什么改观,看客仍然是看客,新的国王重新选定后必然又重回旧秩序,因为百姓们的行列仍然是"乱七八糟""不成样子",眉间尺和黑衣人作为反抗暴政的英雄最后也被人遗忘,生活又堕入永恒的轮回之中。这正是鲁迅深感悲哀的地方,也是寄予在神话故事中的对中国历史和人之存在的理性反思。

为了增强小说的诗性氛围,作者还穿插了几首宴之敖和眉间尺所吟唱的诗歌,鲁迅曾说:"在《铸剑》里,我以为没有什么难懂的地方。但要注意的,是那里面的歌,意思都不明显,因为是奇怪的人和头颅唱出来的歌,我们这种普通人是难以理解的。"[1]然而恰恰是因为有了诗歌中隐藏的"难以理解"之"不可名言之理",鲁迅才借助神话传说故事来进行曲折含蓄的表达。而小说中的诗歌恰恰与整个小说文本(除去诗歌后的部分)形成了互文,小说文本便成为对诗歌内涵的阐释。从这一点来看,《铸剑》是对诗词化入叙事文本的文体融合传统的继承。除此以外,鲁迅在小说中还使用了哲理性的诗化语言,比如黑衣人对眉间尺所说的话:"我一向认识你的父亲,也如一向认识你一样。但我要报仇,却并不为此。聪明的孩子,

---

[1] 鲁迅:《鲁迅书信集》(下),人民文学出版社1976年版,第1246页。

告诉你罢。你还不知道么,我怎么地善于报仇。你的就是我的;他也就是我。我的魂灵上是有这么多的,人我所加的伤,我已经憎恶了我自己!"这段话充满了哲理,但却是诗意的语言,类似尼采的诗化语言,这也是鲁迅深受尼采存在主义的诗化哲学影响的见证。

通过以上分析可见,《铸剑》完全是诗性的,是一篇写意性很强的作品。鲁迅在小说中融入了大量对历史、现实和人性的反思,成功地把诗性与理性融合在一起,成为抒情哲理小说的典范。

冯至的《仲尼之将丧》(1925年)也属于历史题材的小说,具有很强的抒情色彩。小说写仲尼将死之时,人们已经不再像以往那样尊敬他,无人来看望他,他感到世态炎凉,世风日下:自己传播的圣贤思想、周公之礼不再受人重视,那些经卷都散乱地堆在房间里,眼看自己的事业就要化为泡影。作者让过去与现在两个时空交错出现而形成对比:昔日为了自己的理想和学生们四处奔走,那时候是多么富有激情和蓬勃之生机,那时的目光是多么的远大,有着登泰山一览天下的宏大气魄;但是现在一切都萧瑟阴郁,了无生气,弟子们散了,自己的生命也将走向终结。于是仲尼发出了天问:"你说,目前的泰山,有崩塌的那一天吗?"曾经告诫弟子"未知生,焉知死"的仲尼,如今也对死亡感到了前所未有的紧迫和担忧,自己构造的仁爱大厦,是否也能传承下去成为永恒,仲尼对其持有怀疑。而小说中反复出现泰山崩塌的意象,是仲尼对自己以恢复周礼而建构的仁爱大厦最终被倾覆的隐喻式抒写。这是仲尼所不愿看到的,但事实是"我种种的理想,已化作一片残骸,由残骸化成灰烬了"①,仲尼为理想四处奔波流浪,但"四海之大,没有一个地方,容我身躯",即使回到故乡,但此时的故乡非彼时的故乡,真正的故乡已经回不去了。小说在此不仅完成了对历史的反思与现实的批判,

---

① 鲁迅:《中国新文学大系·小说二集》,上海良友图书印刷公司1935年版,第120页。

同时表达了对生命终极关怀,发出了"天问"般的哲理式追问。像子贡那样"日日锱铢为利"沉迷于世俗的欲望之中,实际上已经迷失了本真,只有仲尼才认真地思考生命与死亡的问题,仲尼已经感觉到了物质的世界不可靠,那些礼仪制度也不能永恒存在,连泰山也有坍颓的一天,那么生命的意义究竟在哪里呢,仲尼隐隐地感觉到了只有樵夫的纯情至圣,才合乎了天人合一的世间之道。《仲尼之将丧》是冯至借助仲尼临死前的内心感悟,以象征的手法抒写自己对存在价值的思考,具有很强的理性色彩。

冯至另一篇历史小说《伯牛有疾》(1929年)中伯牛是孔子欣赏的最有德行的弟子之一,其婚后不久染上恶疾,并为时人所摈弃。但伯牛并不为流俗所左右,他不愿妻子受罪而送走妻子,拒绝以"虚伪"形式欺骗世人,安然接受多舛的命运,尽管不幸却不失德行,保持了独立的自我存在意识。小说仍然是对存在主义的某种回应,其中充满了理性的哲思。小说情节淡化,结构也散文化,因此是一篇包涵哲思且具有较强诗化色彩的历史小说。冯至早期的诗化历史小说创作实践,为其40年代创作诗化历史小说《伍子胥》奠定了坚实的基础。

五四现代哲理小说还有朱执信的《超儿》,这篇小说创作于1919年8月,小说由两个女孩的对话组成,谈话内容是关于婚恋的,表达的主题便是:人的欲望是无穷的,人人都想支配他人,但同时也将为他人所支配。小说语言明晰简洁,人物关系和情节都很简单,没有多余的环境氛围的铺写,几乎是直奔主题,哲理也于结尾处点明。小说借助形象来表达哲理是成功的,但艺术手法比较粗疏,没有形成令人咀嚼的审美韵味,因此理性表达还比较生涩。

废名的《莫须有先生传》创作于1930年前后,以艰深晦涩最为著名,连其老师周作人为其写序时也是绞尽脑汁苦不堪言。废名说小说受到了莎士比亚和塞万提斯的影响,他写道:"屠格涅夫说西万提斯的'吉诃德先生'是代表一个理想派,……我的意思则适得其反，他是——他是一个'经验派'！耍了一个猴戏给我们看。"① 但废名并不像塞万提斯那样讲传奇色彩的故事，而是放弃了对外部世界的传奇叙写，重视内部世界的主观表现即"心灵的传奇"，因此他的小说半是自传，半是虚构。《莫须有先生传》是他在居住于北京西山时陆续写成，也是其心境的一种表现。周作人为《莫须有先生传》作序并出版后，重读小说时才恍然大悟，认为自己先前的序是"纯然落了文字障"，称小说为"贤者语录"，语录中的语言可以批评，而其中所蕴含的"禅"意则不可批评。②小说之所以难懂，原因在于普通人很难达到废名所理解的"禅"的境界。可以说废名的《莫须有先生传》传承了中国诗性文本的写意传统，尽管比较晦涩，但却具有了含蓄蕴藉的诗性审美韵味。

许地山的《缀网劳蛛》具有较强的宗教色彩，作者借助故事传达宗教意识，小说在结尾处借用尚洁的话表达了一种宗教观念。与传统小说相同，许地山的小说多是预设观念然后敷衍成小说的。另外，和多数五四哲理小说一样，《缀网劳蛛》的"理"与"事"契合并不紧密，没能通过小说文本把哲理转化成读者可以凭借直觉直接把握的艺术形象。

创造社成员周平全的《烦恼的网》同样也说理，但属于寓言体哲理小说。魔鬼的女儿织了一张烦恼网，准备到世间网一些东西，但松鼠、鱼儿、野兽等都没有被网住，最后是喜欢不劳而获参与赌博的人全被网了回来，因为这些人当中没有智者，他们心中永远充满了忧愁、悔恨、羡慕、谄媚、骄傲、嫉妒，魔鬼女儿的烦恼网便永远地网住了他们。这篇小说采用形象的故事来讲述一个道理，是对《阅微草堂笔记》这类古典小说采用故事形象说理的一种继承。整个小说首先设定了一个抽象而高度概括的观念，烦恼之所以罗网

---

① 废名、鹤西:《邮筒》,《骆驼草》1930年5月26日第三期。
② 周作人:《周作人书信》,河北教育出版社2002年版,第110页。

住人类，是因为人类具有不劳而获的欲望，有贪嗔痴慢等顽疾。为了用艺术形象来呈现这个抽象的道理，作者用了松鼠、鱼类和兽类这些意象来形成对比，其他生物在智者和勇者的带领下顺应大自然，没有过多的奢侈欲求，单纯快乐地生活，因此没有了烦恼，而人类爱好赌博，在赌博中无论得失都会更进一步刺激人的欲望的膨胀和怨恨嫉妒心理的产生，因此烦恼便如影随形无法摆脱。小说中描写人类极为奢华的生活，房间有五十层高、五亩地大，其中有五千间房间，装饰都是用黄金玛瑙，而大礼堂里有一圆桌，人们围绕着它赌博玩乐。这实际是对现实社会的象征性叙写。

晚晴至五四的启蒙运动，一方面强调放眼看世界，鼓吹向西方现代化学习，一方面鼓吹解放个性，肯定人的自然欲求，这些启蒙思想在推动社会进步的同时，也唤醒了国人沉睡的欲望，或者说打开了国人欲望的闸门，于是贪婪之风渐长，周全平在此借助小说进行了象征性的讽刺与批判。这篇诗性小说尽管在现代文学史上并没有受到足够的重视，但其对现代社会的欲望化趋势进行了预言和警示，其诗性与理性成功的融合是值得肯定的。

### 三、哲理小说的诗性特征

就诗性内容而言，说理小说具有较强的"理"性特征，是"理"大于"情"，小说中的事件都是为了表"意"或说"理"。哲理小说多以短篇为主，因为在五四时期，哲理小说写作还不成熟，以长篇小说集中表达某种哲理思想还比较困难，直到20世纪30、40年代才出现了较成熟的长篇哲理小说，比如冯至的《伍子胥》等。五四哲理小说比较多地采用了象征或隐喻的修辞手法形成含蓄蕴藉的诗性效果，在一定程度上继承了古代哲理诗歌的抒情传统和古典小说以故事形象说理的传统。五四哲理小说的理性精神具有一定的形而上意义，也即呈现出一定的形而上诗性沉思，成为"沉思的诗"，这种理性为特征的"沉思的诗"同样是超越世俗通向神性之路径之一。

五四时期的说理小说数量有限,而且就已有的作品来看,除了鲁迅、废名、冯至等人说理小说的诗性色彩较浓外,其他的作品由于不太重视诗性形式,导致语言平淡、结构松散和音韵缺失,因此多数说理小说或哲理小说中的理性与诗性融合并不成功,在一定程度上削弱了小说的诗性色彩。

鲁迅、冯至等为代表的五四哲理小说,既不像人生写实派那样过于偏重现实,也不像京派作家那样留恋于传统乡土,也不像创造社成员那样过于重视主观情绪,而是以表达生命哲学或社会文化哲学主题为主,并且使诗性与理性得到了较好的融合,五四哲理小说为现代小说开掘出了一种新的抒情方式。

## 第五节　革命叙写中的发愤抒情

20世纪初期,随着马克思主义在中国的传播和中国共产党的诞生,出现了革命文学的萌芽。1923年共产党人瞿秋白、邓中夏、恽代英、萧楚女等创办了《中国青年》杂志,发表系列文章,反对"文艺无目的论",传播马克思主义文艺思想,重视文艺的社会功能。1924年泰戈尔访华,"陈独秀亲自操刀,为《中国青年》组织发表批评泰戈尔的文章"[1]。随后,瞿秋白、沈泽民、茅盾等人也写文章批评泰戈尔,认为泰戈尔是落伍者,不利于国家命运的发展[2]。这次批评运动中,沈泽民提出了"革命文学"这个概念,他说:"怎么可以发挥我们民众几十年来所蕴蓄的反抗的意识……喊出全中国四百兆人人人心中的痛苦和希望;再换一句话说,我们需要革命的文

---

[1] 钟桂松:《沈泽民传》,中央文献出版社2003年版,第78页。
[2] 伊:《反对太戈尔》,上海《民国日报·觉悟》1924年4月13日。

学。"①1924年由许金元和蒋鉴等人发起了中国现代文学史上最早的革命文学社团——悟悟社,该社团成立宣言中阐释了革命文学的目的:"我们深信文学是可以指导人生的;我们底目的是要在这'伊和他''唉和呦'的'靡靡之音'底下提倡'革命文学'Revolutionary Literature,鼓舞国民性。"革命文学具有奋斗性、牺牲性、互助性与合作性等特征。②革命文学反对"靡靡之音",即反对不合时宜的感伤的吟风弄月式的抒情,提倡为人生和改造国民性的文学。值得注意的是,革命文学于大革命前后实际已经发生了变化。傅东华于1937年回顾中国文学十多年的发展历程时指出,在革命气氛浓烈的时局下,顺应国民革命潮流而出现的文学称为革命文学,而把清党后打着"普罗列塔利亚文学"旗号的文学称为"普罗文学"。③尽管目前学界对革命文学的界定并不统一,笔者还是比较赞同傅东华先生的观点,因此本节所分析的革命文学即20世纪20年代大革命前的革命文学,而非1928年后的普罗文学,这更符合本课题的研究范围。

## 一、张闻天、石评梅的革命小说

鲁迅的《阿Q正传》尽管也涉及辛亥革命,但目的并非正面叙写革命或革命者,因而不属于革命文学。较早且成功的革命文学是张闻天于1924年出版的长篇小说《旅途》,它是最早采用"革命+恋爱"叙事模式的长篇小说。男主人公王钧凯与蕴青相恋,但蕴青在家庭安排下早已许人,钧凯只好远走美国,与志同道合的美国姑娘玛格莱相恋,但暗恋钧凯的美国姑娘安娜因遭钧凯拒绝后投水而死。

---

① 沈泽民:《我们需要怎样的文艺?》,上海《民国日报·觉悟》1924年4月28日。
②《悟悟社的宣言书》,上海《民国日报·觉悟》1924年6月2日。
③ 傅东华:《十年来的中国文坛》,见《十年来的中国》,上海商务印书馆1937年版,第664页。

安娜的死对钧凯造成了巨大的打击。在玛格莱的鼓励下，钧凯决定回国参加革命，试图用革命改变现状。钧凯回国后，带着满腔的热血投入到反清反帝的革命之中，为了救亡图存，为了革命，他放弃了爱情。在乱世之中，家国不保，儿女私情也只能如"旅途"般转瞬即逝。

小说共分三部，前两部写恋爱，最后一部写革命。无论是爱情还是革命叙事，都充满了主观抒情色彩。爱情的甜蜜、忧愁以及悲痛要么借助自然景物表达，要么是直抒胸臆。比如安娜自杀后，钧凯异常悲哀，小说由第三人称叙事转为第一人称的自我抒情：

安娜！安娜！我负了你，我杀了你，但我现在再想起你来，我是多么的爱你，你如有灵，你一定会恕我这个忘恩负义之人吧！我以后生在世上，我将完全为了他人谋幸福，并不是为我个人的快乐，所以我不跟着你死，你一定会宽恕我吧。我的安娜，我们再会了。

（张闻天：《旅途》）

主人公一面倾诉自己的悲伤与悔恨，一面表达自己即将投身革命的志气。参加国民革命后，钧凯部队遭遇了失败，他和昔日的恋人又一场对话：

蕴青说："中华民国只要有一天有热血的青年男儿生存着，在我们的革命是永远不会休止的，……""哦，蕴妹，想起一个个健全的热血男儿，无辜受恶势力的枪击炮攻，一个个在我的脚下滚倒，鲜血直冒着出来，喊着中华民国万岁，我的热血是怎样的沸腾着呵！我将提高嗓子，长啸一声叫澈这个黑暗的冷酷的世界！"

（张闻天：《旅途》）

小说通过对话方式让人物情感得到了直接的抒发。第三部尽管写钧凯参加革命的过程，但具体的革命经过并不是小说的重点，作者只对钧凯的革命经历做了简单的呈现，而把革命的激情和对死去的恋人以及爱情的感伤作为抒写的主要内容，小说还采用了较多的闲笔抒写钧凯内在的情感和思想，这些都增强了抒情性和诗性。

小说尽管写革命与恋爱，但二者能较好地融合在一起。这缘于作者赋予了主人公钧凯性格成长的合理性：一方面爱情挫败使钧凯认识到社会的不公，一方面恋人去世带来的打击需要找到情感的寄托，更为重要的是，钧凯受到了五四启蒙思想的影响，不甘平庸而追求个性解放和价值实现，这样钧凯投身革命便有了合乎逻辑的现实依据。除此之外，钧凯与玛格莱的爱情是建立在共同的革命理想的基础之上的。玛格莱在病逝之前，仍然激励钧凯要继续革命，完成他们两人的革命理想。玛格莱病逝后，钧凯遭遇沉重的打击，但玛格莱生前坚毅的革命信念重新唤起了钧凯革命的信心与勇气。也就是说，钧凯的革命动力源于外在和内在各种因素的刺激，其革命行为并非突然发生，而是在钧凯的爱恋过程中，在钧凯的自我成长中逐步形成的。这样人物的爱情与革命便自然地得到了衔接，而"革命+恋爱"叙事也因此获得了成功。

《旅途》在整体上充满了强烈的主观抒情色彩和鲜明的诗性特质，这表现在以下方面：首先《旅途》于现在的时空中插入过去的回忆性时空，而回忆多以主观性抒情为主；其次钧凯的革命理想和未来展望皆通过想象性的叙写得以展现，主观现象增加了小说的主观抒情色彩；再次，作者常常借景抒情，小说中对大自然的描写与人物的心境相互映衬，形成了情景交融的诗性效果。小说中强烈的主观情感特别是革命激情，正是五四时代救亡图存和破旧立新的时代精神的体现，也是具有浓郁的五四启蒙色彩的诗性精神的集中体现。

作为"民国四大才女"之一的石评梅，五四时期的代表作有

《红鬃马》和《匹马嘶风录》等,两篇小说都以国民革命为背景。《红鬃马》讲述了以郝梦雄为首的国民革命军,为推翻腐败无能的满清政府,建立理想的国民政府,英勇奋战而遭敌人杀害的故事。但小说只是以此故事为骨来承载浓郁的主观情绪。小说一方面抒写"我"的青春梦想遭遇残酷现实摧残的悲愤之情,如:

> 真不信我欢乐的童年过后,便疾风暴雨般横袭来这许多人见的忧愁,侵蚀我,摧残我,使我终身墓葬于这荒冢寒林之中。此后只有在一缕未断的情丝上,回旋着这颗迂回而悲凄的心,在一星未熄的生命余焰里,挥泪瞻望着陨落的希望之星,和不知止于何处的遥远的途程。

(石评梅:《红鬃马》)

一方面表达对英雄的敬仰、痛惜与怀念之情。当重遇郝梦雄之妻珊姐之后得知郝梦雄已于八年前牺牲,便吟咏道:

> 我看见那两匹马很疲懒的立在垂杨下。我望着它们时心如刀绞,往日光荣的铁蹄,驰骋于万军百战的沙场,是何等雄壮英武!如今英雄已死,名马无主,我觉红鬃马的命运和珊姐也一样呢!

(石评梅:《红鬃马》)

郝梦雄骑着红鬃马驰骋疆场的雄风英姿便成为梦一般的回忆。"我"在郝梦雄墓前祭奠后,便重新振作起来,决定继承英雄遗志:

> 我阴霾包围的心情中突然发现了一道白采,我依稀看见梦雄骑马举鞭指着一条路径,这路径中我又仿佛望见我已陨落的希望之星的旧址上,重新发射出一种光芒!这光芒复燃

起我烬余的火花，刹那间我由这个世界踏入另一世界，一种如焚的热情在我胸头缭绕着——燃烧着！

（石评梅：《红鬃马》）

革命的激情重新点燃，诗意的抒写也得以完成。小说以"红鬃马"为标题，它正是以郝梦雄为代表的革命者英勇无畏地驰骋疆场、不畏艰险而昂扬奋进的革命精神的象征性抒写。"红鬃马"这个主导性意象使整个小说成为表达革命激情的系统性象征符码。

在《匹马嘶风录》中，主人公何雪樵与吴云生都是革命志士，而且二人也是心心相印的恋人，但为了革命事业，皆放弃了个人幸福，甘愿抛头颅洒热血。最后云生因被捕而牺牲，雪樵从极度悲痛中振作起来，决心重新投入革命。小说采用第一人称叙事，浓郁的情感灌注于字里行间：其中有雪樵家毁人亡、身世飘零的孤苦之情，也有因投身革命而与恋人的生死别离之情，有匹马单骑沙场杀敌的革命豪情，有山河破碎哀叹民生的悲悯之情，也有面对恋人牺牲而万念俱灰的绝望之情。尽管小说也涉及革命者的爱情，但并不像张闻天的《旅途》那样以爱情叙写为主，小说中最主体的情感仍然是革命豪情。小说写雪樵和云生之间的爱情，是为增添主人公投身革命舍生忘死的悲壮情愫，比如二人离别之际，雪樵对云生说：

云哥！我此去好像断线的风筝，也不知停栖何处。大概是风晨月夕，枪林弹雨，黄沙碧血中匹马嘶风的驰骋着！如今，我把生命完全付给事业，我现在除了自己外，举目无亲，别无系恋，像我这样的命运和遭际，我个人的幸福快乐此生是无望了，我也不再希冀什么，只求我们的事业成功罢。云哥：你也是热血青年，忠诚的同志，我们此后便这样努力好了。……你看！前面是四无边际的大海，后面是崇峦如笏的高山，星光灿烂，明月皎洁，这时候这宇宙是我们统治着,这般良辰美景,我们在此叙别,又悲壮,又绮丽,你还不喜欢吗?

(石评梅:《匹马嘶风录》)

这段雄奇高迈、色彩绚丽的诗性文字,充分展现了雪樵已经超越了儿女私情,完全把自我融入伟大的革命事业之中。不仅如此,雪樵的革命情感已经与宇宙自然相交融,完全具有超越性和崇高感,这其中充分灌注了把自我融入天地宇宙间,从而获得了神性的诗性精神。这几乎将革命情愫上升为具有普遍意义的宇宙精神,从而与自然神性相沟通。

除此以外,小说还穿插了雪樵和云生的两则日记,通过日记进一步深入人物的内心,从而使男女主人公内心的革命情感以及彼此之间的爱恋之情得以充分展现。加上石评梅的文字带有文人色彩,显得雅致而精练,这些都为小说增添了诗性色彩。

## 二、太阳社及其革命文学

在20世纪20年代的作家中,具有代表性的革命作家多属于太阳社成员。太阳社于1927年在上海成立,代表人物有蒋光慈、钱杏邨(阿英)、阳翰笙等人。

蒋光慈是中共早期党员,1922年即加入中国共产党,1927年与阿英、孟超等人组织"太阳社",倡导创作革命文学。他是20世纪二三十年代的重要左翼作家之一。蒋光慈小说多采用"革命+恋爱"的模式。1926年,中篇小说《少年漂泊者》问世,1927年出版中篇小说《短裤党》。《少年漂泊者》描述少年汪中经过长久的漂泊流浪而最后走上革命道路的故事。《少年漂泊者》受到创造社浪漫主义抒情小说的影响,因而具有感伤的抒情特点。其中穿插了主人公的恋爱情节,这部分抒情更显浓烈。到了《短裤党》,写实性增强,感伤情绪明显减少,诗性韵味也大大削弱了。

其于1927年创作的短篇小说《野祭》是蒋光慈早期的革命文学代表作。小说写一个具有革命思想的进步作家陈季侠的爱情遭遇。章淑君和郑玉弦都是知识分子,章淑君爱着陈季侠,后来投身革命,在散发传单时被捕,最后遭到杀害。季侠不喜欢长相普通的淑君,而爱上了温顺的玉弦,但玉弦是一个没有主见、胆小怕事的女子,最终和季侠分手了。淑君牺牲后季侠痛苦不已,发现原来自己深爱着淑君,于是到郊外野祭淑君英灵。小说写革命者的爱情故事,但涉及革命的情节较少,而爱情叙写较多。小说采用回忆式叙事方法,追忆了主人公陈季侠与两位女子的爱情经历。这种回望式的叙写充满了感伤与悔恨,加上主观抒情不时插入叙事之中,形成了主观情感与客观事件的相互包容与浸润,小说因此也充满了抒情性。不过叙事情节仍为小说主体,抒情内容毕竟是少数,因而客观叙事未能为情绪所涵盖或包容,小说并不属于情感大于故事的诗性小说。《野祭》中的淑君并非小说主角,但作为一名女革命者的成长经历粗略地在小说中得到了展现,淑君走上革命的道路,更多是因为对具有革命思想的青年作家季侠的爱,为了获得季侠的爱情,便选择了革命的道路,她在接触大量的进步或革命的书籍以后懂得了许多革命的道理,逐步变成了真正的革命者。可以说这篇小说已经有了"革命+恋爱"的叙事雏形。

以蒋光慈为代表的太阳社成员的革命文学多采取"革命+恋爱"的叙事模式,概念化、公式化较为严重,加上文字缺少打磨而显粗疏,艺术较为稚拙,革命激情并没有和艺术形式有效结合。

## 三、走向革命文学的后期创造社

除了太阳社以外,创造社也主张创作革命文学。但特别吊诡的是,最具有革命激情的创造社因主张为艺术而艺术,作品中流露出过多感伤情绪而遭到左翼进步作家的批判。因此，后期创造社作家们做出了相应的调整，作品中的感伤情感逐渐减弱，转而强调文学的革命性。

其实创造社早期在强调自我主观情绪的直露式抒发的同时，仍然关注社会现实和人生。成仿吾在1923年《新文学之使命》中说："如果我们把内心的要求作一切文学上创造的原动力，那么艺术与人生便两方都不能干涉我们，而我们的创作便可以不至为他们的奴隶。"①他主张文学超越为人生和为艺术的争论，而直观地凭借自己的内心去创作，遵循自己内心的创作冲动，"内心的自然要求作他的原动力"。他认为，凭借自己内心的自然要求去创作，仍然是有责任和使命的。他说至少有三种使命："1.对于我们时代的使命，2.对于国语的使命，3.文学本身的使命。"②在成仿吾这里，个人主义的创作观仍然超越了传统抒情中的个体局限，从而拓展了抒情的视野与空间。"一个文学家，爱慕之情要比人强，憎恶之心也要比人大。文学是时代的良心，文学家便应当是良心的战士。在我们这种良心病了的社会，文学家尤其是任重而道远。"③成仿吾强调文学要有是非感，要爱憎分明，要和时代紧密结合，担当社会责任，这很明显有意识地偏向为人生的文学了，带有一定的现实性，为后期创造社向革命文学转向奠定了思想基础。

郭沫若在1926年《文艺家的觉悟》中说：

> 本来从事于文艺的人，在气质上说来，多是属于神经质的。他的感受性比较一般的人要较为锐敏。所以当着一个社会快要临着变革的时候，就是一个时代的压迫阶级把被压迫阶级凌虐得快要铤而走险，素来是一种潜伏着的阶级斗争快

---

①②③ 饶鸿兢等：《创造社资料》（上册），福建人民出版社1985年版，第39页，第40页，第41页。

要成为具体的表现的时候，在一般人虽尚未感受得十分迫切，而在神经质的文艺家却已预先感受着，先把民众的痛苦叫喊了出来，先把革命的必要叫喊了出来。所以文艺每每成为革命的前驱，而每个革命时代的革命思潮多半是由于文艺家或者于文艺有素养的人滥觞出来的。①

很显然，此时的郭沫若主张文艺与革命的结合，文艺家或作家应该是革命的先觉者，文艺作品则应该是时代的号角。同时，郭沫若主张文艺应反映现实，敏锐地抒写时代的痛苦与呐喊。因而，有人认为，郭沫若1926年前后在文学形式上是写实主义的，内容上是社会主义的②。这实际上表现了郭沫若创作观念与创作实践的转向，即从主观抒情转向革命文学。

郭沫若在《革命与文学》一文中不断辨析革命与文学的关系，可以看出，这是当时那个时代最主要的社会问题，也是很多知识分子面临着的现实问题，这实际上存在着一种矛盾或者悖论，郭沫若在文章中所表现出来的焦虑实际上正是整个五四时代知识分子的焦虑，革命和文学关系的问题，到后来越来越成为一个较难协调的问题，甚至到了20世纪40年代的延安和新中国成立后的前三十年都是非常敏感和令人紧张的问题。如何处理革命与文学的关系，当时知识分子都采取了不同的方式。而处理的方式不同，也形成了不同的艺术派别或文学种类。比如疏离革命（或政治）便形成了京派文学，激进地参与革命便形成了革命派文学，理性地认同并参与便形成了社会剖析派或者为人生写实派。虽然郭沫若《文学与革命》这篇文章写于1926年，但是文学叙事与革命抒情的矛盾实际上早在五四新文学运动中就已经开始存在了。"为人生而艺术"和"为艺术而艺

---

① 饶鸿競等：《创造社资料》（上册），福建人民出版社1985年版，第119页，第122页。

术"正是这种矛盾冲突在现代文学初始阶段的展现。而郭沫若在此文章中表示："文学是革命的前驱"，二者是互为因果，是可以完全达成一致的。①因此，革命便成为现代文学抒写的重要内容之一，当然"革命"也是20世纪最主要的关键词，贯穿整个20世纪的中国。那么革命如何成为诗性精神的一部分并采用何种诗性形式予以表现，创造社和太阳社都没有找到更合适的艺术途径，因而革命与诗性如何融合直至今天仍是需要继续探讨的问题。

## 四、革命小说的诗性特征

总体而言，五四时期的革命文学，无论是张闻天还是石评梅，无论是太阳社还是后期创造社，多数都存在着激情大于艺术的不足。沈从文曾说："革命文学，使文学如何注入新情绪，攻入旧脑壳，凡是艺术上的手段是不能不讲的。"②在沈从文看来，革命文学实际并不重视艺术手段，他对此种忽略艺术审美的创作现象进行了批评。革命文学代表作家蒋光慈在无产阶级文学运动之初，就指出了革命文学的弊端：

> 那些深受无产阶级文化派理论影响的创造社文学批评者们，在创作过程中倡导以"革命意识"和"阶级意识"来"组织"生活，使它们秩序化、系统化，抹煞个性的存在，使感情社会化、集体化，以达到文艺为政治观念服务的目的。……这完全违背了艺术的客观规律，它造成的严重后果是："革命文学"的倡导者们不但没有能够拿出像样的艺术作品，而且连他们最初所企求的"组织"大众投身革命、从

---

① 饶鸿兢等：《创造社资料》（上册），福建人民出版社1985年版，第126页。
② 沈从文：《心与物游》，红旗出版社2015年版，第217页。

事斗争的目的也未能达到。①

当然,沈从文与蒋光慈的批评也是中肯的,但是他们忽略了革命文学中所具有的诗性精神。革命文学本质上传承了诗性传统中的爱国主义精神和抗争精神,只是在传递这种精神时,还没来得及找到合适的表达方式,或者说激越的革命情感急于倾诉,因而来不及打磨艺术形式,造成了诗性形式的粗疏,这才导致了革命文学的诗性色彩受损。

但五四时期的革命文学在某种程度上开创了一种新型的诗化小说类型,为后来革命小说的发展提供了宝贵的艺术经验和教训。中国传统文化非外向型文化,重视表达主体的感受与经验,但叙事却是外向的,它需要广泛地反映生活,因此传统叙事文学与文化母体存在着矛盾与不协调。②但晚清以来,中国知识界倡导睁眼看世界,特别是五四时期启蒙运动风起云涌,极大地突破了内向型心理。这反映在文学领域,便是内在抒情与外界关注逐渐统一融合,特别是作为20世纪关键词的"革命",自然被纳入抒情之内。但革命不同于传统内向式抒情,而是以外向为主导,结合个体情感的一种新型抒情方式。族群的或集体的公共情感成为抒情的主要对象,从而减少或抑制了自我私情的表现。而革命进入现代文学后,改造了传统抒情方式,从而使革命文学成为五四诗性传统的主要表现形式之一。

除了内向式抒情转向外向式抒情以外,革命小说与政治意识形态的高度契合,对于避免文学陷入形式主义的泥淖提供了可供参考的路径,而革命小说的抒情化与诗化,同样为避免小说纯粹沦为政

---

① 转引自庄桂成:《中国早期革命文学批评对"无产阶级文化派"的接受——以对波格丹诺夫的接受为例》,《湖北民族学院学报(哲学社会科学版)》2011年第6期。

② 张卫中:《母语的魔障》,安徽大学出版社1998年版,第168页。

治宣传工具提供了新的创作方向。正因为如此，五四革命小说在某种程度上既是对诗性传统的继承，同时也成为五四文学诗化新传统的重要组成部分。

## 结　语

清末民初至五四时期，由于思想启蒙的需要，中国诗性传统遭遇了写实主义的冲击。五四小说在整体上以写实为主，这种写实主义方法实际上在晚清便已开始流行。晚清至五四时期的写实主义更多重视外在世界的再现，并不关注人的内在情感和心理，加上受传统文学传道功能的影响，晚清至五四时期的小说所倡导的写实主义同样具有鲜明的功利色彩。梁启超以"兴小说"达到"新民救国"的目的，而五四文学革命本质上也是政治思想革命，文学仍是宣传启蒙思想的工具和手段，尽管也有作家强调文学的艺术审美特性，但其最终目的仍然是思想启蒙，而不以提升文学的艺术审美为目的。

启蒙民众救亡图存的使命让五四作家们把笔触转向社会批判，试图提升国民觉悟，进而革除痼疾，塑造理想国民，实现民族与国家的振兴。因此写实主义反对不切实际的幻想，重视对现实的再现，这从社会发展和民族复兴的角度来看，本也无可厚非，但从文学自身的发展来看，却并非好事。正如司马长风所言："自文学革命开始，以及新文学诞生初期，那些披荆斩棘的先驱作家们，都一致反对'文以载道'的古文传统，这本来非常正确，可是在发展途上，转了几个圈子，多数人又莫名其妙地成为载道派的孝子贤孙了，这一过程既离奇又滑稽；同时是新文学误入歧途，至今难返的重大关键。"五四新文学太重视写实主义及其传道功能，这在一定程度上压抑了文学的想象，削弱了文学的审美特性，抑制了诗性的生成。

但是五四小说对诗性的中断只是某些诗性元素被暂时压抑或被

削弱，并非真正意义上的断绝。五四小说以不同的形式从不同的角度对诗性传统进行了续接与传承。而这种续接与传承，不只是某个文学社团或者个别作家的行为，而是表现在五四作家整体的创作行动中，他们自觉或不自觉地选择不同的诗性要素作为传承的重点，从而在整体上完成了现代小说对传统诗性的续接、传承和创新的历史使命。

就诗性内容与诗性精神而言，文学研究会关注社会现实与民生，创造社崇尚个性解放与独立自由，革命文学推崇革命理性、民族情感和爱国情怀……这些都是传统诗性精神与五四启蒙精神结合后的产物。与此同时，五四作家为现代小说注入了理性精神和主体意识，从而革新了传统诗性内容和诗性精神。因此也可以说，五四作家们从不同角度逐渐完成了五四现代小说在诗性内容或诗性精神方面的建构。

五四小说整体而言具有较浓厚的功利色彩，更多重视"情""事""理"等诗性内容要素，轻"乐""象""体"和语言等诗性形式要素。但五四作家们为了更好地传播启蒙思想，无论是写实主义还是浪漫主义作家们都逐渐重视小说的艺术审美特性。他们在小说的韵律、意象和体式方面对传统诗性进行了继承和发展，为白话文这种新式语言符号体系的诗性形式建构做出了不懈的努力，从而在一定程度上完成了现代小说诗性形式的建构。

五四作家中除鲁迅非常重视小说的诗性形式之美外，还有废名、沈从文、杨振声、冯至等作家（他们是后来的京派代表作家），特别是废名把小说当成绝句来写，强调小说的艺术形式之美，重视小说艺术形式的诗性色彩。这些作家对民族诗性传统做了最为集中和有效的传承。他们的小说在实用主义和功利主义的文学浪潮中保持了自己独立的审美品性。在坚守小说艺术审美品质的同时，他们并没有逃避现实，作品中仍然承载着丰富的思想文化内涵，其中包括了对社会现实民生多艰和国破家亡的忧患意识，当然也存在着对社会历史和个体生命的哲理性思考。五四时期,鲁迅、废名、沈从文等人的诗化小说为现代小说的诗化提供了学习的样本。

五四小说并不是对诗性传统进行简单的复制,而是进行了创造性的继承与转化,即在传统诗性的基础上融入了现代质素。就诗性内容而言,融入了时代精神;就艺术形式而言,吸收了中外现代小说的艺术形式。特别值得指出的是,五四作家在小说中注入了"立人"的思想,推崇与倡导独立的自我意识。五四小说把救亡图存的历史使命与民众启蒙密切地结合在一起,在很大程度上弥补了传统诗性重视与"政教伦理"相关的公共伦理而忽视与"自我"相关的个人伦理的不足,拓展了现代小说的抒情空间。

五四作家在融汇外国小说和中国古典小说各自优势的基础上,对现代白话小说进行了可贵的探索。而延续了两千多年的诗性传统也在五四白话小说这种艺术空间中落地生根,开花结果。尽管在五四时期的现代小说艺术并不成熟,有的甚至还比较粗糙,但五四小说所具有的不可置疑的强大诗性精神,成了现代小说不可或缺的核心精神力量,也是现代小说自我革新的强大精神动力。不仅如此,五四作家在诗性形式方面做出的创新性探索,其中既有对传统诗性传承的一面,也有对现代诗性重建的一面。因此五四作家肩负着继往开来的历史重任,他们在大胆的革新旧文学的同时,有意无意地对民族诗性传统进行了传承与创新,为现代文学的发展与繁荣奠定了坚实的基础。

五四小说的诗性建构,还真正突破了中国传统文学重视形而下的现实功利的思维惯性,从而把个体价值与族群命运相关联,具有自主性自觉性的个体便在族群的强大与绵延之中找到了生命恒在的慰藉,从而使作为个体的自我与永恒的神性得以沟通。除了主体在现实生活中通过与族群的命运进行关联而获得永恒神性外,五四作家还试图通过诗性之美超越充满物质欲望的世俗世界,抵达生命的本真世界,从而抵达神性而完成自我的超越,真正地成为诗意的栖居者。

总之，五四小说对诗性传统的继承与创造性发展，赋予了诗性新的质素，极大地影响了现代小说的诗化进程，并且形成了五四小说新的诗性传统，成为五四文学传统重要的组成部分。

# 参考书目

茅盾:《中国新文学大系·小说一集》,上海良友图书印刷公司1935年版。

鲁迅:《中国新文学大系·小说二集》,上海良友图书印刷公司1935年版。

郑伯奇:《中国新文学大系·小说三集》,上海良友图书印刷公司1935年版。

刘运峰:《1917—1927中国新文学大系·导言集》,天津人民出版社2009年版。

鲁迅:《呐喊·彷徨》,天津人民出版社2009年版。

鲁迅:《故事新编》,人民文学出版社2006年版。

鲁迅:《鲁迅全集·第一卷·坟 热风 呐喊》,人民文学出版社1981年版。

鲁迅:《鲁迅全集》第4卷,人民文学出版社2005年版。

鲁迅:《中国小说史略》(插图本),上海古籍出版社2004年版。

鲁迅：《鲁迅自编文集·坟》，北京联合出版公司2014年版。

鲁迅：《汉文学史纲要》，译林出版社2014年版。

上海图书馆文献资料室等：《郭沫若集外序跋集》，四川人民出版社1983年版。

《中国现代小说经典文库》，汕头大学出版社2012年版。

张闻天：《旅途》，上海书店1985年版。

沈从文：《心与物游》，红旗出版社2015年版。

牛贵琥：《古代小说与诗词》，山西人民出版社2005年版。

季广茂：《隐喻视野中的诗性传统》，高等教育出版社1998年版。

庐隐著，李书敏主编：《庐隐散文小说选》，重庆出版社1999年版。

冰心：《冰心小说》，浙江文艺出版社2000年版。

王炳根选编：《冰心文选：小说卷》，福建教育出版社2007年版。

启功：《汉语现象论丛》，中华书局1997年版。

董乃斌：《中国古典小说的文体独立》，中国社会科学出版社1994年版。

鲁枢元：《超越语言》，中国社会科学出版社1990年版。

徐承：《中国抒情传统学派研究》，中国社会科学出版社2015年版。

赵毅衡：《当说者被说的时候》，中国人民大学出版社1998年版。

夏德勇：《中国现代小说文体与文化论》，中国广播电视出版社2005年版。

傅光明编选：《周作人散文》，太白文艺出版社2005年版。

黄健：《民国文论精选》，西泠印社出版社2014年版。

陈文新：《传统小说与小说传统》，武汉大学出版社2005年版。

上海图书馆文献资料室等：《郭沫若集外序跋集》，四川人民出版社1983年版。

杨吉成：《灵心诗性：诗性的中国文化》，四川人民出版社2008年版。

王爱华：《语言研究》，世界图书出版公司2013年版。

［美］余英时：《文史传统与文化重建》，生活·读书·新知三联书店2012年版。

［美］陈世骧：《中国文学的抒情传统》，生活·读书·新知三联书店2015年版。

陈平原：《中国小说叙事模式的转变》，上海人民出版社1988年版。

汪晖：《死火重温》，人民文学出版社2000年版。

胡适：《白话文学史》，上海古籍出版社1999年版。

周汝昌：《红楼艺术》，人民文学出版社1995年版。

杨义：《中国现代小说史》第一卷，人民文学出版社1998年版。

杨义：《杨义文存·第一卷·中国叙事学》，人民出版社1997年版。

朱晓进等：《作为语言艺术的中国现代文学发展史》，人民出版社2015年版。

范爱贤：《汉语诗性研究与转型期文艺学建设反思》，齐鲁书社2017年版。

叶嘉莹、张清华主编：《顾随研究》，南开大学出版社2011年版。

申小龙：《汉语语法学》，江苏教育出版社2001年版。

申小龙：《当代中国语法学》，广东教育出版社1995年版。

北京鲁迅博物馆：《苦雨斋文丛·废名卷》，辽宁人民出版社2009年版。

蔡英俊：《中国文学的情感世界》，黄山书社2012年版。

辜鸿铭：《中国人的精神》，哈尔滨出版社2012年版。

尹雪曼：《五四时代的小说作家和作品》，成文出版社有限公司

1980年版。

李长之：《鲁迅批判》，北京出版社2009年版。

［捷克］普实克：《普实克中国现代文学论文集》，李燕乔等译，湖南文艺出版社1987年版。

许觉民、张大明主编：《中国现代文论》，安徽教育出版社2010年版。

张卫中：《母语的魔障》，安徽大学出版社1998年版。

张卫中：《20世纪中国文学语言变迁史》，中国社会科学出版社2013年版。

胡适等：《胡适学术文集：语言文字研究》，中华书局1993年版。

胡适：《胡适文集》，人民文学出版社1998年版。

梁启超等：《饮冰室文集点校》，云南教育出版社2001年版。

周作人：《艺术与生活》，上海文艺出版社1999年版。

周作人等：《周作人代表作》，华夏出版社1997年版。

周作人等：《周作人散文》第一集，中国广播电视出版社1992年版。

周作人：《中国新文学的源流》，华东师范大学出版社1995年版。

周作人：《汉字，夜读的境界》，湖南文艺出版社1998年版。

朱自清：《诗言志辨》，岳麓书社2011年版。

朱自清著，桑楚主编：《朱自清经典》，北京联合出版公司2013年版。

北京鲁迅博物馆：《苦雨斋文丛·周作人卷》，辽宁人民出版社2009年版。

［美］李欧梵等：《李欧梵论中国现代文学》，上海三联书店2009年版。

郭沫若：《文艺论集》，人民文学出版社1979年版。

吴道毅：《在传统与现代之间》，湖北人民出版社2006年版。

［美］王德威：《现代抒情传统四论》，台湾大学出版中心2011年版。

张振军：《传统小说与中国文化》，广西师范大学出版社1996年版。

于民：《中国美学史资料选编》，复旦大学出版社2008年版。

饶鸿竞等：《创造社资料》，福建人民出版社1985年版。

方锡德：《中国现代小说与文学传统》，北京大学出版社1992年版。

严家炎：《二十世纪中国小说理论资料·第二卷（1917—1927）》，北京大学出版社1997年版。

崔际银：《诗与唐人小说》，天津古籍出版社2004年版。

张桃洲：《精神与形式：诗性抒写的民国资源》，花木兰文化出版社2013年版。

张卫东：《论汉语的诗性》，商务印书馆2013年版。

顾随：《顾随全集·卷三·论著》，河北教育出版社2014年版。

［德］弗里德里希·黑格尔著，寇鹏程编译：《美学（对广泛的美的领域的尖端叙述）》，江苏人民出版社2011年版。

郭宏安：《波德莱尔诗论及其他》，同济大学出版社2006年版。

［俄］什克洛夫斯基：《散文理论》，刘宗次译，百花洲文艺出版社1994年版。

闻一多：《闻一多神话与诗》，吉林人民出版社2013年版。

李建中主编：《中国文学批评史》，北京大出版社2009年版。

李壮鹰、李春青：《中国古代文论教程》，高等教育出版社2013年版。

姜剑云：《太康文学研究》，中华书局2003年版。

高玉昆：《中国古典诗歌艺术研究》，人民出版社2014年版。

朱光潜：《诗论》，生活·读书·新知三联书店2014年版。

郭绍虞：《中国历代文论选》（第1册），上海古籍出版社1979年版。

胡经之、王岳川：《文艺美学方法论》，北京大学出版社1994年版。

伍蠡甫、胡经之主编：《西方文艺理论名著选编》下卷，北京大学出版社1987年版。

刘毅青：《中国美学现代意义的探寻》，山东大学出版社2013年版。

汪文学：《中国人的精神传统》，武汉大学出版社2012年版。

［意］维科：《新科学》，朱光潜译，人民文学出版社1985年版。

刘士林：《中国诗性文化》，海南出版社2006年版。

［德］海德格尔著，成穷等译：《海德格尔诗学文集》，华中师范大学出版社1992年版。

［德］席勒：《美育书简》，《古典文艺理论译丛》（第五辑），人民文学出版社1964年版。

残雪：《地狱中的独行者》，华东师范大学出版社2008年版。

廖高会：《诗意的招魂：中国当代诗化小说研究》，学苑出版社2011年版。

［德］黑格尔：《美学》第三卷下册，朱光潜译，商务印书馆2011年版。

林辰、钟离叔：《古代小说与诗词》，辽宁教育出版社1992年版。

王瑶：《王瑶全集·第五卷·中国现代文学史论集》，河北教育出版社2000年版。

严复：《严复集》第1册，中华书局1986年版。

王晓明主编：《二十世纪中国文学史论》，东方出版中心1997年版。

王运熙、顾易生主编：《中国文学批评通史·七·近代卷》，上海古籍出版社1996年版。

吴福辉编：《二十世纪中国小说理论资料》第三卷，北京大学出版社1997年版。

[德]卡西尔:《神话思维》,中国社会科学出版社1992年版。

沈天鸿:《现代诗学:形式与技巧30讲》,昆仑出版社2005年版。

张岱年等:《中国思维偏向》,中国社会科学出版社1991年版。

葛懋春:《中国现代史论选》(上),广西师范大学出版社1990年版。

李玉珍、周春东、刘裕莲等编著:《文学研究会资料·上·中国文学史资料全编(现代卷)》,知识产权出版社2010年版。

张茁:《语言的困境与突围——文学的言意关系研究》,中国社会科学出版社2010年版。

王蘧常:《梁启超诗文选注》,人民文学出版社1987年版。

邬国平、黄霖:《中国文论选·近代卷》(下),江苏文艺出版社1996年版。

张向东:《语言变革与现代文学的发生》,人民文学出版社2010年版。

黄霖:《金瓶梅资料汇编》,中华书局1987年版。

黄霖编,罗书华撰:《中国历代小说批评史料汇编校释》,百花洲文艺出版社2009年版。

陈平原、夏晓虹编:《二十世纪中国小说理论资料》第一卷,北京大学出版社1997年版。

康有为:《康有为政论集》,中华书局1981年版。

谭嗣同:《谭嗣同全集》,中华书局1981年版。

陈独秀、李大钊等编撰:《新青年精粹1》,中国画报出版社2013年版。

陈独秀:《〈独秀文存〉选》,贵州教育出版社2005年版。

胡适:《胡适作品》,河南文艺出版社2016年版。

高玉：《现代汉语与中国现代文学》，中国社会科学出版社2003年版。

郭绍虞：《语文通论》，开明书店1941年版。

张鸣：《重说中国近代史》，中国致公出版社2012年版。

梁实秋：《梁实秋文集》第1卷，鹭江出版社2002年版。

中国现代文学馆编著：《雨天的书》，华夏出版社2008年版。

薛绥之、张俊才编：《中国文学史资料全编 现代卷28 林纾研究资料》，知识产权出版社2010年版。

刘增杰、孙先科主编：《中国近现代文学转捩点研究》，上海文艺出版社2008年版。

郭济访：《梦的真实与美——废名》，花山文艺出版社1992年版。

朱刚编著：《二十世纪西方文论》，北京大学出版社2006年版。

胡适编选：《中国新文学大系·建设理论集》，上海文艺出版社1935年版。

饶鸿兢等：《创造社资料》（上册），福建人民出版社1985年版。

周作人：《汉字，夜读的境界》，湖南文艺出版社1998年版。

赵瑞蕻：《鲁迅〈摩罗诗力说〉注释·今译·解说》，天津人民出版社1982年版。

陈平原：《中国现代小说的起点：清末民初小说研究》，北京大学出版社2010年版。

陈平原：《〈新青年〉文选》，贵州教育出版社2014年版。

蔡元培：《美术与科学的关系》，《蔡元培全集》第四卷，中华书局1984年版。

钟叔河编：《周作人文选（1898—1929）》，广州出版社1995年版。

贺根民：《读懂王国维》，广西人民出版社2014年版。

中南区七所高等院校合编：《中国现代文学史资料汇编》，河南人民出版社1979年版。

蒋光慈：《十月革命与俄罗斯文学》，《蒋光慈文集》第4卷，上海文艺出版社1988年版。

［英］弗格森：《幸福的终结》，徐志跃译，中国人民大学出版社2009年版。

张燕瑾编著：《20世纪中国文学研究论文选·辽金元》，社会科学文献出版社2010年版。

雷达、李建军主编：《百年经典文学评论1901—2000》，长江文艺出版社2004年版。

［美］白之：《白之比较文学论文集》，湖南文艺出版社1987年版。

郭绍虞：《语文通论》，开明书店1941年版。

［英］丹尼·卡瓦拉罗：《文化理论关键词》，江苏人民出版社2006年版。

林语堂：《中国人》，学林出版社1994年版。

王蒙、王元化总主编：《中国新文学大系·第一集·文学理论卷一》，上海文艺出版社2009年版。

孙周兴：《说不可说之神秘——海德格尔后期思想研究》，生活·读书·新知三联书店上海分店1994年版。

钱马：《论文学语言》，中国图书出版社1952年版。

［美］凯·埃·吉尔伯特、［德］赫·库恩：《美学史》上卷，夏乾丰译，上海译文出版社1989年版。

施军：《叙事的诗意——中国现代小说与象征》，人民出版社2007年版。

冯光廉、刘增人编：《中国文学史资料全编·现代卷12·王统照研究资料》,知识产权出版社2010年版。

刘进才编著:《京派小说诗学研究》,河南大学出版社2005年版。

何明:《诗性逻辑与诗化美学》,云南大学出版社1995年版。

席建彬:《诗意的探寻:中国现当代抒情小说研究》,中国社会科学出版社2012年版。

席建彬:《现代诗性小说的叙事研究》,人民出版社2012年版。

杨联芬:《中国现代小说中的抒情倾向》,北京师范大学出版社1996年版。

陈惠英:《感性、自我、心象:中国现代抒情小说研究》,商务印书馆(香港)有限公司1996年版。

张箭飞:《鲁迅诗化小说研究》,广西教育出版社2004年版。